MIRA®

Der Preis dieses Bandes versteht sich einschließlich der gesetzlichen Mehrwertsteuer.

Umwelthinweis:
Dieses Buch wurde auf chlor- und säurefreiem Papier gedruckt.

Susan Wiggs

Leuchtfeuer der Liebe

Roman

Aus dem Amerikanischen von
Traudi Perlinger

MIRA®

MIRA® TASCHENBUCH
Band 25089
1. Auflage: März 2006

MIRA® TASCHENBÜCHER
erscheinen in der Cora Verlag GmbH & Co. KG,
Axel-Springer-Platz 1, 20350 Hamburg
Deutsche Taschenbucherstausgabe

Titel der nordamerikanischen Originalausgabe:
The Lightkeeper

erschienen bei: MIRA Books, Toronto
Published by arrangement with
Harlequin Enterprises II B.V., Amsterdam

Konzeption/Reihengestaltung: fredeboldpartner.network, Köln
Umschlaggestaltung: pecher und soiron, Köln
Redaktion: Claudia Wuttke
Titelabbildung: „Vittorio Dangelico“ bei Thomas Schlueck GmbH, Garbsen
Autorenfoto: © by Harlequin Enterprise S.A., Schweiz
Satz: Buch-Werkstatt GmbH, Bad Aibling
Druck und Bindearbeiten: Ebner & Spiegel, Ulm
Printed in Germany
ISBN 3-89941-116-1

www.mira-taschenbuch.de

1. KAPITEL

Washington Territory, 1876

Am Sonntag wurde etwas an Land gespült.

Der Morgen dämmerte herauf wie alle anderen – tief hängender, kalter Nebel verhüllte die fahle Sonne, die bleigraue Dünung rollte von weit draußen heran, schwoll an und nahm an Kraft zu, um tosend gegen die gezackten Felsen von Cape Disappointment zu branden. Die höher steigende Sonne glich einem entzündeten Furunkel, als sie durch Wolken und Nebel brach.

Jesse Morgan beobachtete fasziniert den Sonnenaufgang vom schmalen Eisensteg des Leuchtturms, den er hinaufgeklettert war, um die Walöllampen zu löschen und seinen Arbeitstag mit dem Stutzen der Dochte und dem Säubern der Glaslinsen zu beginnen.

Doch dann fiel ihm etwas unten am Strand auf.

Er wusste nicht genau, warum er in die Tiefe spähte. Vermutlich hatte er es immer getan, ohne sich dessen bewusst zu sein. Wenn er zu lange in die bleigrauen Wogen blickte, deren weiße Gischt den hellen Sand bedeckte oder tosend gegen die Felsen brach, bestand die Gefahr, dass er sich daran erinnerte, was die See ihm weggenommen hatte.

Für gewöhnlich achtete er nicht darauf. Dachte nicht. Fühlte nicht.

Heute aber spürte er eine Unruhe in der Luft, als hauche ihm ein unsichtbarer Fremder seinen Atem in den Nacken.

Ohne auch nur kurz zu überlegen, stellte er die Leinölflasche ab, legte das Poliertuch daneben und trat in den bitterkalten Wind auf die Plattform.

Eine seltsame Macht zwang ihn, sich mit einer Hand an der Eisenreling festzuhalten, sich weit vorzubeugen, um über die Landspitze und die Felsenklippen auf den sturmgepeitschten Küstenstreifen zu schauen.

Ein Klumpen Seetang. Stränge gelbbrauner Algen hüllten eine längliche Form ein. Vermutlich nur ein Haufen ineinander verschlungener Meerespflanzen, vielleicht auch ein verendeter Seehund, ein altes Tier, dessen Bartborsten weiß und Zähne braun geworden waren.

Tiere waren vernünftiger als Menschen, sie zogen ihr Leben nicht unnötig in die Länge.

Während Jesse auf das angespülte Treibgut starrte, spürte er ... etwas Eigenartiges. Als drehe sich ein stumpfes Messer in seiner Brust. Es war kein Schmerz. Auch keine Neugier.

Unausweichliches Schicksal.

Noch während ihm dieser befremdliche Gedanke durch den Sinn schoss, polterte er mit schweren Stiefelschritten die gewundene Eisenstiege des Leuchtturms nach unten und stürmte den felsigen Pfad entlang.

Er kannte jeden Stein zum einsamen Strand, hatte den Weg wohl tausendmal zurückgelegt.

Was ihn verwunderte, war seine Hast.

Jesse Morgan hatte seit vielen Jahren keine Eile gehabt.

Nun aber rannte er keuchend, jeden Muskel angespannt. Sobald er aber den Haufen Seetang erreichte, blieb er stehen. Stocksteif und angstvoll.

Jesse Morgan hatte seit langer Zeit Angst, obwohl ihm das kein Mensch angesehen hätte.

Die Leute in Ilwaco, zweitausend Einwohner, die das ganze Jahr hier lebten, und etwa tausend Urlauber, die im Sommer die Gegend bevölkerten, hielten Jesse Morgan für rau und unbeugsam wie die Felsklippen, über die er in seinem Leuchtturm wachte.

Er galt als stark und furchtlos und ließ niemand hinter seine versteinerte Maske blicken.

Er war erst vierunddreißig und fühlte sich wie ein alter Mann.

Nun stand er allein am Strand, gelähmt vor Angst, ohne zu wissen, warum. Bis er etwas zu seinen Füßen unter dem Haufen Seetang zu entdecken glaubte.

Barmherziger Gott. Er fiel auf die Knie, die Nässe des Sandes drang kalt durch seine Hose. Er wusste nicht, wo er anfangen sollte, war unschlüssig, ob er den Schleier des Geheimnisses überhaupt lüften sollte.

Die Algenstränge fühlten sich unangenehm schwammig und kalt an, klebten unnachgiebig an … Woran?

Seine Hände ertasteten geschliffenes Holz. Gehobelt, geglättet, lackiert. Das Wrackteil eines Schiffes. Ein Stück von einem Mast oder vom Bugspriet, mit Tau umwickelt, dessen lose Enden mit Pech bestrichen waren.

Hör auf, befahl er sich, ahnte bereits, was er finden würde. Das alte Grauen, nach all den Jahren brennend wie am ersten Tag, packte ihn.

Hör sofort auf damit. Er könnte aufstehen, die Klippen hinaufsteigen, durch den Wald laufen und Palina und Magnus wecken, könnte sie an den Strand schicken, um das Treibgut zu untersuchen.

Stattdessen zerrte er mit fahrigen Händen an den glitschigen

Tangsträngen, grub tiefer, legte ein weiteres Stück des Mastes frei, fand das abgesplitterte Ende …

Einen Fuß. Nackt. Kalt wie Eis. Und Zehennägel wie winzige Muscheln.

Er holte ächzend Atem, arbeitete verbissen weiter, mit zitternden Fingern und dröhnendem Herzschlag.

Ein schlankes Bein. Nein, mager. Mager und voller Sommersprossen, die sich dunkel gegen leblose, fahle Haut abhoben.

Jesse stieß einen Schwall Gotteslästerungen zwischen zusammengebissenen Zähnen hervor. Früher hatte er mit Gott gesprochen. Nun verfluchte er ihn und die Welt.

Jede Sekunde des Grauens stand für sich, kristallisiert in einem Wissen, dem er seit Jahren zu entfliehen suchte. Er hatte sich bis ans Ende der Welt zurückgezogen, um der Vergangenheit zu entfliehen.

Er konnte ihr nicht entkommen. Er konnte nicht verhindern, daran zu denken. Er konnte nicht vergessen, was die See ihm geraubt hatte.

Und er wusste, was die See ihm heute vor die Füße gespült hatte. Eine Frau, wie konnte es anders sein. Das war der eisige Gipfel grausamer Ironie.

Er arbeitete sich unbeirrt weiter nach oben, legte das Gesicht frei. Und wünschte, er hätte es nicht getan. Denn als er sie sah, wusste er, warum es ihn so machtvoll zur Eile gedrängt hatte.

An diesem Morgen war ein Engel an seinem Strand gestorben. Ihr Heiligenschein bestand aus glitschigem Tang, der sich in ihren roten Haarsträhnen verfangen hatte, und ihr Engelsgesicht war mit Sommersprossen übersät.

Dieses bleiche Gesicht mit dem vollen Schwung lavendelblauer Lippen war von einem Bildhauer geschaffen worden, dem es gelungen war, Marmor in Poesie zu verwandeln. Ein Frauengesicht, wie es nur Träumer erblicken, die an Wunder glauben.

Aber sie war tot, heimgekehrt ins Reich der Engel, wohin sie gehörte, in ein Reich, das sie besser nie verlassen hätte.

Jesse sträubte sich dagegen, sie zu berühren, seine Hände aber gehorchten ihm nicht. Er packte sie bei der Schulter, rüttelte sie sanft, drehte den Mast ein wenig, an dem sie festgebunden war. Nun sah er die Gestalt von Kopf bis Fuß.

Sie war schwanger.

Zorn durchzuckte ihn wie ein Blitz. Es reichte nicht, dass eine schöne junge Frau ihr Leben lassen musste. Auch das dunkle Geheimnis, das süße keimende Leben in ihrem gewölbten Leib war vernichtet worden. Zwei Lebenslichter waren durch einen unbarmherzigen Sturm erloschen, durch haushohe Brecher einer gnadenlosen See.

Dies ist der Beginn, dachte Jesse, während er die leblose Gestalt losband und in die Arme nahm, der Beginn einer Reise, vor der ihm graute.

Die leblose Frau sackte vornüber wie eine Stoffpuppe. Eine kalte Hand krallte sich an Jesses Arm fest. Er wich entsetzt zurück, ließ sie im nassen braunen Sand liegen.

Sie stöhnte auf, hustete und erbrach Meerwasser.

Jesse Morgan, der selten lächelte, strahlte übers ganze Gesicht. „Verdammt“, knurrte er und riss sich den Gummimantel von den Schultern. „Sie lebt.“

Er legte ihr den gefütterten Mantel um die Schultern und hob sie hoch.

„Ich bin … am Leben“, hauchte sie kaum hörbar. „Ich glaube“, fügte sie genauso leise hinzu, und ihr Kopf sank nach vorn, „das ist ein Wunder.“

Mehr sagte sie nicht und fing an, an allen Gliedern zu schlottern. Sie fühlte sich an wie ein Fisch im Todeskampf, und Jesse hatte alle Mühe, sie nicht fallen zu lassen.

Und während er seine Last den steilen Felspfad hinauftrug, so schnell seine Beine ihn trugen, war ihm mit unumstößlicher Gewissheit klar, dass dieser Tag etwas Neues, etwas Außergewöhnliches, etwas unendlich Faszinierendes und Beängstigendes in sein Leben gebracht hatte.

2. KAPITEL

Panik überflutete ihn in mächtigen, Schwindel erregenden Wellen. Wieso er? Wieso jetzt? Eine Fremde und ihr ungeborenes Kind zu retten war das Letzte, worauf er vorbereitet war.

Aber er war gezwungen, sie zu retten. Seit zwölf Jahren widmete er als Leuchtturmwärter sein Leben der Überwachung dieser tückischen Gewässer. Ihm blieb keine andere Wahl.

Mit weit ausholenden Schritten stieg er den gewundenen Pfad zur Warte hinauf, stürmte den flachen Hang auf der anderen Seite des Felsplateaus hinunter zum Waldrand, wo das Haus des Leuchtturmwärters stand. Das Gewicht des beinahe leblosen Körpers zerrte an seinen Armen. Er nahm zwei Holzstufen zur Veranda auf einmal und stieß die Haustür mit der Schulter auf.

Er trug die Frau in eine Kammer neben der Küche und legte sie aufs Bett. Die jahrelang unbenutzte Matratze mit dem vergilbten Drillichbezug roch muffig. Er kramte in einem hohen Schrank und fand ein paar alte gesteppte Quilts und eine karierte Wolldecke.

Er deckte die Frau zu, versuchte, ihr Wasser und Whiskey einzuflößen, doch die Flüssigkeit lief ihr aus den Mundwinkeln. Sie war ohne Bewusstsein.

Er hastete hinaus auf die Holzveranda und läutete die große Messingglocke, um Magnus Jonsson und seine Frau Palina zu alarmieren, deren Haus eine Viertelmeile entfernt im Wald lag. Er stocherte die ersterbende Glut im Küchenherd auf, legte Holz nach und stellte einen Wasserkessel auf. Danach ging er wieder in die Kammer.

Er musste ihr die nasse Kleidung ausziehen. Er musste sie berühren. Widerstrebend schlug er die Decken zurück. Seine Finger zitterten leicht, als er ihr nasses Haar zur Seite streifte und die Knopfleiste am Hals fand.

Eine Frau zu entkleiden war für Jesse etwas Ungewohntes geworden. Gleichzeitig erschien es ihm unerträglich vertraut.

Er biss die Zähne zusammen und öffnete die Knöpfe. Sie war immer noch ohne Bewusstsein, spürte nichts von seinen ungelenken Bemühungen, als er ihr einen Ärmel abstreifte, dann den zweiten, sie danach aus dem nassen Wollkleid schälte und es auf den Boden warf.

Darunter trug sie ein schlichtes Hemd, das einst weiß gewesen war. Ihre Brüste und ihr gewölbter Leib zeichneten sich deutlich unter dem dünnen, nassen Stoff ab. Er deckte sie zu und streifte ihr das Hemd unter der Decke ab. Auch ohne sie anzusehen, spürte er ihre weiblichen Rundungen und ihre glatte Haut.

Ihre Haut fühlte sich Besorgnis erregend kalt an.

In seiner Aufgeregtheit zerriss er das Hemd, während er es ihr nach unten zog, dann warf er es zum Kleid auf den Boden. Er zog ihr die Decken bis zum Hals hoch, schlug sie an den Seiten ein und stand auf.

Er zitterte an allen Gliedern.

In der Küche füllte er Flaschen und Kannen mit heißem Wasser und stellte die Gefäße nah an ihren Körper, um sie zu wärmen. Danach lehnte er sich gegen die roh gezimmerte Bretterwand und schloss für einen kurzen Moment die Augen. Geschafft. Doch der schwierige Teil lag noch vor ihm.

Das Haus des Leuchtturmwärters war weniger ein Heim als eine Notunterkunft. Das einstöckige Holzhaus mit einem offenen Speicherraum am Waldrand reichte für Jesses Zwecke vollauf, der keine Ansprüche stellte, nur das Nötigste zum Überleben brauchte. Doch nun, im Licht der Morgensonne, das durch das Ostfenster auf die leblose Gestalt im Bett fiel, wirkte es klein, eng und schäbig.

Die Kammer neben der Küche war dafür gedacht, einen bettlägerigen Kranken zu beherbergen, um die Pflege zu erleichtern. In all den Jahren, die Jesse hier wohnte, war sie bislang unbewohnt geblieben.

Bis jetzt.

Die Frau lag reglos unter den Decken. Ihr Gesicht war bleich, ihr Ausdruck friedlich, ihr nasses rotes Haar von Salzwasser verklebt. Eine zierliche Hand lag unter dem Kinn. Ihre zarten Lider waren von hauchdünnen blauen Äderchen durchzogen.

Ich bin am Leben. Ich glaube, das ist ein Wunder.

Die Worte, die sie unten am Strand gehaucht hatte, gingen ihm durch den Sinn. Aus den kurzen Sätzen hatte er einen Akzent herausgehört, einen Singsang, den er nicht einordnen konnte. Sie hatte die Augen nicht geöffnet.

Er hätte gerne gewusst, welche Farbe ihre Augen hatten.

„Wer bist du?“ raunte er heiser. „Wer, zum Teufel, bist du?“

Dornröschen. Ihr Bett sollte in einer sonnendurchfluteten, von Rosen umrankten Laube stehen, sie sollte nicht in einer grob gezimmerten Bettstatt mit einer durchgelegenen Strohmatratze liegen. Sie sollte von einem Märchenprinzen geweckt werden, nicht von Jesse Kane Morgan.

Er wandte sich ab. Sie anzusehen schmerzte ihn wie der Blick in die gleißende Sommersonne. Es wäre besser für alle, wenn sie das Bewusstsein nicht wiedererlangte und in den Tod hinüberdämmerte und nie erfuhr, wer sie dem Meer entrissen hatte.

Zugleich aber drängte es ihn, auf die Knie zu sinken, die Frau bei den Schultern zu nehmen und sie anzuflehen, am Leben zu bleiben.

Er begann, in der Kammer hin und her zu wandern, und fragte sich, wo die Jonssons so lange blieben. Während er versuchte, seine Ungeduld zu zähmen, sah Jesse sein Haus mit anderen Augen, so wie ein Fremder es sehen würde. Grob gezimmerte Holzmöbel, eine einfache Wanduhr, deren langes Pendel die Zeit mit unerbittlicher Verlässlichkeit maß. Die Fensterläden waren geöffnet, um die Morgensonne einzulassen. Palina hatte sich erboten, Vorhänge zu nähen, Jesse aber hatte nichts übrig für Rüschen und Spitzen.

An der Längsseite des Wohnraums stand ein Regal voller Bücher. Romane von Dumas, Flaubert, Dickens. Essays und Erzählungen von Emerson und Thoreau. Als Jesse die Welt hinter sich gelassen hatte, hatte er seine Bücher als einzigen Besitz in die Einsamkeit mitgenommen. Er war ein unersättlicher Leser, floh beim Lesen in eine Scheinwelt. In den ersten Jahren nach der Tragödie hatte er sich an seine Bücher geklammert wie an einen Rettungsanker. Die geschwätzigen Stimmen der Romanfiguren hatten die Leere in seinem Kopf ausgefüllt und den Schrei des Grauens seiner Seele erstickt. Die Bücher hatten ihn davor bewahrt, wahnsinnig zu werden.

Auf Regalbrettern in der Küche standen Krüge, Kannen und Töpfe der Größe nach geordnet wie Zinnsoldaten. Den großen Eisenherd putzte und schwärzte er seit vielen Jahren in regelmäßigen Abständen.

Jahre, die er nicht zählen wollte.

Die Ungeduld trieb ihn wieder auf die Veranda. Er riss heftig am Juteseil, was nicht nötig gewesen wäre, da Magnus' und Palinas gedämpfte Stimmen bereits durch den dichten Wald, der die

Leuchtturmstation von Cape Disappointment umgab, zu hören waren. Der Waldboden war mit braunen Tannennadeln gepolstert und dämpfte ihre Schritte. Sie redeten lebhaft in ihrer isländischen Muttersprache wie gute Freunde, die sich nach langer Trennung wieder gefunden hatten.

Jesse wunderte sich immer wieder über die harmonische Beziehung der Eheleute, die sich auch nach dreißig gemeinsam verbrachten Jahren noch so viel zu sagen hatten. Sie hatten einen beinahe erwachsenen, geistig leicht behinderten Sohn, Erik, den sie abgöttisch liebten. Stark wie ein junger Stier und einsilbig, machte auch Erik sich auf der Station nützlich.

Die Jonssons tauchten an der Wegbiegung aus dem Wald auf. Die Morgensonne, die durch die Äste der hohen Kiefern und Fichten schien, ließ die Gesichter der beiden Alten aufleuchten, die lächelnd winkten, während sie ihre Schritte beschleunigten.

Magnus Jonsson hatte den mächtigen Brustkasten und die breiten Schultern eines Fischers, der sein Leben damit verbracht hatte, Netze auszuwerfen und Winschen hochzukurbeln. Nach einem Unfall, bei dem er die linke Hand verlor, hatte er den Beruf aufgegeben. Die meisten Männer in seiner Situation hätten auch den Mut verloren und wären gestorben, Magnus aber hatte einen unbeugsamen Lebenswillen und war wieder genesen.

Palina, obwohl kräftig gebaut, wirkte neben ihrem kraftstrotzenden Ehemann beinahe unscheinbar. Sie hatte helle Augen und große, vorstehende Zähne. Hinter ihren ruhigen Gesichtszügen verbarg sich offensichtlich ein scharfer Verstand und eine lebhafte Fantasie.

„Guten Morgen, Jesse", grüßte sie mit einem leichten Singsang in der Stimme. „Sieh nur! Odin hat uns heute wieder einen prachtvollen Morgen beschert." Bei ihrer weit ausholenden

Armbewegung über die sonnendurchflutete Lichtung und die idyllische Pferdeweide am Hang geriet ihr orangefarbener Schal ins Flattern.

„Aegirs Atem hat die Wolken vertrieben und den Nebel aufgesaugt“, fügte Magnus hinzu.

Jesse nickte seinen Morgengruß. Er hatte sich an die ständigen Anspielungen der beiden auf Sagen und heidnische Gottheiten gewöhnt.

„Das ist aber noch nicht alles, was der Morgen uns beschert hat“, brummelte er, stieß die Tür auf und ließ die beiden eintreten. Dann ging er durch Wohnraum und Küche voraus in die hintere Kammer.

Als die Jonssons die Frau im Bett entdeckten, blieben sie wie angewurzelt stehen und fassten sich an den Händen.

„Hamingjan góoa“, murmelte Magnus. „Was hat das zu bedeuten?“

„Sie wurde an Land gespült.“ Jesse war verlegen, wie damals in seiner Kindheit, als er ein Geschenk bekommen hatte, das er nicht haben wollte. Was sagte man in einem solchen Fall?

Danke.

Aber er war nicht dankbar. Keineswegs.

„Sie lebt noch“, fügte er unbeholfen hinzu.

Palina beugte sich bereits über die Frau wie eine Glucke über ihr Küken. Jesse trat näher. „Oder etwa nicht?“

„Ja, ja. Sie lebt, aber sie ist halb erfroren, *litla greyid,* die Kleine. Mach Feuer im Herd, Magnus“, befahl sie über die Schulter. „Aha, du hast ihr das nasse Zeug schon ausgezogen.“ In ihrer Stimme schwang keine Spur von Tadel. Sie wusste genau wie Jesse, wie man unterkühlte Schiffbrüchige wärmte.

„Sie braucht schleunigst trockene Sachen.“ Palina nahm die

Hand der Frau zwischen ihre beiden Hände und rieb sie sanft. „Was für ein gesegneter Tag. Nie hätte ich mir träumen lassen, dass die Meeresgötter einem Mann ein solches Geschenk machen.“

Ein Geschenk?

Dummes Zeug. Aberglaube.

Wo, zum Teufel, sollte er saubere Kleidung für die Frau hernehmen? Er besaß nur das Nötigste für den Sommer und den Winter. Kentucky-Jeans, ein paar Hemden und seine Uniform als Leuchtturmwärter. Die Sachen, die er nicht trug, waren in der Schmutzwäsche und wurden in einem großen Kessel auf dem Herd ausgekocht. Erst heute Morgen hatte er sein Nachthemd in die Schmutzwäsche gegeben.

„Du hast Frauenkleider in deinem Haus, Palina“, sagte er.

„Nein. Das dauert zu lang. Sie ist halb erfroren. Sie braucht etwas zum Anziehen, und zwar schnell!“

Gegen seinen Willen warf er einen Blick auf die alte Seemannskiste am Fußende des Bettes.

„Ich habe nichts“, log er krächzend, die Kehle war ihm wie zugeschnürt. „Hör zu, ich laufe zu eurem Haus und bin in zehn Minuten wieder da.“

„Ich brauche *jetzt* trockene Sachen für sie.“ Palina fixierte ihn mit einem Blick, der keinen Widerspruch duldete. „*Sie* braucht die Sachen jetzt.“

Jesse ballte die Hände zu Fäusten. *Nein.* Er schreckte vor dem Gedanken zurück, in seiner Vergangenheit zu wühlen. Doch dann tat er etwas, was er sich geschworen hatte, nie im Leben zu tun.

Widerstrebend öffnete er den Deckel der Truhe. Ein vertrauter Duft stieg ihm in die Nase und ließ ihm die Knie weich werden. *Emily.* Er zwang sich, in den sorgfältig gefalteten Kleidern zu wühlen, spürte flauschigen Flanell, riss den Stoff heraus und warf ihn Palina zu. *Verzeih, Emily.* „Hier“, knurrte er. „Ich mache Holz fürs Feuer.“

Er spürte Palinas forschenden Blick wie glühende Kohlen im Rücken, während er aus dem Haus zum Geräteschuppen stapfte und die Axt holte.

Er stellte einen großen Klotz auf den Hackstock, hob die Axt mit beiden Händen über den Kopf, ließ sie mit einem wuchtigen Schwung niedersausen und spaltete den Klotz mit einem einzigen Schlag in zwei Teile, die so hell leuchteten wie eine frische Wunde. Jesse schlug die Klötze in handliche Scheite, verbissen mit rhythmischer Gewalt.

Doch sein Zorn vermochte die Dämonen nicht zu vertreiben. Er hatte es gewusst, bevor er die Seekiste geöffnet hatte – die Büchse der Pandora, die er jahrelang verschlossen gehalten hatte.

Er hatte das Flanellnachthemd kaum wahrgenommen, das er Palina zugeworfen hatte, und dennoch sah er den Stoff in jeder Einzelheit vor sich – das Muster aus kleinen grünen Blättern und blauen Streublumen, die weiße Baumwollspitze an Ausschnitt und Ärmeln. Am schlimmsten war der Duft, der immer noch in ihren Kleidern hing.

Der Duft seiner Frau. Wie eine Melodie, die ihm nicht aus dem Sinn ging und unerwünschte Erinnerungen wie Wellen in ihm hochschwappen ließen. Er sah sie vor sich, hörte ihr Lachen, roch den Duft der Seife, des Puders, die sie benutzte.

Auch nach all den Jahren blutete seine Seele, wenn er an sie dachte. Wenn er an die Hoffnungen und Träume dachte, die er so leichtfertig zerstört hatte.

Grimmig ließ er die Axt niedersausen, immer wieder, als

könne Gewalt ihn von seiner Pein befreien. Seine Schultermuskeln schmerzten, der Schweiß lief ihm von der Stirn in die Augen, tropfte ihm vom Hals und Brust. Als Magnus aus dem Haus kam, stand Jesse knietief in frisch gespaltenen Holzscheiten. Magnus blickte verständnislos auf den riesigen Berg Brennholz. „Es ist besser, du kommst jetzt ins Haus", sagte er.

Im Haus war es erstickend warm. Das blaue Kleid der Frau war im Waschbottich auf dem Herd gelandet. Jesse behagte der Gedanke ganz und gar nicht, dass das Kleid dieser Fremden zusammen mit seiner Wäsche gewaschen wurde.

Palina schnalzte besorgt mit der Zunge und schob der Frau Kissen in den Rücken.

„Was bist du bloß für ein wichtigtuerisches altes Weib", sagte Jesse. Zu seinem Erstaunen klang seine Stimme beinahe normal.

„Und darauf bin ich stolz", entgegnete sie spitz.

Wäre Jesse ein heiterer Mann gewesen, hätte er jetzt gelächelt. Er hatte Magnus und Palina wirklich gern, die genau wussten, wann sie ihm helfen und wann sie ihn in Ruhe lassen sollten. Im Augenblick brauchte er ihre Hilfe.

„Na?" stichelte Palina. „Interessiert es dich gar nicht, ob es deiner kleinen Besucherin besser geht?"

„Geht es ihr besser?"

Palina nickte und fuhr sich mit abgearbeiteten Händen glättend über ihre weiße Schürze. „Bei guter Pflege wird sie bald wieder auf der Höhe sein und sicher ein gesundes Baby zur Welt bringen."

Bei der Erwähnung des Kindes zuckte Jesse innerlich zusammen, ließ sich jedoch nichts anmerken und gab sich kühl und verschlossen. „Mit dem Karren können wir sie in euer Haus schaffen", sagte er.

„Nein“, entgegnete Palina.

„Dann trage ich sie.“

„Nicht so schnell, mein Freund.“ Magnus hob seine gesunde Hand. „Die Frau kommt nicht zu uns.“

„Natürlich kommt sie zu euch. Wo sonst …“

„Sie bleibt hier“, fiel Palina ihm ins Wort. „Hier kann sie zu Kräften kommen und gesund werden in der Pflege des Mannes, der sie gefunden hat. Des Mannes, für den das Geschenk gedacht war.“

„Wir müssen praktisch denken“, fügte Magnus hinzu. „Du hast hier genügend Platz. Wir haben nur zwei kleine Kammern und den Speicher für Erik.“

Jesse lachte trocken. „Das ist unmöglich. Ich halte mir nicht einmal einen Hund, verdammt noch mal. Ich kann nicht eine … eine …“

„Frau“, half Palina ihm auf die Sprünge. „Eine Frau, die ein Kind erwartet. Kannst du das etwa nicht aussprechen? Kannst du der Wahrheit nicht ins Gesicht sehen?“

Panik flackerte in Jesse auf. Die Jonssons meinten es ernst, erwarteten tatsächlich, dass er diese Fremde hier behielt, sich um sie kümmerte, sie gesund pflegte.

„Sie bleibt nicht.“ Er bemühte sich, ruhig zu sprechen. „Wenn ihr sie nicht aufnehmt, bringe ich sie in die Stadt.“

Magnus redete isländisch mit seiner Frau, die bedächtig nickte und an ihrem Kopftuch nestelte. „Es wäre auf jeden Fall zu riskant, sie in die Stadt zu transportieren nach dem Schock, den sie erlitten hat.“

„Aber …“ Jesse schwieg und biss die Zähne aufeinander. Zwei steile Falten bildeten sich auf seiner Stirn, während er verwirrt nach einer Lösung suchte. Wenn Palina Recht hatte und der Frau auf dem Weg in die Stadt etwas zustieße, würde er dafür verantwortlich sein.

Wieder einmal. Wie immer.

„Es ist das Gesetz der See", sagte Magnus und fuhr sich mit der rechten Hand durch das buschige Haar. „Gott hat sie dir geschenkt."

Die drei standen auf den Fliesen vor dem großen schwarzen Herd, Palina zupfte zerstreut einen Faden von Magnus' leerem weißen Hemdsärmel. Ihr Blick aber war unverwandt auf Jesse gerichtet. Und wieder bemerkte er in den Tiefen ihrer Augen diesen heidnischen Glauben, alt und unausrottbar.

„Ich glaube nicht an alte Märchen", sagte er.

„Es zählt nicht, was du glaubst. Trotzdem ist es wahr", sagte Magnus.

Palina stemmte die Hände in die Hüften. „Es gibt Fügungen, die aus der Ewigkeit auf uns zukommen, Fügungen, gegen die wir uns nicht auflehnen dürfen. Das, was heute geschehen ist, gehört dazu."

Jede Faser in Jesses Körper spannte sich heftig an. Er wollte und konnte diese Fremde nicht in seinem Haus, in seiner Welt haben.

„Sie kann nicht bleiben." Die Angst ließ seine Stimme zornig klingen, verletzend wie ein Peitschenhieb. „Ich kann ihr nichts bieten. Ich kann ihr keine Hilfe, keine Hoffnung geben. Ich bin kein Krankenpfleger. Begreift ihr das nicht? In der Hölle hätte sie eine bessere Überlebenschance."

Er hatte die Worte ausgestoßen, ehe er begriff, was er sagte. Sie kamen aus der vergifteten Dunkelheit in ihm und waren die unleugbare Wahrheit.

Magnus und Palina tauschten einen Blick, wechselten ein

paar leise Worte, dann neigte Palina den Kopf zur Seite. „Du wirst tun, was du für diese Frau tun musst. Für dieses Kind." Ihr Blick schärfte sich. „Vor zwölf Jahren hat dir die See alles genommen, was dir lieb und teuer war." Ihre Worte hingen unheilvoll in der Stille. „Jetzt aber hat die See dir etwas zurückgegeben."

Die Jonssons verließen das Haus. Jesse hatte keinen Zweifel daran, dass Palina sich darüber im Klaren war, was sie gerade getan hatte. Sie hatte die Grenzen ihrer stillschweigenden Übereinkunft verletzt. In zwölf Jahren hatte niemand gewagt, mit ihm über die Tragödie zu sprechen. Nur weil er nicht über die Dinge redete, die ihn jede Sekunde seines Lebens quälten, hatte er es geschafft, zu überleben.

Steifbeinig trat er auf die Veranda. „Kommt zurück, verdammt noch mal!" brüllte er den beiden nach. Er hatte die Jonssons noch nie angeschrien, noch nie beschimpft. Doch ihre eigensinnige Ablehnung, ihm zu helfen, machte ihn blind vor Zorn. „Kommt sofort zurück, und helft mir mit dieser ... dieser ..."

Palina drehte sich an der Wegbiegung um. „Frau ist das Wort, nach dem du suchst, Jesse. Eine Frau, die ein Kind erwartet."

„Kannst du das glauben, D'Artagnan?" fragte Jesse verärgert, während er vom Pferd stieg und es an dem Pfosten vor Ilwacos einzigem Gemischtwarenladen festband. „Die Jonssons denken tatsächlich, ich müsse diese fremde Person wegen einer blöden Fabel über das Meer behalten. So ein Quatsch. Das ist genauso verrückt wie ..."

„Wie mit deinem Pferd zu sprechen?" fragte eine Stimme auf dem Gehweg hinter Jesse.

Er drehte sich mit finsterer Miene um. „D'Artagnan wird in der Stadt ziemlich nervös, Judson."

Judson Espy, der Hafenmeister, verschränkte die Arme vor der Brust, wippte auf den Fersen und nickte ernsthaft. „Ich wäre auch nervös, wenn man mir einen französischen Namen gegeben hätte.“

„D’Artagnan ist der Anführer der *drei Musketiere.*“

Judson machte ein verständnisloses Gesicht.

„Das ist ein Roman.“

„Aha. Wenn der Klepper so verdammt nervös ist, könntest du ihn ja mir überlassen.“

„Seit zehn Jahren versuchst du nun, mir das Pferd abzuschwatzen.“

„Und du sagst seit zehn Jahren Nein.“

„Dann frage ich mich, wieso du immer wieder davon anfängst.“ Jesse streichelte den kraftvollen Hals des Wallachs. D’Artagnan war an einem Tiefpunkt seines Lebens zu ihm gekommen, als er beinahe entschlossen war aufzugeben ... alles aufzugeben. Ein Chinook-Indianer hatte ihm den halb wilden Einjährigen verkauft, und Jesse hatte aus ihm das beste Pferd im ganzen Territorium gemacht. Im Laufe der Jahre hatte er drei weitere Pferde angeschafft – Artos, Portos und Aramis hatten das Quartett der Musketiere vervollständigt.

Er ging neben Judson her. Die schweren Stiefel der Männer polterten auf den Holzplanken des Gehsteigs. Als sie den Gemischtwarenladen passierten, verließ die Witwe Hestia Swann den Laden, stattlich wie eine Barkasse. Zwischen Daumen und Zeigefinger ihrer behandschuhten Hand hielt sie affektiert das hauchdünne Gespinst eines Taschentuchs. Ihren Kopf zierte ein ausladendes Gebilde, mehr Blumenstrauß als Hut.

„Guten Tag, Mr. Espy.“ Und merklich kühler fügte sie hinzu: „Ach, und Mr. Morgan. Welch eine seltene Ehre.“

Jesse nahm an ihrer kühlen Haltung keinen Anstoß. Für die meisten Bewohner von Ilwaco war er auch nach zwölf Jahren noch ein Fremder.

„Mrs. Swann", erwiderte er ihren Gruß und zog seinen geölten Leinenhut.

Ein verkrampftes Lächeln huschte über ihre Lippen. Mrs. Swann legte großen Wert auf gesellschaftlichen Status und behandelte ihn mit ausgesuchter Höflichkeit – wegen seiner Familie in Portland.

Als ob das noch eine Rolle spielen würde.

„Wie gehts, Ma'am?" Judson wollte ein Gespräch beginnen, und Jesse machte sich auf den Rückzug.

Die Dame fächelte sich mit dem Spitzentüchlein Luft zu. „Danke der Nachfrage, Mr. Espy, nicht sehr gut. Seit mein lieber Sherman auf See geblieben ist, leide ich an Schwermut. Das ist nun erst zwei Jahre her, doch es kommt mir vor wie eine Ewigkeit."

„Tut mir Leid, das zu hören, Ma'am. Trotzdem einen schönen Tag noch." Judson beeilte sich, Jesse einzuholen. „Was ist eigentlich an dem Gerede dran, du hättest eine Frau bei dir aufgenommen?"

Er hatte absichtlich die Stimme erhoben, daran hatte Jesse keinen Zweifel. Hestia Swann, die ihren zweirädrigen Studebaker ansteuerte, blieb stocksteif stehen, als habe ihr jemand einen Besenstiel in den Rücken gerammt. Ihr Fischbeinkorsett knackte, als sie sich umdrehte und die beiden Männer empört anstarrte.

„Wie bitte?" entrüstete sie sich. „Mr. Morgan lebt mit einer Frau zusammen?"

Judson nickte, und seine Augen blitzten belustigt. „Ja. Das hat er gerade seinem Pferd erzählt."

„Grundgütiger! Wieso sollte er mit seinem Pferd reden?“

„Weil er Jesse Morgan ist.“

„Und er ist nicht taub“, mischte Jesse sich gereizt ein.

„Schweigen Sie“, fuhr Mrs. Swann ihn an. „Es schickt sich nicht, mit einer Frau zusammenzuleben ...“

„Ich lebe nicht mit ihr zusammen ...“

„Aha! Dann gibt es also doch eine Frau!“ entrüstete Mrs. Swann sich.

„Was ist hier los?“ Abner Cobb trat aus seinem Laden. In den vollen Taschen seiner Arbeitsschürze klimperten Nägel und Schrauben.

Jesse bezwang seinen Wunsch, in D'Artagnans Sattel zu springen und das Weite zu suchen.

„Jesse Morgan lebt mit einer Frau zusammen“, verkündete Hestia Swann mit schriller Stimme.

Der breit grinsende Abner schlug Jesse auf den Rücken. „Wurde ja auch Zeit. Solange ich dich kenne, habe ich dich nie mit einer Frau gesehen.“

„Ich bin mit keiner Frau zusammen“, sagte Jesse, dem niemand mehr zuhörte. Weitere Passanten hatten sich der kleinen Gruppe zugesellt, und alle redeten über die unschicklichen Vorgänge auf der Leuchtturmstation aufgeregt durcheinander. Abners Frau war neugierig herbeigeeilt, gefolgt von Bert Palais, dem Herausgeber des *Ilwaco Journals.*

„Woher kommt sie?“ fragte Bert und zückte eifrig seinen Notizblock.

„Ich fand sie am ...“

„Aha. Vermutlich aus der Großstadt“, verkündete Mrs. Swann, deren üppiger Busen sich selbstgefällig hob und senkte. „Hab ich Recht, Mr. Morgan?“

„Eigentlich ist sie …“

„Ich nehme an, Sie kennen die Dame aus Portland“, stellte die Witwe fest und nickte zufrieden über ihre Schlussfolgerung, während weitere Passanten herbeieilten. „Ja, das ist es. Jesse ist nämlich ein Morgan aus Portland.“ Sie beugte sich über Berts Schulter. „Seine Familie besitzt die *Shoalwater Bay Company.* Das Unternehmen hat Geschäftsbeziehungen bis nach San Francisco. Wussten Sie das?“

„Natürlich weiß ich das“, antwortete der Zeitungsverleger und prahlte mit weiterem Wissen. „Mr. und Mrs. Horatio Morgan haben im April eine ausgedehnte Europareise angetreten.“

„Ich erinnere mich, über ein großes gesellschaftliches Ereignis vor einigen Jahren gelesen zu haben“, warf Mrs. Cobb ein. „Die Hochzeit von Annabelle Morgan und Granger Clapp.“

Hestias Doppelkinn bebte, als sie heftig zustimmte. „Jesses Schwester. Es war die Hochzeit des Jahrzehnts. Vielleicht ist die Frau eine Freundin von Annabelle.“

Jesse hörte sich den Klatsch nicht länger an. Er machte kehrt und ging. Ihm war, als würden Geier auf ihn einhacken. Gewöhnlich erledigte er seine Besorgungen in der Stadt zügig, ohne sich unnötig lange aufzuhalten. Niemand außer Judson, der sich eilig an seine Fersen heftete, schien bemerkt zu haben, dass er sich aus dem Staub gemacht hatte.

„Vielen Dank“, sagte Jesse zähneknirschend und bog in eine Seitengasse ein.

„Wohin gehst du?“ fragte Judson.

„Zu Doktor MacEwan.“

„Braucht die Frau einen Arzt?“

„Hm.“

„Ist sie etwa krank oder was?“

„Oder was."

Judson zog die Stirn in Falten. „Was, zum Teufel, hat sie denn?"

„Sie ist schwanger."

Judson schlug sich mit der Hand gegen die Stirn und taumelte rückwärts. „Ich fasse es nicht. Du Teufelskerl, Jesse ..."

„Und wenn du irgendwem nur ein verdammtes Wort davon erzählst", warnte Jesse ihn, „dann ..."

Es war bereits zu spät. Judson rannte bereits um die Ecke. „He, Leute!" brüllte er der Versammlung auf dem Gehsteig zu. „Ratet mal!"

Jesse umfing den Messingknauf der Tür zur Arztpraxis. Was war nur aus seinem stillen, zurückgezogenen Leben geworden? Dann schlug er mit der Stirn kräftig gegen die Tür, ein Mal, zwei Mal, drei Mal.

Es half nichts.

Dr. MacEwan nahm keinen Anstoß daran, ständiger Gesprächsstoff der Bewohner von Ilwaco zu sein. Als Verfechterin moderner Errungenschaften der Medizin mit Kenntnissen, die sie sich an einer angesehenen Universität im Osten der Staaten angeeignet hatte, war sie eine leidenschaftliche, kämpferische und ausgesprochen fähige Ärztin.

Dennoch brachten einige engstirnige Bewohner von Ilwaco Dr. Fiona MacEwan eine gehörige Portion Misstrauen entgegen. Möglicherweise war das ein Grund, warum Jesse sich zu ihr hingezogen fühlte.

Er wartete in seiner Küche, während Fiona die fremde Schiffbrüchige untersuchte. Nach dem unangenehmen und aufreibenden Besuch in der Stadt versuchte Jesse, sich ein wenig zu entspannen. Nur unter massiven Drohungen war es ihm dann endlich gelungen, sein Anliegen beim Hafenmeister durchzusetzen und Judson zu zwingen, seine Aufzeichnungen zu prüfen und Nachforschungen über ein Schiff anzustellen, das einen Hafen in der Nähe der Columbia-Mündung hätte anlaufen müssen. Dadurch würde sich die Identität der Frau mit Sicherheit feststellen lassen.

Und nun war die Ärztin gekommen. Es würde nicht mehr lange dauern, bevor Dr. MacEwan ihn von der Fremden befreien und sein Leben wieder in normalen Bahnen verlaufen würde.

Normal bedeutete Einsamkeit.

Jesse biss die Zähne zusammen, um seine Gefühle zu verdrängen. Gefühle hatten seinen Untergang bedeutet. Dieses einsame Leben, sein Exil, war sein Schicksal.

Er blickte an der Vorderseite des Hauses aus dem Fenster. Die Tage wurden immer länger, und es blieben noch ein paar Stunden Zeit, bevor er die Lampen im Leuchtturm anzünden musste.

Dann würde seine einsame Nachtwache beginnen.

Als er Schritte hinter sich hörte, drehte er sich um und sah Dr. MacEwan aus der Kammer kommen. Fiona hatte ein flächiges Gesicht und kraftvolle Hände wie eine Bäuerin, Hände, die zupacken konnten. Sie trug ihr volles, grau meliertes Haar zu einem Nackenknoten gebunden, von einer Stricknadel oder einem Schreibstift zusammengehalten, was immer gerade zur Hand war. Heute hatte sie eine alte Häkelnadel zur Befestigung des Knotens gewählt.

„Nun?“ fragte Jesse.

„Sie ist halb bei Bewusstsein.“

„Was bedeutet das?“

„Sie ist in einem Dämmerzustand zwischen Wachen und Schlafen." Fiona nahm ihr Stethoskop vom Hals und legte es in ein schwarzes Samtetui. „Ist Ihnen aufgefallen, dass sie keinen Ehering trägt?"

„Nicht alle tragen einen Ehering."

„Dadurch ergeben sich interessante Möglichkeiten", sagte sie. „Vielleicht ist sie eine Witwe …"

„Oder ein gefallenes Mädchen." Es war leichter für ihn, schlecht von der Fremden zu denken.

„Wieso gibt es eigentlich nur gefallene Frauen?" fragte Fiona sinnend. „Nie einen gefallenen Mann?"

„Jedenfalls ist sie ins Meer gefallen und wahrscheinlich besser dran als er."

„Richtig." Fiona zog ihren weißen Arztkittel aus und legte ihn sorgfältig zusammen. „Ich konnte ihr ein wenig Wasser einflößen. Aber sie steht unter Schock und ist immer noch in Lebensgefahr."

„Ist sie irgendwie verletzt?" Jesse stellte die Frage, weil er wünschte, dass sie bald wieder zu Kräften kam und aus seinem Leben verschwand. Je früher, desto besser.

„Sie hat eine böse Prellung am Schlüsselbein, darauf müssen Sie achten."

„Wieso ich?" Das Grauen kroch wie eine Spinne über Jesses Brust.

„Ja. Die Schulterpartie ist stark geschwollen." Ohne um Erlaubnis zu fragen, trat Fiona an das Regal und goss zwei Finger breit Brandy in ein Glas. „Die rechte Seite."

„Das sollten Sie den Leuten sagen, bei denen sie unterkommen wird." Während Jesse sprach, kroch Argwohn in ihm hoch.

Fiona trank den Brandy in einem Zug und schloss genüsslich

die Augen, während die Flüssigkeit ihr durch die Kehle lief, und ein seliges Lächeln breitete sich über ihre klaren Gesichtzüge. Dann öffnete sie die Augen. „Sie bleibt bei Ihnen. Jesse, Sie haben die junge Frau gerettet. Sie tragen die Verantwortung für sie."

„Nein." Er trat an den Küchentisch, schlug die flachen Hände auf die Platte, beugte sich vor und starrte die Ärztin finster an. „Verflucht noch mal, Fiona, ich dulde nicht ..."

„*Sie* dulden nicht", spottete sie. „Es geht immer nur um Sie, nicht wahr, Jesse Morgan? Sie sehen alles nur aus Ihrer Sicht."

„Wie denn sonst?"

„Aus der Sicht der bedauernswerten Frau da drin, Sie Dickschädel!" Fiona goss sich einen weiteren Schluck Brandy ein. „Sie hat keine sichtbaren Verletzungen, abgesehen von ein paar Blutergüssen und Abschürfungen. Das bedeutet aber noch lange nicht, dass wir sie durch die Gegend kutschieren dürfen. Sie ist in einem bedenklichen Zustand, machen Sie sich darüber keine Illusionen."

„Sie müssen sie mitnehmen." Seine Stimme war ein raues Krächzen.

„Ich denke nicht daran."

„Hier kann sie nicht bleiben."

„Den mexikanischen Seemann haben Sie letztes Jahr sechs Wochen bei sich behalten."

„Das war etwas anderes." Jesse hatte den Matrosen gerettet, bevor sein Beiboot in der Brandung an den Felsklippen zerschellt war. „Er schlief im Schuppen und telegrafierte um Hilfe."

„Und er sprach nicht Englisch", ergänzte Fiona, als habe Jesse Schuld daran, „und konnte Ihre Einsamkeit nicht stören."

„Seit wann ist es ein Verbrechen, wenn man seine Ruhe haben will?"

„Es ist ein Verbrechen, eine Frau unnötig in Lebensgefahr zu bringen, weil Sie Angst davor haben, sie zu behalten."

Der Vorwurf erschreckte Jesse. „Das war ein verdammter Schlag unter die Gürtellinie, Fiona."

Sie nippte am Brandy. „Ich weiß. An der Universität habe ich gelernt, mit unfairen Mitteln zu kämpfen. Und ich habe nie den Kürzeren gezogen. Schon gar nicht im Kampf mit einem *Mann.*"

Jesse richtete sich auf und trat vom Tisch zurück. „Was ist mit dem Ruf der Frau? Wahrscheinlich ist sie eine anständige, gottesfürchtige Person. Ich nehme an, Mrs. Swann verbreitet schon haarsträubende Gerüchte über sie in der Stadt. Es schickt sich nicht, wenn eine Frau mit einem Mann, mit dem sie nicht verheiratet ist, unter einem Dach wohnt."

„Sobald ich die Leute darüber aufkläre, in welchem Zustand sie sich befindet, werden auch die engstirnigsten Bürger nicht argwöhnen, es gehe etwas Unschickliches in Ihrem Haus vor."

„Sie haben ja eine hohe Meinung von Ihren Mitbürgern", sagte Jesse spöttisch. „Die Leute werden kein gutes Haar an ihr lassen."

„Seit wann stört Jesse Morgan sich an bösem Klatsch?" fragte Fiona, leerte das Glas und klappte die braune Arzttasche zu. „In ein paar Tagen sehe ich wieder nach ihr. Wenn sie bereit ist zu sprechen, finden Sie heraus, wo ihre Familie lebt und wie wir sie erreichen können."

Jesse begleitete sie zur Tür. „Tun Sie das nicht, Fiona. Lassen Sie mich nicht mit dieser Frau allein."

Er spürte, wie ihr der Geduldsfaden riss. Sie funkelte ihn wütend an. „Sie kümmern sich um diese Frau, Jesse Morgan, und helfen ihr, gesund zu werden, haben Sie verstanden? Schluss mit

Ihren Ausflüchten. Sie ist schwanger, falls Sie das noch nicht bemerkt haben sollten."

„Ich habe es bemerkt."

„Eine Schwangerschaft ist immer ein gefährlicher Zustand, auch für eine Frau, die kein traumatisches Erlebnis hatte. Sollte sie ihre Familie bei dem Schiffsunglück verloren haben, dann ist das Baby alles, was ihr geblieben ist. Es ist unsere verdammte Pflicht, alles zu tun, was in unserer Macht steht, damit sie ein gesundes Kind zur Welt bringt. Wenn ich mit meiner Schätzung richtig liege, müsste es in vier Monaten so weit sein."

Nachdem die Ärztin gegangen war, horchte Jesse lange auf das Ticken der Wanduhr. Und in der Kammer neben der Küche schlief die schöne fremde Frau.

3. *KAPITEL*

Dunkelheit. Das Keuchen ihrer Atemzüge. Bilder und Erinnerungsfetzen. Das Gesicht eines Fremden. Starke Arme, die sie umfingen. Die Frucht der Schande in ihrem Bauch, das heranwachsende Leben in ihr, das sie liebte.

Der Gedanke an das Baby zwang sie aufzuwachen. Das Bett, in dem sie lag, war erstaunlich weich, ein willkommener Luxus nach der Enge im Schiffsrumpf.

Was haben wir denn da? Einen blinden Passagier? Das muss ich dem Kapitän melden.

Die Erinnerung jagte ihr einen Schauder über den Rücken, sie blinzelte träge, bis sie dunkle Umrisse erkennen konnte. Das kleine Viereck eines Fensters mit geschlossenen Läden. Ein Waschtisch, eine Seekiste. Ein klobiges Möbelstück, ein Schrank.

Ein starker, angenehmer Geruch. Seifenlauge, vielleicht. Und Kaffee, der schon eine Weile stand.

Geborgen. Hier fühlte sie sich geborgen. Sie hatte zwar keine Ahnung, wo dieses Hier war, spürte aber eine Kraft, die sie schützte und wärmte. Endlich in Sicherheit. Jeder Ort war sicher im Vergleich zu dem Ort, dem sie entflohen war.

Sobald ihr dieser Gedanke in den Sinn kam, wehrte sie sich dagegen. Sie war noch nicht bereit nachzudenken und wünschte sich, die Vergangenheit vergessen zu können.

Sie legte die Hand über die sanfte Wölbung ihres Leibes. Nein. Es gab kein Vergessen.

„Hallo?" flüsterte sie in die Dunkelheit.

Keine Antwort. Nur ein entferntes, stetiges Rauschen.

Zaghaft schob sie die Decken von sich und verzog das Gesicht, als ihr ein scharfer Schmerz in die Schulter fuhr. Sie trug ein Nachthemd aus weichem Flanell – ein warmer Stoff, den sie sich als Kind gewünscht hätte, wenn sie im Speicher der Kate ihrer Eltern vor Kälte schlotterte, da das Herdfeuer in der Stube nicht ausreichte, um ihre Kammer zu wärmen.

Sie stand vorsichtig auf, tastete sich an der Wand entlang zur Tür, die einen Spalt offen stand. An der rauen Holzwand zog sie sich einen Schiefer ein, den sie nicht beachtete. Nach all dem Grauen, das sie durchgemacht hatte, konnte sie ein winziger Splitter in der Haut nicht erschüttern.

Der Holzboden war im Laufe der Jahre glatt geschliffen. An der Tür blieb sie stehen und sammelte ihre Kräfte.

Das Rauschen musste die Meeresbrandung sein, die gegen Felsen schlug.

Sie hatte ihr Leben am Meer verbracht und empfand das Tosen als angenehm. Der Schiffbruch hatte ihrer Liebe zum Meer keinen Abbruch getan. Was immer auch geschah, das Tosen der Wellen hatte ewigen Bestand.

Ein behäbiger Eisenherd in der Küche verbreitete wohltuende Wärme. Von der Küche aus öffnete sich ein Wohnraum. Sie machte die Herdklappe auf, um mehr Licht zu bekommen. Der rötliche Schein der Flammen ließ grob gezimmerte Einrichtungsgegenstände und eine schmale Stiege erkennen. Sie stieg die Stufen hinauf und spähte durch eine offene Tür. In der Dämmerung erkannte sie ein großes Pfostenbett.

Das Bett war leer.

Wo bin ich eigentlich?

Obwohl sie nun bei jedem Schritt gegen den Schwindel ankämpfte, drängte es sie, das Haus weiter zu erkunden, um Antworten auf die Fragen zu finden, die ihr im Kopf herumschwirrten. Mit zittrigen Knien stieg sie die Stufen wieder hinunter, trat ins Freie auf eine Holzveranda.

Nun hörte sie das Tosen der Brandung laut und rhythmisch. Über den dunklen Himmel zogen große Wolken, die, von einem seltsamen Licht beleuchtet, wie fette Fische durch die Nacht schwammen.

Woher kam dieses Licht? Verwirrt hielt sie sich an der Balustrade fest, der Schwindel hatte sich verstärkt, ihre verletzte Schulter pochte schmerzhaft. In der Dunkelheit erspähte sie einen Holzverschlag, halb verdeckt von Fliederbüschen. Das Klosett? Ja. Fröstelnd tappte sie auf nackten Füßen durch frisch gemähtes, nasses Gras. Nachdem sie sich erleichtert hatte und den Verschlag verließ, wurde sie wie magisch von dem silbrigen Lichtschein angezogen. Mühsam schleppte sie sich einen sanften Hügel hinauf. Hinter dichten hohen Bäumen ragte die Silhouette eines imposanten Turms in den Nachthimmel. Ein Leuchtturm.

Erinnerungsfetzen stiegen in ihr auf. Das grässliche Übelkeitsgefühl, als der Schiffsrumpf von einer Seite zur anderen schlingerte. Das Ächzen und splitternde Krachen der berstenden Schiffsplanken. Ein Seemann, der ihr mit heiserer Stimme etwas zuschrie, ihr ein Tauende zuwarf. Ein Stück vom Mast oder der Rahnock, das im Wasser trieb. Sie hatte sich mit dem Tau daran festgebunden. Sie erinnerte sich, wie sie den Horizont verzweifelt mit Blicken abgesucht hatte.

Als die See den Viermaster verschlang – *Blind Chance* hieß das Schiff –, mit unheimlich gurgelndem Schlürfen, hatte sie das Licht erspäht, zunächst wie eine schwache Funzel. Es konnte kein Stern sein, dafür stand es zu tief am Horizont. Sie hatte das Licht nicht mehr aus den Augen gelassen, war stundenlang, wie ihr schien, mit Händen und Füßen in seine Richtung gepaddelt. Das Wasser war kalt, aber erträglich. In gleich bleibendem Takt hatte der Leuchtturm sie näher und näher gezogen: Ein lang anhaltender Lichtstreifen, gefolgt von kurzer Dunkelheit, tauchte mit zuversichtlicher Regelmäßigkeit auf, spornte sie an, durchzuhalten.

Als die Morgendämmerung den Horizont schwach erhellte, hatte die Erschöpfung sie übermannt. Als letztes Bild hatte ihr Bewusstsein das Licht wahrgenommen. Sie entsann sich, gedacht zu haben, es sei tröstlich, mit dem letzten Atemzug ein Licht zu sehen.

Nun stand sie auf der Hügelkuppe in maßlosem Staunen, überlebt zu haben.

Aber wer war ihr Retter?

Sie überlegte, ob sie ihn suchen sollte, stand unschlüssig im Schatten eines hohen Nadelbaumes, spürte die feuchte, nachgiebige Erde unter ihren nackten Fußsohlen.

Und dann sah sie ihn.

Ihr erster Gedanke war Flucht. Doch das war wohl nicht nötig, er konnte sie gewiss nicht sehen.

Er stand auf dem eisernen Laufgang hoch oben auf dem Turm und blickte auf die See hinaus. Der rotierende Lichtstreifen erfasste seine hohe Gestalt. Der Nachtwind zerrte an seinen langen Haaren. Etwas erschien ihr merkwürdig an seiner Haltung. Er hatte die Hände tief in den Taschen seiner Seemannsjacke vergraben und die Schultern hochgezogen, als friere er. Aber die Nacht war nicht kalt, es wehte ein lauer Wind.

Er stand reglos, versteinert wie der Turm. Der Lichtkegel, der ihn in regelmäßigen Abständen streifte, tauchte ihn in einen fahlen, gespenstischen Schein.

Nur das Licht bewegte sich, der Mann aber stand vollkommen still.

Sie beobachtete ihn lange, eine Ewigkeit, wie ihr schien. In die Gestalt des Fremden an der Eisenbrüstung des Leuchtturms kam kein Leben. Müde und geschwächt schleppte sie sich mit letzter Kraft ins Haus und kroch wieder ins Bett.

Kaum lag ihr Kopf auf dem Kissen, war sie wieder eingeschlafen und hatte zum ersten Mal seit langer Zeit keine Angst.

Es war Zeit, sich von der Nacht zu verabschieden.

Jesse genoss die stillen Momente zwischen Nacht und Tag. Würziger Geruch stieg vom feuchten Waldboden und den Wiesen auf. Die Kormorane, die sich nachts in den Klippen niedergelassen hatten, ließen ihre klagenden Schreie hören. Ein graues Nichts, in dem die Welt stillzustehen schien. Die Nacht war gegangen, und ein neuer Tag brach an. In diesen Momenten zwischen der Zeit war er ganz allein, was er so schätzte. Die Stille. Den Frieden.

Der neue Tag gab kein Versprechen. Nur die Gleichförmigkeit des Vortags und das dumpfe Wissen, dass der morgige Tag ebenso eintönig verlaufen würde.

Dies wurde Jesse in solchen Augenblicken deutlicher bewusst als sonst, wenn der Horizont sich erhellte, als gieße man Wasser in schwarze Tinte, bevor der Tag den Himmel im Osten in stechender Klarheit färbte.

Doch heute ist alles anders, dachte er, betrat das Haus und näherte sich der Kammer neben der Küche. Wegen *ihr.*

Sie lag anders da als vor ein paar Stunden, stellte er im Morgengrauen fest. Sie lag schräg im Bett, schlief tief und entspannt wie ein Kind. Eine der beiden Steppdecken war auf den Fußboden gerutscht.

Sein Blick glitt durchs Zimmer. Die Schüssel und der Krug

auf dem Waschtisch waren unberührt. Er trat einen Schritt vor, um besser sehen zu können.

Ein nackter Fuß, zart wie der einer Porzellanpuppe, lugte unter den Decken hervor. An der Fußsohle klebten nasse Tannennadeln.

Jesse richtete sich so hastig auf, dass er mit dem Kopf gegen einen niedrigen Holzbalken stieß. Er fluchte leise. Der Gedanke, dass diese fremde Person in seinem Haus herumschnüffelte, behagte ihm nicht. Es passte ihm nicht, dass sie in seine kleine Welt eindrang, die er sich erschaffen hatte, dass sie sich ein Urteil über ihn bildete.

Er wischte den Gedanken beiseite. Die Frau war krank. Wieso sollte sie an ihm interessiert sein? Vermutlich war sie orientierungslos und benommen herumgeirrt auf der Suche nach ihrem Ehemann, den sie bei dem Schiffsunglück verloren hatte.

Wieso sollte sie sich für einen Leuchtturmwärter interessieren? Sie hatte keinen Grund, in seinem Leben herumzuschnüffeln. Sobald sie gesund wäre, würde sie zu ihrer Familie zurückgehen.

Jesse blieb noch einen Moment. Das zunehmende Morgenlicht erhellte die Kammer. Er sollte gehen, sie in Ruhe lassen, rührte sich aber nicht von der Stelle, gebannt in einer unerklärlichen Faszination.

Fiona hatte die Situation für so selbstverständlich genommen. Wieso begriff sie nicht, wie ungewöhnlich das alles war? Weshalb fehlte ihr jedes Verständnis für seine Ablehnung, diese Frau kennen zu lernen?

Die zarte Schönheit dieser Fremden war ein glatter Hohn. Eine Prüfung. Ein boshaftes Schicksal wollte ihn auf die Probe stellen, ob er willensstark genug war, um einem engelsgleichen

Gesicht, einem Körper, verlockend wie eine reife Frucht, zu widerstehen.

„Verdammt“, knurrte er in die Stille. „Wieso sieht sie nicht aus wie eine alte Hexe?“

Seltsamerweise würde das kaum etwas an der Situation ändern. Wenn sie ein Froschgesicht oder drei Arme hätte, würde er nicht anders empfinden. Auch dann wäre er von dem Geheimnis, das sie umgab, fasziniert. Ihre Schönheit war nur das Tüpfelchen auf dem i dieser ironischen Schicksalswende.

Die ersten Sonnenstrahlen stahlen sich durchs Fenster. Sie seufzte im Schlaf, drehte sich auf die andere Seite, zog die Knie an und legte einen Arm schützend über ihren gewölbten Leib.

Sie war im fünften Monat schwanger, hatte Fiona gesagt. Das Baby machte sich bemerkbar, und die Mutter würde die winzigen Stöße von Armen und Beinen spüren. Fiona hatte ihm das mit einem seligen Lächeln verkündet, als erwarte sie, er würde sich darüber freuen.

Eine lange Haarsträhne fiel der Schlafenden ins Gesicht. Jesse konnte den Blick nicht wenden. Ein Strahlenbündel der Morgensonne verlieh ihrem Haar einen rubinroten Glanz. Er beugte sich vor und strich ihr das Haar nach hinten. Die Berührung der seidig weichen Locke traf ihn so unerwartet, dass ihm der Atem stockte.

Hastig richtete er sich auf und trat einen Schritt zurück. Er hatte sie berührt. Sie war eine Fremde. Die Frau eines anderen. Oder eine Witwe. Jesse Morgan hatte kein Recht, sie zu berühren.

Er verließ die Kammer, schloss die Tür bis auf einen winzigen Spalt, um zu hören, wenn sie das Bett verließ. In seinem Zimmer schleuderte er die Stiefel von sich und sank mit einem tiefen Stöhnen aufs Bett.

Aber er konnte nicht schlafen, die Gegenwart der fremden Frau irritierte ihn. Es war eine Verheißung, die nicht für ihn bestimmt war.

„Wie schön, Sie wieder einmal zu sehen, Mr. Jones", grüßte der livrierte Portier mit einer unterwürfigen Verbeugung.

Granger erwiderte den Gruß mit einem knappen Nicken. Der lächelnde Portier ließ sich den falschen Namen auf der Zunge zergehen und zwinkerte Mr. Jones vertraulich zu.

Doch Granger war schlecht gelaunt und hatte wenig Sinn für Vertraulichkeiten. Am Montagmorgen, beim Betreten seines Kontors in San Francisco, hatte er erfahren, dass eines seiner Schiffe nicht im Hafen von Portland eingelaufen war. Am Dienstag entschlossen die leitenden Direktoren sich, die Versicherungsgesellschaft davon zu unterrichten, dass der Viermaster mit großer Wahrscheinlichkeit auf eine Sandbank in der Mündung des Columbia Rivers aufgelaufen und gesunken war, Schiffbruch erlitten hatte, wie ungezählte Schiffe zuvor.

Er fragte sich, wie das passieren konnte. Der Kapitän war ein erfahrener Mann, der seit vielen Jahren in seinen Diensten stand. Hatte der alte Seebär im dichten Nebel die Untiefen falsch eingeschätzt? Hatte der Leuchtturmwärter seine Pflicht vernachlässigt? Granger wusste, welche verheerenden Folgen eine solche Nachlässigkeit nach sich ziehen würde. Er selbst hatte vor vielen Jahren mit dieser List bittere Vergeltung an seinem Todfeind genommen – an Jesse Kane Morgan. Sein Freund, sein Geschäftspartner, sein Rivale, der Mann, der ihm alles genommen hatte.

Selbst jetzt noch, nach all den Jahren, durchbohrte Granger ein Stich der Eifersucht bei dem Gedanken, dass ihn die geliebte

Frau abgewiesen und Jesse geheiratet hatte. Emily und Jesse, das glückliche Paar, von der Gesellschaft in Portland und San Francisco gleichermaßen bejubelt und gefeiert. Aber der Stachel in Grangers Fleisch schmerzte noch immer, auch nachdem er dieses Glück zerstört hatte. Vielleicht musste er noch mehr zerstören, um seine Rachegelüste zu stillen.

Ungehalten eilte er am Türsteher vorbei, durchquerte das Marmorfoyer des Esperson Building, der vornehmsten Wohnadresse in San Francisco, die „Mr. Jones" sich ein kleines Vermögen kosten ließ.

Aber er kam reichlich auf seine Kosten. Während er die breite Treppe mit dem glänzenden Messinggeländer hinaufeilte, barg er das Gesicht in dem Blumenstrauß in seiner Hand und sog den Rosenduft tief ein. Er dachte an ihre sanfte Hand an seiner Stirn, ihre großen Augen, ihren unschuldigen Blick. Sie war seine Zuflucht vor den Stürmen des Lebens, bei ihr suchte er Schutz, wenn alle sich gegen ihn stellten. Seine ständig nörgelnden Eltern, seine enttäuschende Ehefrau, seine lästigen Gläubiger – all diese Menschen ließ er hinter sich, wenn er sie besuchte.

Bald würde er diese kostspielige Wohnung aufgeben. Wenn er sein Ziel bei dem Mädchen erreicht hatte, würde er es in eine bescheidenere Unterkunft einquartieren. Als er sie kennen gelernt hatte – verzweifelt und halb verhungert und dennoch unendlich reizvoll –, hatte er ihr nach allen Regeln der Kunst den Hof gemacht. Um sie von seinen ehrlichen Absichten zu überzeugen und ihr das Gefühl der Geborgenheit zu geben, hatte er ihr eine Luxuswohnung im exklusiven Esperson gemietet und sie besucht, wann immer seine Zeit es gestattete.

Er nahm sich häufig Zeit für sie. Und bald würde er für seine Bemühungen belohnt werden. Vor einigen Wochen hatte sie ihm gestanden, ein Kind von ihm zu erwarten, und ihm bei ihrem Geständnis hoffnungsvoll in die Augen geblickt. „Nun werden wir heiraten, damit das Kleine den Namen seines Vaters trägt“, hatte sie gesagt.

Er hätte sie nicht auslachen dürfen, aber er hatte sich nicht beherrschen können. Er wünschte sich, dass sie ihm ein Kind gebar – einzig und allein darum ging es ihm. Das Kind würde tatsächlich seinen Namen tragen, wenn sie es ihm nach der Geburt aushändigte. Allerdings hatte er einen schweren Fehler begangen, ihr seinen Plan zu erzählen. Er hätte das Geheimnis für sich bewahren sollen, bis es so weit war. Dummerweise hatte er ihren Mutterinstinkt unterschätzt.

Voller Entsetzen und außer sich hatte sie einen Handspiegel nach ihm geschleudert. Er hatte versucht, beschwichtigend auf sie einzureden. „Hab keine Angst, beruhige dich. Ich will dir nicht wehtun …“

Und in den darauffolgenden Wochen war sie tatsächlich ruhiger geworden, und er hatte zu hoffen begonnen, dass sie Einsicht zeigen und seinen Standpunkt akzeptieren würde. Geduldig hatte er ihr die Vorzüge erklärt, die sein Sohn genießen sollte, den er zum Erben seines Vermögens einzusetzen beabsichtigte. Er sollte die besten Schulen besuchen und später ein unbeschwertes Leben in Reichtum in den besten Gesellschaftskreisen von San Francisco und Portland führen.

Sie würde sich über die Blumen freuen, vielleicht konnte er ihr damit sogar ein Lächeln entlocken. Eine Weile blieb er vor der Tür stehen, bis sein Atem sich vom hastigen Treppensteigen erholt hatte. Der Gedanke an das Kind rief eine Sehnsucht in ihm wach, so mächtig, dass er beinahe laut aufgejauchzt hätte. Ein Sohn, ein Erbe. Ein Sohn, dem er die Welt zeigen könnte, der auf seinen Knien sitzen und andächtig seinen Geschichten lauschen würde. Ein Sohn, der ihn lieben würde, so wie er nie geliebt worden war.

Er drehte den Kristallknauf und öffnete die Tür. Jedes Mal beim Betreten der Diele trat er auf die einzige knarrende Stelle im Parkett. Diesmal knarrte sie besonders laut in der stillen Wohnung. „Ich bin es", rief er. „Ich habe dir etwas mitgebracht."

Stille. Vielleicht schlief sie. Frauen in anderen Umständen brauchten viel Schlaf. Doch das sorgfältig gemachte Bett war leer.

Eine kalte Ahnung beschlich ihn, dennoch bewahrte er Ruhe. Methodisch durchsuchte er jeden Winkel der eleganten Wohnung. Nichts fehlte – keine Silbergabel, kein Kleid, keines der Schmuckstücke, die er ihr geschenkt hatte. Nur eines fehlte: die Frau.

Er zwang sich zur Ruhe und wartete. Vermutlich war sie ausgegangen, machte einen Spaziergang, einen Einkaufsbummel. Ja, so musste es sein. Doch später, nachdem er den Portier befragt und erfahren hatte, dass sie eine Woche zuvor aus dem Haus gegangen war und seither nicht mehr gesehen worden war, musste er sich eingestehen, dass sie ihn verlassen hatte.

Verwundert blickte er auf den Rosenstrauß, den er noch immer in der Hand hielt, ohne es zu bemerken. Und dann zerdrückte er jede einzelne Rose bis zur Unkenntlichkeit, ohne auf die Dornen zu achten, die ihm die Finger blutig stachen.

Jesse starrte in die Holzbalken und horchte auf das Ticken der Wanduhr. Nach langer Zeit zog er seine Stiefel wieder an und verließ das Haus, um die Pferde zu versorgen.

Auf dem Weg zum Stall begegnete er Erik. Der hünenhafte

Bursche, der durch nichts zu erschüttern war, stapfte auf kraftvollen Beinen gemächlich durchs Gras. Der Wind wehte ihm sein strohfarbenes Haar ins Gesicht.

„Guten Morgen, Captain", rief Erik herüber, der es sich nicht nehmen ließ, Jesse mit seinem offiziellen Titel eines Oberleuchtturmwärters anzureden. „Ist die Dame aus dem Meer schon aufgewacht?"

„Nein."

„Vater meint, heute kalfatern wir das Boot." Eriks Gedanken sprangen unvermittelt zum nächsten Thema. Jesse mochte den aufgeschossenen, kräftigen Burschen, wusste aber nie so recht, was er mit ihm reden sollte.

„Gut so, Erik", sagte er. „Es ist sehr wichtig, das Boot einsatzbereit zu halten."

„Sie fahren nie mit dem Boot hinaus", meinte Erik und stemmte die Hände in die Hüften. „Warum fahren Sie nie hinaus?"

Weil ich ein Feigling bin, dachte Jesse.

„Warum eigentlich, Captain?" bohrte Erik weiter.

„Rettungsboote sind nicht für Vergnügungsfahrten da", antwortete Jesse im Weitergehen. „Ich bin im Stall."

Er brachte die vier Pferde auf die Weide. Das Krähen von Palinas Hahn klang gedämpft durch den Morgennebel.

Jesse ging den steilen Serpentinenpfad zum Strand hinunter. Vor vierundzwanzig Stunden war er diesen Pfad nach oben gehastet, mit einer ungewöhnlichen und unerwünschten Last in den Armen. Jahrelang hatte er sich erfolgreich alle Menschen vom Leib gehalten, aber diese rothaarige Fremde konnte er nicht loswerden.

Wieso wehrte er sich so verbissen dagegen, ihr zu helfen?

Aus diesem Grund war er doch hier – um Schiffbrüchige zu retten, um die Schiffe durch die gefährlichen Untiefen und tückischen Strömungen der Mündung des Columbia Rivers zu lotsen. Es war genau das Leben, das er sich ausgesucht hatte, um Buße zu tun.

Er ließ den Felsenpfad hinter sich und stapfte durch den nassen, schweren Sand. Dabei spähte er den Küstenstreifen bis zum Horizont entlang, auf der Suche nach weiteren Wrackteilen des gesunkenen Schiffes. Vereinzelt lagen angeschwemmte Klumpen Seetang herum und hin und wieder silbergrau gebleichtes, bizarr geformtes Treibholz. Der Morgenwind rauschte im Schilf der Dünen.

Von der Sandbank in der Mitte der breiten Flussmündung drang das heisere Bellen der Seehunde herüber. Wenn sie sich an seinem Küstenstreifen niederließen, verscheuchte Jesse sie. Die Fischer machten Jagd auf die Seehunde, die ihnen die Lachse wegfraßen.

Jesse atmete tief durch, füllte seine Lungen mit der würzigen Salzluft und versuchte, einen klaren Kopf zu bekommen, und konnte nicht aufhören, an sie zu denken, an die anmutige junge Frau, die in sein Leben eingedrungen war. Gesellschaft war das Letzte, was er brauchte. Niemand schien das wirklich zu begreifen. Den Leuten von Ilwaco gab ihr Auftauchen Anlass zu sensationslüsternen Spekulationen. Palina nannte sie ein Geschenk der Götter. Und Fiona nannte sie eine Herausforderung, eine Aufgabe.

Er versuchte sich einzureden, dass sie sich in nichts von anderen Frauen unterschied. Er war gegen weibliche Verlockungen gefeit, Frauen ließen ihn kalt, weckten kein Verlangen, keine Sehnsucht in ihm.

Doch diese Fremde in seinem Haus war irgendwie anders. Er wusste nicht einmal ihren Namen, und dennoch sagte ihm sein Argwohn, dass sie eine Bedrohung seiner Existenz darstellte.

Er wandte dem Meer den Rücken zu und richtete den Blick auf seine Welt, ein einsamer König, der über sein menschenleeres Reich herrschte. Die Leuchtturmstation war der einsamste, abgelegenste Ort der Welt. Jesse hatte sich aus gutem Grund hierher geflüchtet, ans Ende der Welt.

Aber wie sich herausstellte, war er nicht weit genug geflohen.

Jesse stellte bedächtig einen Hocker unter die Klappe im Speicher. Seit Jahren hatte er nichts aus dem Stauraum benötigt.

Doch jetzt brauchte er etwas. Hoffentlich war die Ausrüstung noch zu verwenden. Er stieg auf den Hocker, griff in den Stauraum und tastete sich durch Spinnweben und Staub, bis er einen Holzkasten und ein Holzgestell fand.

Er stellte den rechteckigen Holzkasten auf den Küchentisch und sah ihn lange an. Er hatte die Kamera seit Jahren nicht benutzt und war nicht einmal sicher, ob sie noch funktionierte. Vorsichtig öffnete er die zwei Schnappverschlüsse und machte den Deckel auf. Kamera, Glasplatten und Dunkeltuch lagen genau so, wie er sie vor langer Zeit eingeräumt hatte. Die Schraubverschlüsse der Glasbehälter mit den Chemikalien waren verrostet. Auf den Albuminpapieren hatten sich rote Flecken gebildet.

Das Fotografieren war ein umständliches Verfahren. Die Glasplatte musste gereinigt werden, danach wurde eine Schicht Kollodium, in Äther aufgelöste Baumwolle, aufgetragen und die Platte in Silbernitrat getaucht. Zur Belichtung wurde Magnesiumpulver in einer Metallschale entzündet. Nach der Belichtung wurde die Platte in einem Säurebad mit weiteren Chemikalien entwickelt. Dabei galt es, exakt auf die Dosierung der einzelnen Zutaten zu achten, sonst war der ganze langwierige Prozess umsonst. Das war ihm einmal passiert, als …

Er verfluchte die Erinnerungen, die sich ihm ständig aufdrängten. Er war an diese einsamen Klippen geflohen, um zu vergessen, und nun zwang diese Fremde ihn, sich an eine andere Zeit, ein anderes Leben zu erinnern. Er biss die Zähne zusammen und stellte alles zurecht, was er brauchte: die Chemikalien, die Platten, den Dreifuß und das schwarze Seidentuch. Dann betrat er leise die Kammer.

Sie schlief, ihr Atem ging leise und regelmäßig. Ihr rubinrotes Haar war wie ein Fächer auf dem Kissen ausgebreitet, sie lag seitlich, mit angezogenen Knien, die Arme schützend um ihren Leib gelegt.

Jesse zwang sich, sie nicht anzustarren. Er versuchte, an nichts zu denken, und konzentrierte sich auf seine Arbeit. Er wollte sie loswerden, und um das zu erreichen, musste er ihre Verwandten auftreiben. Deshalb musste er sie fotografieren und das Bild in der Zeitung veröffentlichen.

Möglicherweise kam auch ihre dankbare Familie, um sie abzuholen, noch bevor sie aufwachte, bevor er Näheres über sie erfuhr.

Er baute den Dreifuß am Fußende des Bettes auf, schraubte die Kamera darauf und blickte durch den Sucher.

Und plötzlich stürmten die Erinnerungen auf ihn ein, die er so lange unter Verschluss gehalten hatte, trafen ihn wie ein körperlicher Schlag. Er hörte das Lachen einer Frau, die seit Jahren nicht mehr lebte, sah sich selbst als jungen Mann, der mit ihr lachte …

„Halt still, Liebes. Es dauert nur eine Minute."

„Ach Jesse, du brauchst eine Ewigkeit." Ihre zarten Finger im Spitzenhandschuh strichen eine widerspenstige Locke aus ihrer Stirn. Rosige Lippen lächelten zu ihm auf. „Mach endlich das Bild, und lass uns essen." Die schmale Hand in dem Spitzengespinst wies zu einem üppigen Picknick auf einer karierten Fransendecke in einer blühenden Sommerwiese. „Hast du denn keinen Hunger?"

Er ließ die Kamera stehen, war mit drei langen Schritten bei ihr und hob sie schwungvoll in die Arme. Das Picknick und die Fotografie waren für einige Zeit vergessen, bis kühle Schatten über die Wiese krochen.

„Es ist nicht mehr hell genug für eine Fotografie, Jesse."

Er strich ihr zärtlich über den zerzausten blonden Lockenkopf. „Wir haben unendlich viel Zeit, Liebste."

Jesse unterdrückte ein Stöhnen, befreite sich gewaltsam aus der Erinnerung, wie ein Verwundeter, der sich das Messer aus der Brust reißt, mit dem er niedergestochen worden war.

Verflucht. Es hatte bereits begonnen. Die Fremde und das Geheimnis, das sie umgab, zwangen ihn, zu denken, sich zu erinnern, zu fühlen.

Je schneller er sie loswurde, umso besser.

Mit verbissener Entschlossenheit traf er seine Vorbereitungen. Dann beschäftigte er sich wieder mit dem Motiv. Sie lag wie eine Stoffpuppe da. Das Haar verhüllte einen Teil ihres Gesichts, so würde sie niemand erkennen.

Er sah sich gezwungen, sie zu berühren. Leise trat er ans Bett, nahm sie bei den Schultern, behutsam, um ihr verletztes Schlüsselbein zu schonen. Sie stöhnte leise, und er erschrak. Gütiger Himmel, wenn sie jetzt erwachte, würde er sie zu Tode erschrecken.

Beinahe so sehr, wie sie ihn erschreckte.

Ihr Kopf rollte zur Seite, sie schlief weiter. Er hielt sie immer noch an den Schultern.

Erst dann bemerkte er ihre Wärme. Eine Wärme, die in ihn eindrang wie Sonnenstrahlen. Ein Strom durchlief seine Finger und breitete sich tief in ihm aus. Er war sich quälend ihrer Zartheit bewusst. Die Empfindung, eine Frau zu berühren, war so überwältigend, dass er nicht mehr wusste, was er tun sollte.

Sie duftete nach Meer und Wind und Weiblichkeit. Er schloss die Augen, versuchte, einen klaren Kopf zu behalten, während seine Sinne sich wie eine Spirale drehten.

Die Qual dauerte endlose Minuten. Er lehnte sie aufrecht gegen das Kissen und rückte ihr den Kopf gerade, wusste nicht, was er mit ihren schlaffen Armen tun sollte, und verschränkte sie auf der Steppdecke. Sobald er ihre Hände gefaltet hatte, rollte ihr Kopf zur Seite. Er drückte eine Kuhle ins Kissen, um dem Kopf Halt zu geben, dann fielen ihr die Hände wieder zur Seite, als sie sich wohlig streckte.

Jesse fluchte leise vor sich hin. Schließlich gelang es ihm, dass, ihr Kopf gerade aufgerichtet, das Haar aus dem Gesicht gestrichen war und ihre Hände verschränkt blieben.

„Bleib so“, flüsterte er. „Bleib nur eine Minute so liegen, ich brauche nicht länger.“

Auf Zehenspitzen schlich er sich zur Kamera zurück, aus Furcht, sie könne beim leisesten Geräusch zusammenfallen wie ein Kartenhaus. Er kroch unter das schwarze Tuch und äugte durch den Sucher. In der anderen Hand hielt er die Pfanne mit dem Magnesiumpulver.

„Eins“, flüsterte er, „zwei, drei …“

Vorsichtig, um sie nicht aufzuwecken, belichtete er die Platte.

Mit einem lauten Knall und einem grellen Blitz explodierte das Magnesiumpulver.

Die Fremde richtete sich jäh auf wie ein Gespenst aus seinem ewigen Schlaf. Er erwartete ihren Schrei, doch stattdessen griff sie nach dem Krug neben dem Bett und schleuderte ihn in Jesses Richtung. Dabei schrie sie: „*Heiliger Herr Jesus Christ am flammenden Kreuz!*“

4. KAPITEL

Sie kroch ans Kopfende des Bettes, das lange Nachthemd um die Beine gebauscht, und versuchte, die Öllampe auf dem Tisch zu erreichen.

Erst jetzt kam wieder Leben in Jesse. Diese dumme Person würde noch das ganze Haus niederbrennen.

„Lassen Sie die Finger davon", stieß er zwischen den Zähnen hervor und setzte sich in Bewegung. Die Scherben des zerbrochenen Krugs knirschten unter seinen Stiefelsohlen. Er griff nach der Lampe, stellte sie außerhalb ihrer Reichweite auf ein Wandbrett und betrachtete sie finster durch die gelblich grauen Rauchschwaden des verbrannten Blitzpulvers.

Ein rosiger Hauch lag auf ihren Wangen, ihre haselnussbraunen Augen blitzten zornig, wie er verwundert feststellte. „Sie haben schon genug Unheil angerichtet", sagte er brummig.

„Was erwarten Sie, frage ich Sie? Ich wache mitten in einer Schießerei auf, und Sie denken, ich ergebe mich einfach? Wenn auf mich geschossen wird, Kleiner, schieß ich zurück, das können Sie mir glauben."

Kleiner? Jesse war sich ziemlich sicher, dass ihn noch kein Mensch „Kleiner" genannt hatte. „Ich habe nicht auf Sie geschossen", verteidigte er sich.

„Es hat eine Explosion gegeben. Ich rieche das Schießpulver." Sie blinzelte in den Rauch und rümpfte die Nase, eine hübsche kleine Nase, mit Sommersprossen übersät.

Jesse begriff nicht, wieso er Notiz von ihren Sommersprossen nahm. „Sie sind Irin", stellte er verlegen fest, weil ihm nichts Besseres einfiel.

„Und Sie sind mir ein paar Erklärungen schuldig." Sie lehnte sich zur Seite und schaute an ihm vorbei. „Was, zum Teufel, ist das für ein Schießprügel?"

„Das ist kein Gewehr. Das ist eine Kamera."

Sie sah ihn ungläubig an und strich sich mit der Hand über das wirre rote Haar. „Eine Kamera?"

„Ja."

Wieder bildeten sich zwei rote Flecken in ihrem bleichen Gesicht. „Und wieso, in Gottes Namen, hantieren Sie hier mit einer Kamera herum?"

Jesse riss der Geduldsfaden. „Ich habe Sie fotografiert. Was denken Sie denn?"

Sie bekreuzigte sich, drückte den Rücken gegen den Holzrahmen des Bettes und zog die Decken bis zum Kinn hoch. „Perverser Kerl!"

Zähneknirschend ballte er die Hände zu Fäusten, um sich zu hindern, etwas zu tun, was er später bereuen würde. Genau das war der Grund, warum er hier auf der Leuchtturmstation allein lebte. Ihm fehlte die Geduld im Umgang mit anderen Menschen, vor allem mit einer vorlauten irischen Frau, die nicht die Spur von Dankbarkeit zeigte.

„Madam", sagte er förmlich. „Ich fürchte, Ihr Unfall hat Sie verwirrt. Sie waren lange ohne Bewusstsein, und ich halte es für angebracht, Ihre Verwandten ausfindig zu machen. Ich habe Sie fotografiert in der Absicht, Ihr Bild in der Zeitung zu veröffentlichen, damit Ihre Verwandten und Freunde erfahren, dass Sie das Schiffsunglück überlebt haben."

Er ging gemessenen Schrittes zur Tür, die Kamera in einer Hand, den Dreifuß in der anderen, und fügte über die Schulter hinweg hinzu: „Möglicherweise freut sich irgendjemand darüber, dass Sie am Leben sind."

Hastig sprang sie aus dem Bett und wollte auf nackten Sohlen über die Scherben auf dem Boden gehen. Jesse blieb keine andere Wahl, er ließ das Stativ fallen und hob sie in die Arme.

Ein Schrei entfuhr ihr vor Schreck, sie strampelte wild mit den Füßen. „Tun Sie es nicht, Kleiner."

Er sah sie starr an. Ihr Scheitel war in Höhe seines Kinns. Er spürte die Hitze, die von ihr ausging. Die Empfindung war so ungewohnt, dass er sie beinahe fallen ließ. Er setzte sie aufs Bett und trat hastig zurück, als sei er einem glühenden Ofen zu nahe gekommen.

„Verzeihung?" fragte er verständnislos.

„Keine Ursache." Sie nickte kurz.

„Ich meine, ich folge Ihnen nicht ganz, Madam. Bitten Sie mich, das Zimmer nicht zu verlassen?"

„Ja, darum bitte ich Sie."

„Darf ich fragen, warum?"

„Weil ich nicht will, dass ein Bild von mir in die Zeitung kommt."

Aha. Sie war also abergläubisch. Viele Einwanderer brachten ihre rückständigen Ansichten mit in die Neue Welt. Palina und Magnus waren der beste Beweis dafür. Es gab eine Menge Leute, die glaubten, es bringe Unglück oder es sei Gotteslästerung, sich fotografieren zu lassen.

„Da Sie endlich wieder bei Bewusstsein sind, ist das wohl nicht mehr nötig. Sie nennen mir Ihren Namen und Ihr Ziel, und ich berichte ..." Er hielt mitten im Satz inne und runzelte besorgt die Stirn. „Miss ... ehm ... Madam? Ist Ihnen nicht gut?"

Sie schwankte, ihre Augen wurden glasig. „Mir ... mir ist plötzlich so komisch. Alles dreht sich um mich", flüsterte sie mit belegter Stimme. „Könnten Sie ..."

Die Stimme versagte ihr, sie sackte zur Seite. Jesse ließ die Kamera fallen und verzog das Gesicht, als die Linse knackte, nahm die Frau bei den Schultern und stützte sie.

„Ma'am?“ fragte er. „Fühlen Sie sich nicht wohl?“

Sie gab ihm keine Antwort. Wieder hatte sie das Bewusstsein verloren.

Jesse seufzte. Nachdem er sie auf das Kissen gebettet hatte, zögerte er. Gegen seinen Willen hielt er sie in den Armen, vermochte die Empfindung nicht zu fassen, die ihr warmer Körper in ihm auslöste, das Kitzeln ihres Haars an seinem Gesicht, ihr Duft, verlockend und verboten.

„Zum Teufel“, stieß er zwischen den Zähnen hervor. Sie verkörperte all das, was er für immer zu vergessen suchte.

Behutsam packte er die Bewusstlose in die Decken ein. Er hatte nicht geahnt, dass immer noch so etwas wie Sanftheit in ihm war.

Je früher er sie loswurde, umso besser. Noch heute würde er Dr. MacEwan holen, um sich zu vergewissern, dass dieser Rückfall nichts Ernstes war.

Zum Glück war die belichtete Platte unversehrt geblieben. Nach der Entwicklung würde er also ein Bild der Fremden haben. Die chamois getönte Fotografie würde zwar die Farben ihres roten Haares und ihrer rosigen Wangen nicht wiedergeben, auch die Sommersprossen würden nicht zu sehen sein, aber man würde sie darauf erkennen.

Dornröschen, dachte er.

Zum Teufel mit ihrem Aberglauben. Wenn sie nicht wach blieb und ihm nicht sagte, wer sie war, würde er das Bild veröffentlichen und Nachforschungen einleiten.

Wieder knirschten die Scherben unter seinen Stiefelsohlen.

In all den Jahren, in denen er nun hier lebte, hatte es keine solche Unordnung in seinem Haus gegeben.

Und die Frau war keine fünf Minuten wach gewesen.

„Dieses Messing“, schimpfte Palina, „ist der Fluch meiner alten Tage.“

Jesse erklomm die letzten Stufen der Eisenleiter des Leuchtturms. Im Lampenraum waren Palina und Magnus mit ihren täglichen Arbeiten beschäftigt. Palina polierte, wie immer schimpfend, das Messing des Zentralkompressors.

„Warum muss eigentlich alles aus Messing sein?“ murrte sie, während sie die Armaturen hinter dem Reflektor mit einem Wolltuch in schnellen, kleinen Kreisen blank putzte.

Magnus, dessen gesunder Arm bis zum Ellbogen in der Öffnung eines Wasserspeiers der Traufe steckte, zwinkerte ihr zu. „Damit du dein hübsches Gesicht immer im Spiegel sehen kannst.“

„Pah“, meinte Palina verächtlich, doch ihr geschmeicheltes Lächeln spiegelte sich im Messing. Sie polierte hingebungsvoll weiter, hielt kurz inne und winkte zu Erik hinunter, der an der Klippe entlang zur Pferdeweide stapfte.

Palina und Magnus lebten gern auf der Leuchtturmstation. Beide nahmen die Behinderung ihres Sohnes klaglos als gottgegeben hin und kümmerten sich um den siebzehnjährigen Jungen mit bewundernswerter Geduld, die Jesse nicht begreifen konnte.

„Guten Morgen“, grüßte er.

„Guten Morgen, Jesse“, erwiderte Palina. „Nun, wie geht es unserem Gast heute?“

Jesse hob eine Ölkanne ans Licht, um die Reinheit zu prüfen. Die Lampendochte verbrauchten an die zweihundert Gallonen Öl im Monat, und jeder Tropfen musste vollkommen sauber sein. „Na ja", meinte er, „wie man's nimmt."

„Ist sie wach?"

„Sie ist kurz aufgewacht."

Magnus und Palina hielten inne.

„Und?" half Magnus nach.

„Nun, sie beschimpfte mich und warf mir einen Krug an den Kopf."

Palina wandte hastig den Blick ab. „Sie ist verwirrt, das arme Lämmchen."

„Die Frau ist eine Nervensäge."

„Und was hat sie dir über sich erzählt?"

„Nichts. Sie warf mir vor, auf sie geschossen zu haben. Dabei wollte ich nur eine Fotografie von ihr machen, um das Bild in der Zeitung zu veröffentlichen."

„Grundgütiger! Du hast das arme Ding erschreckt", warf Palina ihm vor. „Das arme, hilflose Mädchen wacht mutterseelenallein in einem fremden Haus auf, hat wahrscheinlich seine Familie verloren, und du erschreckst es mit deiner neumodischen Kamera."

„Auf mich wirkte sie nicht besonders hilflos."

„Sie hat Angst", erklärte Magnus und griff in die Lampe, um die Dochte zu stutzen. Er schüttelte den Kopf, und dichtes graues Haar fiel ihm in die Stirn. Die Spiegelfacetten der riesigen Fresnellinse verzerrten seinen Arm zu einem riesigen, unförmigen Gebilde. „Wahrscheinlich hat sie ihren Ehemann bei dem Schiffsunglück verloren."

Schuldgefühle krochen in Jesse hoch. Er hätte etwas geduldiger mit der Frau umgehen müssen. „Der Hafenmeister erkundigte sich nach dem Namen des gesunkenen Schiffes. Wir werden noch heute Näheres erfahren."

Diesen Teil seiner Arbeit verabscheute er, ja, hasste er so sehr, dass es seinen Entschluss verstärkte, gegen die Gewalten der See zu kämpfen, um ihr Opfer zu entreißen. Die Warterei zerrte an seinen Nerven. Der Hafenmeister würde Fahrpläne und Schiffspapiere prüfen. Welches Schiff sollte wann in einem Hafen in der Gegend einlaufen? Welches Schiff hatte Verspätung? Als Nächstes wurden die Listen der Besatzung und der Passagiere geprüft. Und jeder Schritt der Nachforschungen brachte größeres Leid.

„Hat sie dir denn den Namen des Schiffes genannt?" fragte Magnus.

„Sie hat mir nicht einmal ihren eigenen Namen genannt." Jesse stellte die Ölkanne ab und setzte sich auf die erste Stufe der Eisenleiter, die in das Zwischengeschoss hinunterführte. „Wir haben kaum miteinander geredet. Dann, na ja, sie wird sich wohl überanstrengt haben, wurde ihr schwindelig, und sie musste wieder ins Bett."

Magnus' Augen wurden von den Spiegelfacetten tausendfach vervielfältigt, als sein strafender Blick Jesse zu durchbohren schien.

„Sie hat sich überanstrengt? Was soll das denn heißen?"

Jesses Schuldgefühl verstärkte sich. Die See – nicht eine hilflose Frau – war sein Feind. Er sollte alles versuchen, um ihr zu helfen. Stattdessen wühlte ihre Gegenwart alte, vergessen geglaubte Gefühle in ihm auf. Nichts davon war ihre Schuld.

„Sie hat sich aufgeregt", erklärte er.

„Und worüber?" fragte Palina.

„Das Blitzpulver wird sie erschreckt haben. Sie hat ein aufbrausendes Temperament."

„Aha.“ Palinas Ton sprach Bände.

„Dann scheint sie etwas mit dir gemeinsam zu haben“, fügte Magnus hinzu.

„Verdammt noch mal, ich bin nicht aufbrausend“, erwiderte Jesse.

Palina verdrehte die Augen.

„Palina“, begann Jesse versöhnlicher.

Sie lachte. Sie gehörte zu den wenigen Menschen, die es wagten, über ihn zu lachen. „Captain Leuchtturmwärter, du gerätst schon in Rage, wenn ein welkes Blatt vor dir auf den Weg fällt. Und diese junge Frau ist mehr als ein Blatt …“

„Richtig“, sagte er im Aufstehen. „Heute bringe ich sie in euer Haus. Kümmert ihr euch um sie. Mir fehlt das nötige Feingefühl, um eine zartbesaitete Dame zu pflegen.“

„Nein“, entgegnete Magnus. „Du behältst sie. Wenn jemand einem anderen das Leben rettet, ist er verpflichtet, sich um sein Wohl zu kümmern. Was immer sie braucht, um gesund zu werden, wirst du ihr geben. Wenn du dich nicht daran hältst, hat das für euch beide schreckliche Folgen …“

„… für uns alle“, fügte Palina düster hinzu.

„Folgen, die du dir gar nicht vorstellen kannst“, beendete Magnus die Liste der Anschuldigungen und Drohungen.

„Das ist abergläubischer Bockmist, das wisst ihr genau“, erwiderte Jesse.

„Es ist das Gesetz der See, und ich lasse nicht zu, dass dieses Gesetz missachtet wird“, beharrte Magnus eigensinnig. „Willst du etwa das Risiko eingehen, sie zu verlieren? Nur um dein bequemes Leben weiterzuführen?“

„Vielleicht will ich das.“

„Vielleicht willst du das nicht“, entgegnete Palina, hob das

Kinn und polierte die nächste Messingarmatur mit verbissenem Eifer. „Und wenn sie stirbt, weil du sie zu uns karrst, wie? Wie fühlst du dich dann? Diese Frau ist ein Geschenk, Jesse Morgan. Du weißt, warum sie gekommen ist. Du kannst die Augen nicht vor deiner Bestimmung verschließen."

Eine unheilvolle Ahnung berührte Jesse wie ein kalter Hauch. Er richtete den Blick in die Ferne des graublauen Horizonts, dann schaute er nach unten in die Brandung unter dem Leuchtturm. Weiße Gischt peitschte die Felsen hinauf, wich zurück, gab die schwarzen Brocken frei und attackierte sie erneut.

Ein lauter Pfiff schreckte ihn auf. Es war Judson Espy, der Hafenmeister, der auf einer klapprigen, grau gefleckten Stute heranritt.

„Die See hat mir nichts geschenkt", sagte Jesse, „außer Ärger und Scherereien, bis wir herausfinden, wer diese Frau ist." Er polterte die gewundene Eisentreppe hinunter. Vielleicht brachte Judson gute Nachricht.

Judson kam ihm über die Wiese zwischen dem Leuchtturm und dem Wald entgegen und wedelte mit Papieren in der Luft.

„Interessante Angelegenheit."

„Was denn?" Jesse verlangsamte seinen Schritt und fragte sich, ob Judson schlechte Nachrichten brachte.

„Ein Viermastschoner hatte Kurs auf die Shoalwater Bay genommen, um eine Ladung Austern aufzunehmen. Das Schiff kam aus San Francisco mit Fracht an Bord, die in Portland gelöscht werden sollte. Dort ist es nie eingelaufen."

Jesse verschränkte die Arme vor der Brust. Er blickte auf die See hinaus, die endlos und unvergänglich war in ihrem Reichtum – und in ihrer Zerstörungswut.

Die Geschichte war ihm vertraut. Der gierige Schlund der Columbia-Mündung verschlang in erschreckender Regelmäßigkeit Schiffe und spuckte die Wrackteile wie unverdauliche Knochen an den Küsten aus. „Hast du die Passagier- und Mannschaftslisten?“

„Ja.“ Judson reichte sie ihm. „Kam per Telegraf.“

Jesse fingerte nach seiner Brille in der Hemdtasche, setzte sie auf und studierte die Liste. Jedes Mal, wenn er eine solche in der Hand hielt, kehrte die Erinnerung zurück an jenen Tag, als er auf dem Pier gestanden und hektisch eine Passagierliste überflogen hatte, in der vergeblichen Hoffnung, es liege ein Irrtum vor. Und dann war seine Welt eingestürzt, als er den Namen seiner Frau gelesen hatte.

„Fühlst du dich nicht wohl?“ fragte Judson jetzt.

Jesse schluckte und starrte ihn durch die Brille an. „Nur Besatzung. Keine Passagiere?“

„Nein. Das ist die vollständige Liste.“

Er überflog die Namen ein zweites Mal, suchte nach einem irischen Namen, O'Malley oder Flanagan. „Sie könnte die Frau eines Matrosen sein, und man hat nur vergessen …“

„So etwas wird nie vergessen. Sieh dir den Namen des Schiffes an. Und den des Schiffseigners.“

Jesses Blick glitt ans Ende der Liste. Und ihm war, als würde sich ein Strick um seinen Hals legen und ihm die Kehle zuschnüren. „Es war die *Blind Chance.*“

„Du hast ein gutes Gedächtnis, wie?“

„Die *Blind Chance* ist ein Schiff der Shoalwater Bay Company.“

„Deiner eigenen Schifffahrtsgesellschaft, Jesse. Bei denen kommen nie Fehler in den Schiffspapieren vor.“

„Sie gehört nicht mir“, entgegnete er dumpf.

„Jetzt nicht mehr, vermute ich." Judson nahm die Liste wieder an sich. „Aber seit du gegangen bist, hat sich nicht viel verändert. Dein Partner achtet sehr auf Ordnung. Wie heißt er gleich? Flapp?"

„Clapp. Granger Clapp." Jesse hatte seit Jahren nicht an Clapp gedacht, was nicht viel besagte, denn er hatte seit Jahren nicht an Vergangenes gedacht, nicht an Granger, nicht an seine Schwester, die Clapp geheiratet hatte. Nicht an seine Eltern, die vor kurzem eine ausgedehnte Europareise angetreten hatten. An niemanden.

Jesse ließ solche Gedanken nicht zu.

„Nun?" Judson beäugte Jesse neugierig. „Was hat das wohl zu bedeuten?"

„Entweder war die Frau illegal an Bord …"

„Ein blinder Passagier!" Judson schnipste mit den Fingern. „Das wird es sein."

„Oder sie war nicht auf der *Blind Chance.*"

„Sie muss auf dem Schiff gewesen sein." Judson hielt ihm ein zweites Papier hin. „Sieh mal. Laut Aufzeichnungen des Leuchtturmwärters von Cape Meares hat er um ein Uhr zwanzig in der Nacht zum Sonntag die Hecklampen des Schiffes gesehen. Um vier Uhr vierzig wurde das Schiff im Logbuch des Tillamok Leuchtturms eingetragen. Und wann hast du die Frau am Strand gefunden? Um sechs oder sieben?"

„Ungefähr um diese Zeit."

„Sie war auf diesem Schiff. An Bord der *Blind Chance.* Als blinder Passagier." Judson trat von einem Fuß auf den anderen. „Verdammt, das ist eine aufregende Geschichte."

Jesse steckte die Brille wieder sorgfältig ein. „Dann sollten wir die Zeitung davon profitieren lassen. Ich habe sie fotografiert.

Bert Palais soll das Bild drucken und die Ausgabe mit ihrem Foto mit dem nächsten Postschiff nach Portland und San Francisco verfrachten."

Tu das nicht, Kleiner.

Ihre Worte hallten in seinem Kopf wider, ihre Stimme zitternd vor Argwohn. Sie war verwirrt, redete er sich ein, sie konnte nicht klar denken, sonst würde sie einsehen, wie wichtig es war, ihr Konterfei zu veröffentlichen. Ihre Verwandten waren vermutlich in tiefer Sorge um sie und warteten auf ein Lebenszeichen.

Jesse wusste, was das bedeutete.

Ihr Bild in der Zeitung zu veröffentlichen war der sicherste Weg, die Nachricht über die Rettung der Frau zu verbreiten. Er holte die Fotografie aus der Brusttasche seiner Jacke und reichte sie Judson. Seine Finger zitterten leicht, aber möglicherweise lag es auch nur am Wind.

Judson studierte das Bild eingehend. Dann pfiff er leise durch die Zähne. „Zum Teufel, sie sieht aus wie diese Prinzessin aus dem Märchen. Du weißt schon, die sich in den Finger gestochen hat …"

„Ich lese keine Märchen."

Judson steckte die Fotoplatte ein. „Das ist ein erstaunlicher Fang."

„Du hast keine Ahnung", meinte Jesse und begleitete Judson zu seinem Pferd. „Du hast nicht die geringste Ahnung."

Den ganzen Tag wurde Jesse von der Nachricht des Schiffsuntergangs und von alten Erinnerungen verfolgt. Normalerweise hielt er die Vergangenheit in einem dunklen Winkel seines Herzens verschlossen, wo er sie nicht sehen und nicht fühlen konnte. Das

Auftauchen der Frau aber hatte eine Kerze in diesem dunklen Winkel angezündet, deren Lichtschein auf Dinge fiel, die er viele Jahre verborgen gehalten hatte.

Der Gedanke, dass die Fremde ausgerechnet an Bord der *Blind Chance* in sein Leben gebracht worden war, hatte eine beinahe unheimliche Bewandtnis. Vor seinem inneren Auge entstand das Bild des prachtvollen Viermasters, der vor vierzehn Jahren getauft worden war. Damals hatte Jesse keine Ahnung gehabt, dass dieser Tag seine Zukunft bestimmen würde. Er schloss die Augen und ließ die Erinnerungen zu …

Der schlanke Rumpf glänzte im frischen Lack, die Messingbeschläge waren auf Hochglanz poliert, die Teakholzreling fühlte sich glatt wie Seide an. Der Geruch nach Meer und Sommer lag in der Luft.

„*Blind Chance*", scherzte Emily und zupfte ihn am Ärmel. „Findest du diesen Namen passend für ein Schiff?" Sie sah so frisch und jung aus in den Wolken aus weißen Rüschen und Spitzen, ein Hütchen beschattete ihr feines Porzellangesicht. Wobei Emily weit mehr war als eine blonde Schönheit mit rosigen Wangen. Sie war stets zu Scherzen aufgelegt und besaß einen natürlichen Charme, der Jesse entzückte.

„Es war Grangers Idee. Er bestand darauf, diesem Schiff den Namen zu geben, weil ich den Namen für die *Trident* ausgesucht hatte."

„Oh, wie originell." Ihr helles Lachen mischte sich in die Klänge der Blaskapelle auf dem Achterdeck. Dieser Tag glitzerte wie ein Diamant. Die Takelagen waren mit flatternden Fähnchen geschmückt, Blumengirlanden hingen von der Reling. An langen Tafeln auf dem Pier war ein kaltes Büfett angerichtet, Champagnerflaschen ruhten in silbern glänzenden Eiskübeln.

Angestellte der Reederei, Schiffsbesatzungen und ihre Familien nahmen an dem festlichen Ereignis teil. Das Schiff war ein Mikrokosmos in Jesses Welt – Freunde und Familie und Geschäftspartner waren alle versammelt. Er ließ den Blick voll Stolz über die elegante, heitere Szenerie schweifen.

„Du siehst aus wie eine zufriedene Katze, die Sahne genascht hat", bemerkte Emily lächelnd und schlug mit ihren Füßen in den zierlichen Lederstiefeletten den Takt zur Musik.

„Wieso auch nicht? Ich bin der glücklichste Mann auf Erden und habe allen Grund, zufrieden auszusehen."

Sie neigte sich ihm zu – diskret wie immer, denn Emily war eine perfekte Lady – und flüsterte: „Denkst du, wir werden die Gäste mit unserer Ankündigung überraschen?"

„Ich glaube kaum. Es ist ein offenes Geheimnis, dass ich Sie verehre, Miss Leighton."

„Ach, Jesse", seufzte sie selig. „Wie herrlich. Wir werden unendlich glücklich sein." Sie ließ den Blick über das Mittschiffsdeck gleiten, wo die Damen in Grüppchen flanierten und anmutig ihre Sonnenschirme aus zarter Spitze drehten. Nicht nur gelegentlich flog ein sehnsüchtiger Blick zur Reling, an der Jesse und Emily lehnten.

„Es ist jammerschade", seufzte Emily.

„Was ist jammerschade?"

„Nach der Ankündigung unserer Verlobung wird es unzählige gebrochene Herzen geben."

Er lächelte schalkhaft. „Du übertreibst, Liebes."

„Tu bloß nicht so, als wüsstest du von nichts. Fast alle meine Mitschülerinnen in Saint Albans schlafen mit einem Andenken an dich unter dem Kopfkissen ein."

„Und womit schläfst du ein, Emily?"

Sie zwinkerte ihm zu. „Mit meinen Träumen, Jesse. Nur mit meinen Träumen von dir."

In einträchtigem Schweigen beobachtete das Paar das festliche Treiben und winkte Emilys Eltern zu, die sich einen Weg durch das Gedränge der Gäste bahnte. Bald gesellten sich die Herren in hellen Leinenanzügen zu den Damen, und der Tanz begann. „Ich fürchte vielmehr, die Herzen der Männer werden brechen, Emily", sagte Jesse. Er entdeckte Granger am erhöhten Bug des Schiffes. Demnächst würden er und Granger das Ruder übernehmen und in Zukunft die Geschicke der Shoalwater Bay Company lenken.

Im Moment saß Granger auf einer umgedrehten Kiste, den blonden Kopf gesenkt. Er hielt ein Tauende in Händen und zeigte einer Gruppe andächtiger Knaben in Matrosenanzügen, wie man einen Seemannsknoten knüpfte.

„Was immer du von Granger auch denken magst, er ist ausgesprochen kinderlieb", bemerkte Emily, die Jesses Blick gefolgt war. „Ich dachte eigentlich, er wäre der Erste von uns dreien, der heiratet."

Kurz darauf ließ Granger die Kinder allein, um den Schotstek zu üben, und schlenderte zum Deck, wo Jesses kleine Schwester Annabelle an der Hand ihrer Mutter ein wenig linkisch die Gäste begrüßte.

Granger verneigte sich tief vor der Zehnjährigen und führte sie zum Tanz. Selbst aus der Entfernung bemerkte Jesse, wie die Kleine vor Stolz errötete.

Das Signal der Schiffssirene unterbrach die Tanzerei. Jesses Vater winkte ihm und Emily zu, von Bord zu gehen. Grangers Vater Thomas Clapp verkündete, es sei Zeit zur Schiffstaufe. Die Gäste versammelten sich erwartungsvoll auf dem Pier.

Fotografen mit ihren unförmigen Apparaten auf hölzernen Dreifüßen schubsten einander um die günstigste Position während der kurzen Ansprachen von Morgan und Clapp. Granger verneigte sich vor Emily und küsste ihr galant die Hand. „Ich hoffe, du hast noch einen Tanz für mich frei."

Sie errötete zart, doch bevor sie antworten konnte, waren die Reden vorbei. Jesse und Granger bekamen jeder eine Flasche Dom Perignon überreicht, die an roten Bändern am Kiel befestigt waren.

„Grundgütiger", klagte Granger in gespieltem Bedauern, „welch eine Verschwendung von edlem Champagner." Er drückte einen schmatzenden Kuss auf den Hals der Flasche. Die Menge klatschte jubelnd Beifall. Sein Lächeln wirkte ein wenig aufgesetzt und verkrampft, was auf die ständigen scharfen Zurechtweisungen seiner Eltern zurückzuführen war, wie Jesse vermutete. „Bist du bereit, mein Freund?" fragte Granger.

„Noch nicht ganz." Jesse ging das Herz über vor Glück. Gab es eine bessere Gelegenheit, einen schöneren Tag, um die Ankündigung zu machen? Er trat zurück und überreichte Emily die Flasche mit großer Geste. „Diese Ehre gebührt Miss Emily Leighton, meiner zukünftigen Braut."

Ein Moment sprachlosen Schweigens senkte sich über die Festgäste, in dem nur das Flattern der Fähnchen an den Masten und das Plätschern der Wellen gegen den Schiffsrumpf zu hören waren. In diesem Augenblick, in dem die Welt stillzustehen schien, nahm Jesse alles in sich auf – Emilys strahlendes Lächeln, das verblüffte Gesicht seiner Mutter, die augenblicklich in Tränen ausbrach, die erhobene Hand seines Vaters, um dem Sohn kräftig auf den Rücken zu schlagen, den kalten Blick, den Mr. und Mrs. Clapp tauschten, bevor sie ein künstliches Lächeln aufsetzten. Aber am deutlichsten sah er Granger. Klarer, als er ihn je gesehen hatte. Es dauerte nur einen kurzen Moment, aber er sah ein eisiges Funkeln, das in Grangers Augen aufblitzte und erlosch. Auch Granger war in Emily verliebt.

„Gratuliere, mein Sohn“, dröhnte sein Vater, und im folgenden stürmischen Applaus vergaß Jesse die Kälte, die sich bei Grangers Anblick um sein Herz gelegt hatte.

„Meine besten Glückwünsche für euch beide“, sagte Thomas Clapp überschwänglich und schlug seinem Sohn kräftiger, als angebracht gewesen wäre, auf den Rücken. „Was sagt man dazu? Dein Partner hat dich wieder einmal ausgebootet. Höchste Zeit, dass du dir endlich eine Braut suchst und mir Enkel ins Haus bringst, die ich verwöhnen kann.“

Granger errötete bis über beide Ohren. „Alles zu seiner Zeit, Vater“, murmelte er.

An jenem Tag war etwas Seltsames geschehen. Obwohl Jesse es damals nicht gleich erkannt hatte, war eine Veränderung eingetreten. Die Achse der Beziehung zwischen den drei Freunden hatte sich verschoben, es sollte nie wieder so sein wie früher. Jesse, Granger und Emily, das unzertrennliche Freundestrio, das gemeinsam Bälle und Gesellschaften besuchte und Logenplätze in der Oper hatte. Emily, die hingerissen lauschte, während Granger und Jesse heimlich aus einer Taschenflasche Whiskey tranken, sich über die gekünstelten Posen der Sänger auf der Bühne amüsierten und sich nur mühsam das Lachen verkniffen. Jesse und Granger, die das in Mode gekommene Baseballspiel übten, und Emily, die vorgab, die Spielregeln zu verstehen.

Doch nach diesem Tag war die Beziehung zu Granger frostig geworden, der sich immer mehr absonderte und die Freitagabende lieber in Madame Fanshaws Haus der Sünde verbrachte als in der Gesellschaft von Jesse und Emily. Die drei sollten nie wieder unbeschwert miteinander lachen und plaudern.

Emily war die Erste, die sich von Thomas Clapps taktloser Bemerkung erholte. Sie versuchte, der peinlichen Situation mit Humor zu begegnen. „Wenn wir die Taufe nicht bald hinter uns bringen, entkorke ich die Flasche und trinke sie aus!“ verkündete sie lachend.

Jesses letzte Erinnerung an diesen Tag, diesen strahlenden Tag, der sein Leben verändert hatte, war der Anblick zweier grüner Flaschen, die im weiten Bogen durch die Luft schwangen, am Scheitelpunkt zu verharren schienen, von der Sonne grün durchglüht, bevor sie gegen den Schiffsrumpf schmetterten und in tausendfachen smaragdgrünen Splittern zerbarsten.

Sie war im Traum gefangen, ohne fliehen zu können. Ihr war, als habe man ihr Drogen eingeflößt, die ihre Gliedmaßen und ihren Verstand lähmten. Hilflos musste sie zusehen, was geschah.

Die Tür. Eine Tür mit vier Holzpaneelen und einem Kristallknauf. Sie saß auf einem Stuhl der Tür gegenüber, abwartend.

Die Tür öffnete sich. Langsam. Sie hörte Schritte, das Knarren einer Parkettdiele, immer die gleiche Diele, immer das gleiche Geräusch. Ihre Tage verliefen in einer Einförmigkeit, beinahe tröstlich in ihrer ereignislosen Langeweile.

Heute aber war es anders. Heute hatte sie ihm etwas zu sagen. Etwas, worüber er glücklich sein würde. Er würde sie in die Arme nehmen, sie herumwirbeln, und sie würde alle Kränkungen und unbedachten kleinen Grausamkeiten, die er ihr zugefügt hatte, vergessen. Jetzt würde er sie wieder schätzen. Sie besaß etwas, was er sich wünschte. Verzweifelt wünschte.

Ein Lichtstrahl fiel durch die offene Tür. Eine hoch gewach-

sene, breitschultrige Männergestalt näherte sich ihr. Sie wartete darauf, sein schönes Gesicht zu sehen, das sorgfältig gekämmte Haar, von einem Hauch Brillantine in Form gehalten, sein Lächeln, das ihren Herzschlag beschleunigte.

Sie erblickte einen Fremden. Größer, breitschultriger als *er.* Und weitaus Furcht einflößender.

Das Licht beleuchtete ihn von hinten, sie sah nur seine Silhouette, was genügte, um ihr Angstschauder über den Rücken zu jagen. Breite Schultern, kraftvolle Arme unter hochgekrempelten Hemdsärmeln. Zu langes, ungezähmtes Haar wehte wie eine Mähne hinter ihm her.

Er war der Mann, der auf sie geschossen hatte. Ohne auf den pochenden Schmerz in ihrer rechten Schulter zu achten, machte sie das Kreuzzeichen. „Heilige Maria, Mutter Gottes, bitte steh mir bei."

Sie hörte das Aufflammen eines Schwefelholzes, dann verbreitete eine Öllampe auf einem Wandbrett fahles Licht. Einen kurzen Moment wurde das Gesicht ihres Gefangenenwärters in Gold getaucht, jede Einzelheit wurde sichtbar wie ein Bild in einer Kirche.

Das Bild eines Engels der Finsternis. Seine blauen Augen strahlten eisige Kälte aus, die ihr das Blut in den Adern gefrieren ließ. Eine hohe, edle Stirn über dichten Brauen. Ein schön geschwungener Mund. Der Engel der Finsternis wandte sich ab und sprach. „Sind Sie wach?"

Sie kroch tiefer unter die Decken und hielt sie unterm Kinn fest. „Und wer will das wissen?"

Er schaute sie verblüfft an, als seien ihr Hörner gewachsen. „Haben Sie Angst vor mir?"

Seine Frage versetzte sie in der Zeit zurück, zurück an einen Ort, dem sie unter Lebensgefahr entflohen war. *Hab keine Angst. Zwing mich nicht, dir wehzutun.*

Wimmernd kroch sie völlig unter die Decke und zog die Knie an. Es war warm unter der Decke, doch sie konnte nicht aufhören zu zittern. Wohin war sie nur geraten? An welchen grauenvollen Ort? Dabei war sie an einem Punkt in ihrem Leben angekommen, an dem sie sich nur nach Sicherheit und Geborgenheit sehnte.

„Ma'am?" Die Stimme des Fremden war leise, unschlüssig, mit einem Anflug von Gereiztheit.

Kein Mensch hatte sie je „Ma'am" genannt wie eine feine Dame. Dieser Dummkopf, dachte sie. Sah er das nicht?

Jesse kam sich vor wie ein Idiot, mit der Lampe in einer Hand, die andere ausgestreckt nach dem zitternden Hügel unter der Bettdecke. Zum Teufel mit der Frau. Konnte sie sich nicht entscheiden, aufzuwachen oder weiterzuschlafen?

Heute Nacht versah Erik die Wache auf dem Leuchtturm. Auf den Burschen war Verlass, er drehte die Zahnräder alle vier Stunden, so wie Jesse es ihm beigebracht hatte. Dennoch überließ er Erik die Wache nur in ruhigen, klaren Nächten.

Am frühen Abend war Jesse an den Rand des Felsvorsprunges getreten, hatte lange in die Ferne geblickt, den Wind und die Seeluft eingeatmet und den Abendhimmel in der roten Glut des Sonnenuntergangs beobachtet.

Man sagte ihm nach, seine exakten Wettervorhersagen seien eine mystische Gabe, dabei waren sie nur auf seine langjährige Erfahrung zurückzuführen. Er hatte gelernt, die Stimmung der See und der Wolken zu erkennen. Der wichtigste Grundsatz im Krieg lautete, seinen Gegner zu kennen. Er hatte seinen Gegner genau studiert. Im unteren Raum des Leuchtturms bewahrte er eine Sammlung von Instrumenten auf, um die ihn jeder Wissenschaftler beneidet hätte – Instrumente zur Bestimmung der Gestirne, Quadranten, Barometer und andere Messgeräte.

Seine gewissenhaften Eintragungen ins Logbuch brachten ihm bei jeder Inspektion die Anerkennung des Bezirksinspektors ein, wobei es Jesse keineswegs darum ging, Lob zu ernten.

Anfangs hatte er sich durch seinen Fleiß Erlösung erhofft. Doch nach zwölf Jahren hatte er die Hoffnung auf Erlösung aufgegeben. Mittlerweile ging es ihm nur ums Überleben.

Bedächtig stellte er die Lampe ab und blickte ratlos auf den Deckenberg. Heute Nacht wollte er ausschlafen. Stattdessen stand er hier, hellwach und ratlos, und blickte mürrisch auf die Unbekannte aus der See.

Palina hatte vorhin noch einen gesteppten Quilt und einen Topf Fleischbrühe vorbeigebracht. Nun stellte er eine Schale heißer Suppe auf den Nachtkasten. „Ma'am?“ sagte er leise. „Sie sollten etwas essen.“

Keine Antwort. Jesse presste die Lippen aufeinander und zog unbeholfen die Decke ein wenig zurück. Darunter kamen ein zerzauster Haarschopf und eine erhitzte Wange zum Vorschein. „Ma'am?“ Seine Stimme klang ungeduldig.

Sie stöhnte und zitterte wieder, dann drehte sie den Kopf zur Seite, ohne die Augen zu öffnen. Sie hatte sich wieder in einen Dämmerschlaf zurückgezogen.

„Dumme Person“, murrte Jesse. „Wenn Sie nicht essen, kommen Sie nicht auf die Beine.“ Er breitete Palinas bunten Quilt über die Frau.

Sie bewegte sich, und ein zierlicher Fuß kam unter den Decken zum Vorschein. Jesse bückte sich und steckte den nackten

Fuß wieder unter die Decke. Er staunte, wie zart sich ihre Haut anfühlte.

In einem dunklen Winkel seines Herzens fragte etwas, ob sie nun auch sterben müsse, wie alles andere, was er berührt hatte.

Sie seufzte wohlig und kuschelte sich tiefer in ihr warmes Nest. Die Decke schien eine beruhigende Wirkung auf sie auszuüben. Palina pflegte ihre Quilts fantasievoll mit Gestalten aus der Sagenwelt ihrer isländischen Heimat zu besticken. Diese Decke zierte eine Seejungfrau, die den Wogen des Meeres entstieg.

Palina und ihr Hang zu alten Mythen. Damit erklärte sie alles, ohne ihren gesunden Menschenverstand zu bemühen.

Jesse runzelte die Stirn. Mit gesundem Menschenverstand kam er in dieser Situation allerdings auch nicht weiter. Ehrlich gestanden, war auch er versucht, in dieser Frau ein mystisches Wesen zu sehen. Sie war von den Wellen an die Küste gespült worden. Ein Geheimnis schien sie zu umgeben. Niemand suchte nach ihr. Sie trug keinen Ehering, war aber schwanger. Ihr melodischer Akzent unterstrich das Mystische, das sie wie ein goldener Schein umgab.

Sie holte stoßweise Atem, worüber Jesse erschrak. Er hasste es, zu erschrecken, und hoffte inständig, dass die Zeitungsmeldung rasch verbreitet wurde. Bert Palais hatte ihm zugesagt, ihre Fotografie und ihre Beschreibung überall zu veröffentlichen, so weit seine Kontakte als Zeitungsverleger reichten.

Beeil dich, dachte Jesse, während er den Docht herunterdrehte und leise die Kammer verließ, und sieh zu, dass sie möglichst schnell von hier verschwindet.

Er dachte an einen Vorfall vor vielen Jahren bei einem Segelausflug auf seiner Yacht mit Freunden. Damals in seiner Jugend, in den unbeschwerten Jahren vor der Finsternis und Angst.

Beim Festmachen einer Leine hatte sich ein Belegnagel durch seinen Handballen gebohrt. Einen Augenblick hatte er wie versteinert auf den Stahlstift gestarrt, der aus seinem Fleisch ragte. Dann hatte er nach einer Flasche Whiskey gegriffen und einen tiefen Schluck genommen. Damals hatte er den Freunden etwas Ähnliches gesagt.

Beeilt euch. Und zieht mir den Stachel aus dem Fleisch. Bevor ich den Schmerz spüre.

Je früher er sie fand, umso besser.

Er stand im Salon, in dem es nach Bienenwachs und edlem Tabak und Reichtum roch. Unter dem Fenster auf der Hauptstraße ratterte der Verkehr von Portland lärmend vorbei. Auf dem Schreibtisch vor ihm lagen die Morgenzeitungen.

Die Notiz, die seine Aufmerksamkeit erregte, stand unten auf der letzten Seite zwischen einer Reklame für Hirams Rasierwasser und einer Anzeige für landwirtschaftliche Geräte. Eine grobkörnige Fotografie, darunter ein Textblock:

Ilwaco, W.T. Der Leuchtturmwärter von Cape Disappointment rettete letzten Sonntag die einzige Überlebende einer Schiffskatastrophe. Captain Jesse Kane Morgan, ehemals Bürger von Portland, zog eine unbekannte junge Frau an Land.

Nach Aussage des Hafenmeisters Judson Espy wird der Viermaster Blind Chance der Shoalwater Bay Company seit Sonntag vermisst.

Wer Angaben zur Identität der jungen Frau machen kann, wird gebeten, Verbindung mit der Leuchtturmstation aufzunehmen.

Eine kraftvolle Hand mit sorgsam manikürten und polierten Fingernägeln krallte sich um die Zeitung und zerknüllte die Seite.

War das möglich? Er musste es herausfinden. Dabei galt es selbstverständlich, äußerst diskret vorzugehen. Aber er musste sich vergewissern. Und noch etwas musste er herausfinden – welche Rechte hatte ein Mann an einem Kind, das er unehelich gezeugt hatte.

Es war empörend genug, dass die dumme Gans weggelaufen war. Ein ungebildetes irisches Frauenzimmer mit Schmutz unter den Fingernägeln hatte ihn übertölpelt. Und sie war – der Gipfel der Ironie – von Jesse Morgan gerettet worden.

„Granger?" Eine Frauenstimme, zaghaft, respektvoll und kultiviert, so wie er es gerne hatte, rief ihn von der Tür her.

„Ja, Annabelle?"

„Ich ... ich will ausgehen, um bei den Gibsons vorbeizuschauen."

Er betrachtete sie über die Entfernung des Salons hinweg. Seine perfekte Ehefrau. Jedes goldene Löckchen sorgsam frisiert. Im perfekt geschneiderten, eleganten Vormittagskleid mit farblich abgestimmtem Sonnenschirm und Retikül. Ja, sie war ein Schmuckstück.

Lächelnd näherte er sich ihr. Sie zuckte nicht zurück, als er sich vorbeugte und sie zart auf die Wange küsste. Liebevoll. „Mach dir einen angenehmen Tag, Annabelle, Liebste."

„Danke, Granger." Sie trat einen Schritt nach hinten zur Tür, dann noch einen. Eine wunderschöne Frau, die Portland mit ihrer Schönheit und ihrem Charme im Sturm erobert hatte. Eine Frau, um die ihn jeder beneidete.

Er beobachtete sie durchs Fenster. Erst als der Diener ihr in den offenen Zweispänner geholfen hatte, senkte er den Blick auf seine Hand, in der er die zerknüllte Zeitungsseite hielt. Dann warf er die Kugel in den Papierkorb neben seinem Schreibtisch. Als er den Blick wieder hob, bog der Wagen in die Lassiter Street ein. Passanten drehten sich nach der schönen Mrs. Annabelle Clapp um.

Seine perfekte Ehefrau. In jeder Beziehung, bis auf eines.

Sie war unfruchtbar.

5. KAPITEL

Sie wurde von der Sonne und ihren Schmerzen geweckt und dem beunruhigenden Gefühl, von ihrem Baby geträumt zu haben. Verblasste Bilder folgten ihr ins Erwachen. Licht war in ihren Traum eingedrungen, und mit dem Licht entstanden Regenbogenfarben von Hoffnung und Glück.

Sie lag still, horchte in sich hinein und wunderte sich über den dumpfen Schmerz in ihrer Schulter. Wo hatte sie sich verletzt? Vermutlich bei dem Schiffbruch. Eine verschwommene Erinnerung tauchte in ihr auf, wie sie sich an der Reling festklammerte. Sie spürte, wie das Holz nachgab und splitterte, hörte das Bersten der Schiffsplanken. Die Schreie der Matrosen und das Tosen der Ozeanwogen dröhnten in ihrem Kopf.

Bei der Erinnerung an die tödliche Naturgewalt, an die schwarze Nacht, an die aufgewühlte See drohte die Panik sie zu übermannen. Doch dann sah sie den Leuchtturm. Der Lichtstreifen hatte ihr in regelmäßigen Abständen eine Botschaft der Hoffnung gesandt, bis sie an die Küste gespült worden war.

Auf den unverletzten Arm gestützt, richtete sie sich auf und kämpfte gegen eine Welle der Übelkeit an. Heilige Mutter Gottes, sie war krank. Mit einem angstvollen Laut legte sie eine Hand über ihren Leib.

„Bist du noch da, Kleines? Hast du das alles mit mir überlebt?“ flüsterte sie, spürte die harte, warme Wölbung und atmete leichter. Es war noch da, es gehörte noch ihr. Alles, was sie je unternommen hatte, war ihr misslungen. Aber ihr Kind wollte sie nicht verlieren.

Eine Weile saß sie in die Kissen zurückgelehnt und wartete. Dann endlich bewegte sich das Baby. Vor einer Woche hatte sie es zum ersten Mal gespürt, dieses zarte Flattern wie Schmetterlingsflügel. Ein wunderbares Geheimnis wuchs in ihrem Leib heran.

Auf den Bettrahmen gestützt, stand sie mühsam auf, verließ das Haus und tapste durchs Gras zum Holzverschlag, um ihre Notdurft zu verrichten. Sie begegnete keinem Menschen, hörte nur das morgendliche Vogelgezwitscher und das sanfte Rauschen des Windes in den Bäumen.

Auf dem Rückweg blieb sie stehen und blickte nach oben. Noch nie hatte sie so hohe Bäume gesehen, einen mit graugrünen Flechten behangenen Zauberwald. Die Wipfel schwankten im Wind, als bewegten sie sich tanzend zu einer Melodie, die nur sie hören konnten. Gewiss konnte dieser majestätische Wald sprechen. Wenn sie nur die Fähigkeit besäße, genau hinzuhören, würden die Bäume ihr erzählen, wo sie war, was sie hier erwartete und ob sie bei diesem finsteren, dunklen Fremden in Sicherheit war.

Ihr Blick schweifte zu einer Hangwiese hinüber, auf der Pferde weideten. Sie sah einen Stall und einen Gemüsegarten, dessen Umzäunung ihn vor Hasen und Rehen schützte. Die ganze Umgebung wirkte seltsam unbewohnt.

Und dennoch lebte hier ein rätselhafter Mensch.

Hoch auf dem schroffen Felsen im Westen stand der Leuchtturm. Ein Wächter aus Stein, weiß gekalkt mit drei breiten roten Streifen, stand stolz und unbezwingbar in der Sonne. Der blinkende Leuchtturm war ihr Leitstern nach dem Schiffbruch gewesen. Sein Anblick schnürte ihr die Kehle zu und trieb ihr Tränen der Dankbarkeit in die Augen.

Ein Schwächeanfall drohte sie zu übermannen. Mühsam schleppte sie sich zum Haus, an dessen Westseite eine Veranda angebaut war. An den weiß gekalkten Holzwänden waren grün gestrichene Fensterläden angebracht, der Kamin war aus glatten, abgerundeten Steinen gemauert. Vorne am Haus zog sich ein überwuchertes Blumenbeet hin. Neben dem Kiesweg hatte sie ein paar Rosenknospen entdeckt, die sich durch Unkraut und wild wuchernde Farnbüschel ans Licht kämpften. Unter dem Gestrüpp kroch bodendeckendes Steinkraut, und knospender Rittersporn reckte sich ans Licht.

Schade um die Blumen, dachte sie. Ein blühender Garten würde das Haus freundlicher aussehen lassen.

Sie trat ein, hielt sich an einer Stuhllehne fest und wartete ab, bis ihre Augen sich an das Halbdunkel gewöhnt hatten. Überall standen Bücher in Regalen, lagen stapelweise auf Tischen. Das Haus war peinlich sauber, sogar das Brennholz war wie mit dem Lineal gezogen, sorgsam aufgestapelt. Kochgeschirr und Vorräte auf den Wandbrettern in Küche und Vorratskammer waren der Größe nach aufgereiht wie Zinnsoldaten.

Mama hätte das gefallen, dachte sie, und ihr wurde warm ums Herz. Ihre Mutter war immer so stolz auf ihre blitzblanke Küche gewesen.

Die wehmütigen Erinnerungen wurden durch ein anderes, unbezähmbares Gefühl verdrängt. Sie war am Verhungern. Auf der Anrichte stand ein Krug frischer Milch, von der die Sahne noch nicht abgeschöpft war. Sie trank gierig, um ihren Durst zu stillen, hielt den Krug unbeholfen mit schwachen Händen und verschüttete Milch auf dem Fußboden. Dann verschlang sie gierig alles Essbare, was sie finden konnte – harte Kekse aus einer Blechdose, ein Glas Apfelmus, bei dessen Anblick ihr das Wasser im Munde zusammenlief.

„Geht es dir besser, Kleines?“ Sie streichelte ihren Bauch,

und zum ersten Mal, seit sie an Land gespült worden war, lächelte sie. Es war wohltuend, wieder lächeln zu können.

Sie wischte sich die Krumen von dem hübschen Nachthemd und ging wieder in die Schlafkammer neben der Küche. Sonnenstrahlen fielen durch die Fensterscheiben und malten goldene Lichtkringel auf die Bodendielen. Vielleicht war nicht nur der Wald verzaubert. Der ganze Ort, das Haus, dieser zerklüftete Landvorsprung – die ganze grüne Landschaft wirkte irgendwie verzaubert.

Und sie hatte beinahe aufgehört, an Wunder zu glauben.

Wie dumm von ihr. Mama hatte immer gesagt, in der bittersten Not geschieht immer ein Wunder. Und so war es auch gekommen. In ihrer bittersten Not hatte ihr nur ein Wunder helfen können. Und plötzlich fand sie sich an diesem fremden Ort am Ende der Welt wieder mit dem unerklärlichen Gefühl, geborgen zu sein. Obwohl sie nur mit knapper Not dem Tod entronnen war, nichts besaß, nur das Baby in ihrem Leib, keimte Hoffnung in ihr auf.

Sie strich mit der Hand über den Quilt auf dem Bett. Eine hübsche Handarbeit, die eine Nixe darstellte, die azurblauen Wellen entstieg. Nun, da sie sich gestärkt fühlte, verspürte sie den Wunsch, das Haus zu erkunden, um sich zu vergewissern, ob sie und ihr Baby wirklich in Sicherheit waren. Aber sie konnte schlecht in einem Flanellnachthemd durch die Gegend spazieren. Vielleicht gab es irgendwo einen Morgenmantel, in den sie schlüpfen konnte.

Im hohen Schrank fand sie einige Stoffe, Leinen und gemusterte Baumwolle. Einige waren zugeschnitten, aber nicht genäht, als sei die Schneiderin vor langer Zeit in ihrer Arbeit unterbrochen worden. Unter den Stoffen fand sie einen Stapel Unaussprechlicher – wie ihre Mutter sie genannt hatte –, sorgsam gefaltet und leicht angestaubt, die lange nicht benutzt worden waren. Sie zog ein Paar Pumphosen hervor aus feinstem Schweizer Batist, die mehr kosteten, als ihr Vater für den Heringsfang eines ganzen Monats eingenommen hätte.

Dann wühlte sie tiefer in dem Schrank, fand ganz hinten ein Kleid an einem Haken und stieß einen tiefen, befreienden Seufzer aus. Ein schönes Kleid aus grün und gelb gemustertem Musselin mit Keulenärmeln, an den Schultern angereiht, die an den Ellbogen bis zu den Manschetten schmal verliefen. Hinter dem Kleid hing ein langes weißes Unterhemd. Ebenfalls aus weißem Schweizer Batist.

War er verheiratet? Wem gehörten diese Kleider?

Keine neuen Kleider, und nach allem, was sie in San Francisco gesehen hatte, waren sie aus der Mode. Man trug keine weiten Röcke mehr. Dem Stoff entströmte ein Hauch von Lavendelduft, als sie hineinschlüpfte. Sie fühlte sich wohler in einem richtigen Kleid. Die Schulter schmerzte beim Versuch, die Knöpfe im Rücken zu schließen, also band sie den Gürtel um ihre Mitte zu einer lockeren Schleife. Von ihrer Taille war ohnehin nichts mehr zu sehen, aber das Kleid, unter dem wohl eine Krinoline getragen wurde, passte gerade noch um ihren Leib.

Sie fuhr sich zerstreut durchs zerzauste Haar und machte sich auf die Suche nach einer Bürste, die sie in einem anderen Teil des Hauses fand, in einem winzigen Ankleideraum neben dem Schlafzimmer des Hausherrn im oberen Stock. Der Duft nach Rasierseife hing in der Luft. Sie spähte ins Schlafzimmer auf die grob geschnitzte Bettstatt, auf der ein flaches Kissen und eine Decke aus grober grauer Wolle lagen. Es gab keinen Bettüberwurf.

Ein Schauer durchrieselte sie beim Gedanken an den Mann mit den verhangenen, kühlen Augen, der sie fotografiert hatte. Hier schlief er also.

Sie wusste nichts von diesem Mann, nur, dass er ihr das Leben gerettet hatte. Und das reichte, um Vertrauen zu fassen, bei ihm in Sicherheit zu sein.

Allein die Fotografie beunruhigte sie.

Sie zog die Bürste heftiger durchs Haar. Irgendwie musste sie ihm begreiflich machen, dass er ihr Bild unter keinen Umständen verbreiten durfte. Angst, ihr ständiger Begleiter seit ihrer Flucht, kroch ihr wie eine Spinne das Rückgrat hinauf. Sie musste sich noch überlegen, wie viel sie ihrem Retter über sich erzählen durfte, doch darüber würde sie sich später Gedanken machen. Vermutlich war es klüger, ihn zu belügen.

Sie stellte sich auf Zehenspitzen und betrachtete sich in einem kleinen runden Rasierspiegel an der Wand über dem Waschtisch. Sie sah aus wie der Tod, der einen Sodakeks verschluckt hatte, wie ihre Mutter immer zu sagen pflegte. Aber sie war am Leben, gütiger Herr Jesus, sie lebte, und das Baby lebte, und sie hätte am liebsten gejauchzt vor Glück über dieses Wunder.

„Was, zum Teufel, haben Sie hier drin verloren?“ wollte eine schroffe Stimme wissen.

Sie fuhr zu schnell herum und sah Sterne. Sterne tanzten um den Kopf ihres dunklen Engels wie ein Heiligenschein. Er stand auf dem oberen Absatz der Stiege, eine große Hand lag auf dem Holzpfosten des Geländers.

Sein drohender Gesichtsausdruck ließ die Angst wieder auf sie einstürmen, und sie schalt sich eine törichte Närrin, gedacht zu haben, sie könne sich je sicher fühlen.

„Antworten Sie!“

Mein Gott, diese Stimme, wie Donnerhall im Gewitter. Aber sie hatte gewaltigeren Stürmen getrotzt, straffte die Schultern und blinzelte ein paar Mal, bis die Sterne zerstoben und sie klar sehen konnte. Er war der Mann, der ihr das Leben gerettet hatte. Warum sollte er ihr jetzt etwas antun?

„Ich kämme mich“, sagte sie.

Bedächtig legte sie die Bürste auf das Holzbrett an der Wand, durchquerte das Zimmer und ging an ihm vorbei die Stiege nach unten.

Er folgte ihr in den Wohnraum. Der hoch gewachsene, breitschultrige Mann schien das ganze Haus auszufüllen. Er starrte sie an, seine Augen wirkten wie blaue Flammen hinter einer Eisschicht. „Woher haben Sie dieses Kleid?“

Sie hob den Rock ein wenig und bewunderte das hübsche Muster. „Na ja, Sie haben es im Schrank in meinem Zimmer gelassen, deshalb dachte ich ...“

„Ich habe es nicht im Schrank gelassen“, sagte er. „Niemand hat es dort gelassen.“

Er sprach zwar mit normaler Lautstärke, doch sie spürte seinen Zorn. Was machte ihn so wütend? Freute er sich nicht, dass es ihr besser ging?

In den vergangenen Wochen hatte sie gelernt, ihre Angst hinter einer Maske zu verbergen, und blickte ihn nun offen an. „Ich habe mir erlaubt, ein paar Sachen aus Ihrem Schrank zu nehmen. Ich hoffe, das war in Ordnung.“

Eine rote Locke fiel ihr ins Gesicht, die sie nach hinten strich. „Sie haben doch keine Verwendung für das Kleid, oder?“ Dann glitt ihre Hand an ihren Hals. „Du liebe Güte! Gehören die Kleider etwa Ihrer Frau?“

Seine Augen glitzerten noch eisiger. Dieser Mann strahlte eine bedrohliche Kraft aus, und dennoch war ihre Neugier stärker als ihre Furcht.

„Ich habe keine Ehefrau“, antwortete er mürrisch.

Eine einfache Feststellung, und dennoch spürte sie den Gemütsaufruhr hinter seiner versteinerten Maske. Was würde sie tief im Innern dieses Mannes finden, wenn sie es wagte, seinen Panzer aufzubrechen?

„Und wem gehören diese Kleider?“ fragte sie.

„Niemandem“, antwortete. „Nicht mehr.“

Sein schroffer Ton warnte sie davor, das Thema weiter zu vertiefen. Schweigend, abwartend stand sie da.

Er fuhr sich mit beiden Händen durchs lange Haar. „Setzen Sie sich lieber“, sagte er und fügte unwirsch hinzu: „Sonst klappen Sie wieder zusammen.“

Sie ließ sich auf einer Holzbank vor dem sauber gefegten Kamin nieder. Kein Aschestäubchen beschmutzte ihre nackten Fußsohlen. „Gott bewahre, ich falle nicht wieder in Ohnmacht. Es war vermutlich nur der Hunger. Ich habe mir etwas zu Essen genommen.“

„Das habe ich bemerkt.“

Schuldbewusst warf sie einen Blick in den offenen Durchgang zur Küche. Der Korb mit Äpfeln war verschwunden. Der Milchkrug war gespült und weggeräumt, die Kekskrümel waren vom Tisch gewischt. In der Hoffnung, seine Stimmung zu heben, lächelte sie. „So gute Äpfel habe ich in meinem Leben nicht gegessen.“

Er setzte sich auf einen Hocker ihr gegenüber. Sein Gesicht war ausdruckslos und wie aus Marmor gehauen. „Sie stammen von der Ernte im letzten Herbst. Wir haben ein paar Apfelbäume auf der Station.“

Ein seltsamer Mann, der sein Heim als „Station“ bezeichnete.

Sie holte tief Atem. „Ich muss Ihnen etwas sagen …“

„Ich muss Ihnen unbedingt ein paar Fragen stellen“, sagte er gleichzeitig.

Verdutzt blickten sie einander an. Sie lachte. „Wir haben zur gleichen Zeit gesprochen.“

„Ich muss Ihren Namen wissen“, fuhr er fort, keineswegs erheitert, höchstens verwundert über ihr Lachen. „Damit wir Ihre Familie ausfindig machen können.“

Ihre Heiterkeit schwand. Sie richtete sich kerzengerade auf und zwang sich, ihm in die Augen zu sehen. „Mein Name ist Mary Dare, und ich habe keine Familie.“

Es schmerzte, das zu sagen. Nie würde er erfahren, wie weh das tat. Keine Familie. Ihr war, als würde sie gestehen, kein Herz, keine Seele zu haben.

„Mary Dare.“ Er deutete eine knappe Verbeugung an. Er besaß also doch so etwas wie Manieren. „Ist das Ihr wirklicher Name?“

Zorn – und Schuldgefühle – verdrängten ihre rührseligen Gedanken. „Und wer sind Sie?“ fragte sie angriffslustig.

„Jesse Kane Morgan. Captain dieser Leuchtturmstation.“

„Freut mich, Sie kennen zu lernen, Captain Morgan. Darf ich fragen, wo diese ‚Station‘ sich befindet?“

„Auf Cape Disappointment.“

„Was für ein abscheulicher Name für diesen hübschen Ort“, sagte sie.

„Für die Seeleute, die darum kämpfen, ihre Schiffe an diesen tückischen Sandbänken vorbeizulotsen, ist es kein hübscher Ort. Wir befinden uns an der Mündung des Columbia Rivers im Washington Territory.“

Washington Territory. Nicht zu fassen. Sie war in einer völlig fremden Gegend, ohne es zu wissen.

„Waren Sie auf der *Blind Chance?*“ fragte er. „Sie ist das einzige Schiff, das seit Sonntag in diesen Gewässern vermisst wird.“

Sonntag. Mary wusste nicht einmal, an welchem Tag das Schiff gestrandet war. Sie wusste nicht, was dieser kalte Fremde für ein Mensch war, und sie wusste auch nicht, wie ihre Zukunft aussah.

Die Informationsfetzen wirbelten ihr im Kopf herum. Sonntag ... Washington Territory ... *Blind Chance.* Und das Leuchtfeuer hatte sie durch die aufgepeitschte See geleitet. Mit einem kehligen Laut sprang sie auf, sank auf die Knie vor ihm und umklammerte seine Hände. Sie kniete vor ihm wie eine Bittstellerin. „Captain Morgan, Sie haben mir das Leben gerettet. Unser Leben. Mein Leben und das meines ungeborenen Kindes. Wie kann ich Ihnen je dafür danken?“

Brüsk entzog er ihr die Hände und stand auf. Sie hörte sein leises Fluchen unter keuchenden Atemzügen.

„Es tut mir sehr Leid“, sagte sie verwirrt. „Ich wollte Sie nicht erschrecken.“

„Ich mag es nicht, wenn man mich anfasst.“ Er presste die Worte hervor, als koste es ihn Mühe, zu sprechen, und entfernte sich.

„Du lieber Himmel, das ist wohl das Traurigste, was ich je gehört habe.“ Sie folgte ihm zum Fenster, wo er zur Felsenküste in der Ferne hinüberblickte.

„Schon gut“, sagte er dann. „Ich muss ein paar Dinge über Sie wissen, Mrs. Dare.“

„Zunächst müssen Sie wissen, dass ...“, sie holte tief Luft,

„… ich nicht Mrs. Dare bin.“ Nun war es gesagt. Sie hatte die ganze Zeit vorgehabt, ihn zu belügen und zu behaupten, sie sei verheiratet und verwitwet. Aber nun war ihr die Wahrheit herausgerutscht.

Er rührte sich nicht, reagierte nicht. „Dann sind Sie also Miss Dare?“

„Mary. Mary genügt.“

„Waren Freunde oder Verwandte von Ihnen auf der *Blind Chance?*“

„Nein.“ Ihre Mundwinkel zogen sich zu einem ironischen Lächeln hoch. „Ich hatte nicht einmal eine Fahrkarte.“

Nun drehte er sich um und betrachtete sie argwöhnisch. Grundgütiger, sah dieser Mann gut aus, und er hatte keine Ahnung von seiner männlichen Ausstrahlung. Er schien keinerlei Wert auf seine äußere Erscheinung zu legen.

„Ich dachte mir schon, dass Sie als blinder Passagier reisten.“

Die Erinnerung an das Grauen dieser Reise im finsteren Schiffsrumpf stürmte auf sie ein, ihre verletzte Schulter begann zu pochen, die sie vorsichtig mit der Hand berührte.

„Dr. MacEwan ist der Meinung, Sie haben sich das Schlüsselbein verletzt.“

„Ein Arzt hat mich untersucht?“

„Ja. Erinnern Sie sich nicht?“

„Ich … ich fürchte, nein.“ Sie versuchte, ein Gähnen zu unterdrücken, Schwäche befiel sie, ihre Lider flatterten.

„Sie sollten sich wieder hinlegen“, sagte er.

Sie nickte. Seine Stimme hatte sich verändert. Sie klang immer noch ungeduldig, aber eine Spur versöhnlicher. „Ja, ich lege mich wohl besser wieder hin. Danke.“ Sie wollte nach seiner Hand greifen, zog sie aber hastig wieder zurück.

Ich mag es nicht, wenn man mich anfasst.

Wie traurig, so etwas zu hören.

„Noch mal vielen Dank, Captain Morgan."

„Jesse."

„Was?"

„Nennen Sie mich Jesse." Er ging zur Tür. „Nun legen Sie sich hin, und ruhen Sie sich aus."

Am liebsten wäre Jesse losgerannt, als er aus dem Haus trat. Und das verärgerte ihn am meisten an dieser verdammten Situation, dass die Gegenwart dieser fremden Person, dieser Mary Dare – wie sonderbar, dass sie den Namen eines Schiffswracks trug –, ihn aus seinem eigenen Haus vertrieb, aus seinem Zufluchtsort vor der Welt.

Rasch überquerte er die Lichtung zum Stall. Er pfiff drei Mal kurz hintereinander und hob nicht einmal den Kopf, um zu sehen, ob D'Artagnan gehorchte. Der Wallach kam immer, wenn er ihn rief. Das war das Erste, was Jesse ihm beigebracht hatte.

In wenigen Minuten hatte er das Pferd gesattelt und ritt den schmalen Pfad zum Strand hinunter, wo er dem temperamentvollen Tier freien Lauf ließ.

Während er den flachen Küstenstreifen entlanggaloppierte, empfand er beinahe so etwas wie ein Hochgefühl. Der Wind wehte ihm das schwarze Haar nach hinten, presste ihm das Hemd an den Brustkorb und blähte die Ärmel an den Schultern. Die Hufe warfen nassen Sand und spritzten Salzwasser hoch. Ross und Reiter jagten im gestreckten Galopp am Rand der weißen Gischt entlang.

Aus den Augenwinkeln konnte Jesse Sand Island sehen und die endlose blaue Weite des Pazifiks hinter der breiten Flussmündung. Dies war seine Welt, sein Leben. Hierher gehörte er. Allein. Für immer. Er musste diese Mary Dare loswerden, und zwar möglichst schnell.

Ihre Gegenwart erinnerte ihn daran, dass seine Welt unerträglich leer war.

Mein Gott. Ihr Anblick in diesem Kleid hatte ihm die Knie schwach werden lassen. Die Erinnerung war ihm wie ein Messer ins Herz gefahren. Als wäre es gestern gewesen, hatte er Emily gesehen, die sich unter dem Kronleuchter im Foyer ihres Hauses in Portland im Kreis gedreht hatte. Er hatte ihr helles Lachen gehört, als ihre weiten Röcke sich um sie bauschten.

„Ich habe es nur für dich angezogen, Jesse. Nur für dich."

„Nun, mir wäre es lieber gewesen, du hättest es für mich ausgezogen."

Sie errötete kichernd. „Später, Jesse. Ich ziehe es später für dich aus. Wir haben viel Zeit ..."

Jesse grub dem Hengst die Absätze in die Flanken und ritt noch schneller.

Vor dem Bootshaus zügelte er das Pferd. In einer geschützten Bucht am Fuße des Scarborough Hill stand die halb verfallene Hütte, in der das Lotsenboot untergebracht war. Heute, da man Schlepperboote einsetzte, wurde dieses Boot nur noch selten benutzt, um große Schiffe durch die gefährlichen Gewässer zu lotsen, dennoch hielt Jesse es in Ordnung, lackierte den Rumpf regelmäßig, dichtete die Ritzen mit Pech ab, sorgte dafür, dass Öl in den Lampen war und die Segel keine Risse aufwiesen.

Es war ein seltsamer Spleen von ihm, dieses Boot seetüchtig zu erhalten, da er nach Emilys Verlust nie wieder auf die offene See hinausgesegelt war. Es nie wieder tun würde. Seine Angst war zu groß.

Missmutig ritt er langsam zum Leuchtturm zurück. Der weiß gekalkte Turm thronte majestätisch auf dem steilen Felsen und wirkte dennoch zwergenhaft vor dem Hintergrund der Baumriesen und der Brecher, deren weiße Gischt tosend gegen die schwarzen Klippen brandete.

Oben auf dem Felsenpfad angelangt, hörte er ein melodisches „Hallo!"

Mit einem Zungenschnalzen brachte er D'Artagnan in eine schnellere Gangart und ritt der Besucherin entgegen.

Dr. Fiona MacEwan raffte den marineblauen Rock über den klobigen Arbeiterstiefeln und sprang vom offenen Einspänner. „Guten Tag, Jesse. Ich wollte nach unserer Patientin sehen."

Er stieg aus dem Sattel und band das Pferd vor dem Stall an. „Sie ist aufgewacht", sagte er gleichgültig.

„Tatsächlich?" Fiona strahlte und steckte eine der hölzernen Stricknadeln fester in ihren Nackenknoten. „Und wie geht es ihr? Haben Sie ihren Namen erfahren?"

Er nahm dem Pferd Sattel und Zaumzeug ab und kratzte ihm den Sand aus den Hufen. „Sie heißt Mary Dare und hat keine Familie, behauptet sie." Er verschwieg, dass Mary ein blinder Passagier war. Möglicherweise hauste eine Diebin oder Mörderin unter seinem Dach.

Oder aber eine unglückliche Frau, die vor etwas geflohen war, worüber sie nicht sprechen wollte.

„Sie wird es sehr schwer haben, so mutterseelenallein", sagte Fiona.

Er führte D'Artagnan in die Koppel. „Wirklich?"

„Sind Sie anderer Meinung?"

„Hören Sie auf, Fiona."

Sie musterte ihn von Kopf bis Fuß. „Es gibt Leute, die gern

mit anderen Menschen zusammen sind, sich sogar danach sehnen. Aber davon verstehen Sie nichts." Ohne eine Spur von Mitgefühl schlug Fiona ihm derb auf die Schulter. „Hat Ihnen eigentlich schon mal jemand gesagt, dass Sie der attraktivste Mann im ganzen Territorium sind, Jesse Morgan?"

„Nein." Er schnaufte verächtlich.

Fiona lächelte. „Auf so etwas achten manche Frauen."

„Aber nicht Sie."

Sie zwinkerte ihm verschmitzt zu. „Wohl kaum."

Das war einer der Gründe, warum Jesse sie in seiner Nähe duldete. Fiona wollte nichts von ihm.

Gemeinsam gingen sie zum Haus. „Sie behauptet also, keine Familie zu haben. Ich nehme an, damit meint sie, keinen Ehemann, wie?" fragte die Ärztin.

„Das sagte sie."

„Hm." Fiona neigte nicht zu Vorurteilen, auch das schätzte Jesse an ihr. „Umso schwerer wird sie es haben."

„Nun, da sie wieder auf den Beinen ist, bringen Sie die Frau in die Stadt, quartieren sie irgendwo ein und ..."

„Wir wollen nichts überstürzen." Sie folgte ihm ins Haus und stellte ihre Arzttasche auf den Küchentisch. Gemeinsam betraten sie die Nebenkammer.

Jesse stockte der Atem. Mary Dare lag schlafend auf Palinas Quilt im Sonnenschein, der durchs offene Fenster fiel. Sie trug immer noch das grün und gelb gemusterte Kleid.

Später, Jesse. Ich ziehe es später für dich aus. Wir haben viel Zeit ... Die Stimme seiner verstorbenen Frau raunte ihm ins Ohr. Er schüttelte unwillig den Kopf und zwang sich, Mary Dare anzusehen.

Das Sonnenlicht spielte in ihrem Haar und auf ihrer hellen

durchscheinenden Haut. Unter den Augen lagen dunkle Ringe der Erschöpfung, sie war mager und zerbrechlich.

„Sie ist schwach wie ein ausgehungertes Kätzchen", flüsterte Fiona. „In diesem Zustand bringe ich sie nicht in die Stadt."

Jesse räusperte sich. „Aber ..."

„Sie bleibt hier." Fiona stemmte die Hände in die Hüften und sah ihn mit trotzig gehobenem Kinn an. „Stört Sie das?"

„Ja."

„Dann finden Sie sich damit ab, Jesse. Denken Sie endlich mal an andere, nicht nur an sich selbst!"

Mary Dare zuckte im Schlaf zusammen.

„Tut mir Leid", sagte Fiona leise. „Sie können einen aber auch in Rage bringen, Jesse Morgan."

„Von mir aus kann sie diese Woche noch bleiben", sagte er. „Aber keinen Tag länger."

Wütend über Fionas triumphierendes Lächeln, stapfte er aus der Kammer.

„Wie fühlen Sie sich heute?" fragte Jesse und hatte den Eindruck, seine Stimme klinge wie ein verrostetes Scharnier.

Mary Dares Lächeln strahlte heller als die Sonne. „Ich habe Hunger", gestand sie und betrat die Küche. Das grüne Kleid war zerknittert, und ihr zerzaustes Haar hing ihr in schweren Locken über die Schultern.

„Es gibt frischen Speck", sagte er. „Und Palinas Kardamombrot. Kaffee?"

„Ich hätte lieber ein Glas Milch, wenn es welche gibt."

„Milch gibt es immer. Die Jonssons halten sich eine Kuh."

„Wunderbar. Und wann lerne ich die Jonssons kennen?"

„Bald. Sie arbeiten im Leuchtturm."

„Was tun sie dort? Ich sehe keine Spur von Nebel."

„Die Geräte müssen gesäubert werden." Er sah ihr beim Essen und Trinken zu. Sie machte sich zwar nicht gierig, aber mit großem Appetit über Speck und Brot her. Werdende Mütter brauchten gutes, nahrhaftes Essen. Das hatte Fiona ihm gesagt. Natürlich hatte er diese Mahnung nicht zum ersten Mal gehört.

„Jesse, Liebster. Ich habe wundervolle Neuigkeiten!" Emily war wie ein Wirbelwind in sein Arbeitszimmer gestürmt, in ihrem duftigen weißen Sommerkleid. „Ich komme soeben vom Arzt, und er hat es bestätigt. Jesse, du wirst Papa!"

Er verdrängte die Erinnerung und wartete geduldig, bis Mary mit ihrem Frühstück fertig war. Sie sah etwas besser aus, nicht mehr so erschreckend bleich. Ihre Augen glänzten, und die dunklen Ringe unter den Augen verblassten.

Ausgezeichnet, dachte er. Wenn er gut für sie sorgte, würde er sie bald los sein. Frei. Allein. Danach sehnte er sich.

„Kann ich Ihnen Tee aufbrühen?" fragte er. „Dr. MacEwan hat Kräutertee gebracht, der die Verdauung fördern soll."

„Ich habe keine Schwierigkeiten mit der Verdauung", stellte sie schmunzelnd fest.

Dieses Lächeln. Grausam in seiner strahlenden Schönheit. Es traf ihn wie ein Faustschlag.

Als sie fertig war, räumte er den Tisch ab. „Wollen Sie sich wieder hinlegen?" fragte er über die Schulter hinweg.

„Ich möchte gern spazieren gehen."

„Das ist zu anstrengend."

„Nur ein kurzer Spaziergang. Die frische Luft wird mir gut tun, meinen Sie nicht?"

Jesse wollte alles tun, damit sie sich wohl fühlte. Alles, um sie loszuwerden. Sie hatte keine Ahnung, wie sehr ihre Gegenwart ihm zusetzte, ihn störte in einer Art und Weise, wie er nicht gestört sein wollte.

„Gut, dann gehen wir zum Strand.“ Er wandte sich ihr zu. „Es gibt einen weniger steilen Weg nach unten.“

Wieder traf ihn ihr Lächeln wie Sonnenstrahlen, die erfrorene Finger wärmten, bis es schmerzte. „Wie schön, Jesse“, sagte sie.

Ich tue es nur für sie, redete er sich ein, als er ihr einen von Palina gestrickten Schal um die Schultern legte und ihn mit ungeschickten Fingern schlang. Mary stand wie ein artiges Kind vor ihm und ließ ihn gewähren. Sie vertraute ihm.

Die frische Luft würde ihr gut tun, und wenn sie sich besser fühlte, konnte sie gehen. Deshalb kümmerte er sich um sie.

Auf halbem Wege zum Strand rief sie seinen Namen. Er blieb stehen und drehte sich um. „Ist es zu viel für Sie?“ fragte er, und ein Stich durchbohrte ihn. Wenn er sie wieder tragen müsste? Wenn er ihre Wärme und ihren Herzschlag spürte? „Sollen wir umkehren?“

„Nein. Das ist es nicht. Jesse?“

„Was denn?“

„Sie waren sehr gut zu mir, und ich will Sie nicht kritisieren. Aber darf ich Sie auf eine Kleinigkeit aufmerksam machen?“

„Was?“

„Sie sind wohl nicht daran gewöhnt, in Begleitung spazieren zu gehen.“

Er schnaufte verächtlich. „Was soll das?“

„Wirklich. Sie marschieren vor mir her wie ein Soldat. Bei einem gemeinsamen Spaziergang geht man normalerweise nebeneinander.“

„Wir gehen nicht gemeinsam“, sagte er. „Sie wollten zum

Strand gehen, und das tun wir. Wenn Ihnen der Spaziergang so nicht gefällt, können wir gerne umkehren."

Sie seufzte entnervt und stapfte in den übergroßen Gummistiefeln, die er ihr geborgt hatte, schwerfällig durch den Sand. „Bei einem Spaziergang *geht* man nicht einfach so", erklärte sie in einem entwaffnenden Mangel an Logik. „Bei einem Spaziergang unterhält man sich miteinander."

„Ich aber nicht." Er drehte sich wieder um und stapfte weiter.

Sie überquerten grasbewachsene Dünen und erreichten den Küstenstreifen. Er drehte sich zu ihr um. „Hören Sie, es tut mir Leid, dass Sie allein sind. Aber wenn Sie von mir Unterhaltung erwarten, muss ich Sie enttäuschen."

„Mich können Sie so schnell nicht enttäuschen", entgegnete sie schnippisch.

Ihre Bemerkung machte ihn neugierig. Andererseits wollte er nicht wissen, welche Enttäuschungen sie erlebt hatte. Und er wollte nicht wissen, was sie sich für die Zukunft erhoffte.

„Ich lebe allein, weil ich allein sein will", stellte er fest. „Ich will keine Gesellschaft."

Sie sah ihn erstaunt an, nickte aber. „Sie hatten nicht darum gebeten, mich zu retten. Wenn Sie eine andere Wahl gehabt hätten, wären Sie zweifellos nicht zum Strand gekommen, um mich zu finden."

Verdammt. Der Wunsch, sie aus seinem Leben zu haben, war doch nicht gleichbedeutend mit dem Wunsch, sie nicht gefunden zu haben. Oder? „Mary ..."

Sie hob abwehrend die Hand. „Ich habe begriffen. Gehen wir einfach weiter." Sie warf den Kopf in den Nacken und ließ sich den Wind ins Gesicht wehen. „Es ist kalt."

„Nehmen Sie meinen Mantel."

Sie schüttelte den Kopf. „Der Schal ist warm genug. Aber diese Stiefel sind mir zu lästig. Ich fühle den Sand gern unter meinen Füßen." Bevor er protestieren konnte, hatte sie ihre Gummistiefel von den Füßen geschleudert.

„Ziehen Sie die Stiefel wieder an", befahl er. „Mit kalten Füßen erkälten Sie sich, und dann habe ich Sie noch länger am Hals."

„Ein grausames Schicksal, schlimmer als der Tod." Ihre kleinen Füße hinterließen kaum Abdrücke im nassen Sand.

Und dann ging Jesse neben ihr her, ohne wissen zu wollen, warum. Eigensinnige Person. Sie sollte froh sein, von ihm wegzukommen.

Seine mürrische Art, seine schlechte Laune hatten bisher jede Frau auf Abstand gehalten. Die hier hatte keinen Respekt vor dem Eisenpanzer seiner Seele.

„Das hier ist wirklich das Ende der Welt", sagte Mary und hakte sich wie selbstverständlich bei ihm unter.

Der Schreck der Berührung ließ ihn zusammenzucken. Seine Muskeln waren wie versteinert. Vielleicht spürte sie etwas davon, denn ihre Wangen röteten sich. „Was ist los?"

Er blickte auf ihre Hand an seinem Ellbogen. „Tun Sie das nicht."

„Ich vergaß." Rasch nahm sie ihre Hand von ihm. „Sie mögen es nicht, angefasst zu werden." Weiter stapfte sie neben ihm her, das Gesicht in den Wind gehoben, bis sich Tränen in ihren Augenwinkeln sammelten.

Er wollte ihr schon sein Taschentuch geben, hielt sich aber zurück. Ihr prachtvolles Haar wehte hinter ihr her wie ein rotes Banner. Sie warf ihm einen Seitenblick zu. Verärgert, dass sie ihn dabei ertappt hatte, wie er sie musterte, zog er die Schultern hoch und den Hut tiefer in die Stirn.

An einem großen, knorrigen Stück Treibholz blieb sie stehen und betrachtete es eine Weile, studierte die ausgewaschene Holzmaserung, die tiefen Risse und klaffenden Kerben, in die sich Würmer gefressen hatten. Wortlos ging sie weiter. Ein paar Schritte entfernt lag ein Haufen Seemuscheln, zerschmettert und zerquetscht, mit schleimig grünen Algen umwickelt. Er sah, wie sie schauderte und ihre Schritte beschleunigte.

Was mochte wohl in ihr vorgehen? Dachte sie an das Schiffsunglück? An den Vater ihres Kindes? Es gab viele Fragen, die er ihr aber nicht stellen wollte. Er wollte besser nicht wissen, welche Hoffnungen und Träume im Kopf von Mary Dare herumschwirrten.

Je mehr er von ihr wusste, desto realer wurde sie für ihn. Alles, was er wissen wollte, war, wie schnell sie aus seinem Leben verschwinden würde.

Wieder blieb sie stehen, diesmal vor dem Kadaver einer Seemöwe, deren helle Knochen säuberlich abgenagt waren. Nur die unversehrten weißen Flügel lagen in einigem Abstand von den Knochenresten, als sei der Vogel zerrissen worden.

Mary hob den Kopf und schaute aufs Meer hinaus, auf die lang gezogene, weiß gekräuselte Linie der Dünung, die unerbittlich der Küste zustrebte. Jesse beobachtete sie wieder und fragte sich, was hinter ihren Augen mit dem gehetzten Blick vor sich ging. Er wusste nicht, was er mit ihr reden sollte. Es war so lange her, seit er mit einem Menschen mehr als die nötigsten Worte gewechselt hatte.

Das Schweigen zog sich unangenehm in die Länge.

Jesse räusperte sich.

Schließlich begann sie zu sprechen. „Alles, was an Land gespült wird, ist beschädigt."

Ihre Worte trafen ihn wie ein Schlag in die Magengrube, hart und unerwartet. Er wusste nicht, was er sagen, wie er reagieren sollte. Stumm blickte er sie an. Sie war so verdammt hübsch, wie sie das Gesicht in den Wind hob und ihr rotes Haar hinter ihr herwehte.

„Die See geht rau mit den Dingen um", sagte er und riss den Blick von ihr los.

„Ja."

Sie klang düster und hoffnungslos. Ihre Stimmung sollte ihn gleichgültig lassen. „Manchmal werden auch Schätze an Land gespült." Seine Worte klangen unbeholfen.

Sie stieß den Atem aus und setzte sich wieder in Bewegung. „Ich habe noch keinen Schatz gefunden."

Er musterte sie, als sie vor ihm herging. „Ich schon."

Sie schien ihn nicht zu hören. Er spürte ihre Zweifel und ihre Besorgnis und andere Empfindungen, die ihn nichts angingen. Er spürte auch, dass sie ihm nicht glaubte. Und das ärgerte ihn sehr.

Er bückte sich nach einem ausgebleichten Stück Holz und drehte es in den Händen, dann beschleunigte er seine Schritte, holte sie ein und ging neben ihr her. Genau wie sie es gewollt hatte.

„Manchmal sind die zerbrochenen Dinge auf ihre Weise kostbar", sagte er, kam sich einfältig vor und musste dennoch weitersprechen. „Ein Stück Treibholz besitzt seine eigene Schönheit. Eine zerbrochene Muschel kann ein Schmuckstück sein. Und ein toter Fisch ist Nahrung für die Aasfresser."

Sie warf den Kopf in den Nacken, wollte nichts davon hören.

Und er spürte, dass dieses Gespräch sich nicht um Treibholz und tote Fische handelte, sondern um Mary Dare, die an den Strand gespült worden war, die sich für schadhaft hielt.

Er hob den Arm und schleuderte das Treibholz im hohen Bogen von sich, ohne hinzusehen, wo es landete.

„Ich finde, manche Dinge sollte man den Aasfressern überlassen", sagte sie.

6. *KAPITEL*

„Ehrlich, so viel habe ich in meinem ganzen Leben nicht geschlafen“, murmelte Mary, schlug die Decke zurück und stieg aus dem Bett. Sie blickte aus dem Fenster in die Bäume, hinter denen der Sonnenuntergang den Himmel rosa färbte. „Ich habe bereits den ganzen Tag verschlafen.“

Sie schlurfte zum Waschtisch, klatschte sich Wasser ins Gesicht, strich den Rock glatt und ging in die Küche, wo Jesse Morgan das Abendessen zubereitete.

Mary blieb auf der Schwelle stehen und beobachtete ihn. Er hantierte ohne Hast mit den gesetzten Bewegungen eines alten Mannes, dabei war er jung und voller Lebenskraft. Wieso wirkte er alt?

Ich mag es nicht, wenn man mich anfasst.

Sie hatte viele Fragen an ihren Gastgeber wider Willen, die er ihr nicht bereitwillig beantworten würde. Jedenfalls noch nicht.

Sie räusperte sich. Er hob den Deckel eines Eisentopfes hoch und hielt in der Bewegung inne. „Abendessen ist fertig“, sagte er über die Schulter.

„Es riecht köstlich.“ Sie trat an den Tisch. „Wo ist der Krug mit den Wiesenblumen, die ich gepflückt habe?“

Er runzelte die Stirn. „Draußen auf der Veranda.“

Wortlos ging sie hinaus und fand den Krug auf der Holzbalustrade. Die gelben Blütenköpfe von Arnika und Margeriten sahen aus wie kleine Sonnen. Beinahe trotzig stellte sie den Krug wieder auf den Tisch. Gelber Blütenstaub rieselte auf die Holzplatte.

„Die machen nur Dreck“, sagte Jesse.

„Ich wische den Tisch wieder sauber."

„In ein paar Tagen sind sie verwelkt."

„Dann pflücke ich frische."

Er verdrehte die Augen und schüttelte den Kopf. „Haben Sie gut geschlafen?"

„Ja, wunderbar. Der Spaziergang hat mich offenbar ziemlich angestrengt." Sie dachte an ihre Unterhaltung am Nachmittag.

Manchmal besitzen beschädigte Dinge eine eigene Schönheit, hatte Jesse gesagt. Was hatte er damit wohl gemeint? War er milder gestimmt? Begann er etwas für sie zu empfinden?

Sie hätte beinahe laut aufgelacht. Er hatte sich vermutlich jahrelang um niemanden gekümmert, außer um sich selbst. Die paar Tage mit ihr würden daran nichts ändern. Und sie wäre eine Närrin, das ändern zu wollen.

Dennoch reizte sie der Gedanke.

„Soll ich Brot schneiden?" fragte sie.

Er nickte kurz.

Während er den Eintopf in zwei angeschlagene Emailschalen schöpfte, suchte sie ein Messer in einer Schublade und machte sich über den Laib Brot her.

„Das ist ein Fischmesser", sagte er.

„Jetzt ist es ein Brotmesser." Sie legte die Brotscheiben in eine Holzschale und stellte sie auf den Tisch.

Er goss sich Bier ein.

Sie blickte sehnsüchtig zu der mit Blech ausgeschlagenen Eisbox in der Ecke. „In letzter Zeit trinke ich schrecklich gern Milch", sagte sie.

Er bekam rote Ohren, als er ihr ein Glas Milch einschenkte. Mama hatte immer gesagt, Männer seien völlig hilflos in Gegenwart einer schwangeren Frau. Offenbar sind Männer unfähig, eine Verbindung zwischen dem Liebesakt und dem Heranwachsen eines Kindes im Mutterleib herzustellen, dachte Mary und lächelte in sich hinein.

Sie setzte sich an den Tisch, machte das Kreuzzeichen und sprach leise ein Gebet. Jesse hielt den Löffel in der Hand und sah sie mit einem merkwürdig fragenden Blick an.

„Gewohnheit“, sagte sie, „und Glaube. Sprechen Sie nie ein Dankgebet, Captain Morgan?“

„Wofür?“

„Für die Früchte der Erde und des Meeres. Für die Gesundheit und das Leben.“

„Nein.“

Mama würde einen Anfall bekommen, wenn sie wüsste, dass ihre unstete Tochter die Bekanntschaft eines Heiden gemacht hatte.

„Ich bin auch Ihnen dankbar“, sagte Mary und löffelte den Eintopf. „Ihnen verdanke ich, dass ich hier sitze und es mir schmecken lasse.“ Sie hatte Mühe, ernst zu bleiben. „Und Ihre sprühende Gesellschaft genieße.“

Seine Miene verfinsterte sich. „Es freut mich, dass Sie das Unglück überlebt haben, glauben Sie mir“, erwiderte er mürrisch. „Aber ich lebe nun mal gern allein und bin nicht daran gewöhnt, mein Haus mit jemand zu teilen.“

„Das wusste ich nicht.“ Um ihn aufzuheitern, fügte sie hinzu: „Das Essen schmeckt köstlich. Und ich hatte heute einen wunderschönen Tag.“ Erst als sie die Worte ausgesprochen hatte, wurde ihr klar, dass sie die Wahrheit gesagt hatte. Noch vor kurzem war sie der Meinung, einen schönen Tag mit einem freundlichen Menschen zu verbringen sei ein Traum, der sich für sie nie mehr erfüllen würde. Jesse Morgan war zwar nicht unbedingt freundlich zu nennen, dennoch hatte sie den Spaziergang mit ihm genossen. Sie hatte den ganzen Tag genossen. Es war etwas urzeitlich Schönes an diesem Küstenstreifen, wo Erde, Himmel und Meer einander trafen. Das hatte sie schon früher in Irland empfunden und jetzt wieder an diesem entlegenen Ort.

„Sie werden von Stunde zu Stunde kräftiger“, bemerkte er.

Am liebsten hätte sie die Arme um ihn geschlungen. „Das habe ich Ihnen zu verdanken.“

„Ich bringe Sie in die Stadt, wo Sie sich richtig erholen können“, sagte er. „Morgen ...“

„Ich erhole mich auch hier recht gut“, fiel sie ihm gekränkt ins Wort. Das war also der Grund, warum er ihr Essen vorsetzte und sich um sie kümmerte. Nicht weil ihm etwas an ihr lag, sondern weil er sie so schnell wie möglich loswerden wollte.

„Hier können Sie nicht bleiben.“ Er setzte den Krug an und trank einen tiefen Schluck Bier.

Der Appetit war ihr vergangen, sie legte den Löffel beiseite und schob den Teller von sich. „Mal ehrlich, wer würde schon gerne hier bleiben? Ich komme mir vor wie ein Eindringling, seit ich zum ersten Mal in der Kammer aufgewacht bin.“

Erschrocken schlug Mary sich die Hand vor den Mund. Zum Teufel mit ihrer aufbrausenden Art. Mama hatte ihr immer vorgehalten, ihr Ungestüm würde sie noch in Schwierigkeiten bringen. Sie ließ die Hand sinken. „Tut mir Leid. Das hätte ich nicht sagen dürfen. Sie haben mir das Leben gerettet. Ich habe kein Recht, mehr von Ihnen zu erwarten.“

Seine Züge verhärteten sich. Aus welchem Grund, fragte sie sich nicht zum ersten Mal, schenkt die Natur einem Mann ein gutes Aussehen, wenn er sich vor der Welt verschließt?

„In Ilwaco gibt es ein Hotel und einige Pensionen, die anständige Zimmer vermieten“, sagte er ungerührt. „In der Stadt ist die Ärztin näher.“

Wie sollte sie ihm ihre Situation erklären? Konnte sie ihm anvertrauen, dass sie auf der Flucht war? Sie war am Ende der Welt angekommen, und nun wollte er sie zurückschicken ... Wohin? Übelkeit stieg in ihr hoch, gegen die sie mühsam ankämpfte und die sie besiegte. Sie hatte es zu weit geschafft, um jetzt aufzugeben.

Mit einem zitternden Finger fuhr sie die Umrisse eines Astrings auf der blank gescheuerten Tischplatte entlang. „Wissen Sie eigentlich, wie man sich fühlt, Jesse Morgan, wenn man alles verloren hat bis auf die Kleidung, die man auf dem Leib trägt?“

Er sah sie ausdruckslos an. „Nein.“

„Es ist ein merkwürdiges Gefühl. Befreiend, wenn Sie so wollen. Und sehr beängstigend.“

„Ich kann Ihnen mit Geld aushelfen, bis Sie eine Stellung gefunden haben.“

„Aha. Und Sie denken, in Ilwaco gibt es eine Stellung für mich? Glauben Sie, die Leute nehmen eine unverheiratete, schwangere Irin bei sich auf?“

„Warum nicht?“

Sie sah ihn fassungslos an. Wie konnte ein Mann, dem die dunkle Seite der menschlichen Natur gewiss nicht fremd war, so naiv fragen? „Weil die Leute engstirnig und kaltherzig sind.“

„Das geht mich nichts an.“

„Gott bewahre“, entgegnete sie spitz. „Gott bewahre Sie davor, sich mit den Sorgen anderer Menschen befassen zu müssen.“ Gereizt stand sie auf und entfernte sich. Was war nur an diesem Mann? Wieso brachte er sie ständig in Rage?

Auch er stand zornig auf, warf dabei den Stuhl um und folgte ihr. „Ich habe nicht darum gebeten, dass Sie mir vor die Füße gespült wurden."

Sie fuhr herum und erschrak, ihn so nah vor sich stehen zu sehen, so nah, dass sie seine Körperwärme spürte. „Dann bitte ich tausendmal um Entschuldigung, Ihnen Unannehmlichkeiten zu bereiten."

Sie starrten einander aus trotzig funkelnden Augen an. Und dann spürte Mary, wie eine unbezwingbare Heiterkeit in ihr aufstieg. Sie biss sich auf die Lippe, hob das Kinn und versuchte ernst zu bleiben. Aber nichts half, das Lachen platzte aus ihr heraus, und sie lachte, bis ihr die Tränen kamen, die sie mit dem Ärmel wegwischte.

Jesse Morgan wirkte gereizt. „Jetzt werden Sie hysterisch. Sie sollten sich wieder hinlegen und sich ausruhen."

„Ich habe mich den ganzen Tag ausgeruht. Ich ruhe mich seit Sonntag aus. Und ich habe nicht über Sie gelacht. Es ist nur ... ich weiß nicht ... die ganze Situation. Es ist so unbegreiflich, dass ich überlebt habe. Es gibt keinen Grund dafür. Und trotzdem habe ich überlebt."

„Es gibt einen Grund ..." Er sprach nicht weiter, wandte sich ab, ging zur offenen Tür, legte die Faust an den Türrahmen und blickte in die Ferne.

„Was meinen Sie damit?" fragte sie leise und blickte auf seinen breiten Rücken. Wieso faszinierte sie dieser Mann? Wieso übte er eine solche Anziehungskraft auf sie aus? Wieso ertrug sie seine schlechte Laune und seine Kränkungen?

„Nichts. Aber ich muss wissen, warum Sie behaupten, keine Verwandten, keine Freunde, niemanden auf der Welt zu haben."

Sie schluckte schwer. „Weil es die Wahrheit ist."

„Jeder Mensch hat irgendjemand."

„Auch Sie, Jesse? Haben Sie jemand?“

Er wandte sich ihr zu. „Meine Eltern, aber sie befinden sich auf einer ausgedehnten Auslandsreise. Und eine Schwester“, fügte er kurz angebunden hinzu. „Ich habe sie allerdings lange nicht gesehen.“

„Wie heißt sie?“

„Annabelle“, antwortete er. „Und sie …“ Er lehnte sich gegen die Tür. „Wir sprechen von Ihnen, nicht von mir. Ich will an jemanden schreiben oder telegrafieren. Es gibt gewiss einen Menschen …“

„Es gibt niemanden, verdammt noch mal!“ platzte sie heraus. „Niemanden! Keinen Menschen!“ Sie ahnte, was er als Nächstes fragen würde – er würde wissen wollen, von wem das Kind in ihrem Bauch wäre.

Ohne ihm Gelegenheit zu geben, die Frage zu stellen, drängte sie sich an ihm vorbei und stürmte aus dem Haus. Tränenblind lief sie durch den Garten und schlug den Pfad zum Leuchtturm ein. Die Lampe war noch nicht angezündet, und der Turm ragte als trutzige Silhouette in den feuerroten Abendhimmel: ein Turm der Hoffnung, ein Wächter der Einsamkeit.

Sie hörte seine Schritte und drehte sich um. Verärgert wischte sie sich die Tränen von den Wangen. „Als Sie mich fanden, war ich auf der Flucht. Ich wollte fliehen, so schnell und so weit ich nur konnte. Es war mir egal, ob ich am Ende der Welt in einen Abgrund stürze. Können Sie das verstehen?“

Er sah sie ernsthaft an. „Seltsamerweise ja.“

„Dann wissen Sie auch, wie ich mich fühle.“ Sie fixierte den Leuchtturm auf den felsigen Klippen. „Wenn Menschen fliehen, laufen sie nicht auf ein Ziel zu, sie laufen einfach weg. Es ist kein Zufall, dass ich hier gestrandet bin. Am Ende der Welt.“

„Hier stranden viele Menschen", sagte er. „In der Columbia-Mündung zerschellen mehr Schiffe als an der gesamten Pazifikküste."

„Ich spreche nicht von Schiffbruch." Sie hob den Arm, und ehe er reagieren konnte, hatte sie seine Hand genommen. „Tun Sie es nicht, Jesse. Übergeben Sie mich nicht der Polizei."

„Sie der Polizei übergeben …?" Er blickte auf ihre ineinander verschlungenen Hände. Sie erwartete, dass er sich ihr entzog, aber er tat nichts dergleichen, trat stattdessen einen Schritt näher. „Erzählen Sie mir, in welchen Schwierigkeiten Sie sind. Haben Sie gestohlen? Einen Mord begangen?"

„Ganz bestimmt nicht. Und das wissen Sie. In Ihrem Herzen wissen Sie, dass ich keine Verbrecherin bin."

Sie wagte den großen Sprung, wusste von vornherein, dass es falsch war, ohne sich zurückhalten zu können. Sie presste seine flache Hand an ihren gewölbten Leib. „Sind meine Schwierigkeiten nicht deutlich zu sehen?"

Er riss seine Hand zurück, als habe er sich verbrannt. „Verdammt noch mal!"

„Was denn? Ich wollte nur …"

„Und *ich* will nur in Frieden gelassen werden. Halten Sie sich von mir fern, Mary. Lassen Sie mich in Ruhe." Er schritt den Hügel zum Leuchtturm hinauf.

Sie schaute ihm nach, seiner einsamen, hoch gewachsenen Gestalt, die nur von seinem langen Schatten in der untergehenden Sonne begleitet wurde. Bis zum Morgen würde sie ihn nicht sehen, da er Wache auf dem Leuchtturm hielt.

Was für ein befremdliches und trauriges Leben führte dieser Mann, der nachts über das Leuchtfeuer wachte und Ausschau nach vorbeifahrenden Schiffen hielt? Fragte er sich gelegentlich nach dem Schicksal, nach dem Ziel der Menschen auf diesen Schiffen? Verspürte er je den Wunsch, diesen einsamen Ort zu verlassen?

Dieser Mann war von tiefen Geheimnissen umgeben. Er verbarg etwas in seiner Vergangenheit, das ihn zwang, die Augen vor der Gegenwart zu verschließen.

Er geht mich nichts an, ermahnte sie sich. Und dennoch wusste sie, dass sie versuchen würde, ihn näher kennen zu lernen. Die Welt hatte Jesse Morgan aufgegeben. Die Welt hatte sich von ihm abgekehrt und er sich von ihr.

Es gibt einen Grund ...

Sie war als Einzige gerettet worden, alle anderen auf der *Blind Chance* waren ertrunken. Jesse würde ihr nicht anvertrauen, welchen Grund er in ihrer Rettung sah.

Mary hielt den Blick unverwandt auf den Leuchtturm gerichtet und beobachtete, wie die Lampe aufflackerte, als er die Dochte entzündete. In einem unbedachten Moment hatte er gesagt: „Es gibt einen Grund ...“

Sie kannte den Grund.

Sie hatte dieses Licht nach dem Schiffsuntergang gesehen, war ihm gefolgt. Sein Licht hatte ihr das Leben gerettet. Der Mann, der dieses Licht für sie entzündet hatte, konnte es nicht wissen, doch er war der Grund für ihre Rettung.

Er behauptete, er wolle nichts mit ihr zu tun haben. Doch das zählte nicht. Sie konnte ihm helfen. Vielleicht konnten sie einander helfen. So, wie er sie der gnadenlosen See entrissen und an Land gezogen hatte, musste sie ihn an ihr wärmendes Licht ziehen und ihn zu einem neuen Leben erwecken.

Sie wusste nicht, ob sie den Wunsch dazu verspürte. Sie wusste nur, dass sie gezwungen war, es zu tun. Sie war verstört, verletzt und wütend, aber ihr blieb keine andere Wahl, keine andere Zuflucht.

Vom Meer her wehte ein frischer Wind. Am Horizont zogen Wolken auf. Ein Sturm braute sich zusammen.

„Du bist eine dumme Gans, Mädchen“, sagte sie halblaut. „Dieser Mann ist ein übellauniger Hagestolz, der deinen Anblick nicht ertragen kann.“ Sie legte die Hände schützend um ihren Leib. „Hast du immer noch nicht begriffen, dass auf gut aussehende Männer kein Verlass ist?“

Als der Morgen durch die schweren Sturmwolken graute, schlug Jesse das Logbuch auf. Zu den Aufgaben des Leuchtturmwärters gehörte der tägliche Eintrag der Vorkommnisse auf der Station. Seine Berichte waren knapp und trocken: ‚Schwere See, Wind aus Südwest. Sturmböen mit ergiebigen Regenschauern.‘

Danach erfolgte der Eintrag vom Sonntag. ‚Bergung eines Schiffbrüchigen weiblichen Geschlechts aus dem Wrack des Viermastschoners *Blind Chance.*‘

Er schrieb nicht, dass sie schön war wie ein Engel und hilflos wie ein verirrtes Lamm. Er schrieb auch nicht, dass sie schwanger war. Diese Einzelheiten würden ihn zwingen, sie als Mensch zu sehen, nicht nur als Pflicht. Dazu war er nicht bereit. Dazu würde er nie wieder bereit sein.

Er beendete den Eintrag und wischte die Tinte von der Feder. Der Sturm würde bei Tagesanbruch erst richtig losbrechen, er musste sich bereit machen. Er spürte den Sog einer beinahe mystischen Verbindung zwischen Meer und Himmel. Lange bevor andere einen Sturm herannahen sahen, spürte Jesse ihn in den Knochen. Und es war kein angenehmes Gefühl, eher wie ein Übelkeitsgefühl in der Magengrube.

Jetzt war dieses Gefühl sehr deutlich. Er trank eine Tasse lauwarmen Tee, wusch sich Gesicht und Hände, stutzte die Dochte der großen Lampe und blickte hinaus auf den bleiernen Himmel und die brodelnde See.

Die eisengrauen Wogen bäumten sich auf und schienen in die Wolken zu stoßen. Gischt spritzte hoch, wenn die Wellenberge unter der Gewalt des Sturms brachen. Am Horizont war nichts zu sehen außer hochragender Wellenkämmen und aufspritzenden Gischt der stürzenden Brecher.

Jesse stand im verglasten Kanzelvorbau des Leuchtturms, spähte aufmerksam über die tosende See, alle Sinne wachsam gespannt.

Der immer stärker werdende Sturm peitschte gegen die Glasscheiben und pfiff gespenstisch durch die Ritzen. Die hohen Bäume hinter dem Leuchtturm neigten ihre Wipfel, als würden sie dem Sturm ihre Achtung erweisen. Die Gräser der Dünen auf Sand Island lagen flach im hochfliegenden Sand. Ein Schwarm Seemöwen hatte am Hang einer Düne Schutz gesucht, sie standen eng aneinander geschmiegt auf einem Bein, die Köpfe unter den Flügeln versteckend.

Jesse warf einen Blick auf die Uhr. Seine Schicht war bald vorbei, und Magnus würde ihn ablösen. Er trat auf den Eisensteg, suchte keinen Schutz vor den Naturgewalten, hob das Gesicht in Wind und Regen, der auf ihn herniederprasselte und ihm wie Nadelspitzen in die Haut stach.

Er hielt die Eisenreling umklammert wie der Kapitän eines Schiffes, das sich nicht von der Stelle rührte.

Und dann sah er es. Zunächst ein Flackern auf dem Kamm eines heranrollenden Brechers. Eine winzige Funzel wie eine Kerzenflamme. Dann die schemenhaft dunklen Umrisse eines

Rumpfes, der einen Wellenberg erklomm. Im nächsten Augenblick wurde das Boot von einem Brecher verschlungen.

Es waren Schiffbrüchige, die versuchten, das rettende Ufer zu erreichen.

Jesse stieß sich von der Reling ab und riss die Eisentür auf, zog an der Nebelglocke und hastete die Spiralen der Eisenstiege nach unten.

Er rannte zum Stall, sprang auf D'Artagnans Rücken, ohne sich Zeit zu nehmen, ihn zu satteln, und drängte das Pferd unerbittlich den Pfad zum Küstenstreifen hinunter. *Durchhalten, durchhalten, durchhalten.* Der Befehl hämmerte den Takt in seinem Kopf und seinem Herzen.

Da draußen wurde ein Boot in der Brandung hin und her geworfen, drohte jeden Moment an den zerklüfteten schwarzen Felsen zu zerschellen. Jesse wusste nicht, ob das Boot bemannt war, er würde es früh genug herausfinden.

Im gestreckten Galopp jagte er in nördliche Richtung, wo die Dünen sanft zum Strand abfielen. Dort lenkte er den Wallach mit kurz gehaltenen Zügeln in die Brandung.

Dieses Manöver hatte er seinen Pferden in jahrelanger geduldiger Arbeit beigebracht, und D'Artagnan gehorchte ihm wie immer mühelos.

Der Sog der Brandung zerrte an Jesse, der, weit vorgebeugt an den Hals des Pferdes geschmiegt, die Zügel in den Fäusten hielt. Die Hufe des kraftvollen Wallachs kämpften sich durch die tosende Brandung.

Der Kampf hatte begonnen.

Für Jesse bedeutete dieser Kampf den Inhalt seines Lebens, das Einzige, was ihm das Gefühl gab, lebendig zu sein. Wilde Kraft durchströmte ihn. Der Kampf gegen die See hatte seinen eigenen Rhythmus, die Gewalt der Brandung zog Mann und Reiter in die Tiefe, während der mächtige Wallach sich mit jedem Hufschlag wieder nach oben und nach vorne stieß.

Jesse würde sich nie wieder auf das Meer hinauswagen, er konnte das Grauen, das sein Leben zerstört hatte, niemals überwinden.

Aber in der Brandung, wo Land und Wasser miteinander kämpften, war er in seinem Element. Das Pferd näherte sich halb schwimmend, sich immer wieder vom sandigen Grund abstoßend, dem kleinen Boot, das hilflos wie eine Nussschale hin und her geschleudert wurde.

Das Beiboot eines großen Schiffes. Durch den peitschenden Regen erkannte Jesse den bauchigen Rumpf. Ein Wellenberg, hoch wie ein Haus, blockierte den Weg zu dem winzigen Boot. Jesses Schenkel umklammerten die Flanken des Pferdes wie eine Eisenzange, als D'Artagnan stieg. Riesige Wassermassen brachen donnernd über Ross und Reiter zusammen in einer nicht enden wollenden tosenden Kaskade.

Die Zeit schien stillzustehen. Silbrige Luftblasen stiegen vor Jesses offenen Augen auf. Nein, keine Luftblasen. Sterne. Er sah Sterne. Seine Lungenflügel drohten zu bersten. Es dauerte nicht mehr lange, dann war alles vorbei.

Und plötzlich schossen Pferd und Reiter in einem Wellental senkrecht aus dem Wasser. Nur ein paar Armlängen entfernt schaukelte das hilflose Boot.

Am Bug konnte Jesse abblätternde kyrillische Buchstaben erkennen. Russische Matrosen hatten irgendwo ihr sinkendes Schiff verlassen.

Zwei Männer kämpften vergeblich mit Rudern gegen die brodelnde See. Ein Matrose im Bug erspähte Jesse und stieß einen grässlichen Angstschrei aus. Jesses Lippen entblößten gefletschte Zähne in einer teuflischen Grimasse. Die Schiffbrüchigen hielten ihn zweifellos für einen apokalyptischen Reiter, der gekommen war, um sie in den Höllenschlund zu reißen.

Ein anderer warf mit einer ausholenden Armbewegung eine Leine in Jesses Richtung. Gottlob, der Kerl hatte mehr Verstand als sein Kamerad und hielt es für vernünftiger, dem Teufel eine Leine zuzuwerfen, als auf Gott zu vertrauen.

Von Kopf bis Fuß in Ölzeug gewickelt, stand Mary mit Palina am Strand und beobachtete das Drama, das sich draußen in der Brandung abspielte.

Von der Nebelglocke geweckt, war sie ans Fenster getreten, hatte gesehen, wie Erik und Magnus im gestreckten Galopp zum Strand geritten waren, und war gleichfalls losgerannt. An der Unglücksstelle angekommen, hatte sie gerade noch beobachten können, wie Jesse und sein Pferd unter einem haushohen Brecher begraben wurden und eine Ewigkeit nicht auftauchten. Und als sie bereits alle Hoffnung aufgegeben hatte, waren Pferd und Reiter aus den bleigrauen Wassermassen hochgeschossen, als hätte der Schlund des Meeres sie ausgespuckt.

Jesse hatte dem Pferd die Leine, die ihm der Matrose zugeworfen hatte, um den Hals gebunden, hielt sich mit beiden Händen daran fest, und D'Artagnan pflügte sich nun durch die Brandungswellen an Land. Der Sturm wehte so heftig, dass Mary und Palina sich umklammert hielten, um nicht zu Boden gerissen zu werden.

Magnus und Erik ritten Jesse entgegen, als der Kiel des Bootes sich knirschend in den Sand bohrte. Die sechs Seeleute schrien unverständliche Worte, klammerten sich an Männern,

Pferden und Leinen fest, was immer sie greifen konnten, und ließen sich erschöpft an Land ziehen.

„Kommen Sie, wir müssen uns um die Verletzten kümmern", sagte Palina und nahm Mary bei der Hand.

Mary lief ins seichte Wasser und streckte die Arme nach einem Schiffbrüchigen aus, der ihr entgegentaumelte. Zufällig fiel ihr Blick auf Jesse, und sie erschrak.

Statt in seinen Zügen die grimmige Entschlossenheit eines Mannes zu sehen, der todesmutig gegen die Naturgewalten kämpfte, um Menschenleben zu retten, entdeckte sie strahlendes Glück in seinen Gesichtszügen, beängstigend in seiner Heftigkeit.

7. KAPITEL

„Sie holen sich eine Erkältung“, sagte Mary, die am Scheunentor stand und zusah, wie Jesse die Pferde versorgte. „Sie haben sich noch keine Pause gegönnt, nicht einmal die nassen Sachen ausgezogen.“

„Wenn ich mich jedes Mal erkälten würde, wenn ich nass werde, wäre ich längst tot“, entgegnete er, ohne aufzuschauen, striegelte D’Artagnan und murmelte leise auf ihn ein.

„Reden Sie oft mit Ihrem Pferd?“ fragte Mary.

„Ja. Er gibt mir keine frechen Widerworte.“

Sie straffte die Schultern. Er hatte so ernst geklungen, dass es eine ganze Weile dauerte, bis sie begriff, dass es seine Art war zu scherzen.

„Sehr komisch“, sagte sie und trat in die Scheune. Mit ihren viel zu großen Gummistiefeln schlurfte sie über den strohbedeckten Lehmboden. „Kann ich Ihnen helfen?“

Er blickte immer noch nicht auf. „Geben Sie jedem Gaul eine Kelle von dem gesüßten Hafer.“

Sie schaute sich nach dem Hafersack und einer Schaufel um. „Was wird nun mit den Seeleuten?“

„Da keiner der Männer verletzt ist, werden sie zum Postamt in die Stadt gehen, ihrer Schifffahrtsgesellschaft telegrafieren und auf das nächste Schiff warten, das sie nach Russland bringt.“

„Bleiben Schiffbrüchige, die Sie gerettet haben, manchmal auch länger?“

Er hielt mit dem Striegeln kurz inne, seine Hand lag auf dem Widerrist des Pferdes. „Nein. Keiner bleibt länger.“

Mary glaubte ihm nicht. Während sie jedem Pferd eine Schaufel Hafer in den Futtertrog schüttete, beobachtete sie Jesse von der Seite. Er war bis auf die Haut durchnässt, seine Kentucky-Jeans klebten ihm an Hüften und Schenkeln, in seinen Stiefeln gluckste das Wasser bei jedem Schritt. Unter dem nassen Wollhemd zeichneten sich die Muskelberge seiner Schultern und seines Brustkorbs ab.

„Ist was nicht in Ordnung?“ fragte er.

Sie errötete. „Palina sagt, Leuchtturmwärter müssen im Dienst Uniform tragen.“

„Ich werde es mir merken.“ Da war er wieder, dieser ernste Gesichtsausdruck, nur um seine Mundwinkel zuckte es leicht.

Diesmal lachte sie. „Sie sind mir vielleicht eine Nummer, Jesse Morgan.“

„Was Sie nicht sagen.“

Sie lehnte sich gegen eine Pferdebox. Ein merkwürdiger Mann, mürrisch und unfreundlich und dennoch amüsant. Sie wünschte, er würde sie einmal anlächeln, nur ein einziges Mal.

„Lachen Sie eigentlich nie, Jesse?“

Mit finsterer Miene widmete er sich einer verfilzten Strähne in der Mähne des Wallachs. „Was, zum Teufel, soll diese Frage?“

„Es ist eine ganz normale Frage. Ich würde gerne wissen, was Sie komisch finden.“

„So gut wie nichts. Schon gar nicht, wenn ich Nachtdienst hatte und danach stundenlang gegen die Brandung gekämpft habe.“

„Das hat Ihnen aber großen Spaß gemacht.“

Diesmal unterbrach er die Arbeit und hob den Kopf. „Das stimmt nicht.“

„Regen Sie sich doch nicht gleich wieder auf. Es ist mir nur aufgefallen.“

„Sie irren sich.“ Er band D'Artagnan los, führte ihn in seine

Box und nahm ihm das Zaumzeug ab. Der Wallach steckte die Schnauze in die Futterkrippe und begann den Hafer mit mahlenden Kiefern zu verzehren. „Gehen Sie ins Haus, und ziehen Sie sich was Trockenes an."

„Dann bin ich also entlassen?"

„Noch deutlicher kann ich mich wohl kaum ausdrücken."

Mit einem verächtlichen Laut drehte sie sich um und schlurfte in ihren großen Gummistiefeln aus der Scheune. Auf dem Hang drehte sie sich noch einmal um, in der Hoffnung, er würde ihr nachschauen und sich möglicherweise denken, er sei zu grob mit ihr umgegangen.

Aber nein. Er arbeitete weiter, als sei sie nie dagewesen. Während sie ihn beobachtete, bückte er sich und hob etwas auf. Dann streifte er sich das nasse Hemd über den Kopf und wrang es aus. Mary vergaß die Zeit im trüben, nebeligen Licht des regnerischen Tages und stand da, versunken in den Anblick seines breiten, muskelbepackten Brustkorbs.

Er goss sich einen Eimer Wasser über den Kopf, schüttelte sich und legte sich eine Decke um die Schultern. Dann trat er in die Box zu seinem Pferd. Und tat etwas für ihn höchst Ungewöhnliches.

Er legte den Arm um den Hals des Wallachs und streichelte ihn zärtlich, lehnte die Stirn an seinen Kopf und wirkte plötzlich erschöpft und hilflos. Nach einer Weile riss er sich los und verließ die Box.

Mary war die Kehle wie zugeschnürt, als sie ihren Weg zum Haus fortsetzte.

Jesse schlief in der Scheune. Noch nie hatte er die alte Büffeldecke auf dem Heu ausgebreitet und sich darauf schlafen gelegt.

Es gab ihm ein seltsam tröstliches Gefühl, bei den Tieren in der Scheune zu sein, wo es nach Heu und Pferden roch und nach dem mit Molasse gesüßten Hafer.

Aber als er erwachte, war er verärgert und mürrisch. Die Frau hielt ihn von seinem eigenen Haus fern.

Er fluchte leise in sich hinein, als er fröstelnd das feuchte Hemd anzog. Alles war die Schuld dieser Frau. Sie hatte sein Leben völlig durcheinander gebracht.

Es war Zeit, dass sie endlich ging. Sie war wieder gesund. Sie hatte tatkräftig geholfen, die schlotternden russischen Seeleute ins Haus der Jonssons zu bringen, ihre Kleidung zum Trocknen aufzuhängen und sie mit heißer Suppe zu füttern, als hätte sie seit Jahren nichts anderes getan.

Und dem jüngsten Matrosen hatte sie ein so strahlendes Lächeln zugeworfen, dass der Bursche sich ans Herz gefasst und sich in den Sand geworfen hatte, als sei er von Amors Pfeil durchbohrt worden.

Die Frau war eine Plage, daran gab es keinen Zweifel.

Er würde ihr sagen, dass sie gehen musste. Er würde es ihr jetzt sagen.

Er ging zum Haus, riss die Tür auf und blieb wie angewurzelt stehen.

Einige Sekunden lang standen er und Mary wie erstarrt da. Der kleine Raum war erfüllt von Wasserdampf, der aus dem Zuber aufstieg, und es roch nach Seife. Jesse nahm ihren Anblick in sich auf wie ein Verdurstender.

Sie in diesem Zustand zu sehen war zunächst so unerwartet, dass er einen unwirklichen, verwirrten Augenblick gar nicht begriff, was er sah.

Mary Dare stand in der verbeulten Zinkwanne vor dem Herd

und seifte sich mit einem Lappen ein. Der Schein der Petroleumlampe über dem Tisch verlieh ihrer Haut einen goldenen Schimmer, das dunkelrote Haar klebte in nassen Kringeln an ihrem Rücken. Sein Blick heftete sich an ihre runden, prallen Gesäßbacken. Er unterdrückte ein lustvolles Stöhnen.

Mit einem spitzen Schrei griff sie nach dem Handtuch über der Stuhllehne. In der schnellen Bewegung erhaschte er einen Blick auf die süße Rundung ihrer Brüste und auf die Rundung ihres Leibes.

Erst dann kam er wieder zur Vernunft.

Mary wickelte sich in das Tuch. „Jesse. Ich dachte nicht, dass Sie sobald aufwachen würden.“ Ihre Wangen waren gerötet.

Er flüchtete sich in Entrüstung, fluchte lange, fuhr herum und ging raschen Schrittes aus dem Haus.

Im gleißenden Licht des Sonnenuntergangs nach dem Sturm stand er auf der Veranda, warf den Kopf in den Nacken und biss die Zähne zusammen. Langsam zählte er bis zehn. Und dann bis zwanzig. Aber es nützte nichts. Sein ganzer Körper stand in Flammen. Die Hitze des Verlangens drang ihm in jede Faser, in jede Pore.

„Verdammt“, stieß er zwischen den Zähnen hervor. „Verdammt noch mal.“ Er hatte die unbändige Macht der Fleischeslust vergessen. Es war so lange her, dass er sich solche Regungen gestattet hatte. Er hatte sich geschworen, sie nie wieder zuzulassen. Und dann stellte diese Person sich vor ihm zur Schau, zerbrach die harte Schale seiner Selbstverleugnung und erinnerte ihn daran, was er seit Jahren zu vergessen suchte: dass er ein Mann war mit den Begierden eines Mannes.

Nach ein paar Minuten quietschten die Scharniere der Fliegengittertür. „Jesse?“ hörte er Marys zittrige Stimme. „Es tut mir

Leid. Ich wollte nicht … ich dachte … bitte. Ich bin völlig durcheinander. Kommen Sie herein. Das Abendessen ist fertig."

Er hielt ihr den Rücken zugewandt.

„Jesse?" Sie klang ganz zerknirscht, und dennoch lag in ihrer Stimme dieser verdammte belustigte Unterton.

„Ich … komme gleich."

„Gut. Das Essen wird kalt." Die Tür schlug sanft gegen den Holzrahmen.

Er kam sich vor wie ein Idiot, sein eigenes Haus zu meiden, ging wortlos nach oben, zog sich trockene Sachen an und kam anschließend wieder in die Küche. Es fiel ihm auf, dass Mary sich hastig angezogen hatte. Ein paar Knöpfe im Rücken waren offen geblieben.

Einen Augenblick dachte er daran, sie darauf aufmerksam zu machen und ihr zu helfen. Doch die Vorstellung, ihre nassen Haare im Nacken beiseite zu schieben, den Geruch nach Seife und Lavendel einzuatmen, ihre warme, noch ein wenig feuchte Haut zu spüren, machte ihn wütend. Er verdrängte den Gedanken mit kalter Selbstverachtung.

Ohne seinen inneren Kampf zu ahnen, hob Mary den Deckel des Topfes, dem ein köstliches Aroma nach Kohl und Räucherspeck entströmte. „Colcannon", sagte sie. „Das Rezept meiner Mutter. Setzen Sie sich, Jesse."

Er war nicht daran gewöhnt, dass eine fremde Person sich in seinem Haus breit machte und für ihn kochte. Geräuschvoll zog er sich den Stuhl zurecht und setzte sich. Mary schöpfte eine große Portion des Eintopfs auf seinen Teller. Er kannte das Gericht nicht und hätte den Teller am liebsten weggeschoben. Aber er war am Verhungern. Der Eintopf aus Kartoffeln, Zwiebeln, Kohl, Räucherspeck und Butter roch sehr verlockend. Er löffelte mit großem Appetit den halben Teller leer, dann trank er einen Schluck Bier.

Mary beobachtete ihn heimlich. „Schmeckt es Ihnen?“

„Ich bin hungrig. Es war ein langer Tag.“ Er blickte aus dem Fenster. „Dabei habe ich fast den ganzen Tag geschlafen. Man hätte mich wecken müssen.“

Sie achtete nicht auf seinen schroffen Ton, aß appetitlich und trank Milch. „Ich ging noch mal in die Scheune, um nach Ihnen zu sehen. Als Sie so friedlich schliefen, habe ich Sie zugedeckt und bin wieder gegangen.“

„Ein vergeudeter Tag“, knurrte er. Doch das gute Essen und das Bier stimmten ihn milder, und allmählich verebbte der Groll, sie nackt im Bad überrascht zu haben.

„Ein vergeudeter Tag?“ Sie zog eine Braue hoch. „Grundgütiger, und wer hat heute sechs Menschenleben gerettet?“

Schulterzuckend widmete er sich wieder dem Essen. „Das gehört schließlich zu meiner Arbeit. Es ist meine Pflicht, Menschen zu retten.“

„Warum lieben Sie diese Aufgabe sosehr, Jesse?“

Den Löffel auf halbem Weg zum Mund, hielt er inne und sah sie verdutzt an. „Unsinn. Ich tue es einfach.“

„Nein, ich habe Sie beobachtet. In höchster Gefahr haben Sie sich unbändig gefreut. Der Brecher, der Sie und das Pferd begrub, hätte Sie zerschmettern und töten können. Und das hat Ihnen einen Heidenspaß gemacht.“

„Das ist wohl der größte Blödsinn, den ich je gehört habe. Ein Boot mit sechs Männern war drauf und dran, gegen die Felsen geschmettert zu werden. Das musste ich verhindern. Es ging nicht darum, Spaß daran zu haben.“

„Wenn Sie meinen.“ Sie kaute bedächtig und schwieg. Und

gerade als er glaubte, sie wäre endlich verstummt, fing sie wieder an. „Wie haben Sie es geschafft, ihn so abzurichten?“ fragte sie. „Der Gaul ritt völlig furchtlos in die hohen Wellen.“

„Übungssache.“ Er kratzte seinen Teller sauber.

Ohne zu fragen, nahm sie den Teller, stand auf und legte ihm eine zweite Portion auf. „Dann haben Sie das Pferd eigenhändig abgerichtet?“

„Ja.“

Sie setzte sich wieder und stocherte in ihrem Essen, wartete offenbar darauf, dass er ihr mehr darüber erzählte. Jesse aber machte sich grimmig über die zweite Portion her und schwieg beharrlich.

„Also ehrlich.“ Mary lächelte strahlend. „Ich komme mir richtig vornehm vor, eine einfache Mahlzeit mit Silberlöffeln zu essen. Woher haben Sie das feine Besteck?“ Mit dem Daumen fuhr sie über die muschelförmige Gravur. „Wessen Initialen sind das?“

Jesse bemühte sich, die Geduld nicht zu verlieren. Sie schien es sich in den Kopf gesetzt zu haben, ihn zum Reden zu bringen. „Keine Ahnung. Von einem Schiffswrack, das vor neun Jahren auf der Sandbank auf Grund gelaufen ist. Es gab keine Überlebenden, und es wurde eine Menge Zeug an Land gespült. Ich fand einen Holzkasten mit Silberbesteck.“

„Seltsam“, sagte sie und seufzte verträumt.

Er gab einen mürrischen Laut von sich.

„Ja, wenn man bedenkt, die Leute leben seit vielen Jahren nicht mehr, und wir sitzen hier und benutzen ihr Besteck.“ Als er glaubte, sie würde weinerlich werden, lächelte sie. „Eigentlich ein tröstlicher Gedanke, finden Sie nicht? Sie haben etwas von einer schrecklichen Tragödie gerettet, und hier sitzen wir nun bei einem guten Essen, unterhalten uns nett und benutzen das Silber."

Diese Frau war wohl das merkwürdigste Geschöpf, das ihm je begegnet war. Er war mit dem Essen fertig, stand auf, um das Geschirr zu spülen, und lehnte ihre Hilfe barsch ab. Sie zuckte die Schultern, ging zur Tür und sah hinaus. „Wir sollten die Jonssons besuchen und nach den Seeleuten schauen."

„Wenn es Schwierigkeiten gäbe, hätten sie mir bestimmt Bescheid gesagt."

„Ich spreche nicht von Schwierigkeiten", entgegnete sie aufgebracht und nahm einen Mantel vom Haken hinter der Tür. „Wenn Sie keine Lust haben, mich zu begleiten, gehe ich alleine."

„Es ist schon dunkel", rief Jesse über die Schulter. „Sie werden sich ..."

Die Tür fiel laut ins Schloss.

„Törichtes Frauenzimmer." Er fuhr in die Ärmel seines Mantels, setzte sich die Mütze auf den Kopf, nahm die Laterne und trat ins Freie hinaus. „Sie kommen in der Dunkelheit sicher vom Weg ab."

„Nicht, wenn Sie mir leuchten", rief sie eigensinnig.

Zur Hölle mit ihr. Sie drängte ihn in die Welt hinaus, in die er nicht gehen wollte. Er ließ sich nicht gern drängen. Doch er war gezwungen, ihr zu folgen. Vorher aber warf er einen Blick zur Klippe hinüber, um zu prüfen, ob am Leuchtturm alles in Ordnung war. In dieser Nacht hatte Erik Wache.

Jesse hielt die Lampe hoch und konnte einen Schatten auf dem Weg den Hügel hinunter erkennen. Er lief hinter ihr her. „Ich muss sagen", meinte er trocken, „Ihre rasche Genesung gefällt mir."

„Mir auch."

Der Schein der Öllampe tauchte ihr Gesicht in weiches Licht. Es gab gewiss schönere Frauen als sie. Bis vor kurzem hatte er sich für einen Mann gehalten, der sich vom Aussehen einer Frau nicht beeindrucken ließ. Aber an Marys Gesicht war etwas Besonderes, eine ursprüngliche Weisheit, die ihrer Schönheit Tiefe und Bedeutung verlieh.

Es machte ihm Angst, solche Gedanken über eine Frau zu haben, die er für gefährlicher hielt als sein körperliches Verlangen. Jesse fühlte sich doppelt schuldig.

„Wenn Sie sich weiter so gut erholen, können Sie bald abreisen", stellte er fest. „Wissen sie denn schon, wohin Sie gehen werden?"

Sie ging mit schweren Schritten den Pfad entlang und schlug einen Zweig beiseite. „Haben Sie sich etwa entschlossen, Mitgefühl zu zeigen?"

Er wollte mit Nein antworten, sagte aber zu seinem großen Erstaunen etwas anderes. „Es ist mir eben ein Anliegen."

„Ach, diese gewählte Ausdrucksweise", neckte sie, blieb ihm die Antwort aber immer noch schuldig. Sie hob das Gesicht dem Nachthimmel entgegen. Über den schlanken Zweigen in luftiger Höhe blinkten die Sterne. Bald würde der Mond am Himmel stehen. Ohne Vorwarnung nahm sie Jesses Hand. „Man muss sich seiner Gefühle nicht schämen."

Er entzog sie ihr brüsk. „Man muss seine Gefühle aber auch nicht zu Markte tragen."

Mit einem verächtlichen Schnaufen beschleunigte sie ihre Schritte und legte den Weg zu den Jonssons mit erstaunlicher Ausdauer zurück. Bald wurden durch die dichten Bäume erleuchtete Fenster sichtbar. Mary blieb an der Gartentür stehen.

„Was ist los?“ fragte Jesse.

„Hören Sie. Hören Sie zu.“

Die Geräusche aus dem Blockhaus waren so einladend wie die erleuchteten Fenster. Männerlachen und Palinas singende Stimme, jemand spielte Mundharmonika, Füße schlugen den Takt dazu.

Mary lächelte zu Jesse auf. „Sie feiern ihre Rettung.“

Er wusste nicht, was er sagen sollte. So erging es ihm ständig mit Mary. Sie stieß das Gartentor auf und stieg die Stufen zur Veranda hinauf. Eriks Spaniel Thorwald hob den Kopf und bellte ihnen freudig entgegen. Magnus erschien an der Haustür, einen Krug in der gesunden Hand. „Nur hereinspaziert!“ rief er fröhlich. „Wir haben leckere eine Flasche von Palinas Preiselbeerlikör geöffnet.“

Mary strahlte übers ganze Gesicht, schien in Gesellschaft anderer aufzublühen wie eine Blume im Sonnenschein. Nur gut, dass sie bald gehen würde, denn menschliche Gesellschaft war das Letzte, was Jesse ihr bieten konnte.

Sie begrüßte die russischen Seeleute mit einem herzlichen Handschlag und versuchte lachend, ihre Namen richtig auszusprechen. „Welch ein Segen, dass ihr alle wohlauf und munter seid“, sagte sie. Jesse war überrascht, Tränen in ihren Augen zu sehen, die sie heftig zurückblinzelte.

Einer der Männer stand auf und packte Jesse bei den Schultern. Der stämmige Kerl mit wettergegerbtem Gesicht grinste breit und entblößte vom Tabak verfärbte gelbe Zähne. „Ich Dimitri Spartak“, stellte er sich mit einem schweren russischen Akzent vor, „von Fischschoner *Natalya.* Danke vielmals für Rettung.“

Der Russe zog Jesse an seinen breiten Brustkasten und küsste ihn schmatzend auf beide Wangen.

„*Nastrovie!*" Alle hoben die Gläser und prosteten Jesse zu.

Welche Ironie, dass Jesse zum ersten Mal nach zwölf Jahren von einem Mann mit dunkel verfärbten Zähnen und kratzendem Stoppelbart geküsst wurde. Er verzog die Lippen zu einem befangenen Lächeln. Der Mundharmonikaspieler stimmte eine lustige Melodie an und schlug den Takt mit den Stiefelabsätzen dazu. Die Männer sprangen auf und begannen im Kreis zu tanzen. Mary und die Jonssons reihten sich ein und tanzten lachend mit, voller Glück und Lebensfreude.

Jesse verdrückte sich in eine Ecke und beobachtete die geröteten, lachenden Gesichter, die blitzenden Augen. Ein seltsames Sprachgemisch erfüllte den kleinen Raum, eine Kakophonie aus Russisch, Isländisch und einem breiten irischen Dialekt. Und plötzlich spürte er die Wärme eines Lächelns, das langsam in ihm aufstieg.

Es war so lange her, dass er zunächst gar nicht wusste, wie ihm geschah, als Heiterkeit in ihm aufkam. Mary löste sich aus dem Kreis der Tanzenden und trat zu ihm. „Sie sehen richtig freundlich aus, wenn Sie lächeln, Jesse Morgan."

Sein Gesicht verschloss sich wieder zur finsteren Maske.

Man tanzte, trank und lachte, bis der Likör und die Anstrengungen des Tages ihren Zoll forderten. Der junge Russe, der Mary den ganzen Abend mit schmachtenden Blicken angehimmelt hatte, rollte sich mit einer Decke auf dem Fußboden ein. Die anderen saßen um den Tisch herum, ihre Balladen wurden trauriger, ihre Zungen schwerer.

Jesse bemerkte, wie müde Mary aussah. Auf ihren bleichen Wangen traten die Sommersprossen deutlicher hervor. Sie verbarg ein Gähnen hinter der Hand. Verdammt, es hätte ihm gerade noch gefehlt, wenn sie einen Rückfall bekäme.

„Es wird Zeit zu gehen", sagte er und nahm seine Mütze vom Haken neben der Tür.

Mit schlurfenden Schritten holte Mary ihren Mantel und trat zu ihm. Dimitri hob sein Glas ein letztes Mal. „Sie gesegneter Mann, Jess Morgan", sagte er. „Wunderbare Frau! Schön wie Mond und Sonne." Er zwinkerte ihm zu. „Und bald Kind. Wird sein kräftiger Sohn für Familienehre."

Jesse griff nach der Türklinke. Er spürte, wie seine Ohren glühten. „Ich bin nicht ..., das heißt, sie ist nicht ... wir ..."

„Gute Nacht allerseits", rief Mary fröhlich in die Runde, nahm die Laterne in die Hand und schubste Jesse in die Nacht hinaus. „Alles Gute und Gottes Segen für euch alle."

„Gute Nacht!" riefen die Russen im Chor. Und während Mary und Jesse sich auf den Heimweg machten, verklangen ihre Stimmen in der Nacht.

„Nun regen Sie sich nicht gleich wieder auf", sagte Mary trotzig, als er sie finster anfunkelte. „Was hätten Sie lange erklären wollen? Es macht doch nichts, wenn die Russen denken, wir seien Mann und Frau."

„Hm!" Sie hatte zwar Recht, aber das wollte er auf keinen Fall zugeben.

Eine Weile gingen sie schweigend nebeneinander her, horchten auf das Tosen der Brandung in der Ferne und das Rauschen des Windes in den Bäumen. Der Duft nach frischem Tannengrün erfüllte die Luft. Mary ging unbeholfen in ihren geborgten Gummistiefeln, und als sie stolperte, fing Jesse sie auf.

Sie lehnte sich kurz gegen seine Brust. „Danke."

„Ich wollte nicht, dass Sie die Laterne fallen lassen", sagte er, hielt aber seinen Arm länger als nötig um ihre Mitte. Vielleicht war sie absichtlich gestolpert, vielleicht spielte sie plötzlich die

Hilflose, was ihn seltsamerweise gar nicht störte. Er atmete den Duft ihres Haares ein, spürte ihre Nähe, ihre Wärme, ihre weichen Formen. Himmel, fühlte sie sich gut an. Zu gut.

Er nahm ihr die Laterne aus der Hand und schob Mary von sich. „Passen Sie auf“, sagte er. „Der Weg ist steinig.“

„Ich passe schon auf.“ Ihre Hand schlüpfte in den Mantel, und er stellte sich vor, wie sie den Arm schützend um ihr ungeborenes Kind legte. Es war nicht nur ihr Kind.

Jesse spürte einen schmerzhaften Stich. War sie eine Frau, die sich an Fremde verkaufte? Oder hatte ihr etwa ein Mann Gewalt angetan?

Er verdrängte die Vorstellung. „Wieso sprechen Sie nie vom Vater Ihres Kindes?“

Sie ging weiter, als habe sie ihn nicht gehört, und schwieg, bis sie an der Veranda des Blockhauses angekommen waren. Er stellte die Laterne ab. Sie legte die Hände auf das Geländer und blickte zum Himmel hinauf. Alle fünf Sekunden streifte der Lichtschein des Leuchtfeuers von Cape Disappointment wie ein bleicher Mondstrahl über die Landschaft.

„Er bedeutet mir nichts“, sagte sie schließlich. „Er war nur ein schrecklich dummer Fehler in meinem Leben.“

Jesse spürte, dass sie log. Der mysteriöse Mann bedeutete ihr noch immer etwas. Das Bild der nackten Mary in der Zinkwanne schoss ihm durch den Sinn. Ein Bild von erschreckender Deutlichkeit, das ihn zwang, sie nicht nur als Opfer eines Schiffbruchs zu sehen, sondern als Frau, die Leidenschaft und Lust und möglicherweise sogar Liebe wecken konnte.

Nein, nicht bei ihm. Mary Dare war dafür geschaffen, geliebt zu werden, daran hatte er keinen Zweifel. Wenn sie allerdings bei ihm nach Liebe suchte, war sie an den Falschen geraten.

Seine Fantasie gaukelte ihm das Bild eines anderen Mannes vor – eines jungen, hübschen Kerls mit einem offenen Lächeln –, der Mary in den Armen hielt, ihren herrlichen, nackten Körper streichelte, den Jesse einen allzu kurzen Moment gesehen hatte. Zorn stieg in ihm hoch. Er hatte gewiss kein Recht, Besitzansprüche an sie zu stellen, und dennoch war es so. Gegen jede Logik war es so.

„Ich denke kaum noch an ihn“, behauptete sie.

„Wie kann das sein?“ fragte er schroff. „Sie werden doch ständig an ihn erinnert.“

Scharf zog sie den Atem ein, umklammerte das Holzgeländer, bis ihre Fingerknöchel weiß hervortraten. „Sie sind grausam, Jesse Morgan. Wo haben Sie gelernt, so grausam zu sein?“

Er nahm ihr Kinn zwischen Daumen und Zeigefinger, drehte ihren Kopf zu sich und zwang sie, ihm in die Augen zu sehen. Er wollte sie davon überzeugen, dass sie hier am falschen Ort war.

„Können Sie sich das nicht denken?“ fragte er kalt. „Ich habe es von einer Frau gelernt.“

8. KAPITEL

Mary stand über den Küchentisch gebeugt, schnitt die Stoffteile zu, die sie in dem blauen Schrank gefunden hatte, nähte mit flinken Stichen Bahnen aneinander und träumte von längst vergangenen, glücklichen Zeiten, damals in Irland, als sie mit ihrer Mutter genäht hatte.

Allerdings drängte sich die Gegenwart rasch wieder in ihre Tagträume. Sosehr sie sich bemühte, Mary konnte nicht aufhören, an den Augenblick zu denken, als Jesse sie in der Badewanne überrascht hatte.

Immer noch ließ die Erinnerung an diesen bangen Moment ihr Herz schneller klopfen. Zugegeben, die Situation war peinlich, aber da war noch etwas anderes. Ein Gefühl, das zu aufrichtig, zu stark war, um es als bedeutungslos abzutun. In diesem atemlosen, wunderbaren Moment, in dem die Zeit stehen geblieben war, als er sie angeschaut hatte und sie wie gelähmt gewesen war, war ein knisternder erotischer Funke zwischen ihnen übergesprungen.

Verlangen. Erkennen. Sehnsucht. Und mehr noch. Zum ersten Mal hatte Jesse sie als Frau wahrgenommen und nicht nur als lästige Pflicht.

Das alles hatte nur eine Sekunde gedauert, allerdings lange genug, um Mary wissen zu lassen, dass sie nicht mit einem kalten Fisch unter einem Dach wohnte, sondern mit einem Mann aus Fleisch und Blut.

Der Gedanke war beängstigend und erregend zugleich.

Nach allem, was sie durchgemacht hatte, sollte sie jedem Mann mit Verachtung und Misstrauen begegnen, doch Jesse Morgan war anders. Er war ein ungewöhnlicher Mann, einer, der sich über alle Warnungen ihrer inneren Stimme hinwegsetzte. Einer, der im Widerspruch zu allem stand, was die Vergangenheit sie gelehrt hatte.

Sie war froh, allein im Haus zu sein, um sich über einige Dinge Klarheit zu verschaffen. Jesse Morgan war auch ein ausgesprochener Dickkopf, der sich keinen Deut darum kümmerte, was andere über ihn dachten. Sie sollte froh sein, dass sie sich endlich in einem Punkt einig waren.

Sie konnten einander nicht ausstehen. Und das war sehr schade, da sie eine wichtige Entscheidung getroffen hatte.

Sie hatte beschlossen, bei ihm zu bleiben.

Sie musste es tun. Hier war der einzige Ort, an dem sie sich sicher fühlte. Die Leuchtturmstation lag am Ende der Welt, hier war sie geschützt und unauffindbar. Die perfekte Heimat für sie und ihr Kind. Sie wusste, wie Jesse reagieren würde: mit Entsetzen und Ablehnung. Er würde sie aus dem Haus, aus seinem Leben jagen wollen.

Und dann würden sie wieder streiten.

Mary hasste Streit und beschloss, ihm ihr Vorhaben gar nicht erst mitzuteilen. Er würde früh genug begreifen, dass sie nirgendwohin gehen würde.

„Guten Morgen“, rief eine Stimme von der Tür her.

Mary blickte auf und lächelte Palina entgegen. „Kommen Sie herein! Auf dem Herd steht warmer Kaffee.“

Palina schenkte sich einen Becher Kaffee ein und setzte sich zu ihr. „Sie nähen Vorhänge, wie?“

„Ja.“ Mary hielt stolz eine gelb gemusterte Stoffbahn hoch. „Ich finde, das Haus braucht ein paar Farbtupfer.“

„Mehr als Sie ahnen, kleine Seejungfrau. Dieses Haus sehnt sich nach Farbe und fröhlichem Lachen und nach sehr viel mehr.“

„Leider kann ich nur ein wenig Farbe beisteuern.“ Mary nähte den angekräuselten Vorhang fest. Was würde Palina wohl zu ihrem Entschluss sagen, gegen Jesses Wunsch hier zu bleiben? „Jetzt, da ich wieder gesund und munter bin“, begann sie zögernd, „wird Jesse mich fortschicken.“

„Das dürfen Sie nicht zulassen.“

Mary lächelte. Vielleicht war die Idee gar nicht so abwegig, wie sie glaubte. Aber sie brauchte Rückhalt und fuhr fort: „Es ist unschicklich, wenn ich hier bleibe. Eine schwangere Frau und ein unverheirateter Mann unter einem Dach, das gibt Gerede im Ort.“

„Jesse Morgan ist kein Mann, der sich darum kümmert, was sich schickt. Und er gibt nichts auf das Gerede anderer Leute“, sagte Palina. „Sie müssen bleiben. Es ist das Gesetz der See.“

Mary neigte den Kopf verwirrt zur Seite. „Ich weiß nicht, was Sie damit sagen wollen, Palina.“

„Sie sind hier nach dem Willen einer höheren Macht. Jesse war dafür bestimmt, Sie zu finden. Wenn Sie jetzt fortgehen, wird der Kreis sich nicht schließen.“

Ein Frösteln durchlief Mary. „Was soll das heißen, er war dafür bestimmt, mich zu finden?“

Palina trank einen Schluck Kaffee, dann nahm sie eine Kissenhülle zur Hand, die Mary genäht hatte, und bezog damit ein verstaubtes graues Kissen auf der Bank. „Das muss er Ihnen selbst sagen.“

„Er redet kaum mit mir.“ Mary schob eine Holzstange durch die Vorhangschlaufen. Gemeinsam mit Palina hängte sie die Stange in die Haken über dem vorderen Fenster.

„Er wird Ihnen alles beizeiten erklären. Auf seine Weise. Ich kann Ihnen nur sagen, dass die See ihm etwas sehr Kostbares geraubt hat.“ Palina legte Mary die Hand zärtlich unters Kinn. Die vertraute Berührung erinnerte Mary so schmerzlich an ihre Mutter, dass ihr plötzlich zum Weinen zu Mute war. „Die See hat Sie ihm geschenkt. Es würde ein großes Unglück geschehen, wenn dieses Geschenk abgelehnt und das Vermächtnis nicht geehrt werden würde.“

Mary rieb sich erschöpft das Kreuz.

„Fühlen Sie sich nicht wohl?“ fragte Palina. „Ist es das Baby?“

Mary lächelte müde. „Ich habe nur Kreuzschmerzen, und manchmal juckt mich der Bauch. Ist das … normal?“

„Aber ja.“ Palina schloss sie in die Arme. „Ich bringe Ihnen eine Salbe gegen den Juckreiz. Es wird alles gut, Sie werden sehen.“ Sie trat ein paar Schritte zurück und bewunderte die neuen Vorhänge. „Sehr hübsch. Danke für den Kaffee.“

Nachdem Palina sich verabschiedet hatte, wurde Mary von einem plötzlichen Tatendrang gepackt. Sie arbeitete unermüdlich, hängte die restlichen Vorhänge auf, bezog alle Kissen mit bunten Hüllen und nähte Tischläufer. Beinahe herausfordernd schmückte sie Tische, Fensterbänke und den Kaminsims mit frischen Blumen, und schließlich stellte sie einen Krug Wiesenblumen auf den Nachttisch neben Jesses Bett.

Sie verweilte in seinem Zimmer, schaute sich um, in der Hoffnung, etwas über seine geheimnisvolle Vergangenheit zu erfahren, die Palina angedeutet hatte. Abgesehen von dem breiten Bett glich das Zimmer mit seiner kargen Einrichtung einer Mönchszelle. Über dem Waschtisch hing ein kleiner ovaler Spiegel, daneben ein Streichriemen für das Rasiermesser. Auf einem Wandbrett lagen Rasierzeug, Kamm und Bürste. Hinter der Tür hingen Hosen und Hemden und eine Uniform – Blazer und Mütze mit den Insignien des Leuchtturms von Cape Disappointment.

Mary strich über den Ärmel der Uniformjacke und barg die Wange daran. Der Wollstoff roch nach Meer und nach Jesse. Mit geschlossenen Augen dachte sie an ihn, an seine düstere Erscheinung, an die Tragödie, über die er nicht sprach und die ihn dennoch gnadenlos verfolgte.

„Geteiltes Leid ist halbes Leid, würde Mama sagen“, flüsterte sie vor sich hin. Palinas seltsame Rede über das Gesetz der See hatte ihren Entschluss zu bleiben gefestigt. Es war die richtige Entscheidung. Es war ihre einzige Wahl.

Als die Sonne tief am Himmel stand und wie ein Feuerball den Horizont berührte, begann Mary, unruhig zu werden. Noch nie war er so lange fortgeblieben. Hatte sie ihn zu sehr bedrängt, hatte sie ihn aus dem Haus getrieben?

Seufzend trat sie auf die Veranda und setzte sich auf die lange Holzbank. Draußen auf der Klippe ging Magnus zum Leuchtturm, um die Nachtwache zu übernehmen. Mary winkte ihm zu, aber er war zu weit entfernt, um sie zu sehen.

Sie summte ein altes irisches Volkslied und rieb sich zerstreut das Schlüsselbein, das nach dem arbeitsreichen Tag schmerzte. Aber sie war zufrieden mit sich und sehr stolz, etwas geleistet zu haben.

„Ach, Kleines, was ist nur aus uns geworden?“ fragte sie und tätschelte ihren schwellenden Leib. „Ich bin so weit weggelaufen und weiß nicht mehr, wohin ich mich wenden soll.“

„Vielleicht wäre es angebracht“, meldete sich eine Stimme aus dem Schatten, „mir zu sagen, wovor Sie weggelaufen sind.“

Mit einem Aufschrei sprang Mary hoch. „Jesse! Sie haben mich erschreckt.“

Er trat aus dem Schatten eines Baumes. Zunächst konnte sie nur die Umrisse seiner breiten Schultern erkennen. Als er die

Stufen zur Veranda heraufkam, sah sie, dass er etwas in beiden Händen trug.

„Wo waren Sie den ganzen Tag?“ fragte sie befangen. Es hatte nicht in ihrer Absicht gelegen, dass er ihren lauten Stoßseufzer belauschte.

Er hörte nicht auf ihre Frage, stellte das Mitbringsel ab und verschwand hinter dem Haus. Sie hörte das Quietschen der Pumpe, dann kam er mit einem Eimer und einer Wurzelbürste zurück. Vor dem Küchenfenster blieb er stehen und schnupperte. „Riecht köstlich. Was haben Sie gekocht?“

„Es gibt gebratenen Lachs und Kartoffeln.“

„Wo haben Sie kochen gelernt?“

„Ich bin die Tochter eines Fischers.“ Sie hätte ihm so viel erzählen können, von den vergnügt funkelnden Augen ihres Pas, der immer ein paar hübsche Muschelschalen für sie in der Tasche hatte. Sie hätte ihm von ihren lärmenden Brüdern erzählen können, von der blitzblanken Küche ihrer Mutter in der Kate in County Kerry und noch vieles mehr. Doch damit musste sie bis zu einem späteren Zeitpunkt warten.

„Atlantischer Lachs unterscheidet sich im Geschmack kaum von dem im Pazifik.“ Sie betrachtete den Sack zu seinen Füßen. „Was ist das?“

„Das wurde heute an Land gespült.“ Er bückte sich und holte eine schleimige Masse Tang aus dem Jutesack.

Mary setzte sich auf die Verandastufen und schlang die Arme um ihre hochgezogenen Knie. Mit seinem Taschenmesser entfernte er die glitschigen Algen und säbelte an einem Netz vollgesogener Schnüre, unter dem sich ein runder Gegenstand verbarg. Er befreite ihn, tauchte seinen Fund in den Wassereimer und begann ihn mit der Wurzelbürste abzuschrubben. Mary sah ihm schweigend dabei zu. Sie sah ihm gerne zu. Die Bewegungen seiner kraftvollen Arme und Schultern wirkten beruhigend auf sie, gaben ihr ein Gefühl der Geborgenheit.

„Wollen Sie mir nicht sagen, was das ist?“ Sie platzte beinahe vor Ungeduld.

„Gleich.“ Schließlich holte er das Ding aus dem Eimer.

Mary entfuhr ein spitzer Laut des Erstaunens. Er hielt eine Kugel aus aquamarinblauem Glas hoch, groß wie ein Kohlkopf, die im schwindenden Sonnenlicht erglühte wie ein beleuchtetes Kirchenfenster. Für Mary sah sie aus wie ein kostbares Juwel.

„Ein Glasschwimmer“, erklärte Jesse. „Japanische Fischer benutzen sie, um ihre Netze zu markieren. Gelegentlich treibt die Strömung diese Kugeln über den Ozean zu uns herüber.“

Sie ließ ihre flache Hand über die Rundung der Glaskugel gleiten. Winzige Luftblasen waren auf alle Ewigkeit im Glas eingeschlossen. „Sie haben den ganzen Tag damit zugebracht, die Kugel zu suchen.“

Er leerte den Eimer über das Geländer ins Gras, stellte ihn umgedreht in die schrägen Sonnenstrahlen und legte die Kugel darauf. Das Licht drang durch das aquamarinblaue Glas und malte regenbogenfarbene Lichtkringel auf die Hauswand dahinter.

„Sie gehört Ihnen“, sagte er.

Er hatte so leise gesprochen, dass sie nicht wusste, ob sie richtig gehört hatte. „Für mich? Ein Geschenk?“

„Ich sagte, sie gehört Ihnen.“ Seine Stimme klang wieder schroff.

Mary sah zu ihm auf und fragte sich, was, in aller Welt, ihn dazu veranlasst hatte, ihr ein Geschenk zu machen.

„Es ist nur Treibgut“, erklärte er mürrisch, bedauerte offensichtlich seine freundschaftliche Geste schon wieder.

Eine merkwürdige Empfindung stieg in ihr hoch, wie eine Welle, die sich weit draußen im Meer sammelte und mit stetig steigender Kraft ans Ufer rollte. Sie hatte nicht gewusst, dass sie noch fähig wäre, ein solches unbändiges, überschwängliches Glücksgefühl zu empfinden. Und am allerwenigsten hätte sie geglaubt, dass Jesse Morgan ein solches Gefühl in ihr auslösen könnte.

Dieses Glücksgefühl spiegelte sich in ihrem Gesicht wider. Sie spürte, wie ihr Lächeln sich formte, spürte sogar, wie ihre Augen strahlten, als sie ihn ansah. „So etwas Schönes habe ich noch nie gesehen."

Er zog einen Mundwinkel hoch. Und einen atemlosen Moment lang glaubte sie, er würde lächeln. Dann verblüffte er sie wieder. Er fuhr mit einem Finger über ihre Wange. Sein Gesicht und seine Augen blieben dabei völlig ernst. „Nicht alles, was als Treibgut an den Strand gespült wird, ist beschädigt."

Das Glücksgefühl überwältigte sie. Sie legte ihm die Arme um den Nacken und küsste Jesse lange und fest auf den Mund.

Ein erschrockener kehliger Laut entfuhr ihm. Ihr Ansturm brachte ihn beinahe aus dem Gleichgewicht, er taumelte einen Schritt nach hinten, legte die Hände Halt suchend an ihre Mitte. Sein Mund fühlte sich weicher an, als er aussah, weicher, als sie sich je vorgestellt hätte, und schmeckte salzig.

Es war der süßeste Kuss, den Mary Dare je erlebt hatte. Dabei erwiderte er ihren Kuss nicht einmal.

Er fasste sich mit enttäuschender Schnelligkeit und schob sie von sich. Ein benommener Ausdruck ließ seine Gesichtszüge weich erscheinen, aber nur eine Sekunde. „Verflixt noch mal", knurrte er, und sein Blick wurde wieder eisig.

„Ich wollte mich nur bedanken", flüsterte sie befangen.

Er murmelte etwas Unverständliches, drängte sich an ihr vorbei ins Haus und schlug die Tür hinter sich zu.

„Eines Tages, Jesse Morgan“, rief sie ihm aufgebracht nach, „werden Sie mich küssen.“

Sie hörte, wie er genau zwei Schritte machte, ehe ihm die farbenfrohen Veränderungen im Haus auffielen.

Seine nächsten Worte waren sehr deutlich und laut zu hören. Er ließ einen Schwall derber Flüche los, und Mary hielt sich die Ohren zu.

Jesse stand mitten im Zimmer, die Hände in die Hüften gestemmt, und biss sich auf die Lippe, um nicht noch schlimmere Beschimpfungen auszustoßen. Was, zum Teufel, erlaubte diese Person sich eigentlich?

Sie hatte ihn geküsst. Schamlos wie eine Dirne hatte sie die Arme um ihn geworfen und ihn mitten auf den Mund geküsst. Niemand küsste Jesse Morgan. So etwas passierte ihm nicht. So etwas durfte nicht passieren.

Wieso begriff dieses törichte Frauenzimmer das nicht?

Eines Tages, Jesse Morgan, werden Sie mich küssen.

Nicht in diesem Leben, mein liebes Mädchen.

Der Kuss bedeutete nichts. Er würde ihn einfach vergessen wie einen lästigen Mückenstich.

Aber sein verräterischer Körper hatte jedes Detail registriert, ihr glückstrahlendes Gesicht, den süßen Geschmack ihrer Lippen, ihren Geruch und ihre sündig verlockenden Formen.

Den ganzen Tag hatte ihn ihr Bild verfolgt, wie sie in der Zinkwanne stand, ihre verführerischen Rundungen von Wasserdampf umhüllt wie von einem durchsichtigen Schleier. Er hatte sich mit jeder Faser bemüht, sein Verlangen zu leugnen. Wie lächerlich, eine Frau zu begehren, die ein Kind von einem anderen erwartete.

Eines Tages, Jesse Morgan, werden Sie mich küssen.

Diese Worte verhöhnten ihn in einem verlockenden, beharrlichen Flüstern. Er schüttelte den Kopf und kämpfte gegen unsichtbare Dämonen an wie ein tollpatschiger Bär, der von Wespen angegriffen wurde. Er verdrängte den Gedanken an den Kuss und wandte sich der nächsten Unverschämtheit zu – was *sie* in seinem Haus angerichtet hatte.

Es sah nicht mehr aus wie sein Haus.

Sein Blick glitt angewidert vom knisternden Feuer im Kamin über die Blumen in Krügen und Töpfen, in aufdringlich bunten Farben, zu den scheußlichen Chintzvorhängen, den gerüschten Kissenbezügen und spitzenbesetzten Tischläufern.

Nein, es sah nicht wie sein Haus aus. Es sah aus wie ein gemütliches Heim.

Jesse hasste es.

Als sie das Haus betrat, fuhr er herum, um sie zur Rede zu stellen. Sie hielt die Schwimmkugel wie einen kostbaren Schatz mit beiden Händen an ihren Busen gedrückt.

Er schnaufte angewidert. Meilenweit hatte er den Küstenstreifen durchkämmt, um etwas für sie zu finden, etwas Unbeschädigtes, nur um ihr zu beweisen, dass er Recht hatte. Nur um zu beweisen, dass sie keinen bleibenden Schaden von ihrem Schicksalsschlag davontragen würde. Und die ganze Zeit hatte sie sich in seinem Haus zu schaffen gemacht, wo sie nicht hingehörte, hatte sein Leben vollkommen auf den Kopf gestellt, ohne seine Einwilligung.

„Ich habe den ganzen Tag in Ihrem Haus gearbeitet", sagte sie leise. Die Glaskugel, die sie so behutsam an sich gedrückt hielt, leuchtete, als sei Leben in ihr. Die Strahlen der sinkenden Sonne, die durch die offene Tür fielen, ließen Marys Haar rötlich aufglühen.

„Gefällt es Ihnen?“ fragte sie.

„Nein“, antwortete er mürrisch und achtete nicht darauf, wie sie zusammenzuckte. Wenn sein harscher Ton sie verletzte, hatte sie sich das selbst zuzuschreiben.

„Mir gefiel es vorher besser.“ Er durchquerte den Raum, packte die Vorhänge und riss sie herunter. „Ich will keine Spitzenvorhänge wie in einer Puppenstube.“

Sie biss sich auf die Lippe. Einen grauenvollen Augenblick glaubte er, sie würde in Tränen ausbrechen. Gott bewahre ihn vor einer heulenden Frau. Aber Mary Dare weinte nicht. Sie stellte die Glaskugel behutsam auf den Kaminsims und baute sich vor Jesse auf, stemmte die Hände in die Hüften und funkelte ihn wütend an.

Sein unsteter Blick wurde magisch von ihrem Mund angezogen. Vor wenigen Minuten hatte sie ihn geküsst. So wütend er auch auf sie war, er konnte nicht aufhören, an diesen Kuss zu denken. Der Boden hatte unter seinen Füßen nachgegeben wie ein Schiffsdeck im Sturm.

Zwölf Jahre. Es waren zwölf Jahre vergangen, seit er eine Frau geküsst hatte …

„Gib mir einen Abschiedskuss, Emily. Küss mich, und bald werden wir wieder zusammen sein. Die Zeit wird wie im Flug vergehen.“

„Ach, Jesse, ich reise so ungern.“

„Du musst, Liebste. Deine Stiefmutter erwartet dich.“ Jesse konnte ihr kaum in die Augen sehen. Ahnte Emily etwas? Sah sie ihm an, dass er ihr die Wahrheit verschwieg?

„Brrr, es ist kalt. Ich könnte jetzt etwas Aufmunterung gebrauchen."

„Ich aber nicht."

„Und das", sagte sie und wies mit dem Finger auf seine Brust, „ist genau Ihr Problem, Jesse Morgan. Sie leben – nein, Sie vegetieren – wie ein Verdammter. Sie leben nur von den Geschichten in den Büchern, die Sie lesen." Sie wies mit dem Kinn zu den Bücherregalen.

„Diese Geschichten interessieren mich."

„Weil es die Geschichten anderer Leute sind, die Sie nichts angehen", entgegnete sie. „Sie tragen Ihre Einsamkeit wie einen Schutzschild vor sich her. Und sobald jemand an diesem Schild kratzt, geraten Sie außer sich vor Zorn, schreien herum, reißen Vorhänge herunter und versuchen, mich loszuwerden. Ich lasse mich davon nicht einschüchtern, hören Sie? Ich nicht."

„Gut. Gehen Sie einfach. Ich will lediglich so leben, wie es mir gefällt. Suchen Sie sich einen anderen Ort, um von vorne anzufangen."

„Und was passiert, wenn ich hier bleibe, frage ich Sie?"

„Was?" schrie er. „Ich sage Ihnen etwas: Ich habe Sie nicht darum gebeten."

„Na gut!" Sie wandte sich entrüstet mit wirbelnden Röcken ab. „Das Abendessen ist fertig."

Er war zwar außer sich vor Zorn über die Veränderungen in seinem Haus, hatte aber auch großen Hunger. Verärgert nahm er den Blumenstrauß vom Tisch und warf den spitzenbesetzten Tischläufer auf die Bank. Feindselig starrten sie einander an.

„Stellen Sie die Blumen wieder auf den Tisch", verlangte sie aufgebracht.

„Nein", antwortete er seelenruhig.

Sie maß ihn mit einem herausfordernden Blick, dann sagte sie schulterzuckend, als lohne sich die Mühe nicht, sich über ihn aufzuregen: „Tun Sie, was Sie wollen, *Bodach.*“

„Was ist ein *Bodach?*“ fragte er.

Sie schnaufte verächtlich. „Das gälische Wort für das, was Sie mich nannten, als Sie die neuen Vorhänge sahen.“

Sein Zorn flaute ab, er wusch sich die Hände, während Mary gebratenen Lachs, Kartoffeln und Bratäpfel anrichtete. Jesse wartete, bis sie leise ihr Tischgebet gesprochen hatte, bevor er sich hungrig über sein Essen hermachte.

„Nicht schlecht“, sagte er, nachdem er den halben Lachs verzehrt hatte, und fügte versöhnlicher hinzu: „Es schmeckt köstlich.“

Sie beobachtete ihn heimlich, während sie aß. „Palina kam heute Vormittag vorbei. Sie meinte, es sei falsch, wenn ich gehe. Es sei das Gesetz der See, dass ich bleibe, sagte sie.“

„Palina schwatzt dummes Zeug.“

„Glauben Sie nicht an die Sagen über das Meer?“ Sie warf ihm einen forschenden Blick zu. „Glauben Sie nicht an die Macht des Schicksals?“

„Ich glaube an gar nichts.“

„Ach, Jesse.“ Sie häufte einen Löffel Sahne auf ihren Bratapfel. „Was ist Ihnen nur widerfahren? Was hat Sie nur so verhärtet?“

Ihre Frage war eine lästige Einmischung. Zum Teufel mit dieser Frau. „Palina, die alte Klatschbase, hat Ihnen sicher genug erzählt.“

„Sie sagte, die See hat Ihnen etwas weggenommen. Aber das sollen Sie mir selbst erzählen. Haben Sie jemanden verloren, den Sie liebten, Jesse? Bei einem Schiffsunglück? Oder …“

„Das geht Sie, verdammt noch mal, nichts an.“ Seine Kehle

war wie ausgetrocknet, und er löschte seinen Durst mit einem kräftigen Schluck Bier. „Morgen bringt Magnus Sie in die Stadt und hilft Ihnen, eine anständige Unterkunft zu finden."

Sie tat so, als habe sie ihn nicht gehört, und richtete den Blick auf die Glaskugel auf dem Kaminsims, an deren Unterseite sich die Flammen in winzigen goldenen Funken spiegelten. Mary lächelte verträumt. „Das ist das ungewöhnlichste Geschenk, das ich je bekommen habe."

„Es ist nur wertloses Treibgut", sagte er unfreundlich.

„Trotzdem danke ich Ihnen dafür." Sie schob den Stuhl zurück, stand auf und trug die Teller zum Spülstein. „Ich bin müde und gehe zu Bett."

Sie hat mit keinem Wort auf meine Ankündigung reagiert, dass Magnus sie morgen in die Stadt bringen soll, dachte Jesse irritiert und schaute ihr finster nach, bis sie die Tür zu ihrer Kammer schloss. Durch die Ritze konnte er den Schatten ihrer Füße sehen, hörte, wie sie den Rücken gegen die Türfüllung lehnte, und glaubte sogar, ihren tiefen Seufzer zu hören. Er stellte sich vor, wie sie gegen die Tür gelehnt stand, mit geschlossenen Augen und erschöpften Gesichtszügen.

Kein Wunder, nachdem sie den ganzen Tag damit zugebracht hatte, sein einsames Leben durcheinander zu bringen. Wieso, in aller Welt, sollte er sich schuldig fühlen, wenn sie sich als lästiger Eindringling vorkam?

Er sollte zufrieden sein, dass er sie endlich zur Vernunft gebracht hatte. Stattdessen fühlte er sich, als sei er einem jungen Hund auf die Pfoten getreten.

„Was, zum Teufel, machen Sie immer noch hier?" fragte Jesse am nächsten Abend.

Mary stand an der Wegbiegung, wo der Pfad zum Leuchtturm hinaufführte, und wartete auf ihn.

„Ja, ich bin immer noch hier", antwortete sie und verdrängte ihr schlechtes Gewissen. Sie musste bleiben. Das würde er nicht begreifen, aber sie musste bleiben.

„Magnus sollte Sie nach Ilwaco bringen", sagte Jesse.

Sie blickte ihm eindringlich ins Gesicht, versuchte, seine Gedanken zu lesen. Seine Augen waren wie vereiste Saphire, seine Lippen ein schmaler Strich. Nein, sie wusste nicht, was im Kopf dieses Mannes vorging.

„Der Weg ist versperrt. Wir mussten umkehren. Ein großer Baum ist quer über die Straße gestürzt."

Lieber Gott, bitte vergib mir, flehte sie im Stillen. Sie war am Morgen den Weg entlangspaziert und hatte einen vom Sturm halb umgeknickten Baum entdeckt, der gefährlich tief über der Straße hing.

Es war eine Sünde, Erik zu bitten, mit ein paar Axthieben nachzuhelfen, bis er den Weg völlig versperrte. Sie konnte nicht in die Stadt fahren, sie konnte diesen Ort nicht verlassen, wo sie sich geborgen fühlte.

„Magnus meinte, der Sturm hat ihn umgerissen", erklärte sie, obgleich sie ahnte, dass der Alte ihre List durchschaut hatte. „Die Russen sind über den Baumstamm geklettert und zu Fuß in den Ort gegangen. Aber Magnus wollte mich in meinem Zustand nicht der Gefahr aussetzen. Es ist höhere Gewalt, dagegen ist man machtlos."

„Aha." Jesse ging auf das Haus zu. „Und hat er es geschafft, den Weg wieder freizumachen?"

Sie eilte neben ihm her, machte zwei Schritte, wenn er einen tat. Du liebe Güte, hatte dieser Mann lange Beine. „Eigentlich nicht. Er meinte, man müsste ein paar Holzfäller aus dem Ort holen, die den Baum zersägen. Es ist eine riesige Fichte."

Jesse blieb stehen. „Also gut. Sagen Sie mir endlich, was Sie mit Magnus ausgeheckt haben."

Der Argwohn in seiner Stimme klang unheilvoll. „Wieso denken Sie denn, wir hätten etwas ausgeheckt?" schoss sie entrüstet zurück.

Und zum zweiten Mal, seit sie ihn kennen gelernt hatte, glaubte sie, er sei nahe daran, zu lächeln. Doch nein, er presste die Lippen nur noch fester aufeinander, hob die Hand und fuhr mit einem Finger über ihre Wange. „Herzchen, weil Ihnen Ihre Gedanken auf der Stirn geschrieben stehen. Ich weiß genau, was in Ihnen vorgeht."

Seine Berührung hatte etwas Unwiderstehliches, was mit Sicherheit nicht in seiner Absicht lag. „So leicht bin ich zu durchschauen?"

„So leicht."

Sie griff nach seiner Hand, hielt sie sehr fest, damit er sie ihr nicht entziehen konnte. „Sie haben mich durchschaut. Kommen Sie, ich zeige Ihnen etwas."

„Ich kann es kaum erwarten", stöhnte er.

Sie zog ihn über die sonnenbeschienene Wiese, spürte seinen Widerstand, und es hätte sie nicht verwundert, wenn er die Stiefelabsätze in die Erde gegraben hätte und störrisch stehen geblieben wäre.

„Eines Tages werde ich Ihnen von Mulligan erzählen", sagte sie über die Schulter.

„Wer ist Mulligan?"

„Unser Maulesel in Kerry. Er war so störrisch, dass Pa ihm jeden Tag gedroht hat, er werde ihn an die Fische verfüttern." Sie zerrte heftig an Jesses Arm. „Ich musste nur eben an Mulligan denken."

Nun ging er weniger widerstrebend neben ihr her. „Ich verstehe." meinte er grinsend.

Sie drückte seine Hand. „Das dachte ich mir."

Eine Windbö strich vom Meer herüber. Mary atmete die würzige Seeluft tief ein. „Es ist schön hier", sagte sie verträumt. „Und besonders jetzt."

„Wieso jetzt?"

Sie führte ihn um eine Wegbiegung in den Garten. „Na, deshalb."

„Verdammt!" Er blieb stehen, überrascht von dem Anblick, der sich ihm bot.

„Sie müssen ja nicht gleich in Begeisterungsstürme ausbrechen, Captain Morgan", bemerkte sie spitz.

„Sie haben Blumen gepflanzt."

„Ja, das habe ich."

„Überall."

„Ziemlich viele."

„Ich mag sie nicht. Die müssen wieder weg."

„Nein. Blumen sind schön. Bedeutet es Ihnen denn gar nichts, sich mit schönen Dingen zu umgeben?"

„Nein", antwortete er schroff.

Sie zuckte zusammen. „Dann tun Sie mir aber Leid." Sie unterdrückte ihre Enttäuschung und ihren Zorn. Ein Wutausbruch war genau das, was er von ihr erwartete. „Ich hatte einen guten Tag, Jesse. Einen wunderschönen Tag. Ich habe mir die Blumen von Palina geholt. Sehen Sie nur die entzückenden Stiefmütterchen mit ihren wippenden Köpfchen, und die Primeln sehen aus, als lächelten sie. Und ich habe Rosenstöcke gefunden."

„Rosen?“ stieß er erstickt hervor. Sie führte ihn über den Rasen, und er betrachtete finster einen Rosenstrauch mit hellgrünen Blättern und zartrosa Knospen. „Wie, zum Teufel …“

„Hier stehen seit langem Rosenstöcke, sie waren nur völlig überwuchert. Deshalb hat man sie gar nicht bemerkt. Jemand muss sie vor vielen Jahren gepflanzt und sich nicht mehr darum gekümmert haben.“ Sie bückte sich und drückte den Rindenmulch, mit dem sie das Beet bedeckt hatte, sanft um die Wurzelballen fest. „Auch vernachlässigte Rosen kämpfen ums Überleben, Jesse. Diese Stöcke haben viele Jahre durchgehalten, obwohl sich niemand um sie gekümmert hat.“

Nachdenklich blickte sie über die bunten Beete und streichelte dabei ihren schwellenden Leib. „Eine Rose gehört dem, der sie pflegt, nicht dem, der sie gepflanzt und dann nicht beachtet hat.“

Sie hörte, wie er den Atem hörbar ausstieß. Einen kurzen Moment, nicht länger als die Dauer eines Herzschlags, eines Augenblicks, erschien ein Ausdruck von Sehnsucht auf seinem Gesicht. Endlich hatte sie einen Riss in seinem Panzer entdeckt.

„Ich frage mich, warum diese Rosen ums Überleben gekämpft haben, obwohl niemand sie beachtet hat“, sagte sie leise. „Wieso sind sie nicht vertrocknet und abgestorben?“ Sie schlenderte an den Beeten entlang, die Magnus geduldig umgegraben hatte, bückte sich gelegentlich, um eine Blüte zu berühren oder die Erde um die Wurzeln fester anzupressen. „Gepflegte Rosen sind sehr dankbar, glauben Sie mir. Bis zum Herbst wird das eine wahre Blütenpracht sein.“

„Im Herbst“, sagte er leise, „werden sie wieder vernachlässigt sein, weil Sie nicht mehr hier sind, um sie zu pflegen.“

9. KAPITEL

Jesse fragte sich, ob Mary gespürt hatte, wie nah sie daran gewesen war, seinen Panzer aufzubrechen. Während der ersten Stunden seiner Nachtwache versuchte er, nicht zu denken, nicht zu fühlen. Doch je mehr er die Gedanken an Mary verdrängte, desto mächtiger stürmten sie auf ihn ein.

Sie ließ ihn einfach nicht zufrieden.

Zum Teufel mit ihr und ihrer aufdringlichen Einmischung. Was war nur an dieser Frau? Wieso setzte sie alles daran, sein Leben in Aufruhr zu bringen? Wie, um Himmels willen, sollte er ihr noch deutlicher machen, dass sie unerwünscht, dass hier kein Platz für sie war?

Er war ein Eremit, der sich von der Welt abgeschottet hatte. Er hatte einer Frau wie Mary Dare nichts zu bieten.

Mit der Präzision langjähriger Gewohnheit kurbelte er im Zwischenstock des Leuchtturms das Räderwerk an, eine Tätigkeit, die alle vier Stunden wiederholt werden musste. Die Zahnräder regulierten die Bewegung des Lichts. In einem bestimmten Rhythmus, gleichbleibend wie ein Herzschlag, streifte der Lichtfinger den Horizont ab, die ganze Nacht, jede Nacht.

Oft genug war dieses gebündelte Licht die einzige Hoffnung der Schiffe draußen in der Columbia-Mündung. Unzählige zerschellte Schiffsrümpfe auf dem Meeresgrund waren stumme Zeugen der todbringenden Sandbänke, Untiefen und mächtigen Unterströmungen. Erst seit der Leuchtturm vor etwa zwanzig Jahren errichtet worden war, gerieten wesentlich weniger Schiffe in diesen gefährlichen Gewässern in Seenot.

Jesse achtete mit penibler Sorgfalt auf das Leuchtfeuer. Kein einziges Mal in seiner Dienstzeit war eine Lampe erloschen, hatte nicht einmal geflackert. Bevor er den Posten übernommen hatte, hatte das Leuchtfeuer in einer Nacht nicht gebrannt. Vor zwölf Jahren, als das Schiff mit Emily an Bord versucht hatte, die Mündung zu durchqueren, war das Leuchtfeuer erloschen, und das Schiff war in der Dunkelheit auf Grund gelaufen und gesunken.

Es hatte eine Untersuchung gegeben. Der völlig verstörte Dienst habende Leuchtturmwärter hatte ausgesagt, ein Herr aus Portland habe ihn im Leuchtturm besucht, ihn zum Kartenspiel animiert und ihm Whiskey zu trinken gegeben. Und nun könne er sich an nichts mehr erinnern.

Die tragischen Folgen dieses menschlichen Versagens hatten Jesse an diese felsige Landzunge verschlagen, um eine lebenslange Strafe zu verbüßen, fest entschlossen, seine Pflicht niemals zu vernachlässigen. Hier würde er den Rest seiner Tage verbringen, bis er alt und grau sterben würde – aber nicht, ehe seine Nachtwache beendet war.

Mit den Bewegungen eines alten Mannes setzte er sich an das kleine Pult in einer Ecke des Zwischengeschosses und drehte den Docht der Petroleumlampe höher, schlug das Logbuch auf, holte den Federhalter aus der flachen Schublade und schraubte den Deckel des Tintenfasses ab.

Ein Windstoß vom offenen Fenster fuhr in die Seiten und blätterte sie durch. Und jeder eintönige Tag seines Aufenthalts auf Cape Disappointment zog an ihm vorüber, raschelnd wie welkes Laub im Herbst.

Aus einem unerklärlichen Grund deprimierte Jesse dieser Gedanke. Er hatte den flüchtigen Wunsch, einen Spaziergang an den Klippen zu machen, den er jedoch rasch wieder verwarf. Dies war seine letzte Zuflucht, seit Mary hier aufgetaucht war.

Jeden anderen Bereich seines Lebens hatte sie in Unordnung gebracht. Nur der Leuchtturm war von ihrem Eindringen verschont geblieben.

„Juhu!“

Jesse sprang so heftig auf, dass die Tinte überschwappte und in kleinen Rinnsalen wie schwarzes Blut über seinen Handrücken lief. „Verdammt noch mal“, stieß er zwischen zusammengebissenen Zähnen hervor.

„Sind Sie da, Jesse?“ rief ihre helle Stimme fröhlich.

„Nein.“

Ihr Lachen wehte zu ihm herauf wie ein Windhauch. Dann waren ihre Schritte melodisch klingend auf dem Eisengitter der Wendeltreppe zu hören.

Fluchend tauchte er einen Lappen in Leinöl und wischte die Tinte von seinem Handrücken.

Und von der Platte des Pults.

Und von den Holzplanken des Fußbodens.

Der Tintenfleck in seiner Hose musste bis zum nächsten Waschtag warten.

Bevor sie ihren Lockenkopf durch die Tür des Zwischenstocks unter dem Lampenraum steckte, hatte er sich eine Auswahl übler Beschimpfungen für sie zurechtgelegt. Doch als sie ihn anlächelte, vergaß er alles. Nur nicht ein Versprechen, das sie ihm gegeben hatte.

Eines Tages, Jesse Morgan, werden Sie mich küssen.

War dieser Tag gekommen?

„Hallo“, grüßte sie und stellte einen Henkelkorb ab. „Ich habe Ihnen etwas mitgebracht.“

Jesse war müde, er war es leid, sich gegen ihre unerbittliche, unentschuldbare Aufdringlichkeit zur Wehr zu setzen, und beschloss, für diesen Abend die Waffen zu strecken. Das war weniger anstrengend, als ihr Widerstand zu leisten.

„Fein“, sagte er in stiller Resignation.

Im Begriff, eine Teekanne aus dem Korb zu nehmen, hielt sie in der Bewegung inne. „Was sagten Sie?“

Er nahm ihr die Kanne ab und stellte sie auf einen kleinen runden Tisch. „Ich sagte fein. Danke. Das ist sehr aufmerksam von Ihnen.“ Die höflichen Worte kamen ihm nur schwer über die Lippen. Sie näherte sich ihm. Er wollte zurückweichen, bevor sie ihn wieder küsste, aber sie küsste ihn nicht. Sie schnupperte an ihm.

„Was tun Sie da?“ fragte er.

„Ich dachte, Sie hätten getrunken.“

„Ich trinke nicht, wenn ich im Dienst bin. Wieso denken Sie, ich hätte getrunken?“

„Weil Sie plötzlich so nett zu mir sind. Höflich. So kenne ich Sie gar nicht.“

„Madam, Sie kennen mich zu wenig, um zu wissen, wer ich bin.“

Sie schlug eine Leinenserviette auf, in die sie einige Scheiben frisch gebackenes Brot eingewickelt hatte. Ein feines Lächeln umspielte ihre Lippen. „Oh nein. Und ‚Madam‘ klingt zwar zu vornehm für meinen Geschmack, aber trotzdem vielen Dank. Das ist irisches Sodabrot. Haben Sie das schon mal gegessen?“

„Nein.“

„Schmeckt köstlich zum Tee.“ Sie machte sich am Tisch zu schaffen, stellte Becher auf und schenkte Tee ein. Er lehnte sich im Stuhl zurück und ließ sie gewähren. Und dann breitete sich eine unerwartete Zufriedenheit in ihm aus, als er genüsslich den Tee trank. Er war köstlich – warm, stark und süß.

Genau wie Mary.

Er hielt den Blick auf den Becher gesenkt, versuchte, an etwas anderes zu denken, und hoffte, dass sie ihn weniger leicht durchschaute als er sie. Sie schlenderte durch den winzigen achteckigen Raum und inspizierte die Messinstrumente. „Was ist das?“ fragte sie.

„Das ist ein selbst registrierendes Patentthermometer. Die Außentemperatur beträgt zweiundfünfzig Grad Fahrenheit“, erklärte er.

„Wie wird sie gemessen?“

„Die relative Lufttemperatur übt einen gewissen Druck aus, der die flüssige Quecksilbersäule im Glaszylinder steigen lässt.“ Unwillkürlich schlich sich ein gönnerhafter Ton in seine Stimme. Natürlich konnte sie nichts mit seiner Erklärung anfangen, da sie keine Ahnung hatte, wie Messinstrumente und astronomische Geräte funktionierten.

Sie legte den Finger an den Kugelbehälter des Glasröhrchens und beobachtete die ansteigende Quecksilbersäule. „Mir kommt das vor wie Magie.“

„Es ist aber Wissenschaft.“

„Aha.“ Sie nickte. „Erklärt die Wissenschaft, warum der Nordstern nicht direkt im Norden steht?“ Sie richtete einen altmodischen Sextanten in den Nachthimmel und nahm den Polarstern ins Visier. „Der Kompass weist nach Norden, aber der Stern steht seitlich davon.“

Nachdenklich nahm er eine Scheibe Sodabrot. „Die Kompassnadel weist durch Magnetkraft an einen Punkt, der nicht direkt im Norden liegt.“

„Magnetkraft, nicht wahr?“

„Ja, Magnetkraft, nicht Magie.“ Er beobachtete, wie sie den

Sextanten wieder an seinen Platz stellte. „Die meisten Menschen wissen nicht einmal, dass es einen Unterschied gibt."

„Sie würden staunen, was ich alles weiß, Captain Morgan." Sie stieg die Leiter zum Leuchtfeuer hinauf und blickte in die Nacht hinaus mit einer Andacht, die sich in ihrer Körperhaltung ausdrückte, das Gesicht ganz nah an der Glasscheibe, beide Hände flach an das Fenster gelegt.

„Wunderschön", sagte sie, und ihr Atem behauchte das Glas. „Man möchte laut jubeln bei dem Anblick."

„Ich kann mich beherrschen."

„Sehen Sie nur die Bahn des Lichts, es fliegt wie ein Lichtvogel, von Schatten verfolgt."

„Wenn Sie meinen."

Sie legte die Hand an den Türriegel. „Darf ich?"

Da nur ein schwacher Wind wehte und die Nacht sternenklar war, nickte er. „Halten Sie sich am Geländer fest. Es geht ziemlich tief hinunter."

Eilig huschte sie ins Freie, und wieder folgte er ihr, redete sich ein, er müsse ein Auge auf sie haben. Sie hielt sich am Eisengestänge fest und blickte ins schwarze Nichts. Der Nachtwind spielte in ihrem Haar, entblößte ihren Nacken. Und als der Lichtstrahl sie erfasste, sah Jesse die helle, zarte Haut an ihrem Hals.

Er verspürte ein Verlangen wie seit vielen Jahren nicht, es hungerte ihn danach, die zarte Haut einer Frau zu berühren. Dies war keine flüchtige Gier, sondern eine Feuersbrunst, die immer stärker in ihm wütete. Er konnte nicht aufhören, sie zu begehren, sich vorzustellen, wie sich ihre samtweiche Nacktheit anfühlen würde. Er konnte nicht aufhören, an ihre süßen, weichen Lippen zu denken.

Er zwang sich, den Blick von ihr zu wenden. „Gefällt es Ihnen?“ fragte er heiser.

„Oh ja. Ein herrlicher Anblick. Und all diese Sterne. Wie glitzernde Schneeflocken. Und dort drüben Tausende, dicht gedrängt wie ein Nebelschleier.“

„Die Milchstraße“, erklärte er.

„Eine Galaxie aus Spiralnebeln. In alten Zeiten nannte man die Spiralnebel Sterneninsel.“

Jesse sah sie verdutzt an.

Sie erwiderte seinen Blick.

„Sie erstaunen mich“, sagte er.

Ein Lächeln umspielte ihre Lippen. „Tatsächlich?“

„Sie wissen ziemlich viel … das ist …“ Befangen hielt er inne. Ihm war kaum vorstellbar, dass es eine Zeit gegeben hatte, in der er, nie um Worte verlegen, ein glänzender Unterhalter gewesen war, ein gern gesehener Gast in den vornehmsten Häusern zwischen Portland und San Francisco. In den Jahren der Einsamkeit hatte er diese Fähigkeit verloren, wie so vieles andere auch. „So etwas …“

„So etwas haben Sie von einer ungebildeten Irin nicht erwartet“, führte sie den Satz für ihn zu Ende. „Sagen Sie es ruhig. Ich habe, weiß Gott, eine Menge Vorurteile gegen uns Iren zu hören bekommen. Am schlimmsten war es in New York.“ Sie schnitt ein Gesicht. „Diese feisten Beamten im Einwanderungsbüro und die Hafenarbeiter, die brüllten: ‚Kein Zutritt für Hunde und Iren‘.“

Jesse war zwar nicht an ihrer Vergangenheit interessiert, aber nun war seine Neugier geweckt. „Sie waren in New York?“

„Nur eine Woche, dann reiste ich berits nach San Francisco weiter.“ Wieder blickte sie in die Ferne. „Deshalb gefällt es mir hier so gut, am Ende der Welt. Sie haben keine Vorurteile gegen mich, Jesse Morgan. Nun ja, keine bösartigen Vorurteile. Sie haben jedenfalls nicht gesagt: ‚Kein Zutritt für Hunde und Iren‘. Habe ich mich eigentlich dafür schon bei Ihnen bedankt?“

Mit dem ersten Kuss, den ich seit zwölf Jahren von einer Frau bekommen habe, schoss es ihm durch den Sinn.

„Es bedeutet mir sehr viel, dass Sie nicht über mich gerichtet haben.“

„Ich bin der letzte Mensch, der über andere ein Urteil fällt“, sagte er mürrischer als beabsichtigt.

„Ach? Und wieso?“

„Sie sind eine naseweise Person, Mary Dare.“

Ihr Lachen klang durch die Nacht, dann verfolgte sie wieder den Strahl des Leuchtfeuers.

„Das war mein Leitstern“, sagte sie leise. „Wussten Sie das? Nachdem ich über Bord gegangen war und hilflos im Meer trieb, sah ich dieses Licht. Ohne das Leuchtfeuer wäre ich ertrunken wie alle anderen.“

Ich bin froh, dass du nicht ertrunken bist. Er konnte die Worte nicht laut aussprechen. Nur sein Herz sprach sie, nicht freudig, sondern in tiefer Überzeugung.

Sie ahnte nichts von seinem Gemütsaufruhr, blickte über den Ozean, und in ihrem Gesicht spiegelten sich Begeisterung und Ehrfurcht. Sie sah nicht das, was er sah. Er sah einen verhassten Feind, der aus seinem Leben eine düstere, endlose Reihe grauer Tage gemacht hatte.

Sie aber, selbst ein Opfer der Gewalt des Meeres, liebte die See sehr.

Nein, er wollte die Frau nicht kennen lernen. Je weniger er über sie wusste, desto besser konnte er sich vor ihrer Aufdringlichkeit schützen. Aber es gab dennoch einige Fragen, die er ihr stellen musste.

Aus praktischen Erwägungen, redete er sich ein.

„Können Sie darüber sprechen?“ fragte er. „Können Sie mir etwas über das Schiffsunglück erzählen?“

Ihr Blick verweilte an den Spiegelfacetten der großen Linse. „Ich mache kein Geheimnis daraus.“

„Das weiß ich.“

„Sie halten mich für eine Diebin auf der Flucht.“ Sie schien von den langsamen Drehungen der Linse gebannt zu sein. Ihre Stimme verlor den melodischen Singsang. „Man hat mich erst entdeckt, als in der Kombüse Feuer ausbrach. Erst dann verließ ich mein Versteck, und das war auch gut so. Ich muss gestehen, die Männer haben Augen und Mund aufgesperrt, als ich plötzlich vor ihnen stand.“

Das war gewiss eine Untertreibung, dachte Jesse.

„Bevor sie überlegen konnten, was sie mit mir anfangen sollten, schlug das Wetter um.“

„Wer sind ‚sie‘?“

„Der Schiffskoch und sein nichtsnutziger Helfer. Eine Pfanne voll Fett hatte Feuer gefangen, und er versuchte, den Brand zu löschen, deshalb musste ich ihm helfen. Er hätte keinen Rindertalg für die Bratkartoffeln nehmen dürfen. Wie konnte er nur?“ Ihre Stimme wurde wieder lebhafter in ihrer Entrüstung. „Der Kerl war ein erbärmlich schlechter Koch. Am liebsten hätte ich ihn aus der Kombüse geworfen und selbst gekocht.“

Jesse konnte sich lebhaft vorstellen, dass sie, herrisch und unverfroren, wie es ihre Art war, gern das Zepter in der Kombüse geschwungen hätte.

„Ich bin eine ausgezeichnete Köchin, wie Sie bereits wissen“, fuhr sie fort. „Damit habe ich mir schließlich meine Überfahrt nach San Francisco verdient.“

„Mit Kochen?“

Sie lächelte. „Als Schiffskoch bin ich von New York um das Kap gesegelt.“

„Kap Horn? Sie sind um Kap Horn gesegelt?“

„Das Schiff kam aus Buenos Aires. Da staunen Sie wohl, Captain Morgan?“

Er war mehr als nur erstaunt, konnte ihr aber seine Gefühle nicht gestehen, die ihm die Brust zuschnürten. Bei dem Gedanken an dieses waghalsige Abenteuer packte ihn ein Fernweh, das er längst abgestumpft glaubte. Wie aufregend musste es sein, durch die subtropischen Rossbreiten zu segeln und den stürmischen Ozean zwischen dem neununddreißigsten und dem fünfzigsten Breitengrad um das berüchtigte Kap zu bezwingen, durch das von ewigem Eis gefasste Tor, das die beiden größten Ozeane der Welt verband.

Ein Hochgefühl, das Jesse Morgan nie kennen lernen würde.

Wie gern hätte er dieses Abenteuer erlebt, wie gern hätte er das Rollen und Schlingern einen Schiffsdecks unter den Füßen gespürt, den scharfen, eisigen Wind im Gesicht.

Unmöglich.

In der ersten Zeit nach Emilys Tod hatte er versucht, wieder zur See zu fahren. Er verspürte keine Angst in der Brandung, wobei die Vernunft ihm sagte, dass sie weitaus tückischer war als das offene Meer, doch das Grauen in seiner Seele hörte nicht auf seine Vernunft. Sobald er den Fuß an Deck eines Schiffes setzte, packte ihn die Panik, schlug ihre scharfen Krallen in ihn und trieb ihn zurück an den Ort, wo Erde und See einander trafen, wo er bis an sein Ende gefangen war.

„Er hatte Rechtswissenschaften studiert, aber den Beruf nie ausgeübt“, hörte er Mary sagen.

Ihre muntere Stimme holte Jesse in die Gegenwart zurück. „Was?“ fragte er und schüttelte ungeduldig den Kopf. „Ich hörte nicht, was Sie sagten.“

„Ich erzähle gerade von Mr. Stevenson, einem wunderbaren Mann, obwohl er Schotte und ziemlich exzentrisch war. Er bestand darauf, dass ich ihn Malcolm nannte. Er war Passagier auf dem Schiff, sein Ziel war die Südsee. Die Sandwich Islands, die er nannte wie die Eingeborenen – Hawaii. Er war krank, der arme Mann, klagte aber nie. Schwindsucht, glaube ich. Und trotzdem liebte er das Abenteuer.“

„Und dieser Mr. Stevenson war Ihr … Freund.“ Jesses Blick richtete sich unwillkürlich auf ihren runden Leib.

„Wie können Sie es wagen?“ fuhr sie ihn entrüstet an. „Malcolm Stevenson ist ein Ehrenmann mit einer liebenswürdigen Frau. Wie können Sie es wagen, auch nur eine Sekunde anzunehmen, dass Malcolm … und ich … wir …“

Jesse räusperte sich. „Wenn Sie von mir Höflichkeit erwarten, sind Sie an den Falschen geraten.“

Sie barg das Gesicht in den Händen, und ihre Schultern zuckten. Sie wirkte klein und verloren, und Jesse drängte es, sie tröstend zu streicheln.

Er widerstand dem Wunsch.

Als sie das Gesicht zu ihm hob, waren ihre Wangen bleich im fahlen Schein des Leuchtfeuers, aber sie wirkte gefasst. „Malcolm war mein Freund und ein wunderbarer Lehrer. Er hat mir einiges Wissen über die Sterne und das Wetter beigebracht. Es gibt so viel auf der Welt, was ich nicht weiß und so gerne wissen möchte.“ Sie seufzte.

Ihre Hand ruhte auf ihrem Leib. „Es ist seltsam. Man sagt doch, die Umsegelung von Kap Horn sei das Gefährlichste, was man sich vorstellen kann. Doch die größte Gefahr habe ich hier im Norden erlebt.“

Der Wind frischte auf, drückte den Stoff ihres Kleides gegen ihre Beine. Jesse wollte nicht darauf achten und blickte dennoch gebannt auf die Konturen ihrer Schenkel. Er öffnete die Glastür und trat zur Seite. „Kommen Sie. Der Tee wird kalt.“

Ohne nachzudenken, streckte er ihr hilfreich die Hand entgegen. Sie schaute mit großen Augen zu ihm auf. Dann lächelte sie und legte ihre Hand in seine. Ihre Finger waren kühl und ein wenig feucht von der Seeluft. Er versuchte, nicht auf die befremdliche Energie zu achten, die zwischen ihm und Mary strömte, als sie vom Eisensteg in den kleinen Lampenraum trat, und fragte sich, ob sie dieses Knistern ebenfalls spürte.

„Danke“, sagte sie.

Sie begaben sich zum Tisch, auf dem die Teetassen standen. Das Schweigen zog sich ungewohnt in die Länge, da Mary sonst so unverdrossen drauflos plapperte. Nur das Rauschen des Windes und der Brandung war zu hören. Sie trat gedankenverloren an das Pult und blätterte im Logbuch. „Er wollte mir Lesen und Schreiben beibringen“, sagte sie.

„Wer?“

„Malcolm. Ich hätte es gerne gelernt. Aber nachdem unser Schiff in San Francisco eingelaufen war, entschloss ich mich, in der Stadt zu bleiben.“ Und nach einer Pause fügte sie hinzu: „Was steht in dem Buch?“

„Aufzeichnungen. Ähnlich wie in einem Schiffslogbuch. Ein Leuchtturmwärter muss alles aufschreiben, was an einem Tag vorfällt.“

Ihr Gesicht hellte sich auf. „Dann ist es so etwas wie ein Tagebuch? Ist darin jeder Tag verzeichnet?“

„Ja, ich mache jeden Tag meine Aufzeichnungen.“ Er wies auf die Bücher unter dem Pult. „Das sind die Aufzeichnungen meiner Vorgänger.“

„Jeder einzelne Tag“, wiederholte sie gedehnt. „Wie ungewöhnlich.“ Sie legte das Logbuch vor ihn auf den Tisch. „Lesen Sie mir vor, was Sie an dem Tag aufgeschrieben haben, an dem Sie mich gerettet haben.“

Jesse spürte, wie ihm heiß wurde. Er blätterte eine Seite zurück und legte den Finger auf den Eintrag vom letzten Sonntag. Mary war aufgeregt wie ein Kind. „Lesen Sie mir vor, was drinsteht, Jesse. Über mich hat noch nie ein Mensch ein Wort geschrieben.“

Er räusperte sich. „Sonntag, zweiter Juni 1876. Sechs Uhr fünf morgens. Bergung eines Schiffsbrüchigen weiblichen Geschlechts, einzige Überlebende des gesunkenen Viermastschoners *Blind Chance.*“

Er klappte das Buch zu.

Mary blickte ihn mit großen Augen an. Das Staunen in ihrem Blick berührte ihn seltsam. Er war nicht an Bewunderung gewöhnt, schon gar nicht von einer Frau. Sie sah ihn an, als habe er ihr den Mond auf einem Silbertablett serviert.

„Das nennen Sie eine Geschichte?“ fragte sie schließlich.

Er blinzelte. „Nein. Es ist ein Eintrag ins Logbuch.“

Erst jetzt begriff er, dass ihr Blick nicht voller Bewunderung war, sondern voller Missfallen und Fassungslosigkeit. „Was haben Sie erwartet?“ fragte er gereizt. *„Robinson Crusoe?“*

„Wer?“

„Ach nichts.“

Sie legte die flachen Hände auf den Tisch, beugte sich vor und funkelte ihn wütend an. „‚Ein Überlebender weiblichen Geschlechts‘. Ist das alles, was Ihnen dazu eingefallen ist?“

„Genau so war es.“

„Ich ahnte ja nicht, dass ein Ereignis, das mein ganzes Leben verändert hat, mit drei armseligen Worten beschrieben werden könnte.“

Er begegnete ihrem Blick. „Es handelt sich nicht um einen rührseligen Schundroman. Dies ist ein amtliches Logbuch.“

„Wer sagt, dass amtlich gleichbedeutend sein muss mit todlangweilig?“

Darauf wusste er keine Antwort.

Sie zog ein beliebiges altes Logbuch unter dem Pult hervor, schlug es auf und legte den Finger auf einen langen Eintrag in einer verschnörkelten Handschrift. „Ist dieser Eintrag genauso dürftig wie der Ihre?“

Jesse überflog die Seite. Sein Vorgänger hatte seine Einträge wesentlich ausführlicher gestaltet. Er hatte einen Bericht verfasst über die sturmgepeitschte See und eine inbrünstige Bitte an Gottes Gnade und Barmherzigkeit beigefügt. „Diese Aufzeichnung ist etwas ausführlicher.“

„Gut“, sagte sie und stellte das verstaubte Logbuch wieder an seinen Platz. „Dann müssen wir Ihren Eintrag neu schreiben.“

„Wir?“

„Ich sagte doch gerade, ich kann nicht lesen und schreiben. Deshalb diktiere ich, und Sie schreiben.“

Jesse wollte entrüstet protestieren, doch dann wog er seine Möglichkeiten ab. Wenn er ablehnte, würde sie die ganze Nacht bleiben und mit ihm streiten. Er konnte sich einigen Ärger ersparen, wenn er sich bereit erklärte, das Geschwätz niederzuschreiben, das sie von sich gab. Der Inspektor kam nur selten nach Cape Disappointment, und wenn er kam, warf er nur einen flüchtigen Blick ins Logbuch.

Resigniert tauchte Jesse die Feder ins Tintenfass und schlug eine neue Seite auf. „Na schön. Was soll ich schreiben?"

Sie schloss die Augen und konzentrierte sich. „Gut. Sind Sie bereit?"

Die Tinte an seiner Feder trocknete bereits. „Ja."

Sie drückte die gefalteten Hände dramatisch an ihren Busen. „Stark wehte der Wind in jener Nacht, heulte wie das Gespenst von Dunglow, das die kalten, furchtsamen Seelen ungeborener Kinder erschreckt. Und als die Nacht am schwärzesten war, brach ein furchtbares Unwetter los, Blitze zerrissen die schwarze Wolkendecke, Donner grollte wie der Höllenschlund, und keiner an Bord des Schiffes ahnte sein furchtbares Schicksal ... Haben Sie das?"

Jesse kritzelte eilig, um ihrer lächerlichen Beschreibung zu folgen. Er nickte.

„... Und der Himmel öffnete seine Schleusen, und der Regen prasselte auf die *Blind Chance* herunter, die hilflos wie eine Nussschale in der tosenden See hin und her geworfen wurde. Und dann wurde die Heldin von einer haushohen Woge erfasst, emporgeschleudert und in den Abgrund gestoßen. *Krach!*" Jesse zuckte zusammen, als sie mit der Faust auf den Tisch schlug, um ihrer Erzählung Nachdruck zu verleihen.

„So wahr mir Gott helfe", fuhr sie mit dramatisch erhobener Stimme fort, „ich schwöre, das Schiff zerbarst unter ohrenbetäubendem Getöse. Die Schiffsplanken wurden in alle Richtungen geschleudert wie Schwefelhölzer."

Mary schloss die Augen und schlug sich gegen die Brust, völlig hingerissen von ihrem Erzähltalent.

„Doch dann erfasste eine haushohe Welle wie der Arm eines Riesen unsere tapfere Heldin und schleuderte sie auf die Deckplanken.“ Sie wankte hin und her, schlug mit den Armen um sich, um die Dramatik des Geschehens zu unterstreichen. „Und sie rollte wie eine Kugel in aufgestellte Kegel gegen die Schiffswand.“ Sie legte eine Pause ein. „Eine besonders treffende Schilderung, finden Sie nicht?“

Jesses Schultern begannen zu zucken, Tränen traten ihm in die Augen. Sein unterdrücktes Lachen klang wie ein heiseres Schluchzen.

Mary erkannte seinen Gefühlsausbruch nicht als Lachen. „Ich weiß, lieber Jesse“, sagte sie beschwichtigend. „Ich habe Höllenqualen ausgestanden. Aber wie Sie sehen, bin ich wohlauf. Also seien Sie nicht traurig.“

„Ich versuche mich zu beherrschen“, brachte er mühsam hervor und schrieb mit zittriger Hand weiter, konnte seinen Lachanfall nur mit größter Mühe unterdrücken, während sie unverdrossen weiterdiktierte.

„Sie wusste, dass ihr Schicksal in die Hände von Gott dem Allmächtigen gegeben war. Verzweifelt klammerte sie sich an den abgebrochenen Mast, der im aufgewühlten Wasser trieb. Innerhalb weniger Minuten hatte der unersättliche Schlund des Ozeans die *Blind Chance* verschlungen, mit Mann und Maus. Alle Menschen an Bord des Unglücksschiffes fanden in den Tiefen des Ozeans ihre letzte Ruhe – Gott sei ihren Seelen gnädig. Nur unsere unerschrockene Heldin überlebte das grausige Unglück, um ihre Geschichte zu erzählen …“

Sie fuhr in ihrer Schilderung mit einer Begeisterung fort, als handle es sich um Melvilles *Moby Dick.* Jesses Handschrift füllte Seite um Seite des Logbuchs.

Er biss beim Schreiben die Zähne zusammen, um das Lachen zu unterdrücken, was ihm nur schwer gelang. Sie diktierte in der

Überzeugung weiter, dass ihr packender Bericht für die Nachwelt aufgezeichnet werden müsse.

„... und er rannte den Küstenstreifen entlang wie ein furchtloser großer Held aus der Sage. Er war dunkel und hoch gewachsen, sein Haar schwarz wie Rabenschwingen, seine Augen waren blau wie Saphire. Er hob die arme, leblose Frau in seine stahlharten, muskulösen Arme und presste einen süßen, magischen Kuss auf ihren Kirschmund ...“

„Augenblick mal!“ Er hielt inne. „Von wem sprechen wir hier?“

Sie sah ihn völlig unschuldig an. „Von Ihnen natürlich. Ich schildere den Augenblick, als Sie mich fanden. Tauchen Sie die Feder wieder ein ... Gut, wo war ich? Lesen Sie mir den letzten Satz noch mal vor.“

Er las mit dramatischer Betonung und versuchte, ernst zu bleiben. „‚Er hob die arme, leblose Frau in seine stahlharten ... muskulösen Arme und presste einen süßen ... magischen Kuss auf ihren Kirschmund ...‘“.

Die letzten Worte brachte er nur noch unverständlich hervor, legte die Feder beiseite, stützte die Ellbogen auf den Tisch und barg das Gesicht in den Händen. Seine Schultern zuckten haltlos.

Und dann spürte er ihre Berührung. „Aber, aber“, tröstete sie ihn. „Ich weiß, es ist eine sehr anschauliche und rührende Geschichte, aber versuchen Sie bitte, Ihre Tränen zurückzuhalten ...“

Jesse, der seit zwölf Jahren keinen Heiterkeitsausbruch erlebt hatte, verlor nun endgültig die Beherrschung, warf den Kopf in den Nacken und lachte dröhnend wie nie zuvor in seinem Leben. Und bei seinem haltlosen Gelächter war ihm, als würden eiserne Ketten von seinem Brustkorb gesprengt, jahrelang aufgestaute Spannungen lösten sich. Mühsam fand er seine Fassung wieder und wagte schließlich, Mary anzusehen. Während ihres Diktats war sie wild gestikulierend hin und her gewandert, doch nun stand sie still und sah ihn an wie einen Verrückten.

„Ach, Mary", brachte er atemlos hervor. „Ich hätte nicht lachen dürfen." Sein Blick fiel auf den Bericht, und wieder drohte er die Beherrschung zu verlieren. „Ich … bitte um Entschuldigung." Er bemühte sich, ernst zu bleiben, doch er war wie ein Betrunkener, der vergeblich versuchte, einen klaren Kopf zu bekommen.

Um ihre Lippen zuckte es, und plötzlich lächelte auch sie, strahlend wie die aufgehende Sonne. „Sie haben Glück, Kleiner, dass ich Sinn für Humor habe." Sie berührte seine Hand. „Jesse."

Er blickte zu ihr auf. „Ja?"

„So kenne ich Sie gar nicht. Ich habe Sie noch nie laut lachen hören."

Er legte seine freie Hand auf ihre. „Ich lache nicht oft, Mary Dare."

„Das sollten Sie aber. Meine Mama sagte immer, Lachen ist ein Lied ohne Worte." Mary wandte sich ab und wischte dabei mit dem Schal den Federhalter zu Boden. Beide bückten sich gleichzeitig danach, beide streckten gleichzeitig die Hand danach aus, richteten sich langsam auf, ihre Blicke hielten sich gefangen.

„Mary." Ihr Name drängte sich in einem gequälten Flüstern über seine Lippen. „Mein Gott …" Er sprach nicht weiter, schob seine Hand in ihr weiches Haar im Nacken. Verlangen wogte in ihm auf. Ein Verlangen, das er ebenso wenig beherrschen konnte wie seinen Heiterkeitsausbruch.

Er presste den Mund auf ihre Lippen. Die Hitze der zärtlichen Berührung drohte ihn zu versengen. Er drängte seine Zunge zwischen ihre Lippen, drang ein in das warme Innere ihres Mundes, kostete ihre Wärme und Süße. Etwas Neues entfaltete sich in ihm, ein schmerzvolles Erwachen. Alles Lebendige, Vitale, das er so viele Jahre unterdrückt und gemieden hatte, rollte plötzlich wie eine mächtige Brandungswelle auf ihn zu.

Er wusste nicht, wie lang die Umarmung dauerte. Die ganze Welt drehte sich um diesen Kuss. Sein Herzschlag dröhnte ihm in den Ohren wie die Wellen des Ozeans. Er hörte Marys hastige, flache Atemzüge, als sie sich an ihn klammerte. Ihre kleinen Fäuste gruben sich in sein Flanellhemd.

Er hatte das Gefühl, Mary zu küssen sei wie ein Sprung über einen Abgrund, ein Vergleich, der eher zu Mary passte, die an Zauberei glaubte und keine Hemmungen hatte, ihre Seelenqual in literarischen Ergüssen zu erleichtern. Jesse brauchte diesen Kuss, wollte sich in Marys köstliche Wärme flüchten, wollte sich in ihr auflösen, ganz von ihr erfüllt sein.

Sie rettete einen Teil von ihm, von dem er nicht wusste, dass er gerettet werden musste. So, wie er sie aus der kalten Brandung gezogen hatte, zog sie ihn in ihre lebenssprühende Welt. Die Flammen in ihm schlugen höher, eine ersterbende Glut war zu neuem Leben erweckt.

Erst als er das metallische Schleifen der Geräte hörte, kehrte er in die Gegenwart zurück. Er entzog sich ihr. Oh nein, er hatte alles vergessen, hatte alles in der honigsüßen Glut ihres Kusses vergessen.

„Die Geräte“, murmelte er und trat einen Schritt zurück.

„Ich verstehe nicht.“

Doch er polterte bereits die Eisenstiege hinunter, um die Zahnräder wieder in Gang zu setzen. Als er sich umdrehte, stand sie vor ihm, das Haar zerzaust, die Lippen leicht geschwollen und feucht vom Kuss. Ihr *Kirschmund,* auf dem sein Kuss eingebrannt war.

Eines Tages, hatte sie gesagt, *werden Sie mich küssen.*

Woher hatte sie es gewusst?

„Die … ehm … Zahnräder müssen alle vier Stunden wieder in Gang gesetzt werden. Seit ich hier meinen Dienst antrat, habe ich es kein einziges Mal verpasst.“

„Sie sind ein verantwortungsvoller Mann.“

„Es ist meine Pflicht, weiter nichts.“ Wie sachlich er sich anhörte. Dabei hätte er in einem Moment der Lust in den Armen einer fremden Frau um Haaresbreite seine Pflicht vergessen.

Sie ist schwanger, ermahnte er sich kühl. Sie weigert sich, darüber zu sprechen, wie sie in diesen Zustand geraten und warum sie alleine ist. Er musste sich von ihr fern halten. Sie ging ihn nichts an. Sobald die Holzfäller die Straße wieder freigemacht hatten, würde er sie los sein.

„Es ist spät“, sagte er, nachdem die Räder bis zum Anschlag aufgezogen waren. „Sie sollten zu Bett gehen.“

Lange sah sie ihn an, lange Sekunden, die in Herzschlägen und stummer Sehnsucht gemessen wurden. „Dann gehe ich jetzt.“ An der Stiege drehte sie sich noch einmal um. „Jesse?“

„Was?“

Ein bittersüßes Lächeln umspielte ihre Lippen. „Ich war mit meiner Geschichte noch nicht zu Ende.“

„Vielleicht … schreiben wir sie später einmal fertig.“

„Vielleicht.“ Nach zwei Stufen drehte sie sich erneut um. Sie war herzzerreißend schön. Und ihre Schönheit war für einen Mann wie ihn vergeudet.

„Aber Jesse?“ beharrte sie.

„Ja?“

„Ich kenne das Ende nicht.“

10. KAPITEL

Mary erwachte am nächsten Morgen erst spät, blieb noch eine Weile liegen und blinzelte in das helle Sonnenlicht, das durch die Ritzen der Fensterläden fiel. Sie lächelte verträumt. Die Wärme der Sonne drang ihr bis ins Herz.

Wegen Jesse.

Letzte Nacht war etwas geschehen. Etwas Magisches, Ungewöhnliches, was Malcolm Stevenson ‚Schicksal' genannt hätte.

In den dunklen Momenten ihrer Genesung nach dem Schiffbruch hatte sie sich ernsthaft gefragt, warum ausgerechnet sie am Leben geblieben war und alle anderen Menschen auf der *Blind Chance* in die Tiefen des Meeres gerissen worden waren. Sie hatte gedacht, eine gütige Vorsehung habe ein Einsehen mit ihrem ungeborenen Kind gehabt, doch nun wusste sie, dass eine größere Bedeutung dahintersteckte.

Sie hatte überlebt, weil Jesse Morgan sie brauchte. Das war ihr nun klar geworden.

Sie durfte diese Fügung nicht infrage stellen. Wer war sie, die am Wirken einer höheren Macht zweifeln durfte? Ob ein Zusammenhang bestand mit Palinas Wissen und ihren Legenden über die Meeresgötter, ob es am sprichwörtlichen Glück der Iren lag, oder ob Gott selbst ihr Schicksal gelenkt hatte – es zählte nicht. Sie war für Jesse am Leben geblieben.

Sie wusch sich und kleidete sich an, bürstete sich das Haar, bis ihre langen roten Locken knisterten. Dann eilte sie in den Garten zum kleinen Verschlag und pflückte auf dem Rückweg eine Rose, deren Knospe sich gerade öffnete. Als sie die Küche betrat, deren Tisch bereits mit einem köstlichen Frühstück gedeckt warf, stand

Jesse am Herd und streckte die Hand nach der emaillierten Kaffeekanne aus.

„Einen wunderschönen guten Morgen!“ rief sie munter.

Er griff nach dem Henkel. „Au!“ schrie er, zuckte zurück und schüttelte die Finger. „Verdammt!“

Sie ließ die Rose fallen, eilte zu ihm und tauchte seine Hand in den Wassereimer im Spülstein. „Wieso tun Sie so etwas Dummes?“ wollte sie wissen.

„Es war ein Versehen.“ Er zog die Hand aus dem Wasser und betrachtete finster die Blasen, die sich an seinen Fingern bildeten. Sein vom Schlaf wirres Haar glänzte in der Morgensonne. „Hab schlecht geschlafen“, brummelte er.

Mary verbarg ihr Schmunzeln. „Ich habe herrlich geschlafen. Sie hatten ja auch Nachtwache im Leuchtturm.“

Er umwickelte seine Hand mit einem Geschirrtuch, nahm die Kanne hoch, goss dampfenden Kaffee in einen Becher und trug ihn zum Tisch.

Mary räusperte sich.

Er schaute auf den Becher, dann hielt er ihn ihr hin. „Wollen Sie Kaffee?“

„Ja, gern, danke.“ Sie würde diesem Einsiedler Manieren beibringen, und wenn es sie ihre letzten Nerven kostete. Sie trank einen Schluck und setzte den Becher ab, hob die Rose vom Boden auf und stellte sie in einem mit Wasser gefüllten Glas auf den Tisch.

Jesse setzte sich mit einem zweiten Becher Kaffee und schob das Glas mit der Rose weit von sich.

Wortlos schob Mary das Glas zurück.

Wieder streckte er die Hand danach aus. Ihr scharfer Blick schien ihn zu durchbohren. „Lassen Sie die Rose stehen“, sagte sie leise, allerdings in einem Tonfall, der keinen Widerspruch duldete.

Er schwieg und schenkte ihr keine weitere Beachtung. Mary bewunderte die Schönheit der Rose, die in den Farben der Morgenröte leuchtete. Die halb geschlossenen Blütenblätter verbargen noch scheu ihr Geheimnis. Morgen würde sie dann voll erblüht sein und den Betrachter wie mit einem rosigen Lächeln grüßen.

Mary scheute sich, Jesse in ihre träumerischen Gedanken einzubeziehen. Er saß ihr mürrisch gegenüber wie ein alter Bär, Kinn und Wangen mit dunklen Bartstoppeln bedeckt, den Blick seiner eisblauen Augen aus dem Fenster gerichtet.

„Ein sanfter Tag", sagte sie.

„Was?"

„Der Tag. In Irland nennen wir solche Tage sanft, wenn die Sonne durch einen feinen Dunstschleier scheint. Manchmal nennen wir solche Tage auch Regenbogentage."

Er brummte missmutig.

Sie suchte seinen Blick. „Jesse …"

„Mary …"

Beide sprachen zur gleichen Zeit.

Mary lachte. „Wie linkisch wir heute Morgen miteinander umgehen. Was wollten Sie sagen?"

Er räusperte sich und trank einen Schluck Kaffee. „Es tut mir Leid wegen gestern Abend …"

„Ja?" Sie wollte es ihm nicht leicht machen. „Ich fürchte, Sie müssen etwas deutlicher werden. Ich bin etwas schwerfällig im Denken, müssen Sie wissen."

Er sah sie eine Weile prüfend an. Seine Züge wurden weicher, und es hatte beinahe den Anschein, als würde er wieder lächeln. Ach bitte, lächle noch einmal, drängte sie ihn stumm. Es war wie ein Wunder gewesen, als sein Lachen letzte Nacht über die Klippen von Cape Disappointment hallte, so unerwartet wie eine Rose, die im Winter erblüht. Vielleicht hatte er sie auch nur ausgelacht, dennoch hatte sein Gelächter sie mit Hoffnung erfüllt.

Heute aber war er wieder unnahbar und verschlossen. Sie wusste, dass sein Lachen ein seltenes Geschenk gewesen war. „Sie wollen sich also entschuldigen, Captain Morgan", sagte sie leichthin. „Und ich würde Ihre Entschuldigung gerne annehmen, wenn ich wüsste, was Sie verbrochen haben."

„Ich hätte mir keine Freiheiten mit Ihnen …" Er stockte mitten im Satz, und eine verräterische Röte überzog seine Wangen.

Mit Unschuldsmiene verrührte sie den Zucker in ihrem Kaffee und sah ihn erwartungsvoll an.

Er atmete tief durch. „Ich habe mich nicht wie ein Gentleman benommen. Ich bin Ihnen … zu nahe getreten."

„Tatsächlich?"

„Ein Mann darf sich einer Frau nicht aufdrängen."

„Ich erinnere mich an keine Aufdringlichkeit", erwiderte sie leise.

„Dann haben wir beide einen Fehler gemacht."

„Ach ja? Wieso?" Ihre Geduld ging zur Neige. Seine Hemmungen waren lachhaft und ärgerlich. Sie bemühte sich, nicht aufbrausend zu reagieren, doch der Groll stieg unaufhaltsam in ihr hoch.

„Was ist daran schändlich", fragte sie trotzig, „wenn zwei einsame Menschen zärtlich zueinander sind? Sagen Sie mir, Jesse Morgan, hat das einem von uns geschadet?"

„Nein! Aber es hätte nicht passieren dürfen." Er schob den

Stuhl geräuschvoll zurück, stand auf und stellte seinen Kaffeebecher klirrend in den Spülstein. Dann legte er die flachen Hände auf die Anrichte und senkte den Kopf. Sie beobachtete, wie er gegen seinen Gemütsaufruhr ankämpfte, und als er sich wieder zu ihr umdrehte, war sein Gesicht ohne Ausdruck.

Er trat neben sie und strich sanft mit einem Finger über ihr Kinn. „Am Besten, wir vergessen die Sache, sonst gibt es nur Komplikationen. Mehr wollte ich nicht sagen."

Ohne ein weiteres Wort stürmte er aus dem Haus zur Scheune. Mary blieb lange sitzen, trank Kaffee und blickte in die Morgensonne, die durch das Fenster schien. Hatte sie die Fenster erst gestern geputzt? Ja, gestern hatte er ihr die schöne aquamarinblaue Glaskugel gebracht. Ein Geschenk, das sosehr im Widerspruch zu seinen kalten Worten stand. *Am Besten, wir vergessen die Sache.* Diese Worte weckten keine Zuversicht, und dennoch gab Mary die Hoffnung nicht auf.

Nachdenklich legte sie die Hand an ihren Leib, in dem ihr Baby heranwuchs. Sie hatte erlebt, wie ein Mann vor ihr auf die Knie gesunken war und ihr ewige Liebe geschworen hatte. Und sie war töricht genug gewesen, seinen schönen Worten zu glauben. Sie hatte einem Mann blind vertraut, der ihr Perlenohrringe geschenkt und nachts mit ihr romantische Kutschfahrten ans Meer gemacht hatte. Sie hatte bittere Lehren aus ihrer Erfahrung gezogen und sich vorgenommen, sich nie wieder von blumigen Phrasen und falschen Schwüren beeindrucken zu lassen.

Ein Blick in Jesse Morgans Augen sagte ihr mehr als tausend schöne Versprechungen eines vornehmen Herrn mit gepflegtem Schnurrbart und einer eleganten Kutsche.

„Es wird uns gut gehen", flüsterte sie ihrem ungeborenen Kind zu. Und zum ersten Mal glaubte sie ernsthaft an ein gutes

Ende ihrer Irrfahrt, seit sie in San Francisco ihre wenigen Habseligkeiten gebündelt und sich heimlich an Bord der *Blind Chance* geschlichen hatte.

Und da sie neue Hoffnung für ihr Kind schöpfte, wagte sie es, sich ein Bild von ihm zu machen. Ein Junge. Das Erstgeborene musste ein Junge sein. Ihre Mutter hatte drei stramme Knaben zur Welt gebracht – Riordan, Alois und Padriac.

Sie seufzte. Obwohl Rory, Ali und Paddy schon lange nicht mehr lebten, hatte sie keine Mühe, sich das Bild ihrer Brüder ins Gedächtnis zurückzurufen. Sie sah die drei Rotschöpfe zusammen mit Pa über den Netzen gebeugt sitzen, die sie für den nächsten Fischfang vor der Küste von Ballinskelligs flickten. Ihr kleiner Sohn würde aussehen wie ihre Brüder, entschied sie mit einer Überzeugung, die zu gleichen Teilen aus Hoffnung auf die Zukunft und Ablehnung gegen den Kindsvater geboren war.

Ihr Sohn würde dichtes rotes Wuschelhaar und Sommersprossen auf der Nase haben. Engelsküsse hatte Mama sie genannt, als Mary einmal weinend vom Sonntagsgottesdienst heimgelaufen war, weil die Costello-Zwillinge sie wegen ihrer Sommersprossen verspottet hatten.

Ihr Sohn würde stolz auf die Engelsküsse sein, denn er würde das Vermächtnis einer stolzen irischen Familie zu schätzen wissen.

Einer Familie, die es nicht mehr gab.

Eine Woge der Trauer drohte über Mary hereinzubrechen. Sie drückte den Rücken durch, straffte die Schultern und verdrängte die Vergangenheit. Wie sollte ihr Kind heißen? Während sie Geschirr spülte, dachte sie an all die schönen irischen Namen, doch immer wieder tauchte ein fremder Name auf – *Jesse.*

Das Heilige Buch berichtete von Isai und seiner unverbrüchlichen Treue. Der biblische Isai hatte seinen jüngsten Sohn David getauft.

Lächelnd hängte Mary die Becher an die Haken unter dem Wandbrett und schraubte den Deckel des Behälters mit den Kaffeebohnen fest. David war der schönste Name, den sie sich denken konnte. Die nächste Stunde verbrachte sie damit, die Vorhänge wieder anzunähen, die Jesse in seinem Zorn heruntergerissen hatte. Er führte sich gern auf wie ein Bär, der wütend um sich schlug. An ihr würde er sich allerdings die Zähne ausbeißen, auch wenn ihm das noch nicht klar sein mochte.

Er war zu lange allein gewesen. Eine gleichgültige Welt hatte ihn vergessen. Palina, Magnus und Erik arbeiteten gern für ihn, aber sie waren zu respektvoll und zurückhaltend, um sich zu sehr in seine selbst erwählte Einsamkeit zu drängen.

Mary war diese Zurückhaltung fremd. Sie würde seine Tage erfüllen wie der Sonnenschein, der das einsame Haus auf dem Hügel durchflutete, und bevor er wusste, wie ihm geschah, würde er wieder lächeln können.

Es war das Geringste, was sie für den Mann tun konnte, der ihr das Leben gerettet hatte. Für den Mann, den sie mit ihrem Erzähltalent zum Lachen gebracht hatte. Der sie in die Arme geschlossen und geküsst hatte, als hänge sein Leben daran.

Eine dunkle Erinnerung verfinsterte ihr Gemüt. Plötzlich dachte sie an die Umarmungen, an die Küsse eines anderen Mannes. Würde sie je von der Vergangenheit frei sein?

Um ihre düsteren Grübeleien zu vertreiben, beschloss sie, das Haus von Grund auf zu putzen. Gestern hatte sie den Garten bepflanzt, heute wollte sie einen Frühjahrsputz machen. Summend machte sie sich an die Arbeit, schleppte Wasser vom

Brunnen ins Haus und schrubbte Böden und Möbel mit Seifenlauge ab. Zunächst nahm sie sich die Küche vor, die eigentlich nicht schmutzig war, nur irgendwie vernachlässigt.

Als habe das Haus keine Seele.

Sie putzte die Stiege und nahm sich schließlich Jesses Zimmer vor. Auch dieser Raum war seelenlos. Wie ein Zimmer in einer Fremdenpension, das niemandem wirklich gehörte.

Ein Schauer durchlief sie. Ihre Wohnung in San Francisco war zwar luxuriös eingerichtet gewesen, mit roten Samtvorhängen, goldenen Fransen und kostbaren Teppichen, hatte aber eine ähnliche Ausstrahlung wie Jesses Zimmer gehabt.

Die Wohnung einer Fremden, die sich bemüht hatte, keine Spuren zu hinterlassen. Der Unterschied lag lediglich darin, dass Jesse bereits zwölf Jahre hier lebte, ohne sich das Haus anzueignen, ohne ihm seinen persönlichen Stempel aufzuprägen.

Sie schmückte das Fenster seines Schlafzimmers mit den restlichen Bahnen des gelben Baumwollstoffes. Auf dem Bett lagen eine grobe, graue Wolldecke und ein flaches, hartes Kissen. Sie holte Palinas gestickten Quilt mit der Meerjungfrau aus ihrer Kammer und legte ihn über das karge Bett.

Während sie die Decke sorgsam glatt strich, empfand sie ein seltsames Prickeln. Was würde er sich wohl denken, unter dem Bild einer halb nackten Seejungfrau zu schlafen? Ob es ihm wohl gelingen würde, seine Gedanken rein und unschuldig zu bewahren?

Sie versuchte, die klobige Füllung des Kissens aufzuschütteln, und runzelte die Stirn. Vielleicht gab es irgendwo ein weiches Kissen. Sie öffnete den hohen, grob gezimmerten Fichtenschrank und spähte neugierig hinein, entdeckte ein Gewehr und Munition und ein langes Messer, wie Holzfäller es benutzten.

Ganz oben auf einem Schrankbrett lag ein Kissen. Sie stellte sich auf Zehenspitzen, erreichte einen Zipfel und zog daran, doch der Drillich schien sich verfangen zu haben.

Sie zerrte heftiger, das Kissen fiel herunter und mit ihm ein Holzkasten, der sie am Bein traf und dann mit lautem Gepolter auf den Boden fiel. „Au“, schrie sie und rieb sich das Schienbein. Dann bückte sie sich nach dem rechteckigen Kasten und betrachtete ihn lange. Auf dem Deckel der dunkel polierten, fein gemaserten Kassette war eine ovale Messingplatte mit einer Gravur eingelassen. Drei Buchstaben. Mary fuhr mit den Fingern darüber. Ein paar Buchstaben des Alphabets kannte sie. „E … L … M“, sagte sie halblaut.

Dies waren nicht Jesses Initialen. Sie wusste, wie ein J aussah, aber hier gab es kein J.

Sie nahm die Schatulle hoch, um sie wieder an ihren Platz zu stellen. Eine Feder sprang mit einem melodischen *ping*, und das Schnappschloss flog auf. Erschrocken wollte sie es wieder schließen, doch der Deckel sprang wieder auf.

Stirnrunzelnd stellte sie die Schatulle auf den Boden und untersuchte den Deckel, der schief in den Scharnieren hing. Ein schaler Duft nach Parfum stieg ihr in die Nase – nicht unangenehm, nur alt.

Sie wusste plötzlich, dass sie einen Blick in die Vergangenheit tat. In Jesses Vergangenheit.

Der Inhalt war mit einer dünnen Schicht zerknittertem Seidenpapier bedeckt. Vorsichtig entfernte sie das Papier. Darunter lag sorgsam gefaltet ein weißes Damenunterhemd aus feinstem Batist, daneben befanden sich ein Paar zierliche Spitzenhandschuhe, deren Knöpfe so winzig waren, dass sie nur mit Hilfe einer Häkelnadel in die Ösen eingefädelt werden konnten. Die welken Blütenblätter einer Rose lagen zerkrümelt in dem durchsichtigen Stoff. Zaghaft entfaltete sie einen seidenbespannten, mit Vergissmeinnicht bemalten Elfenbeinfächer. Mary saß auf den Holzdielen und blickte auf ihren Fund. Die in Ehren gehaltenen Andenken an eine Frau. Dinge von unendlicher Feinheit aus dem Besitz einer vornehmen Dame. Jesses Mutter?

Mary zog die Knie an, stützte das Kinn darauf und verspürte eine ungewohnte Spannung in ihrem Leib. Etwas sagte ihr, dass diese kostbaren Erinnerungsstücke nichts mit Jesse Morgans Mutter zu tun hatten. Nach einer Weile nahm sie einen Bilderrahmen aus geprägtem Leder zur Hand, der wie ein Buch zusammengeklappt war, und öffnete ihn vorsichtig.

Und dann entdeckte sie zwischen ihren Händen das Geheimnis, das Jesse vor ihr verbarg.

Jesse betrat das Haus mit gelöster Miene, die beinahe einem Lächeln gleichkam, seine Hand umschloss einen kleinen Seeigel. Er hatte an Mary gedacht, als er ihn an den Klippen am Strand fand. Zwar nicht so eindrucksvoll wie die blaue Glaskugel, aber ein völlig unbeschädigter Seeigel.

Zugegeben, er war tot, doch das zählte nicht. Er war in der symmetrischen Anordnung seiner Sterne ein kleines Kunstwerk.

Im Haus roch es anders. Sauber. Auch das Licht war nicht wie sonst. Obwohl der Himmel sich zugezogen hatte, wirkte der Raum heller, freundlicher. Er fuhr mit der Hand über die Rückenlehne der Bank. Der Holzrahmen war geschrubbt worden, ebenso die Böden und Fenster und alles andere. Mary hatte gründlich geputzt.

Für Jesse bedeutete das nur eins: Sie war wieder so weit hergestellt, um gehen zu können. Sobald die Straße freigeräumt war, wäre er sie los.

Genau darauf hatte er von Anfang an gewartet. Er sollte dankbar sein. Die Tortur wäre bald zu Ende. Er würde wieder leben wie zuvor, so wie er es sich wünschte.

Mit dem Unterschied, dass er nicht mehr sicher war, ob er sich das noch wünschte.

Das Gefühl eines drohenden Verlustes traf ihn wie ein Faustschlag. Fluchend riss er sich die Mütze vom Kopf und fuhr sich mit den Fingern durchs Haar.

Mary hätte ihm nie begegnen dürfen.

Aber daran war nun nichts mehr zu ändern, sie war an seinen Strand gespült worden, diese Fremde mit der Macht, sein Innerstes aufzuwühlen. Die ihn seinen Schwur vergessen ließ, sich von der Welt abzuwenden. Die ihn verlockte, wieder Träume zu haben.

Es gibt Fügungen, die aus der Ewigkeit auf uns zukommen, Fügungen, gegen die wir uns nicht auflehnen dürfen, hatte Palina gesagt. *Vor zwölf Jahren hat die See dir alles genommen, was dir lieb und teuer war. Und jetzt hat sie dir etwas zurückgegeben.*

Jesse Morgan hatte seinen Glauben längst verloren, doch seit Mary in sein Leben gekommen war, schien etwas Totgeglaubtes langsam wieder zum Leben zu erwachen. Er redete sich ein, dass er das nicht wollte. Er konnte das Risiko nicht eingehen. Er war hier, um zu trauern und Buße zu tun, nicht, um zu genesen. Nicht, um wieder Freude am Leben zu lernen.

Mary schien andere Vorstellungen zu haben. Sie war eine einsame Frau, die alles verloren hatte, nur nicht das Kind unter ihrem Herzen. Durfte er sie in die Kälte hinausschicken?

„Mary“, rief er. „Sind Sie hier?“

Kälte kroch in ihm hoch.

Das Ticken der Wanduhr schien ihn zu verhöhnen.

Er betrat die Küche, entkorkte die Whiskeyflasche, trank einen tiefen Schluck und verzog das Gesicht, als der scharfe Schnaps ihm durch die Kehle floss. Sie war also gegangen. Das hatte er sich doch gewünscht, oder?

Dann hörte er es – das Knarren einer Bodendiele im oberen Stock.

Er stellte die Flasche ab und stürmte die Stiege hinauf. Er wusste nicht, was ihn erwartete, vielleicht war sie gestürzt und hatte sich verletzt. Wenn ihr oder dem Kind etwas zugestoßen war, würde er sich das niemals verzeihen können. Er riss die angelehnte Tür zu seinem Schlafzimmer auf und hielt sich am Rahmen fest.

„Mary?" krächzte er heiser aus trockener Kehle.

Sie kauerte auf dem Fußboden, den Rücken gegen die Wand unter dem Gaubenfenster gelehnt. Ihr Gesicht war aschfahl, die großen Augen lagen tief in den Höhlen und waren dunkel umrandet. Er trat einen Schritt näher.

Und dann sah er, was auf den Dielenbrettern vor ihr lag.

Das Schimpfwort, das ihm entfuhr, hatte er noch nie zu einer Frau gesagt, doch der Fluch war zu wenig, um seinem Zorn Ausdruck zu verleihen.

Sie zuckte nicht einmal zusammen, sah ihn nur aus großen Augen gequält an. Und dann sprach sie mit tonloser Stimme. „Sie hätten es mir sagen müssen, Jesse. Sie hätten es mir nicht verschweigen dürfen."

In zwei Sätzen war er im Zimmer, warf die Erinnerungsstücke in die Teakholzschatulle, ohne einen Blick darauf zu werfen, um sich nicht zu erinnern, doch jedes einzelne Andenken drängte ihm leidvolle Erinnerungen auf.

„Das hätten Sie nicht tun dürfen.“ Seine Stimme klang gefährlich leise. „Es geht Sie nichts an. Sie hatten kein Recht …“

„Die Schatulle ist aus dem Schrank gefallen. Ich habe sie nicht absichtlich geöffnet“, verteidigte sie sich, ohne sich von seinem Zorn einschüchtern zu lassen. „Sagen Sie es mir.“

Er griff nach dem Lederrahmen. Mary war schneller als er. Ihre Hände berührten sich einen flüchtigen Augenblick. Sie entzog ihm die Fotografien und hielt ihm die Zeugnisse seiner Vergangenheit vors Gesicht. „Ich will es wissen, Jesse.“

„Zum Teufel, *warum?*“

„Weil mir etwas daran liegt.“

„Lassen Sie …“

„Es ist zu spät, Jesse. Mir liegt etwas an Ihnen, und daran können Sie mich nicht hindern.“

Er dachte an letzte Nacht, als sie ihn mit ihrem Eigensinn überfahren hatte wie eine Lokomotive. Es war einfacher, ihr nachzugeben, als gegen sie zu kämpfen. Sie aufzuhalten glich dem Versuch, einen Fluss am Fließen hindern zu wollen. Wenn er einen Damm bauen würde, würde sie auch den niederreißen.

Sie gehörte nicht hierher. Nicht in dieses Haus. Nicht in sein Leben. Sie hatte kein Recht, einen Blick in seine Vergangenheit zu werfen. Vielleicht konnte er sie davon überzeugen, wenn er ihr alles erzählte.

Er zwang sich, die Fotografie im Lederrahmen anzusehen. Und plötzlich war er zurückversetzt in der Zeit, zurück an einen verlorenen Ort, in eine verlorene Situation. „Ich war zwanzig, als das Bild gemacht wurde“, sagte er.

„Sie waren so hübsch. Schön wie ein Märchenprinz.“ Sie stellte den Rahmen auf den Fußboden. „Gottlob sehen Sie nicht mehr so aus.“

„Was?“

„Sie sahen aus wie ein Bild in einem von Malcolms Büchern. Jedes Härchen sorgsam frisiert, kein Fältchen im Anzug. Jetzt sehen Sie menschlich aus. Ihr Gesicht war damals leer, ohne Inhalt. Heute gefallen Sie mir besser.“

Er zwang sich, das zweite Bild im Faltrahmen anzusehen. Wenn die Natur je eine Gestalt, ein Antlitz ohne Makel geformt hatte, dann dieses. Die Frau hielt den Blick ihrer großen Augen ernsthaft auf den Betrachter gerichtet, ein sanftes Lächeln umspielte ihre Lippen. Unter dem Brautschleier lugten Ringellöckchen hervor. Er erinnerte sich, bei ihrem Anblick von Schwindel erfasst gewesen zu sein, benommen vor Liebe und atemberaubendem Stolz, dass sie ihm gehörte. Für immer.

Für immer sollte weniger als zwei Jahre dauern.

„Sprechen Sie weiter“, bat Mary leise.

„Ihr Name war Emily Leighton. Wir haben vor vierzehn Jahren geheiratet.“ Er zwang sich, sachlich zu sprechen wie von einer Fremden. In gewisser Weise stimmte das ja auch. Heute war er ein völlig anderer als der selbstbewusste, blutjunge Bräutigam auf der vergilbten Fotografie.

„Und das hier“, Mary wies auf die Schatulle, „gehörte einst Emily.“

Er nahm den Rahmen hoch, klappte ihn zu und schloss den winzigen Haken. Sein Bild und Emilys Bild berührten einander in der Dunkelheit. Für immer. Auch ohne die Bilder anzusehen, erinnerte er sich seines Glücks an jenem Tag, an die glücklichen Monate danach. Sie waren das Traumpaar von Portland gewesen. Die Tochter der Leighton-Sägewerke hatte den steinreichen Erben der Morgan-Reederei geheiratet. Eine Märchenhochzeit, wie sie Portland noch nie erlebt hatte. Geschäftsfreunde und Verwandte waren aus San Francisco und Seattle angereist, um dem Brautpaar Glück zu wünschen.

Und ihr Leben war wie ein glücklicher Traum gewesen – zu glücklich. So glücklich, dass Jesse heute glaubte, er hätte es besser wissen müssen. Ein solches Glück konnte nicht von Dauer sein. Aber als zwanzigjähriger Jüngling hatte er noch nichts von der Grausamkeit des Lebens erfahren, hatte nichts von den Qualen der Liebe geahnt und nicht gewusst, dass Glück eine flüchtige Illusion war.

„Wie lange waren Sie verheiratet?“ fragte eine Stimme.

Mary. Er hatte vergessen, dass sie auf dem Fußboden kauerte, so verloren war er in seinen Erinnerungen. „Beinahe zwei Jahre“, antwortete er. „Und dann …“ Er blickte aus dem Dachfenster, und wieder einmal holten ihn seine dunklen Erinnerungen ein.

Es war ein sonniger Tag gewesen im Hafen von Astoria. Trügerisch sonnig. Damals hatte er noch nichts von den Tücken des Wetters an der Pazifikküste gewusst. Der azurblaue Himmel und das spiegelglatte Meer hatten ihn glauben lassen, es herrschten ideale Bedingungen für eine Seereise.

Aus ferner Vergangenheit hörte er ihre laute Stimme, die in seinem Kopf widerhallte. Es war der einzige Streit in ihrer Ehe gewesen.

„Wie kannst du mir das antun?“ klagte Emily. „Wieso schickst du mich einfach weg wie ein unmündiges Kind?“

Er erinnerte sich lebhaft an ihre zarten Schultern, als er sie in den Armen gehalten und seinen Griff verstärkt hatte, weil sie versucht hatte, sich ihm zu entziehen. „Emily, bitte sei vernünftig. In ein paar Tagen bin ich bei dir in San Francisco. Die Zeit wird dir wie im Flug vergehen. Du wirst mich gar nicht vermissen.“

Ihre Schultern zuckten, und sie zog ein spitzenbesetztes Taschentuch aus ihrem Retikül. „Du weißt, wie sehr ich es hasse, von dir getrennt zu sein."

„Unsinn. Denk daran, wie sehr du dich letzten Sommer amüsiert hast. Du hast mit deiner Stiefmutter die Oper besucht und mein ganzes sauer verdientes Geld ausgegeben." Obwohl krank vor Schuldgefühlen, hatte er es geschafft, einen heiteren Ton anzuschlagen. „Für dich ist ein Ausflug in die Großstadt mit all den eleganten Modegeschäften, wo du nach Herzenslust einkaufen kannst, eine wunderbare Abwechslung. Dieses Jahr fährst du nur ein paar Wochen früher als sonst."

„Dieses Jahr ist eben anders." Sie hatte den Blick gesenkt und die Hand um ihre Mitte gelegt, wo ihr Baby heranwuchs. Sein Baby.

Als sie ihm die frohe Nachricht eröffnet hatte, war er vor Freude und Glück ganz außer sich gewesen. Und sein Jubelschrei war durch das große Haus, in dem sie wohnten, gehallt. Einige Wochen später hatte das Glücksgefühl sich in freudige Erwartung gewandelt – und dann hatte Emily ihn aus ihrem Bett verbannt.

Verwöhnt und sorglos hatte Jesse sich leichtfertig in Lucys Arme geflüchtet – Lucy mit ihrem schrillen Lachen und ihrer atemberaubenden Sinnlichkeit. In seiner Selbstherrlichkeit hatte er geglaubt, nichts könne sein Glück trüben, hatte er sich für unverletzlich gehalten.

Erst als sie angefangen hatte, Ansprüche zu stellen, war er zur Vernunft gekommen. Eines Morgens beim Erwachen hatte er das Gesicht seiner Geliebten im gnadenlos grellen Licht der Morgensonne gesehen und erkannt, wie gefährlich nah er daran war, sein Leben zu zerstören. Und plötzlich hatte er begriffen, dass er Lucy sagen musste, dass es vorbei war. Doch zuvor sollte Emily die Stadt verlassen.

„Dieses Jahr ist wirklich anders." Seine Stimme hatte belegt geklungen, und er hatte sich geräuspert. Er hatte Emily in einer Gemütsaufwallung heftig an sich gezogen und ihr beinahe den breitrandigen Hut vom Kopf gerissen. „Ich schwöre dir, Liebste, alles wird gut, wenn wir wieder zusammen sind." Er hatte zur stämmigen Matrone im grauen Reisekostüm neben den Schiffskoffern hinübergedeutet. „Mrs. Ferris wird auf dich aufpassen. Du wirst mich gar nicht vermissen."

Emilys zartes Kinn hatte zu zittern begonnen. „Unsinn. Du weißt, wie sehr ich dich vermissen werde. Komm mit mir, Jesse."

„Ich kann nicht, Emily." Er war sich mit der Hand durchs Haar gefahren. „Granger hat für kommenden Mittwoch eine Konferenz unserer Direktoren angesetzt. Daran muss ich teilnehmen."

„Ständig durchkreuzt Granger Clapp unsere Pläne."

Jesse hatte den Verdacht gehabt, in Emilys Worten könnte ein Körnchen Wahrheit liegen. Er und Granger hatten beide um Emilys Gunst geworben, und als sie sich für Jesse entschied, hatte sein Rivale – und Freund – sich als sehr schlechter Verlierer erwiesen.

„Lass mich bei dir bleiben", hatte Emily gebettelt. „Und wir reisen nächste Woche gemeinsam."

„Nein, es ist alles vorbereitet." Er hatte ihr die Tränen von den Wangen geküsst und sein Herz gegen ihr Flehen verschlossen. Und zufällig hatte er den Blick zum Himmel gerichtet und am westlichen Horizont einen dünnen Streifen dunkler Wolken bemerkt. Es hat nichts zu bedeuten, hatte er sich eingeredet. Das

Postschiff fuhr diese Route jede Woche, und noch nie war etwas passiert.

„Gib mir einen Abschiedskuss, Emily. Küss mich, und wir werden sehr bald wieder vereint sein."

„Ach, Jesse, ich will nicht reisen."

„Du musst, Liebste. Deine Stiefmutter erwartet dich." Jesse hatte die Lider gegen ihren forschenden Blick halb gesenkt. Hatte Emily Bescheid gewusst? Hatte sie ihm angesehen, dass er sie betrog?

„Ich liebe dich, Emily", hatte er gesagt. „Ich liebe dich unendlich." Vergiftete Worte. Worte, die sie in den Tod geschickt hatten. Jesse hatte sich geschworen, diese Worte nie wieder auszusprechen. Sie nie wieder zu fühlen.

Als der Schlepper das Schiff in die Mündung des Columbia Rivers zog, hatte Emily an der Reling gestanden. Seine Emily. Seine wunderschöne Frau mit seinem Kind unter dem Herzen. Sie hatte mit dem Taschentuch gewinkt, das aussah wie ein kleiner weißer Vogel. Und Jesse hatte plötzlich das Gefühl gehabt, eine unheilvolle Finsternis senke sich über ihn wie eine schwarze Wolke, die sich vor die Sonne schob.

Erst Jahre später wusste er, was an jenem Tag in ihm vorgegangen war. Die Wahrheit und die Erinnerungen tobten in ihm.

„Wie ist sie gestorben?" flüsterte Mary, die geduldig abgewartet hatte.

Er dachte immer noch an das weiße, flatternde Taschentuch. Ein Vogel. Nein, reiner, unschuldiger als ein Vogel. Schwerelos und ohne Form. Eine Seele, die in den Himmel aufstieg.

Und ihn in die Hölle verdammte.

Er blickte Mary Dare in die Augen. Wie ruhig und vernünftig sie wirkte, wenn auch bleich und angespannt. Und dazu hatte sie guten Grund. Wie, zum Teufel, konnte er auch nur eine Sekunde mit dem Gedanken spielen, ihr Einlass in sein Leben zu gewähren? Sie hatte ihn in das falsche Gefühl gelullt, er könne wieder ein Mann sein. Und das war falsch. Das würde er nicht sein. Nicht jetzt. Nie wieder.

Und deshalb sagte er Mary die Wahrheit über das, was an jenem Tag im Hafen von Astoria geschehen war.

„Wie Emily gestorben ist?" Seine Stimme klang schneidend. „Ich habe sie getötet."

11. KAPITEL

Mary verließ Cape Disappointment, wie sie gekommen war – nur in dem, was sie auf dem Leib trug. Allerdings waren es diesmal ein trockenes Kleid aus gelb gemustertem Musselin und ein Fransenschal.

Sachen, die einst Emily Leighton Morgan gehört hatten. E. L. M. Jesses Ehefrau. Seiner großen Liebe. Der Frau, die er getötet hatte.

Während Mary unbemerkt aus dem Haus huschte, fragte sie sich, was in Jesse vorgegangen sein mochte, nachdem sie sich eigenmächtig Nachthemd, Unterwäsche und Kleid seiner Frau aus dem Schrank zu Eigen gemacht hatte. Vermutlich hatte sie Glück gehabt, dass er nicht in Raserei geraten war, sie mit seiner unglücklichen Emily verwechselt und sie gleichfalls umgebracht hatte.

Düstere Gedanken begleiteten Mary auf dem gewundenen Pfad durch den dunklen Wald. Sie hatte diesen Ort für verzaubert gehalten, ohne zu ahnen, dass er von dunklen Mächten beherrscht war. Die grünen Schatten der Baumriesen, deren Äste mit silbergrauen Flechten behangen waren, wirkten plötzlich gespenstisch und bedrohlich. Eine riesige Nacktschnecke kroch in ihrer Schleimspur über den Weg. Sogar die Farne, deren junge Triebe sich aus ihrer geheimnisvollen Mitte wie lange Zungen streckten, wirkten bedrohlich.

Dies war ein Ort der Finsternis und der Angst. Ein Ort für verlorene Seelen, die das Tageslicht scheuten.

Ein Ort für verlorene Seelen wie mich.

Sie hatte Cape Disappointment für einen Zufluchtsort gehalten und gehofft, hier Geborgenheit zu finden, aber sie hatte sich geirrt. Der Mann würde froh sein, wenn er entdeckte, dass sie fort war, nachdem sie sein Leben durcheinander gebracht hatte.

Jesse Morgans Bild verfolgte sie. Sie wusste, dass er weit mehr vor ihr verbarg, aber eines hatte er ihr unmissverständlich zu verstehen gegeben: Sie durfte nichts von ihm erwarten. Er interessierte sich nicht für sie und für das, was sie ihm bieten konnte. Er würde sie nie lieben, sie nie heiraten. Er hatte nur zugegeben, dass sie der erste Mensch war, der ihn nach vielen Jahren zum Lachen gebracht hatte. Aber Lachen genügte nicht, um die lichtlosen Winkel seiner Seele zu erhellen.

Es war nicht das erste Mal, dass sie sich in einem Mann geirrt hatte.

Nachdem er sich selbst des Mordes beschuldigt hatte, hatte sie ihn voller Entsetzen angestarrt, und er schien sich an ihrem Grauen zu weiden. Wie ein in die Enge getriebenes Tier hatte er sich in seine Höhle verkrochen. Das hatte er von Anfang an getan, in der Hoffnung, sie würde ihre Belagerung aufgeben und ihn in Frieden lassen. Doch Mary war erst durch seine furchtbare Selbstanklage klar geworden, wie sehr ihm daran gelegen war, sie loszuwerden.

Er hatte völlig Recht. Sie gehörte nicht zu ihm.

Aber sie würde ihn nie vergessen. Sie verglich ihn mit der Statue des Erzengels Gabriel in der Kapelle in Ballinskelligs in Irland. In jeder Falte seines Gesichts war tiefes Leid eingegraben. Und Mary Dare, die es nicht lassen konnte, ihre Nase in die Angelegenheiten anderer Leute zu stecken, hatte törichterweise angenommen, seine Qualen lindern, seine kranke Seele heilen zu können.

Sie konzentrierte sich auf den matschigen Waldweg. Angst stieg in ihr auf. Das war töricht. Sie hatte Schlimmeres durchgemacht, als mutterseelenallein durch einen Wald zu irren. Seit Papa und ihre Brüder gestorben waren und Mama ihnen kurz darauf gefolgt war, war sie ganz allein auf der Welt. Sie war gezwungen gewesen, den armseligen Familienbesitz zu verkaufen für den Preis einer Schiffspassage nach Amerika.

Amerika, von dem die Daheimgebliebenen schwärmten, hatte sich leider nicht als das Gelobte Land erwiesen. Was hatte sie in diesem Land erreicht, außer ein gebrochenes Herz und ein Kind im Bauch? Ein Schluchzen aus Zorn und Verzweiflung entrang sich ihrer Brust. Sie kämpfte gegen die Panik an, die ihr die Kehle zuzuschnüren drohte, und setzte ihren Weg tapfer fort. Sie hatte nicht einmal ein Heim für ihr Kind gefunden, das sie in vier kurzen Monaten im Arm wiegen würde. Sie wusste nicht einmal, wie sie beide überleben sollten.

In der zunehmenden Dämmerung konnte sie nicht genau erkennen, welche Richtung sie einschlug. Sie achtete darauf, die sinkende Sonne zur Linken zu haben, und ging in nördliche Richtung durch den Wald, in dem die Schatten immer länger wurden. Die Stadt Ilwaco lag im Norden. Irgendwo musste die Straße sein.

Ach ja. Die Straße war durch einen riesigen Baumstamm versperrt. Sie hatte Erik überredet, den vom Sturm halb entwurzelten Stamm ganz umzuhacken, um die Straße unpassierbar zu machen.

Sie hatte den Wunsch gehabt zu bleiben.

Nach ihren schrecklichen Erlebnissen in San Francisco war sie blind geflohen, hier im Norden gestrandet, und mit jedem Tag hatte sie der Leuchtturmwärter mehr und mehr fasziniert, der abgeschnitten von der Welt in dem hübschen Häuschen am Meer lebte.

Wieder drängte sich sein Bild in ihre Gedanken. Dunkles Haar, eisblaue Augen, verkniffener Mund, große, zupackende Hände. Ach, Jesse. Er hatte so vieles zu geben. Ihr war nicht wirklich klar, warum sie das wusste, aber sie wusste es mit einer Deutlichkeit, die nur einem gläubigen Herzen entspringen konnte.

Sie blieb kurz stehen, um Atem zu schöpfen. „Niemand außer mir sieht ihn so, wie er wirklich ist", murmelte sie halblaut. Aus einem ihr unerfindlichen Grund war sie plötzlich davon überzeugt, dass nur sie Jesse Morgan von seinen unsichtbaren Ketten befreien könnte, die ihn an seine dunkle Vergangenheit fesselten.

„Und wieso sollte ich mir das wünschen?" Sie stieg wieder über eine schleimige Nacktschnecke und schlitterte einen glitschigen Abhang hinunter. Wenn er allein leben wollte wie ein wildes Tier in seiner Höhle, ging sie das nichts an.

Oder doch?

Sie seufzte tief. Ob es ihr gefiel oder nicht, ihr Schicksal war unweigerlich mit dem von Jesse Morgan verbunden. Hatte er nach dem todbringenden Schiffbruch nicht die Nacht für sie erleuchtet? Hatte er sie nicht aus der Brandung gezogen, sie gewärmt und ihr das Leben gerettet? Hatte er nicht unermüdlich an ihrem Bett gewacht, als sie ohne Bewusstsein war?

Ja, das alles hatte er getan, er hatte ihr einen Platz in seinem Leben eingeräumt, obwohl er sie mit jeder Faser seines Daseins ablehnte.

In wirre Gedanken verstrickt, schleppte sie sich in der hereinbrechenden Dunkelheit weiter. Die Sonne war untergegangen, und vom Waldboden stieg feuchte Kälte auf. Sie rutschte auf dem matschigen Lehm aus, verlor beinahe den Halt und klammerte sich an rankendem Gestrüpp fest.

Um sich ein paar Minuten auszuruhen, setzte sie sich auf einen flachen Felsen, der von tropfenden Ästen nass und glitschig war. Mit einem dürren Zweig begann sie zerstreut, etwas in den Matsch zu kratzen.

Sie konnte zwar nicht lesen und schreiben, aber einen Satz konnte sie doch schreiben, weil er ihr in Amerika so häufig begegnet war.

Sie kritzelte die Buchstaben mit dem Stöckchen in den feuchten Waldboden: KEINE IREN. *Keine Iren.* Diese Lektion war ihr schmerzhaft eingetrichtert worden, sobald sie in New York City an Land gegangen war und später dann in San Francisco. Das Schild *Keine Iren* hing an jeder Ladentür, an jedem Dienstboteneingang herrschaftlicher Häuser und an der Tür zu jedem Handwerksbetrieb. Amerika wollte kein mittelloses irisches Mädchen ohne Familie aufnehmen. Dieser Umstand hatte sie zu verzweifelten Schritten getrieben, hatte sie dazu verleitet, den schlimmsten Fehler ihres Lebens zu begehen.

Sie hatte nur einen Ort gefunden, an dem dieses Schild nicht hing – das Haus des Leuchtturmwärters hier in Cape Disappointment.

Jesse Morgan machte keine Unterschiede: Er hasste alle Menschen gleichermaßen.

Ob die Einwohner von Ilwaco Vorurteile gegen Iren hatten? Oder würde eine mittellose, unverheiratete, schwangere Frau in der kleinen Stadt willkommen sein? Ein bitteres Lachen stieg in ihr auf. Die Welt war ungerecht, das Leben ein Kampf, damit musste sie sich abfinden und sich durchbeißen. Mühsam kam sie auf die Beine und setzte ihren Weg fort.

Wie zum Hohn und um ihre Entschlusskraft erneut auf die Probe zu stellen, fing es an zu regnen. Die Tropfen klatschten im

Rhythmus der Bodhran-Trommeln ihrer alten Heimat auf die Blätter und stachen ihr wie Nadelspitzen ins Gesicht.

Mary zog den Schal über den Kopf. Der Regen hätte sie nicht gestört, wenn nicht gleichzeitig die Nacht hereingebrochen wäre. „Das auch noch“, murmelte sie vor sich hin. „Regen, Kälte und Finsternis. Gütiger Himmel, was für ein Tag!“

Mary Dare war eigentlich kein ängstlicher Mensch. Aber als die Sträucher und Farne nur noch als unheimliche schwarze Schatten zu erkennen waren, wurde ihr bang ums Herz, und kalte Schauder liefen ihr über den Rücken.

Wenn sie sich verirrte, konnte sie in diesem Wald zugrunde gehen. Sie hatte die Stürme des Meeres überstanden, vielleicht aber musste sie mit ihrem Kind in diesem einsamen Wald sterben, und kein Hahn würde nach ihr krähen.

Der Himmel, soweit sie ein Fleckchen davon zwischen den hochragenden Bäumen sehen konnte, war schwarz, tiefschwarz, und kein einziger Stern funkelte.

Sie lehnte sich mutlos gegen einen Baum, rutschte den Stamm nach unten, kauerte sich auf die feuchte Erde und blickte mutlos ins Leere. Sie hatte sich zu weit vom Leuchtturm entfernt, um den Lichtstrahl noch sehen zu können, und hatte keine Ahnung, wo sie war. Sie konnte nur sitzen bleiben und abwarten, wer sie zuerst finden würde, ein wilder Bär oder die Morgendämmerung.

Der Bär kam früher.

Sie hörte das laute Stampfen des Ungeheuers auf dem Weg irgendwo in der Nähe. Furcht erregend nahe. Gelähmt vor Angst, blieb sie reglos sitzen. Aber tief in ihr sammelte sich ein wilder Entschluss. Sie war nicht um den halben Erdball geirrt, um ihr Leben und das ihres ungeborenen Kindes an einen wilden Bären zu verlieren.

Sie umklammerte einen flachen, mit Moos bewachsenen Stein, kam lautlos auf die Beine und horchte lauernd auf das Stampfen des mächtigen Tieres, das näher kam und immer lauter wurde.

Dann sah sie es. Es waren die funkelnden Augen des blutrünstigen Ungeheuers.

„So leicht mache ich es dir nicht, du riesige, grässliche Bestie", schrie sie gellend und schleuderte den Stein mit aller Kraft in die Richtung des Ungeheuers.

Ein grässliches Heulen zerriss die nächtliche Stille. Mary ergriff in wilder Panik die Flucht, ihr Fuß verfing sich in einer Wurzel, und sie fiel der Länge nach in ein Polster rankender Schlingpflanzen, die den Boden überwucherten. Das Stampfen des wilden Tieres, gedämpft von welkem Laub und Tannennadeln, hörte sich bedrohlich an.

Wieder brach das Geheul los, und Mary sah das glühende Funkeln. Dann traf sie die Erkenntnis wie ein Blitz. Was ihr folgte, war kein Bär, sondern ein Pferd.

D'Artagnan. Jesses Pferd.

Eine Laterne – nicht die glühenden Augen einer Bestie – beleuchtete die Flanken des Wallachs, der sich in Panik auf die Hinterbeine stellte und wild ausschlug. Und im Sattel saß mit wehendem Mantel und wallendem Haar Jesse Morgan.

Wieso hatte er eigentlich nach ihr gesucht? Er wollte sie doch loswerden.

Erstarrt vor Schreck, presste Mary die Faust zwischen die Zähne. Sie konnte nicht sprechen, konnte kaum atmen, als Jesse sein Pferd mühsam beruhigte.

Es schien eine Ewigkeit zu vergehen, ehe D'Artagnan wieder schnaubend mit gesenktem Kopf auf allen vieren stand. Jesse redete leise auf das Pferd ein und saß ab. Mit der Laterne in der Hand schlitterte er den Abhang hinunter, wo Mary starr vor Schreck im nassen Efeugestrüpp auf der Erde kauerte.

„Verdammt noch mal“, schimpfte er und stellte die Laterne ab. „Wollten Sie mein Pferd umbringen?“

Sie konnte immer noch nicht sprechen, konnte nur an seine Worte denken: *Wie Emily gestorben ist? Ich habe sie getötet.* Gleichzeitig spürte sie seine großen Hände, als er sie auf die Füße zog. Alles, was sie sah, war die Erleichterung in seinen Augen, als er den Blick über ihre schlotternde Gestalt gleiten ließ, um sich zu vergewissern, ob sie unversehrt war.

„Mir ist nichts passiert“, flüsterte sie schwach. Jesse öffnete den Ölmantel und bot ihr, die vor Erschöpfung schwankte, Schutz und Wärme. Aber das hatte gewiss nichts zu bedeuten.

„Ach, Mary, Mary“, raunte er heiser. „Was soll ich nur mit Ihnen tun?“

Klein und hilflos wie ein Kind saß Mary im Nachthemd vor dem Feuer, eine Wolldecke um die Schultern gelegt, die nackten Füße in einer Schüssel mit dampfend heißem Wasser. Das rote Haar hing ihr in nassen Strähnen über die Schultern. Sie schlotterte am ganzen Körper.

Jesse betrachtete sie ratlos. Kaum zu glauben, dass dieses zerbrechliche Geschöpf sein ganzes Leben umkrempelte.

Als sie aus dem Haus gestürmt war, hatte er gehofft, zu seinem gewohnten Leben zurückkehren zu können. Stattdessen hatten ihn Bilder von Mary verfolgt, die einsam durch den Wald irrte. Der einsetzende Sturm hatte ihn in die Nacht hinausgetrieben, um sie zu suchen.

Wenn er sie verlor, würden seine Gewissensbisse ihn umbringen. Nun aber, da sie unversehrt an seinem Feuer saß, wusste er, dass er nicht mit ihr leben konnte.

Sie trank einen Schluck heißen Tee und stellte den Becher zitternd ab. Dann nahm sie die Bürste zur Hand und versuchte, sie durch das wirre Haar zu ziehen, konnte aber vor Erschöpfung den Arm kaum heben.

Ihr Versuch, sich zu frisieren, war eine typisch weibliche Geste, die ihn seltsam berührte. Es war ihr wichtig, ordentlich auszusehen, obwohl niemand da war, der sich an ihrem zerzausten Haar gestört hätte.

Er wusste nicht, wieso er ihr die Bürste aus der Hand nahm. Vielleicht waren es ihre müde blickenden, großen Augen, vielleicht auch ihre bleichen Wangen oder ihre rührende weibliche Eitelkeit.

Sie wich zurück und sah ihn fragend an.

„Halten Sie still", sagte er leise.

Er dürfte es nicht tun, das war ihm klar. Das Haar einer Frau zu frisieren war ähnlich intim und zärtlich wie eine Umarmung. Er empfand eine verbotene Vertrautheit, als er die schwere, nasse Haarfülle hob, ihren Duft nach Regen und Weiblichkeit einatmete, das Haar mit den Fingern teilte und zu bürsten begann.

Sie lehnte sich seufzend zurück und hob das Gesicht ins Licht, die Augen fielen ihr zu, und der Zug der Erschöpfung um ihren Mund löste sich.

Verstohlen folgte Jesse mit dem Blick dem Schwung ihres schlanken Halses bis in den Schatten ihres Ausschnittes. Eine winzige Bewegung würde genügen, um ihre zarte Haut zu streicheln und ihre Brüste zu liebkosen …

Mühsam bezwang er sein Verlangen. Er sollte sich beeilen, sollte möglichst schnell die Finger von ihr lassen. Stattdessen kostete er die süße Folter aus. Und wartete. Wartete darauf, dass sie endlich sprechen würde. Seit er sie im Wald aufgelesen hatte, war sie ungewöhnlich einsilbig, hatte kaum ein Wort gesprochen.

Er bürstete ihr Haar, bis es trocken war und in den Rottönen des Herbstes schimmerte. Bis er halb wahnsinnig vor Verlangen nach ihr war. Endlich legte er die Bürste beiseite, trat einen Schritt zurück, versunken in Marys Anblick wie ein Künstler, der sein Werk bewunderte. Schließlich kauerte er sich vor sie hin, und sein Gesicht war mit dem ihren in gleicher Höhe. Unschlüssig, was er mit seinen Händen tun sollte, legte er sie schließlich auf die ihren, die sie im Schoß gefaltet hatte.

Er zögerte wie ein Klippenspringer in der Dunkelheit, unschlüssig, ob er den Sprung wagen durfte. Schweigen war alles, was er sich von Mary gewünscht hatte, Stille und Frieden. Doch nun beunruhigte ihn ihr beharrliches Schweigen. Sie sah ihn mit großen Augen gequält an, ihre Lippen blieben verschlossen, aber ihr Blick sagte alles.

„Mary.“ Seine Stimme klang heiser. „Ich hätte Sie nicht gehen lassen dürfen.“

„Und warum nicht?“ fragte sie trotzig. „Sie wollten mich doch von Anfang an nicht hier haben.“

Er zwang sich, ihrem Blick zu begegnen, und wünschte, blind zu sein für ihre Schönheit. „Ich lebe gern allein. Das habe ich Ihnen von Anfang an deutlich gemacht. Es ist kein Platz in meinem Leben für einen anderen Menschen.“

„Und warum haben Sie mich zurückgeholt?“

„Ich wollte nicht, dass Ihnen etwas zustößt.“

Sie senkte den Blick auf seine Hände, die über den ihren lagen. „Es war nicht richtig, mich Ihnen aufzudrängen. Ich gehe, sobald ich mich erholt habe.“

Ein Frösteln durchlief ihn. Er wollte, dass sie blieb. Wieso jetzt plötzlich? fragte er sich verwirrt. Er versuchte sich davon zu befreien, doch es war zu spät. Der Gedanke hatte sich bereits in seinem Kopf eingenistet. In seinem Herzen.

„Die Straße ist zu gefährlich", entgegnete er gereizt. „Sie hätten sich im Dunkeln verirren oder sich erkälten und einen Rückfall erleiden können." Er spürte, wie ihm das Blut aus dem Gesicht wich. „Wenn ich auch Sie verloren hätte ..." Er stockte, entsetzt über das Geständnis, das er beinahe gemacht hätte.

Eine Weile blickte sie ihn unverwandt an. Er fühlte sich nackt und entblößt, der Lächerlichkeit preisgegeben.

Schließlich entschloss sie sich zu sprechen. „Wenn Sie auch mich verloren hätten."

„Wie bitte?"

„Sie sagten *auch.*"

Nun schoss ihm die Hitze ins Gesicht. „Ich meinte eigentlich etwas anderes ..."

„Nein, im Gegenteil, Jesse Morgan." Sie drehte seine Hände um und studierte die Linien auf den Innenseiten. „Nur zu selten bricht die Wahrheit aus Ihnen heraus. Meist beherrschen Sie sich und reden in wohlgesetzten Worten, die keine Bedeutung haben. Ich will wissen, was wirklich mit Ihrer Frau geschehen ist. Wir kommen nicht voran, wenn Sie mir das nicht sagen."

Er schnellte hoch. „Sie unterstellen mir, voranzukommen zu wollen, was immer das bedeuten mag."

„Es bedeutet, dass wir einander näher kennen lernen. Ob das gut oder schlecht ist, wissen wir nicht. Noch nicht."

„Weshalb sich darüber den Kopf zerbrechen?" Er blickte aus dem Fenster in die schwarze Nacht.

„Woher soll ich das wissen? Ich weiß nur, dass ich die einzige

Überlebende eines Schiffbruchs bin und Sie mir das Leben gerettet haben."

„Das war meine Pflicht."

„Alles geschieht aus einem bestimmten Grund. Auch wenn wir die Gründe nicht kennen, bedeutet das nicht, dass sie nicht existieren."

Das Wasser schwappte auf die Dielen, als sie aufstand und hinter ihn trat. „Sagen Sie mir, was Emily zugestoßen ist. Warum ist das so schwer? Warum behaupten Sie, sie getötet zu haben? Wollten Sie mich damit nur erschrecken oder …"

„Ja, verdammt noch mal!" Er fuhr drohend herum. Sie zuckte zusammen, hob schützend den Arm und wandte das Gesicht zur Seite. Diese furchtsame Geste der Abwehr machte ihn wütend und zerriss ihm zugleich das Herz. Er hatte es so weit getrieben, dass sie sich vor ihm fürchtete.

Hilflos ließ er die Arme sinken. „Ich habe sie in den Tod geschickt", sagte er. „Ich habe zwar keine Waffe gegen sie gerichtet, dennoch war es meine Schuld, dass sie zu Tode gekommen sind."

„Wer sind ‚sie'?" hauchte sie tonlos.

Wieder brachte sie ihn dazu, mehr preiszugeben, als er beabsichtigte. Diese Frau hatte wirklich eine besondere Gabe, ihn zu irritieren.

„Emily ertrank bei einem Schiffbruch. Ich zwang sie zu dieser Reise, obwohl sie mich bat, bleiben zu dürfen." Jedes Wort brach aus ihm heraus, als würde es mit einem Hammer aus seiner Brust geschlagen. „Sie war schwanger."

Es war ein Wunder, dass der Boden nicht unter ihm wegkippte. Er blickte Mary in ihre warmen Augen und las darin ihr Mitgefühl.

„Es war nicht Ihre Schuld, dass sie ertrunken ist“, sagte sie leise.

„Ich erzähle Ihnen das nicht“, stieß er zwischen den Zähnen hervor, „um Ihr Mitleid zu erregen.“

„Das weiß ich. Aber hätte ich kein Mitleid für einen Mann, der seine junge Frau bei einem Schiffsunglück verloren hat, wäre ich eine hartherzige Person, meinen Sie nicht?“

„Sie haben kein hartes Herz, Mary Dare, höchstens einen harten Schädel.“

Sie zog einen Mundwinkel hoch. „Dass ich eigensinnig bin, weiß ich selbst.“

Jesse konnte es nicht fassen. Er hatte tatsächlich laut ausgesprochen, was Emily zugestoßen war. Aber selbst nach zwölf Jahren versengte die Erinnerung ihn wie ein Höllenfeuer. Darüber zu sprechen linderte seine Pein nicht.

Doch es verschlimmerte sie auch nicht.

Mary wandte sich ab und ging in die Küche. Er hörte, wie sie eine Flasche entkorkte, dann kam sie mit zwei halb gefüllten Gläsern in die Wohnstube zurück.

„Palinas selbst gebrannter Maisschnaps“, erklärte sie.

„Ich mache mir zwar nicht viel aus Schnaps, aber jetzt brauche ich einen Schluck.“

Sie setzten sich nebeneinander auf die Bank, blickten schweigend in die Flammen des Kaminfeuers und horchten auf das Knistern der Holzscheite. Mary nippte an ihrem Glas, während Jesse das seine in einem langen Zug leerte. Lächelnd hielt sie ihm ihr Glas hin, das er gleichfalls leerte.

„Sie sind eine Gefahr für meine Charakterfestigkeit, Mary Dare“, sagte er. Der Whiskey begann langsam seine innere Spannung zu lösen.

„Unsinn. Ich will lediglich, dass Sie mit mir reden. Erzählen Sie mir von Emily. Sie sagten, Sie hätten sie fortgeschickt. Warum haben Sie das getan?"

„Weil ich ein Narr war." Wieso sollte er nicht darüber sprechen? Dann würde sie ihn genauso verachten, wie er sich verachtete. „Ich hatte mich mit einer anderen Frau eingelassen, die mir nichts bedeutete. Sie war nur eine Zerstreuung."

„Oh nein."

„Verstehen Sie nun?"

„Sie waren jung und leichtsinnig, wie die meisten jungen Ehemänner. Das heißt nicht, dass damit Ihr Seitensprung gerechtfertigt gewesen wäre. Vermutlich wollten Sie sich von der anderen Frau trennen, wie?"

„Ja. Sie begann Forderungen zu stellen und drohte damit, Emily zu brüskieren. Ich beschloss, die Affäre zu beenden, wollte aber Emily vorher aus der Stadt haben. Deshalb buchte ich für sie eine Schiffspassage nach San Francisco."

Mary wandte den Blick ab. „Und das Schiff sank, stimmts?" sagte sie.

„An der Columbia-Sandbank. Nachdem der Schlepper die Leinen eingeholt und das Schiff Segel gesetzt hatte, kam ein Sturm auf, das Schiff geriet in Seenot, lief auf Grund und zerbarst." Er blickte in die Flammen, ließ sich von den roten Feuerzungen in einen benommenen Zustand der Trance einlullen. „Es gab keine Überlebenden."

„Und seitdem zerfleischen Sie sich mit Selbstvorwürfen."

„Ich zwang sie zu dieser Reise", sagte er tonlos, „obwohl sie mich anflehte, bleiben zu dürfen. Weil ich zu meiner Hure wollte, musste Emily das Schiff nehmen. Und weil sie das Schiff nahm, musste sie sterben. Einen grauenvollen Tod."

Das Ticken der Pendeluhr mischte sich mit dem Knistern der Flammen.

„Sie müssen ein Ende Ihrer Qualen finden, Jesse." Mary sah ihn mit eindringlicher Offenheit an, der er sich nicht entziehen konnte.

„Dafür gibt es kein Ende, begreifen Sie das nicht?"

„Sie irren", widersprach sie. „Es gibt ein Ende. Sie haben sich nur nicht darum bemüht. Sie sind so sehr damit beschäftigt, sich selbst zu bestrafen, dass Sie jede Hoffnung aufgegeben haben. Das lasse ich nicht länger zu, Jesse."

Ihre Entschlossenheit erschreckte ihn. Diese zierliche, ungestüme Person übte eine befremdliche Faszination auf ihn aus. Sie war wie eine halb ertrunkene Madonna in sein Leben gespült worden und schlich sich immer tiefer in seine Welt ein, gegen seinen Willen, gegen jede Vernunft. Sie besaß ein sprühendes Feuer, das er nie besessen hatte, auch nicht zu Emilys Lebzeiten, damals, als er alles besaß, was ein Mann sich nur wünschen konnte.

Er hatte Schmerzen in der Brust und wusste, warum. Sein Kopf war zwar vom Whiskey benebelt, aber er begriff, was in ihm vorging. Mary war im Begriff, sein eisiges Herz aufzutauen, und das war ein unerträglich schmerzhafter Prozess.

„Sie sind selbstsüchtig, wenn Sie Ihre Qualen für sich behalten", sagte sie. „Lassen Sie mich daran teilhaben."

Ihm war, als stehe er neben sich und beobachte, wie er den Arm hob und das Glas mit voller Wucht in den Kamin schleuderte, wo es in tausend Splitter zerbarst. „Das will ich nicht", brüllte er und sprang auf. „Verdammt, ich brauche Sie nicht."

Sie schwieg, doch er spürte ihren Blick im Rücken, als er durch die Stube stürmte und die Haustür aufriss, in der Absicht,

Magnus vorzeitig von seiner Nachtwache abzulösen und die Nacht damit zu verbringen, den Gemütsaufruhr zu bändigen, den Mary in ihm verursacht hatte.

Auf der Schwelle blieb er stehen. Ohne sich umzudrehen, wusste er, dass sie ihn beobachtete. Nachdem sie Salz in seine schwärenden Wunden gestreut hatte, wartete sie geduldig auf seine Reaktion.

Zum Teufel mit dieser Hexe.

„Nach Emilys Tod", hörte er sich sagen, „dachte ich, mit der Zeit würden meine Wunden heilen. So sollte es doch sein. Ein Mann wird zum Witwer, er trauert, doch das Leben geht weiter, und irgendwann findet er sich mit seinem Schicksalsschlag ab." Er drehte sich langsam um und begegnete ihrem ruhigen Blick. „Nach zwölf Jahren habe ich meine Zweifel."

Sein düsterer Blick glitt zum Kamin, vor dem die winzigen Glassplitter im Feuerschein funkelten. „Mit Emily an meiner Seite lebte ich in den Tag hinein, als spiele die Zeit keine Rolle. Ich ließ Dinge unerledigt, Worte ungesagt. Nun spielt Zeit wirklich keine Rolle mehr, und ich verbringe sie alleine und denke unablässig an das, was ich versäumt habe." Er fuhr sich mit der Hand durchs Haar. „Warum habe ich damals nichts begriffen? Warum hat es kein Zeichen der Warnung gegeben?"

„Denken Sie tatsächlich, das hätte etwas geändert?" Sie stand auf und trat zu ihm. Sie würde ihn berühren, das wusste er, und er würde es nicht zulassen. Doch als sie ihm übers Haar strich und ihre Hand tröstlich kühl an seine Wange legte, entzog er sich ihr nicht. „Nichts, was Sie hätten sagen können, hätte etwas geändert. Aber jetzt können Sie gesund werden, wenn Sie zulassen, wieder Gefühle zu haben."

„Weshalb sollte ich Ihnen glauben?"

„Weil das, woran Sie glauben, Ihnen nichts nützt. Weil Sie nicht vergessen können."

„Sie unterstellen, dass ich vergessen will."

„Sie *müssen* vergessen, Jesse Morgan, sonst sind Sie ein toter Mann."

„Genau", entgegnete er kalt. Er umschloss ihr Handgelenk mit eisernem Griff und schob sie von sich.

„Sich von der Welt abzuwenden ist ein großer Fehler. Ich kann Ihnen helfen. Aber Sie müssen mir vertrauen."

„Sie sind müde", sagte er, wollte sie nicht länger in seinen Wunden bohren lassen. In der letzten Stunde hatte er mehr Gefühle zugelassen als in den vergangenen zwölf Jahren. „Gehen Sie zu Bett", befahl er schroff. „Ich räume die Scherben auf."

Er machte sich daran, die Glassplitter aufzukehren. Sie rührte sich nicht von der Stelle und sah ihm dabei zu. Unwillkürlich streifte sein Blick die Wölbung ihres Leibes.

Und eine qualvolle Sehnsucht stieg in ihm hoch. Bis zum heutigen Abend hatte er keine Ahnung gehabt, dass er zu Gefühlen fähig war, wie Mary sie in ihm weckte. Er hatte immer geglaubt, diese Gefühle seien mit Emily gestorben. Doch plötzlich waren diese Gefühle wieder da, loderten in seinem Herzen wie eine Feuersbrunst, verbrannten ihn, weckten Hoffnung.

Und machten ihm vor Angst die Knie weich.

12. KAPITEL

Am nächsten Morgen lag Mary wach im Bett, blickte auf die weiß getünchten Deckenbalken und horchte auf das Zwitschern der Lerchen hoch in den Lüften und auf das Rauschen der Brandung in der Ferne. Bald, wenn Habicht und Adler sich auf ihren Beuteflügen von den Aufwinden in den Himmel schraubten, würden die Singvögel verstummen.

Sie schloss die Augen und fragte sich, wo sich die Singvögel verbargen, wenn sie nicht zwitschernd durch die Lüfte flogen. Und dann dachte sie an Jesse. Wie immer. Letzte Nacht hatte sich alles zwischen ihnen verändert.

Etwas bewegte sich in ihr wie ein sanftes Flügelschlagen, und sie lächelte. Das Baby wuchs und wurde jeden Tag lebhafter. Bald würde sie kugelrund sein. Ihr Lächeln schwand. Sie dachte an Jesses Blick, bevor sie ihm Gute Nacht gewünscht hatte. Sein Blick war über ihren Bauch geglitten. Dabei hatte sie etwas in seinen Augen gelesen … was? Erwartung? Neugier? Abscheu? Sie wusste es nicht.

Sie mutete Jesse sehr viel zu, wenn sie erwartete, er würde das Kind eines Fremden akzeptieren. Aber genau so sollte es sein. Es war ihr Wunschtraum.

Sie öffnete die Augen, richtete sich zum Sitzen auf, ihr Herz schlug schneller. Sie kannte die Antwort. Wunsch und Bedürfnis, die sie sich selbst nicht eingestanden hatte, vereinten sich plötzlich zu einer Erkenntnis.

Endlich war sie fähig, sich die Wahrheit einzugestehen. All ihre hochfliegenden Ideen, ihr Schicksal zu erfüllen und Jesse von seinem jahrelangen Kummer zu befreien – das alles war dummes Gerede. Ein Vorwand, um sich nicht einzugestehen, wonach sie sich wirklich sehnte. Sie wollte für immer hier mit Jesse Morgan leben. Sie wollte ihr Kind hier großziehen. Sie wollte Jesse lieben. Und so sehnsüchtig, dass es beinahe schmerzte, wünschte sie sich seine Liebe.

„Dummes Ding", schalt sie sich halblaut, sprang aus dem Bett und wusch sich. „Er ist wie ein wildes Tier, das sich in seine Höhle verkrochen hat und seine Wunden leckt. Was, um Himmels willen, sollte dieser Einsiedler mit einer wie dir anfangen? Und vergiss nicht, du hast schon einmal einem Mann dein Herz geschenkt, der dich gerettet hat. Und du weißt, wie das endete."

Sie zog die Bürste in heftigen Strichen durchs Haar, die allmählich langsamer wurden, während sie sich in Erinnerungen an den Vorabend verlor. Jesse hatte ihr das Haar gebürstet. Sie dachte an seine trägen, sinnlichen Bürstenstriche, die Vertraulichkeit seiner Bewegungen, mit denen seine Finger durch ihr Haar glitten. Sie dachte an die Zärtlichkeit in seinem Blick, so unverhohlen liebevoll, als habe er sie tatsächlich berührt. Vielleicht gab es Hoffnung, wenn Jesse es schaffte, sich von der Vergangenheit zu befreien. Er musste lernen zu glauben, dass Liebe nicht nur Schmerz und Verlust bedeutete.

Mary war aus dem Nichts aufgetaucht, eine Frau im Alter von Emily, die er vor zwölf Jahren verloren hatte. Mary war schwanger, als er sie gefunden hatte. Kein Wunder, dass er in ihr eine Bedrohung sah.

Sie aber wollte, dass er in ihr eine Verheißung sah.

Nach dem Frühstück legte sie sich den Schal um die Schultern und ging in den Garten. Purpurrote Lobelien säumten den Gartenweg, und die Rosen reckten ihre Knospen der Sonne entgegen. Sie ließ den Blick über die wild romantische Landschaft schweifen, die sie faszinierte. Es grenzte an ein Wunder, dass sie diesen Ort gefunden hatte, wo das Gras grüner war als anderswo, ein Land, in dem die Baumriesen in den Himmel ragten, wo der schäumende Ozean gegen die Felsklippen donnerte. Ein Anblick, bei dem ihr eng ums Herz wurde.

Sie durchquerte den Garten und schlug den Weg zum Leuchtturm ein, wo Jesse im Freien an einer Werkbank arbeitete und ein angerostetes Schwungrad glatt feilte. Das lange dunkle Haar hatte er mit einem Lederriemen im Nacken zusammengebunden. Er zog eine lange Metallfeile gleich bleibend rhythmisch über das Metall, ganz in seine Arbeit versunken, von unbeirrbarem Eifer besessen.

Nachdem er ihr von seiner Frau erzählt hatte, war Mary einiges über diesen Mann klar geworden. Er hatte sich in die Einsamkeit verbannt, fest entschlossen, seine tief sitzende Angst vor der Gewalt des Ozeans zu bekämpfen.

Jedes Mal, wenn er ein Schiff unversehrt in den Hafen geleitete, bedeutete das einen kleinen Triumph für ihn. Und jedes Mal, wenn er einen Schiffbrüchigen barg, nahm er Rache an dem grausamen Witwenmacher.

Getrieben vom Schmerz seines Verlustes, achtete er geradezu besessen darauf, über sein Leuchtfeuer zu wachen. Aber seine waghalsigen Rettungsaktionen konnten sein von Gram erfülltes Herz nicht erlösen. Sein Kummer war ihm vertraut geworden, er war alles, was ihm geblieben war. Marys Eindringen in seine Welt störte seine gleich bleibende tägliche Routine.

Doch selbst wenn er sein Leben tausendmal in der brodelnden Brandung aufs Spiel setzte, würde er nicht wieder gesund werden. Gegen seinen Kummer gab es nur ein Heilmittel, und das war die Liebe, sosehr er sich dagegen auch sträuben mochte.

„Guten Morgen. Was für ein sanfter Tag“, sagte sie hinter ihm, da er über die Werkbank gebeugt war.

„Ach ja?“ meinte er gleichmütig. Sein Hemd spannte sich über seine breiten, kraftvollen Schultern, und die Sonne ließ sein Haar aufleuchten.

„Oh ja. Bei dunstigem Wetter kann man gelegentlich Selkies am Strand beim Spielen beobachten. Die Selkies sind das Robbenvolk, wussten Sie das?“

Er richtete sich auf und warf ihr einen Blick zu. Seine Augen glitzerten in der Sonne wie blaue Eiskristalle.

„Aha“, brummelte er und arbeitete weiter.

Mary lächelte. Dieses vage Aha mochte nicht viel bedeuten, aber es war mehr, als er vor einer Woche von sich gegeben hatte, und weniger, als er in einer Woche sagen würde.

Ein Schauer durchlief sie bei dem Gedanken, hier in Zukunft zu leben. Mit ihm. Jeder, der sie kannte, würde sie für verrückt halten, bei diesem mürrischen Einsiedler am Ende der Welt bleiben zu wollen. Aber hier war sie glücklich. Mit dem anderen wäre sie niemals glücklich geworden.

Jesse fuhr fluchend hoch und blickte auf seine blutende Hand.

„Jesse!“ Mit einem Satz war Mary bei ihm. „Gütiger Himmel, Sie bluten!“

„Das ist nur ein Kratzer.“ Er zog ein Taschentuch hervor und wickelte es sich um die tiefe Schnittwunde in seiner Handfläche. „Das Zahnrad ist gebrochen. Ich muss es in die Stadt bringen und vom Schmied reparieren lassen.“

„Und wir gehen zum Doktor und lassen Ihre Hand verbinden. Dr. MacEwan heißt er, nicht wahr?“

„Wir?“ Er zog eine Braue hoch. Er war blass geworden, und

sie vermutete, dass die Verletzung schmerzhafter war, als er zugeben wollte. Das Taschentuch färbte sich bereits rot von seinem Blut.

„Ich begleite Sie."

Er kniff die Augen zusammen. „Gut. Sie können ein Zimmer im Hotel nehmen."

„Das meinte ich nicht!" Kälte schlich sich in ihr Herz. „Ich will bei Ihnen bleiben, Jesse. Und es wäre schändlich, wenn Sie mich wegschickten. Ich fahre mit Ihnen in die Stadt und komme wieder mit Ihnen zurück."

„Es ist gefährlich, zu reiten, in Ihrem Zu…" Er stockte mitten im Wort und hielt den Blick angestrengt auf das vom Blut durchtränkte Taschentuch gerichtet.

Er konnte ihre Schwangerschaft nicht akzeptieren, geschweige denn darüber sprechen. Doch dies war nicht der richtige Zeitpunkt, ihn damit zu konfrontieren. „Wir nehmen den Einspänner", sagte sie.

„Die Holzfäller haben die Straße noch nicht geräumt, da kommen wir nicht durch."

„Dann nehmen wir das Boot, die Schaluppe, die im Bootshaus liegt."

Er erstarrte. Seine Augen glühten vor Zorn. „Nein!" schrie er aufgebracht.

Verdutzt neigte sie den Kopf zur Seite. „Wieso nicht? Das Boot ist in perfektem Zustand und seetüchtig. Es war nur ein harmloser Vorschlag. Weshalb werden Sie so wütend?"

„Wir nehmen das Boot nicht." Er schleuderte die Metallfeile von sich, die mit vibrierendem Griff in der weichen Erde stecken blieb, und stürmte mit langen Schritten zur Scheune.

Dennoch hatte sie es einen flüchtigen Augenblick gesehen, so rasch, dass sie beinahe dachte, sich geirrt zu haben. Aber Mary wusste, sie irrte sich nicht.

Jesse graute davor, wieder ein Boot zu besteigen und aufs Meer hinauszufahren.

Merkwürdig, da sie selbst erlebt hatte, wie er todesmutig in die tosende Brandung geritten war, um die schiffbrüchigen russischen Matrosen zu retten. Aber der Gedanke, Segel zu setzen und mit dem Boot aufs Meer hinauszufahren, jagte ihm furchtbares Grauen ein.

Ach, Jesse, welche Ängste verfolgen dich immer noch seit zwölf Jahren?

Sie hütete sich, ihn in seiner aufgebrachten Stimmung danach zu fragen. Als sie die Scheune erreichte, war er bereits damit beschäftigt, Aramis, das zierlichste der vier Pferde, vor den zweirädrigen, offenen Wagen zu spannen. „Wenn die Straße noch nicht frei ist, bringe ich Sie zurück“, sagte er barsch, ohne den Blick zu heben.

„Und wenn sie frei ist?“

„Können Sie mitkommen.“

Sie blieb im Schatten am Scheunentor stehen, ein geheimnisvolles Lächeln umspielte ihre Lippen. Ganz langsam verschaffte sie sich Zugang in Jesses Welt, lernte seine Art zu verstehen. Und ganz langsam gewöhnte sie sich daran, hier zu leben. Der Ausflug in die Stadt würde sie ihm wieder ein winziges Stück näher bringen.

Es war falsch, sie mitzunehmen.

Jesse warf seiner Begleiterin auf dem Kutschbock einen gereizten Seitenblick zu. Wieso gab er ihr immer wieder nach? In zwölf Jahren hatte niemand seinen Panzer durchbrochen. Niemand hatte es geschafft, ihn zu etwas zu zwingen, was ihm gegen den Strich ging. Und plötzlich hatte diese Mary Dare sein Leben in die Hand genommen. Das gefiel ihm nicht.

Andererseits war es vielleicht ratsam, sie nach Ilwaco zu bringen, damit sie sich selbst davon überzeugen konnte, dass sie, die so viel und so gerne redete, sich in der Umgebung von anderen Leuten wohler fühlen würde als mit ihm, dem schweigsamen, mürrischen Hagestolz.

Sie hielt das Gesicht der Sonne entgegen, der Wind zauste an den Kringellöckchen, die sich aus ihrem dicken Nackenzopf gelöst hatten. Diese Frau war eine Schönheit, daran gab es keinen Zweifel. Vermutlich hatte sie ihm ein grausames Schicksal als weitere Heimsuchung geschickt, als weitere Bestrafung für seine Sünden.

Palina und Magnus hatten ihm mit todernster Miene versichert, es würde ein furchtbares Unglück geschehen, wenn er Mary fortschickte. Er aber war ein praktisch denkender Mann und glaubte nicht an Unheilsbotschaften. Und wenn Mary in der Stadt bleiben wollte, wäre er einer lästigen Pflicht enthoben.

„Es ist wunderschön hier“, seufzte sie und ließ den Blick über das flache Marschland bis zu der Ansiedlung bunt bemalter Häuser gleiten, die sich in der Ferne aneinander drängten. „Eine verzauberte Landschaft.“

Die Straße war wieder frei. Die Holzfäller hatten den riesigen Fichtenstamm zersägt und zur Seite geräumt. Die Luft war erfüllt vom harzigen Duft nach frisch geschlagenem Holz.

„Schöner als Irland?“ fragte Jesse.

„Ach, ich weiß nicht. Irland ist atemberaubend schön mit seinem welligen grünen Hügelland und seinen schroffen Felsküsten. In Ballinskelligs sind die Häuser aus grauem Naturstein, und es gibt keine Wälder.“ Sie legte die Hand an seinen Ärmel. „Hier gefällt es mir besser.“

Er gab vor, sich an den Zügeln zuschaffen zu machen, um sich ihr zu entziehen. Vorsichtig bewegte er seine verletzte Hand und hoffte, die Blutung sei gestillt. Zum Teufel mit dieser Frau! Ständig fasste sie ihn an, als habe sie ein Recht dazu.

Dabei gefiel es ihm, von ihr berührt zu werden.

Augenblicklich verdrängte er den Gedanken. Sie war eine unerwünschte Last in seinem Leben. Je früher er sie loswurde, umso besser.

„Jesse, sehen Sie nur!“ Mary war vor Begeisterung halb aufgesprungen und wies mit dem Arm nach rechts zu den Preiselbeerfeldern hinüber. In der hellen Mittagssonne leuchteten die Moosbeeren an den Sträuchern blutrot. „Wer sind diese Leute?“

„Siwash-Indianer“, erklärte er und blickte zu den Gestalten in der Ferne hinüber, die in gebückter Haltung Beeren sammelten. „Sie arbeiten in den Preiselbeerfeldern.“

Mary hielt sich an der Eisenstange des Kutschbocks fest. „Indianer? Wilde Indianer?“ fragte sie atemlos.

Jesse verzog die Mundwinkel. „Wenn Sie einen Überfall blutrünstiger Rothäute erwarten, die schreiend das Tomahawk schwingen, muss ich Sie enttäuschen. Brrr.“ Er zügelte das Pferd und hielt den Einspänner an. Ein Arbeiter richtete sich auf, winkte herüber und watete durch das geflutete Feld.

„Jesse Morgan!“ rief er und fuhr in Chinook fort: „Ich grüße dich, Fremder, der sich selten zeigt.“

„Auch ich grüße dich, Abel Sky“, erwiderte Jesse in der Indianersprache. Er hatte so viel Chinook gelernt, um sich mit den Eingeborenen zu verständigen und gelegentlich Handel mit ihnen zu treiben. Abel Sky war ein kraftstrotzender Mann in mittleren Jahren, einem wachen Verstand und einer Hand voll draller Ehefrauen.

Er grinste belustigt zu Jesse auf dem Kutschbock auf und entblößte ein paar Zahnlücken. Sein Filzhut saß quer auf seinem Kopf, nur so passte er über seine breite Stirn, die ihm als Säugling mit einem Brett flach gedrückt worden war.

Sein Lederschurz und die mit Röhrenknochen und bunten Steinen bestickte Weste aus Wildleder bildeten einen seltsamen Kontrast zu seinem schmucken Hut und dem geflickten schwarzen Gehrock. „Ich dachte schon, du nimmst dir nie eine Frau, Boston", bemerkte Abel Sky auf Englisch. Er nannte alle Weißen ‚Boston'."

„Ich habe mir keine …"

„Guten Tag, freut mich, Sie kennen zu lernen", fiel Mary ihm ins Wort, deren Gesicht beinahe so rot glühte wie die Moosbeeren. „Mein Name ist Mary Dare."

„Mary Dare." Der Indianer lüftete den Hut und verneigte sich vor ihr wie ein wahrer Gentleman. „Dein Feuerhaar gefällt Abel Sky." Ohne Zögern griff er nach ihrem Zopf.

Mary entfuhr ein spitzer Angstschrei.

Jesse unterdrückte ein Schmunzeln. Abel Sky war ein unverbesserlicher Witzbold.

„Wenn ich diesen Bostonskalp verkaufe, kann ich mir eine große Ticktack und viel bunten Schmuck kaufen."

Mir erstaunlicher Geschwindigkeit packte Mary den Indianer am Handgelenk, verdrehte ihm den Unterarm, bis er ihren Zopf losließ. „Finger weg, Kleiner."

Abel Sky verzog das Gesicht in gespieltem Schmerz und rieb sich das Handgelenk. „Sie hat den Teufel im Leib! Wo hast du sie aufge…" Im gleichen Moment bemerkte er ihren gewölbten

Bauch. Sein Grinsen wurde noch breiter. „He, Boston! Du in der Nacht schleichender Kojote! Du …“

„Wir müssen weiter“, fiel Jesse ihm ins Wort. Na bitte, sie hatten noch nicht einmal den Stadtrand erreicht, und schon kam er mit der Frau ins Gerede. Wie dumm von ihm, auch nur eine Sekunde anzunehmen, das Leben mit Mary Dare könne erträglich sein.

Weder Abel Sky noch Mary schienen sein Unbehagen zu bemerken. Die beiden unterhielten sich angeregt, und Abel Sky reichte ihr einen kleinen Beutel mit getrockneten Preiselbeeren. Sie betrachtete den Indianer neugierig, aber nicht mit dem ängstlichen Argwohn, den die meisten weißen Siedler den Siwash entgegenbrachten. Bevor Jesse sie von ihrem neuen Freund loseisen konnte, hatte Abel Sky sie in sein Dorf eingeladen und ihr eine Kostprobe von geräuchertem Lachs und Austern versprochen. Sie fragte ihn nach seinen Ehefrauen und Kindern und hörte aufmerksam zu, als er mit stolzgeschwellter Brust berichtete, mit welchem Geschick und Heldenmut sein ältester Sohn mit dem Kanu auf die See hinausfuhr. Mary Dare erfuhr in einem einzigen Gespräch mehr über den Siwash-Indianer, als Jesse in den zwölf Jahren seiner Bekanntschaft mit ihm erfahren hatte.

Schließlich verabschiedete man sich, und bald darauf fuhr der Einspänner die First Street entlang, an der Landseite gesäumt von den lang gestreckten Lagerhallen der Ilwaco Mill & Lumber Company, wo die im Wasser schwimmenden riesigen, von Ästen und Rinde befreiten Holzstämme weiterverarbeitet wurden.

Mary entdeckte den Schaufelraddampfer *T. J. Potter,* der hinter den Fischerbooten und Holzflößen weiter draußen in der Bucht ankerte und auf die Flut wartete. „Ich bin noch nie mit einem Dampfschiff gefahren", sagte sie. Mary Dare redete zwar eine ganze Menge, erzählte dabei aber nicht sonderlich viel von sich.

Mit großen Augen nahm sie all die neuen Eindrücke auf, als sie die von Geschäften und Schänken gesäumte Hauptstraße entlangfuhren. Auf den Holzplanken der Gehsteige drängten sich Händler und Passanten. Am Straßenrand stand ein Herr mit Brille im feinen taubengrauen Stadtanzug und strich sich glättend über das schüttere Haar. Er blickte dem Einspänner nach, zog seine Taschenuhr aus der Weste, ließ den Deckel in einer nervösen Gewohnheitsgeste mehrmals auf- und zuschnappen. Aus dem Palace Hotel trat ein junges, weiß gekleidetes Paar mit Tennisschlägern unter den Armen.

In ein paar Wochen würden viele Sommerfrischler im Hotel absteigen, wohlhabende Leute aus Portland und Seattle, um die Sommermonate am Meer zu verbringen.

Vor vielen Jahren war Jesse einer von ihnen gewesen.

Er bog in die Spruce Street ein, an deren Ende eine dünne Rauchsäule aus dem hohen Schornstein der Schmiede aufstieg.

„Hallo!" rief eine singende Frauenstimme vom Gehsteig herüber. „Hallo, Mr. Morgan!"

Jesse verzog säuerlich das Gesicht, überlegte einen Moment, ob er so tun sollte, als habe er nichts gehört, doch dann hielt er den Wagen an.

Mit wogendem Busen bahnte Hestia Swann sich wie ein Schlachtschiff einen Weg durch die Menge der Passanten. Die bunten Federn ihres ausladenden Hutes wippten bei jedem Schritt auf und ab. Mit einem zuckersüßen Lächeln blickte sie zu Mary auf und musterte sie mit unverhohlener Neugier.

„Aha, Sie zeigen wohl Ihrem reizenden Gast unsere schöne

Stadt“, säuselte Hestia. „Du liebe Güte, das arme Ding! Wie blass und mager sie ist – in ihrem Zustand. Ach je, die Ärmste. Hat sie einen Namen, Mr. Mor…“

„Mary Dare“, antwortete Mary, die ihre Belustigung nicht zu verbergen vermochte. „Ich mag zwar blass und mager sein, aber ich bin nicht taub. Und ich kann sprechen.“

Mrs. Hestia Swann hob ihren gewaltigen Busen und bedachte Mary mit einem strafenden Blick. „Und sind ein wenig vorlaut, wie mir scheint.“

„Oh ja, das sagte meine Mutter auch immer.“ Mary neigte den Kopf zur Seite. „Guten Tag, Mrs. …“

„Mrs. Swann“, meldete Jesse sich nun zu Wort, der mittlerweile zur Überzeugung gekommen war, dass er den Verstand verloren haben musste, Mary in die Stadt zu bringen. „Mrs. Hestia Swann.“

„Freut mich, Sie kennen zu lernen, Mrs. Swann.“

Hestias schmale Lippen formten ein rundes ‚O‘. „Eine Irin?“

„Ja, ich bin Irin“, antwortete Mary. „Aus County Kerry.“

Jesse sah, wie Mary die Schultern straffte und das Kinn hob. Auf ihren bleichen Wangen bildeten sich zwei rote Flecke. Er fixierte Hestia, zwang sie, ihn anzusehen, und gab ihr mit einem eisigen Blick zu verstehen, sie solle es bloß nicht wagen, ein einziges abfälliges Wort gegen Mary oder die Iren ganz allgemein zu sagen.

„Ich bin sicher, man wird Sie mit offenen Armen in Ilwaco aufnehmen“, sagte Hestia eilig und wich Jesses beschwörendem Blick unstet aus. „Es grenzt an ein Wunder, dass Sie das Schiffsunglück überlebt haben.“

„Ja, es war ein Wunder“, bestätigte Mary. „Und Captain Morgan verdanke ich mein Leben.“

Da Mary ihn formell betitelt hatte, würde Hestias blühende Fantasie wohl nicht weiter angespornt werden, Spekulationen darüber anzustellen, was zwischen Jesse und Mary im Leuchtturm vorgefallen sein mochte. Während er überlegte, mit welcher Ausrede er sich von Mrs. Swann verabschieden könnte, gesellte sich eine zweite Frau dazu.

„Da ist ja unsere Patientin, wohlauf und munter!“ sagte Fiona MacEwan, deren Beurteilung von Marys Gesundheitszustand im völligen Widerspruch zu Hestias Worten stand. Unter ihrem Rock lugten derbe Arbeiterstiefel hervor, in der Hand hielt sie eine große Einkaufstasche. Ohne abzuwarten, bis Jesse sie vorstellte, lächelte sie zu Mary auf. „Ich bin Dr. Fiona MacEwan. Es freut mich, dass Sie sich so gut erholt haben.“ Sie zwinkerte Jesse zu. „Wir fürchteten beinahe, Sie könnten nur durch den Kuss eines Märchenprinzen aufwachen.“

Hestia sperrte entrüstet den Mund auf, und Mary lachte hell. „Wäre das nötig gewesen, würde ich immer noch schlafen wie ein Stein. Sind Sie wirklich Ärztin?“

„Ja. Ich habe an der medizinischen Fakultät an der Frauenuniversität in Philadelphia studiert.“

„Dann müssen Sie Captain Morgans verletzte Hand verbinden.“ Mary wies auf den blutverkrusteten Notverband.

„Selbstverständlich. Kommen Sie in meine Praxis, Jesse“, sagte Fiona sachlich.

„Ich habe beim Schmied zu tun. Hinterher schaue ich bei Ihnen vorbei.“

„Wir freuen uns, dass Sie hier sind, Mrs. Dare“, meldete Hestia sich wieder zu Wort, offenbar entschlossen, ihr den Ölzweig zu reichen. „Sie kommen doch mit Ihrem Gast zur Jahrhundertfeier, Captain?“

Jesse hätte beinahe höhnisch aufgelacht. Noch nie hatte er an irgendeiner Feier teilgenommen, das wusste Hestia genau.

„Welche Jahrhundertfeier?“ fragte Mary.

„Unsere Nation wurde vor hundert Jahren gegründet – am 4. Juli 1776. Wir veranstalten eine Regatta, einen Jahrmarkt und ein Tanzvergnügen in Oysterville. Sie können sich Zimmer im Pacific House Hotel mieten.“

Mary strahlte. „Oh, wie schön, das würde mir gut gefallen.“

„Nein, ich habe keine Zeit für solche Vergnügungen.“

„Es wäre eine nette Abwechslung für meine Patientin“, erklärte Fiona, ohne Jesses Ablehnung zu beachten. „Kommen Sie, wir zeigen Ihnen die Stadt, während Jesse zum Schmied fährt.“

Im nächsten Augenblick hatten die Frauen Mary vom Kutschbock geholfen, nahmen sie in ihre Mitte und steuerten ein Modegeschäft an. Es gebe, erklärte Hestia in ihrer affektierten Art, gewisse Dinge, die eine Dame beachten müsse, wenn sie ein gesellschaftliches Ereignis besuche.

Jesse blickte dem Trio irritiert und finster nach. Ihm lag nichts an Menschenansammlungen und Jahrmarktsvergnügungen, aber durch Mary wurde er gezwungen, daran teilzunehmen.

„Es gibt keinen Zweifel, Mr. Clapp“, sagte der nervöse Rechtsanwalt. „Es ist die Frau, nach der Sie suchen.“

Granger studierte den alten Globus auf seinem Schreibtisch. Er war nicht überrascht. Stoners diskrete Nachforschungen bestätigten nur seinen Verdacht. „Und?“

„Sie nennt sich offenbar Mary Dare und scheint das Schiffsunglück unversehrt überstanden zu haben.“ Stoner holte zerstreut seine Taschenuhr aus der Weste und klappte den Deckel mehrmals auf und zu.

Granger drehte den Globus und hielt ihn mit dem Zeigefinger an – Sandwich Islands. Niemand wusste davon, doch die tropische Inselgruppe mitten im Pazifischen Ozean war das Ziel seiner Träume.

Noch aber war es nicht so weit. Vorher gab es noch einige wichtige Angelegenheiten zu erledigen. Er brauchte einen Sohn, einen Erben. Seine Eltern konnten es nicht lassen, immer wieder darauf hinzuweisen, dass jede Generation der Familie Clapp seit der Landung der *Mayflower* einen Sohn zur Welt gebracht hatte. Es war seine Pflicht, diese Tradition fortzusetzen.

„Ihr Zustand?“ Er zog eine Braue hoch.

Stoner erbleichte. Seine kränklich blasse Hand schob die Uhr wieder in die Westentasche. „Wie gesagt, Sir, sie scheint nicht zu Schaden gekommen zu ...“

„Ich spreche von dem Kind“, fiel Granger ihm schneidend ins Wort.

Stoner strich sich über das schüttere Haar. „Sir, ich bin nicht qualifiziert, um ...“

„Dann wende ich mich eben an einen Mann, der qualifiziert ist.“ Granger schlug mit der flachen Hand auf den Schreibtisch.

Stoner fuhr erschrocken zusammen. Sein spitzer Adamsapfel rutschte beim Schlucken auf und ab. „Jedenfalls ist sie schwanger, Sir. Der Gesundheitszustand der werdenden Mutter lässt die Vermutung zu, dass auch das Ungeborene keinen Schaden erlitten hat.“

Stolz schwoll in Grangers Brust. Er hatte ein Kind gezeugt. Nach all den Jahren war es ihm endlich gelungen, einer Frau ein Kind zu zeugen. Der Umstand, dass sie eine Irin aus der Gosse war, störte ihn nicht sonderlich. Die Tatsache aber, dass sie sich in Jesse Morgans Obhut befand, machte ihn rasend vor Zorn.

„Haben Sie die von mir gewünschten Auskünfte eingeholt?“ fragte Granger. „Welche Rechte stehen mir als Vater des Kindes zu?“

„Nun, Sir, ich fürchte, die Rechtslage ist in diesem Punkt nicht eindeutig, zumal die Frau sich im Washington Territory aufhält. Aber …“

„Verdammt noch mal, kommen Sie zur Sache.“ Granger sprang auf und begann, hin und her zu wandern. „Und erzählen Sie mir keine Märchen.“

„Tatsache ist, Sir, in einem Fall wie diesem steht das Gesetz nicht auf Seiten des Vaters.“ Stoners Augen funkelten verräterisch, er schien eine kleine Lücke im Gesetz zu ahnen, das spürte Granger.

„Ich bezahle Sie dafür, eine für mich günstige Lösung zu finden“, schnarrte er. „Meine Frau sehnt sich nach einem Kind.“

Stoner nickte. Nervös strich er sich über das Revers seines taubengrauen Anzugs, als sein Blick durch das Arbeitszimmer glitt. Granger bemerkte, mit welcher Bewunderung der Rechtsanwalt das Ölgemälde von Remington über dem Kamin registrierte, das bleiverglaste Tiffanyfenster und die Kugellampen, die den Bücherschrank beleuchteten. „Der Gouverneur des Territoriums ist mir wohlgesinnt. Mit etwas Geduld und … ehm … einer großzügigen Spende werden Sie Ihr Ziel erreichen, Mr. Clapp, seien Sie unbesorgt.“

„Ich bin nicht besorgt“, erklärte Granger siegesgewiss. „Ich mache mir nicht die geringsten Sorgen.“

13. KAPITEL

Während Mary sich zum Ausgehen zurechtmachte, warf sie einen Blick auf die feinen Lederstiefel, die Jesse ihr vor einer Weile in die Hand gedrückt hatte. „Hier“, hatte er mürrisch gesagt, „die könnten Ihnen passen.“

Stiefel, wie für eine Prinzessin gemacht. Sie musste an ihr erstes Paar Schuhe denken. An den Tag ihrer Firmung vor zehn Jahren. Im stolzen Alter von dreizehn hatte sie die Heilige Salbung erhalten, nachdem sie jeden Abend im Schein der Talgkerze den Katechismus auswendig gelernt hatte. Pa hatte die lateinischen Verse gesprochen, bis Mary und ihr Bruder sie auswendig aufsagen konnten.

Ihr Vater war ein einfacher Fischer, und das bescheidene Haus der Familie war zu weit vom Dorf entfernt gelegen, um regelmäßig den Gottesdienst besuchen zu können, nachdem der Maulesel Mulligan gestorben war und der Karren in der Scheune verrottete. Pater Farrell, der vier Mal im Jahr zu Besuch kam, hatte darauf hingewiesen, es wäre angebracht, wenn Mary zur Feier des Tages in Schuhen zur Kirche käme. Also war ihre Mutter in den Speicher gestiegen und hatte die Schachtel geholt, in der sie die Schuhe aufbewahrte, die sie zur Hochzeit getragen hatte. Mary hatte geglaubt, es könne kein vornehmeres Schuhwerk geben als die schwarzen Stiefel mit den kleinen schwarzen Knöpfen.

Erst beim Betreten der Kirche war ihr klar geworden, dass diese Stiefel vor dreißig Jahren möglicherweise elegant gewesen waren, nun aber hoffnungslos altmodisch aussahen, beschämend altmodisch, verglichen mit den glänzenden, zierlichen Lackschuhen, wie sie die hochmütigen Costello-Zwillinge und die Mahoney-Mädchen trugen.

Mary fühlte sich in der Zeit zurückversetzt, sah sich als hoch aufgeschossenes, schlaksiges Mädchen, das am liebsten in den Boden versunken wäre. Ihre Sommersprossen waren unter der Schamröte verschwunden, die ihr Gesicht überzogen hatte. Sie hatte versucht, ihre Füße unter der Kirchenbank zu verstecken, als die anderen Mädchen tuschelnd und kichernd mit Fingern auf sie zeigten. Mit gesenktem Kopf hatte sie Gott angefleht, ihr bald Reichtum zu bescheren.

Nun, viele Jahre später, weit weg von der alten Heimat, blickte sie in den hohen, gerahmten Spiegel, den Jesse aus dem Speicher geholt hatte, und wünschte sich etwas ganz anderes.

„Ach, Mama", flüsterte sie. „Ich würde alles darum geben, wenn du jetzt bei mir wärst." Sie fuhr sich über das frisch gewaschene Haar. „So hast du mir das Haar immer aus dem Gesicht gestrichen, Mama. Du fehlst mir so sehr."

Sie schloss die brennenden Augen. „Ich brauche dich, Mama. In meinen Träumen dachte ich immer, du bist bei mir, wenn ich einmal Mutter werde, und gibst mir Rat, hältst mir die Hand und sagst mir, dass alles gut wird. Ich habe Angst, Mama. Ich brauche dich so sehr."

Sie dachte voller Liebe an ihre Mutter, die immer nach Kernseife und Küche roch. Sie erinnerte sich an das Lachen von Shannon Dare O'Donnell, wenn ihr raubeiniger Ehemann sie im Tanz durch die winzige Wohnstube wirbelte zu einer Melodie, die Rory auf dem Dudelsack spielte.

Mary zwang sich zurück in die Gegenwart und schlug die Augen auf, eilte zur Waschschüssel und schwappte sich kaltes Wasser ins Gesicht. Weine bloß nicht, schalt sie sich, weine nicht. Wenn du jetzt anfängst, kannst du nie wieder aufhören.

Sie blickte in den Spiegel. Dr. MacEwan und Mrs. Swann

hatten sie mit Bändern und Spitzen beschenkt, mehr als sie je in ihrem Leben gesehen hatte. In dem duftigen Sommerkleid mit breitem Spitzenkragen kam sie sich vor wie eine vornehme Dame. Dazu hatte sie sich grüne, glänzende Seidenbänder ins Haar geflochten. Mama wäre stolz auf sie.

„Jetzt bin ich bald selbst Mutter und jammere wie ein wehleidiges Kind“, murmelte sie und legte sich den Schal um die Schultern. „Was würdest du sagen, wenn du mich sehen könntest, Mama? Würdest du sagen, dass alles gut wird? Bitte sage es. Sage mir, dass alles gut wird.“

„Mary?“ rief Jesse durch die geschlossene Tür.

Sie fuhr erschrocken herum. „Ich komme, Jesse, Augenblick noch.“

Sie bückte sich nach den Stiefeln. Die Mahoney-Mädchen würden vor Neid erblassen. Das Leder war weich wie Samt und wurden seitlich mit schwarz funkelnden, winzigen Knöpfen geschlossen.

Emily Leighton Morgan war eine vornehme Dame und gewiss sehr reich gewesen. Ihre Kleider waren aus kostbaren Stoffen.

Aber wenn sie so reich war, wieso lebte dann Jesse hier am Ende der Welt wie ein Mönch in Armut und Einfachheit in einem Leuchtturm? Hatte er alles zurückgelassen in seinem furchtbaren Kummer?

Sie streifte die Seidenstrümpfe über, die Hestia Swann für sie gekauft hatte, zog einen Stiefel an und dann den zweiten. Die Knöpfe waren winzige geschliffene Kugeln aus schwarzem Onyx. Nachdem sie sich eine Weile vergeblich bemüht hatte, einen Knopf durch die winzige Öse zu zwängen, begann sie zu begreifen, warum nur reiche Damen solchen Schnickschnack trugen. Wer, um Himmels willen, konnte diese Dinger ohne fremde Hilfe zuknöpfen?

Nachdem sie noch einmal vergeblich daran genestelt hatte, seufzte sie entnervt und ging in die Wohnstube. „Jesse …"

Er fuhr ungeduldig zu ihr herum. „Mary …"

Beide hatten gleichzeitig gesprochen, hielten jäh inne und blickten einander verlegen an.

Er sah aus wie der Märchenprinz aus einem Jungmädchentraum. Im schwarzen Gehrock, in schwarzer Weste und einem gestärkten weißen Hemd mit schimmernder Seidenkrawatte war er eine blendende, vornehme Erscheinung.

„Sie sehen fabelhaft aus", sagte sie schließlich.

Ihr Kompliment machte keinerlei Eindruck auf ihn. „Sie sind hübsch", meinte er gleichmütig. Er brach zwar nicht in Begeisterungsstürme über ihr Aussehen aus, doch gegen seine sonstige Einsilbigkeit kamen seine Worte einem überschwänglichen Kompliment gleich.

„Vielen Dank." Sie spürte, wie ihr die Hitze in die Wangen stieg, als sie den Saum ihres Kleides ein wenig anhob. „Ich fürchte, ich bin zu ungeschickt, um diese Stiefel zuzuknöpfen." Sie überwand ihre Befangenheit, setzte sich und streckte einen Fuß vor. „Können Sie mir helfen?"

„Nein", antwortete er schroff und zog in einer Geste der Verlegenheit die Schultern hoch. „Es genügt, wenn Sie ein paar Knöpfe zumachen, damit Sie die Stiefel nicht verlieren."

„Ich habe es versucht und bekomme leider keinen einzigen Knopf zu."

Seine Verlegenheit schlug in Unmut um. „Dann gehen Sie eben in Gummistiefeln."

Mary schnaufte verächtlich. „Wie sieht das denn aus? Wollen Sie sich wirklich in Begleitung einer Frau zeigen, die daherstampft wie eine irische Bauernmagd?“

Sie blickte ihm standhaft in die Augen, obwohl sie am liebsten die Hände vors Gesicht geschlagen und losgeheult hätte. Begriff er nicht, wie viel ihr dieser Tag bedeutete? Sie würde Leute kennen lernen, die sich ein Urteil über sie bilden, die sich vielleicht mit ihr anfreunden würden. Begriff er denn nicht, wie wichtig das für sie war?

Sie sahen einander unverwandt an. Nein, er konnte das nicht verstehen. Jesse Morgan, der Einsiedler vom Leuchtturm, der die Öffentlichkeit scheute, begriff nicht, weshalb sich jemand nach Menschen sehnte, nach Freunden.

„Ich wollte mich hübsch machen“, sagte sie in das lastende Schweigen hinein.

„Sie sehen doch hübsch aus“, entgegnete er mürrisch. „Habe ich das nicht gerade gesagt?“

Um ihre Mundwinkel zuckte es. „Ich bin beinahe in Ohnmacht gefallen vor Freude.“ Energisch stampfte sie mit dem Fuß auf. „Ich versuche, Ihnen etwas zu erklären. Sie sprechen zwar kaum von Ihrer Vergangenheit, aber mir ist mittlerweile klar, dass Sie niemals Not leiden mussten. Sie sind gebildet, können lesen und schreiben und reden wie ein feiner Herr. Vermutlich haben Sie festgestellt, dass mir das alles fehlt.“

Er nickte und kniff die Augen zusammen. „Und weiter?“

Sie fühlte sich ein wenig ermutigt. Zum ersten Mal schien er seine ablehnende Haltung zu vergessen und eine Spur Teilnahme an ihrer Situation zu zeigen.

„Ich war dreizehn“, fuhr sie fort, „als ich zum ersten Mal in meinem Leben Schuhe an den Füßen hatte.“

Mary beobachtete eine merkwürdige Veränderung in seinem

Gesichtsausdruck. Er, der im Überfluss aufgewachsen war, hatte keine Ahnung, in welcher Armut sie und ihre Familie in Irland gelebt hatten.

„Warten Sie", sagte er und verschwand in der Küche. Sie hörte, wie er in einer Schublade kramte, dann kam er mit einem Stiefelknöpfer zurück. „Strecken Sie den Fuß aus", befahl er.

Sie zog den Rock und den gerüschten Unterrock ein wenig hoch und hob den Fuß. Dabei kam ihre wohlgeformte Wade in dem feinen Seidenstrumpf zum Vorschein.

Jesse ging in die Hocke, räusperte sich und begann, den ersten Knopf in die Öse einzuhaken, sorgfältig darauf bedacht, sie nicht zu berühren. Es ließ sich freilich nicht umgehen, dass er die linke Hand zu Hilfe nahm, um den kleinen Haken einfädeln zu können.

Seine Hand umspannte ihre Fessel in einer völlig harmlosen Berührung, Mary aber spürte, wie ihr die Lider schwer wurden. Irgendwie faszinierte sie das Bild, wie der Haken in die Öse fuhr, um den Knopf durchzuziehen. Ohne ersichtlichen Grund dachte sie an die Nacht im Leuchtturm, als er sie geküsst hatte.

An die Nacht, in der sie sich nach mehr gesehnt hatte als nach einem Kuss.

Er fädelte den zweiten Knopf ein. „Sehen Sie, wie das gemacht wird? Probieren Sie es ..."

„Das schaffe ich nicht", widersprach sie hastig und registrierte gebannt den Kontrast seiner großen Hand zu den winzigen Knöpfen, seine gebräunte Haut an der hellen Seide ihres Strumpfes. „Es fällt mir schwer, mich zu bücken. Es würde zu lange dauern. Sie wollen doch nicht ganzen Tag auf mich warten, wie?" Sie lachte befangen.

Er zog skeptisch eine Braue hoch, brummelte etwas vor sich hin und machte sich wieder an die Arbeit.

„Nie im Leben hätte ich mir vorgestellt, dass mir jemand einmal hilft, Schuhe anzuziehen", sagte sie und lachte. „Ich bin in Armut aufgewachsen und wusste es nicht einmal."

Er hielt inne und hob den Blick. „Was soll das heißen, Sie wussten es nicht einmal?"

Die Kehle war ihr plötzlich wie zugeschnürt. Ihr Lachen klang ein wenig verkrampft. „Woher soll ein Fisch wissen, dass er im Wasser schwimmt, oder ein Vogel, dass er in der Luft fliegt?"

Er arbeitete weiter, der Stiefelknöpfer wanderte langsam ihr Schienbein hinauf, während seine linke Hand ihre Wade umfing. Eine höchst wohltuende Berührung.

„Gute Frage", meinte er, ahnte offenbar nichts von ihrem aufkeimenden Verlangen.

„Woher soll ein Mädchen, das nichts kennt als seine kleine Welt, so etwas wissen?" fuhr sie fort.

Er nahm sich den zweiten Stiefel vor. „Sie sprechen wohl von Irland."

„Ja, besser gesagt von County Kerry an der Westküste, wo der wilde blaue Atlantik gegen schroffe Felsklippen donnert, hinter denen grüne Hügel sanft ansteigen, immer höher und höher, als wollten sie den Himmel berühren. Es hat mir einen tüchtigen Schock versetzt, als ich erfuhr, dass ich arm war, das kann ich Ihnen sagen."

Er belohnte ihre Offenheit mit einem Lächeln. „Und von wem haben Sie es erfahren?"

Sie schluckte, bevor sie antwortete: „Ach, von ein paar Klatschbasen in der Kirche."

Sie drehte den Kopf zur Seite. Doch dann spürte sie unter ihrem Kinn seinen Finger, mit dem er sie sanft zwang, ihn anzusehen. „Man hat Sie ausgelacht."

„Ja." Sie blinzelte heftig. „Aber das ist lange her. Ich habe keine Ahnung, wieso ich plötzlich daran denken muss."

Er sagte nichts, nahm aber seine Hand nicht weg. Sie spürte seine Wärme an ihrem Hals, und plötzlich erkannte sie, wie wichtig ihr eine menschliche Berührung war, so wichtig wie die Luft zum Atmen.

Er schwieg so lange, bis sie es schließlich nicht mehr ertrug. „Was ist?" fragte sie, nur um etwas zu sagen.

„Sie ... verblüffen mich", gestand er heiser. „Es klingt so unwirklich, dass einem unschuldigen Kind gesagt werden muss, dass es arm ist. Und der Augenblick, in dem es geschah, war gewiss sehr grausam."

Sie zuckte verlegen die Schultern. Wenn das Jesse Morgans Vorstellung von Grausamkeit war, so hatte er ein weicheres Herz, als sie bislang vermutet hatte. „Ich hatte drei rauflustige Brüder, die sich um Leute kümmerten, die den Mund zu voll nahmen", erwiderte sie.

Er zog seine Hand zurück. „Sie hatten drei Brüder?"

„Sie sind gestorben. Sie sind tot. Alle."

„Grundgütiger." Er schnellte hoch.

„Was ist los?"

Er blickte auf sie herunter. „Mein Gott, Sie haben Ihre ganze Familie verloren."

„Das sagte ich Ihnen bereits."

„Ich nahm an, Sie meinten Ihre Eltern. Wann wollten Sie sich dazu entschließen, mir zu sagen, dass Sie drei Brüder hatten? Und was, zum Teufel, verschweigen Sie mir noch?" fuhr er sie an.

„Was wollen Sie denn noch alles wissen über mich?“ fragte sie aufgebracht.

Er atmete tief durch, um die Geduld nicht zu verlieren. „Was ist mit Ihrer Familie geschehen?“

Das Bild ihrer Familie tauchte vor ihr auf, flimmernd wie ein Bild in der Sommerhitze am Horizont. Pa hatte den Arm um Mamas Mitte gelegt, Rory mit seinem Dudelsack, den er stets mit sich herumschleppte, Ali und Paddy, die sich im Gras balgten.

„Es war letztes Jahr. Pa und die Jungs sind zum Fischen hinausgefahren und nicht zurückgekommen. Mama hat den ganzen Tag auf sie gewartet. Sie stand an den Klippen im Regen und blickte aufs Meer hinaus. Stundenlang. Ich versuchte sie zu überreden, mit mir nach Hause zu kommen. Aber sie stand da, nass bis auf die Knochen, und blickte aufs Meer hinaus.“ Mary erinnerte sich genau an den Blick ihrer Mutter, als sie schließlich aufgab und sich auf den Heimweg machte. Ihre Augen waren tot. „Ein paar Tage später bekam sie Fieber und blieb im Bett. Ihre Lungen füllten sich mit Wasser, und dann starb sie.“

„Grundgütiger“, sagte Jesse noch einmal. „Und das sagen Sie mir erst jetzt.“

„Ich dachte nicht, dass Sie das interessiert.“ Wieder war ihr die Kehle wie zugeschnürt. Wie rührselig sie in letzter Zeit war!

„Wie können Sie das ertragen?“ fragte er heiser.

„Darum geht es nicht“, antwortete sie. „Sie sind nun mal nicht mehr da. So ist das Leben. Wie die Rosen im Herbst welken und ihre Blätter verlieren. Wie die Sonne am Abend untergeht. Ich kann nichts daran ändern. Ich kann den Lauf der Welt nicht aufhalten.“ Sie legte die Hand an ihren Busen. „Aber sie leben in mir weiter. Hier in meinem Herzen.“

Jesse sah sie so verblüfft an, dass sie lächeln musste. Es tat gut, zu lächeln, es war heilsam und wohltuend.

„Sie haben Ihre ganze Familie verloren“, sagte Jesse fassungslos. „Wie können Sie da noch lächeln?“

„Sie würden es nicht anders wollen. Sie würden nicht wollen, dass ich den Rest meines Lebens traurig bin. Sie würden sich wünschen, dass ich liebevoll an sie denke, dass ich mich an die glücklichen Zeiten erinnere, nicht den Kopf hängen lasse und die Freude am Leben nicht verliere.“

„Woher wollen Sie wissen, was Ihre Familie sich gewünscht hätte.“

„Ich weiß es einfach“, antwortete sie schlicht. „Und Sie wüssten es auch, wenn Sie es nur zuließen.“

„Ersparen Sie mir solche Binsenweisheiten“, entgegnete er bitter. „Darauf falle ich nicht herein.“

„Nur weil Sie so überlegen sind? So gebildet und belesen?“

„Weil ich nicht wie ein Traumtänzer durchs Leben gehe.“

Sie streckte ihm den Fuß wieder hin, damit er den Stiefel fertig zuknöpfen konnte. „Das sollten Sie aber versuchen.“

Jesse hatte nie sonderlich auf die Landschaft geachtet, wenn er die zwanzig Meilen an der Long-Beach-Halbinsel nach Oysterville gefahren war. Die Straße führte durch flaches Land, an schilfbewachsenen Dünen, Ginstergestrüpp und vereinzelten Siedlungen vorbei. Hie und da drehte sich ein Windrad, es gab Felder mit roten Moosbeeren, nichts Außergewöhnliches, nur karges, unfruchtbares Marschland.

Doch in Begleitung von Mary Dare wurde diese Fahrt zum Erlebnis. Für sie war das Leben anscheinend eine ständige Abfolge kleiner Wunder. Ein altes Haus mit moosbewachsenen grauen

Schindeln gab ihr den Grund, sich weit aus dem Wagen zu beugen und den Kindern zuzuwinken, die im Vorgarten spielten. Ein Bär, der im seichten Brackwasser Krebse fischte, entlockte ihr spitze Laute des Entzückens, gepaart mit Angst. Als sie einen Strauch mit lachsfarbenen Brombeeren entdeckte, die nur in dieser Region gediehen, bestand sie darauf, anzuhalten und sie zu pflücken, um sie Palina und Magnus zu bringen, die zu Hause geblieben waren, um das Leuchtfeuer zu bewachen. Als Behälter diente ihr der neue Hut, den Hestia ihr in der Stadt gekauft hatte.

Der Anblick eines Seeadlers, der sich aus großer Höhe senkrecht herabstürzte und mit langen Klauen einen zappelnden Fisch aus dem Wasser zog, rührte Mary beinahe zu Tränen, so sehr war sie von der Schönheit und Seltenheit des Naturschauspiels gefangen. Sogar Nahcotta, ein unscheinbarer Ort, in dem es nach Fischabfällen stank, faszinierte sie.

Mit glänzenden Augen ließ sie den Blick über die weite Shoalwater Bay schweifen. „Sehen Sie nur all diese Schiffe“, rief sie begeistert.

„Austernboote“, sagte Jesse. Die Segelflotte war mit roten, weißen und blauen Wimpeln festlich geschmückt. Die eleganten Zweimaster jagten schnell dahin, ihre Segel blähten sich wie Vogelschwingen im Wind. Es hatte eine Zeit gegeben, als er auf seiner Yacht hart am Wind gesegelt war mit dem herrlichen Gefühl, über die Wellen zu fliegen. Auch damit war es nach Emilys Tod vorbei. Alles hatte sich mit ihrem Tod verändert.

„Austernboote“, sagte Mary in seine düsteren Grübeleien. „Haben die Boote keine andere Fracht an Bord?“

„Nein. Sie bringen ihren Fang nach San Francisco.“

„Eine ganze Flotte. Ich verstehe gar nicht, wie man dieses glibberige Zeug essen kann.“ Sie schüttelte sich angewidert.

Jesse hielt Ausschau nach einem Platz, wo er Pferd und Wagen abstellen konnte. Hier am Stadtrand von Oysterville hatten viele Festbesucher ihre Kutschen und Pritschenwagen bereits abgestellt, die im hohen wogenden Schilf aussahen wie unförmige Boote im Meer. Das Ungetüm der hohen Postkutsche nahm sich aus wie eine Fregatte.

„Die Bergleute und Straßenbauer in Kalifornien reißen sich um Austern. Ich kann mir gut denken, dass Männer, die sich monatelang bei ihrer schweißtreibenden Arbeit nur von Bohnen und Pökelfleisch ernährt haben, ganz wild nach frischen Austern sind. Sie sind sehr nahrhaft und auch gesund." Jesse lenkte den Einspänner in den Schatten einer ausladenden Trauerweide, deren Zweige bis zum Boden und in den daneben fließenden Bach hingen.

„Manchmal brachte Pa Austern mit nach Hause", sagte Mary, „aber mich hat es immer davor geekelt."

Er hörte ihren wehmütigen Tonfall. *Sie sind gestorben. Sie sind tot. Alle.*

Wenn Jesse etwas nachfühlen konnte, so war es die Trauer um Verstorbene. Dieser Kummer überschattete jeden Tag seines Lebens. Mary aber schien gelassen damit umzugehen. Sie bewahrte die Erinnerung an ihre Lieben im Herzen, ohne sich an ihren Kummer zu klammern wie ein Ertrinkender an einen Strohhalm.

Wie schaffst du das, Mary? Wie kannst du das ertragen?

Es verwunderte ihn, dass es eine andere Art gab, mit Verlust umzugehen. Ihre Art, dachte er grollend, ist ihre Sache. Schließlich hat sie keinen Treuebruch an einem Menschen begangen, den sie liebte. Schließlich hat sie ihre Familie nicht in den Tod getrieben.

Nachdem er abgesessen war und das Pferd angebunden hatte,

wollte er ihr aus dem Wagen helfen. Es war nur eine unpersönliche, höfliche Geste.

Doch bei Mary war alles anders. Sie schmiegte sich an seine Hände, er hielt sie knapp unter den Achseln, seine Daumen waren ihren Brüsten gefährlich nah. Meine Güte … es war so lange her, dass seine Hand sich um eine feste Frauenbrust geschlossen hatte.

Die Berührung versengte ihn wie Feuer. Doch damit nicht genug. Sie lächelte aus strahlenden Augen, ihr kirschroter Mund erschien ihm verlockend wie nie zuvor.

Er hielt sie wie eine zerbrechliche Porzellanpuppe und stellte sie sanft auf die Erde.

Hastig verdrängte er den Gedanken an das Leben, das in ihr heranwuchs. Marys Kind. Irgendwann hatten sie eine stillschweigende Übereinkunft getroffen, nicht von ihrem Kind zu sprechen, nicht davon, wer der Vater war und warum Mary sich weigerte, seinen Namen zu nennen.

Doch plötzlich befiel Jesse eine unheilvolle Ahnung wie vor einem aufkommenden Sturm. Ein bevorstehendes Unglück erschien ihm unausweichlich. Irgendwann waren beide gezwungen, sich der Tatsache zu stellen, ähnlich wie die Küstenbewohner gezwungen waren, sich auf ein Unwetter einzustellen, das eine Schneise der Zerstörung hinterließ, die Leben vernichtete. Niemand konnte sich vor dem Unheil schützen.

Dieses Gefühl ergriff ihn beim Gedanken an Marys Kind. Er nahm sich vor, mit ihr darüber zu reden. Wenn sie seine Gefühle kannte, würde sie gehen.

Doch beim Blick in ihr lächelndes Gesicht stockte ihm der Atem.

Verdammt noch mal.

Wenn sie bliebe, würde er ihr das Herz brechen. Vor Marys Auftauchen hatte er geglaubt, sein Leben würde sich nie wieder ändern, weil er es so wollte. Sie aber hatte ihm Herz und Verstand für neue Hoffnungen geöffnet.

Hoffnungen, die verloren wären, wenn er sie gehen ließe.

Jesse hob die tief hängenden Weidenzweige wie einen Vorhang, und die langen lanzettförmigen Blätter schienen zu flüstern, als das Paar unter dem Blätterdach hervortrat.

„Die Jahrhundertfeier des Unabhängigkeitstages", sagte Mary andächtig, legte die Hand schützend über die Augen und blickte zum Dach des Pacific House Hotels hinauf, das mit Wimpeln in den Nationalfarben geschmückt war. „Seit Jahrhunderten sehnen sich die Iren vergeblich nach Unabhängigkeit von Mutter England. Wahrhaftig ein Grund zum Feiern."

Sie nahm ihn bei der Hand und zog ihn auf die Menschenmenge zu. „Was ist das für ein Gebäude dort drüben?" Sie wies mit dem Arm auf einen lang gezogenen, schmucklosen, unfertigen Bau an der Front Street, begrenzt von vier Holztürmen, von denen die Fahnen wehten.

„Das alte Fort. Es wurde vor Jahren während der Indianerkriege von den Bewohnern erbaut." Jesse lächelte kurz. „Die Siwash hielten das Fort immer für einen Witz, da es hier in der Gegend niemals kriegerische Auseinandersetzungen gegeben hat. Indianer und Weiße kommen seit jeher gut miteinander aus. Auch die Siedler lachten darüber und stellten den Bau irgendwann ein. Bis heute fehlt das Dach."

In der Menschenmenge entdeckte Mary vereinzelte Männer und Frauen des Siwash-Stammes, die sich in ihrer lohfarbenen Lederkleidung und den vielen Muschelketten um den Hals exotisch in der Menge der weißen Siedler ausnahmen. Die Männer standen Pfeife rauchend in kleinen Gruppen beieinander, die Frauen schlenderten an den Jahrmarktsbuden vorbei und begutachteten das Warenangebot.

Jesse konnte sich kaum erinnern, wann er sich zum letzten Mal in eine größere Menschenansammlung begeben hatte.

Im Zentrum von Oysterville erhob sich auf einem grünen Rasenplatz das weiß getünchte Gerichtsgebäude mit seinem Kuppeldach, in dem der Ehrenwerte Richter Hiram Palmer residierte, ein Mann, der dafür bekannt war, demjenigen Recht zuzusprechen, der den höchsten Preis bezahlte.

Auf dem Podium hinter einem Tanzboden begann eine Musikkapelle zu spielen, begleitet von Händeklatschen und Zurufen der Umstehenden. Die rotweißblauen Fähnchen auf dem Dach der Rotunde schienen im Takt zur Musik zu wehen.

Der Platz war von langen Tischen auf Holzböcken begrenzt, die sich unter der Last der angebotenen Speisen bogen. Austern waren zu hohen Pyramiden aufgeschichtet, daneben lockten gebratene Hühner, rot und blau glasierte Obstkuchen sowie Fässer mit Bier und Limonade.

Es hatte eine Zeit in Jesses Leben gegeben, in der ihm Menschenansammlungen so selbstverständlich gewesen waren wie die Luft zum Atmen. In den besten Schulen des Landes war ihm gesellschaftlicher Schliff anerzogen worden. Er hatte ungezwungen mit den höchsten Würdenträgern in Portland geplaudert, mit reichen Unternehmern in San Francisco Verhandlungen geführt. Der Besuch von festlichen Soireen und Opernabenden war ihm so vertraut gewesen wie heute sein einsames Leben im Leuchtturm auf Cape Disappointment. Sein Großvater hatte ein Geschäftsimperium gegründet, sein Vater hatte mit dem Geschick eines Königs Midas den Reichtum des Unternehmens vermehrt.

Und Jesse war in die Fußstapfen seines Vaters getreten und hatte seinerseits einen bewundernswerten Geschäftssinn bewiesen.

Und eines Tages war alles vorbei.

Nichts hatte mehr Bedeutung. Nichts. Nicht einmal, ob er den nächsten Atemzug machte.

Doch nun zerrte Mary ihn mutwillig in eine Welt zurück, der er vor vielen Jahren entflohen war. Hier waren zwar nicht die Spitzen der Gesellschaft von Portland versammelt, um Geschäftsabschlüsse im großen Stil zu tätigen und hochtrabende Pläne für die Zukunft des Landes zu diskutieren. Wohlhabende Sommergäste mischten sich unter die Festbesucher, aber der Großteil waren ortsansässige Bürger.

Mary zog ihn unerbittlich über den belebten Festplatz. „Es ist nur ein Musikpodium, nicht der Galgen."

Sein finsterer Blick streifte sie. „Was?"

„Sie sehen aus wie ein zum Tode Verurteilter auf dem Weg zum Galgen."

„Ich bin eben kein angenehmer Gesellschafter."

Sie lachte nur und zog ihn weiter. Jesse dachte daran, dass Schiffbrüchige, die er aus der kochenden Brandung zerrte, sich in ähnlicher Weise wehrten – doch hinterher war ihm jeder immer dankbar.

Er hoffte, in der Menge der fröhlichen Festbesucher unerkannt zu bleiben, Mary aber hatte eindeutig andere Absichten.

Bevor er sie davon abhalten konnte, hatte sie den Arm gehoben und winkte heftig. „Hallo!" rief sie. „Juhu, Mrs. Swann! Hier sind wir!"

Dutzende Köpfe drehten sich in ihre Richtung. Jesse fühlte sich den neugierigen Blicken ausgesetzt, nackt und bloß wie ein gerupftes Huhn. Dies war die Hölle, die Hölle auf Erden.

14. KAPITEL

Vor den goldenen Himmelspforten wäre Mary vermutlich nicht aufgeregter und begeisterter gewesen als in diesem Augenblick. Alles war für sie neu und voller Wunder. Dies war die zweite Chance, die sie sich erhofft, um die sie Gott angefleht hatte. Die Erklärung dafür, warum sie als Einzige den Schiffsuntergang überlebt hatte. Die Stadt lag vor ihr wie ein frisch gepflügtes Feld. Hier war ihr Neubeginn, hier konnte neues Leben gedeihen.

Und niemals würde ein Mensch je erfahren, dass sie einmal die Hure eines reichen Mannes gewesen war.

„Jesse." Sie blickte mit glänzenden Augen zu ihm auf. „Danke, dass Sie mich mitgenommen haben."

Mit langen Schritten ging er neben ihr her. „Nichts zu danken", brummelte er mürrisch. Er sträubte sich gegen das Vergnügen und fragte sich, wieso er sich von ihr hatte überreden lassen, das Fest zu besuchen.

„Es wird Ihnen gefallen, Sie werden sehen." Unterdessen pflügte Mrs. Swann durch die Menge, ihre weiten Röcke hinterließen eine breite Schneise.

Das Gebilde auf ihrem Kopf war ein Wunder der Hutmacherkunst. Auf dem breiten Rand des Strohhuts wippte ein Meer aus roten, weißen und blauen Nelken, in dessen Mitte ein Fähnchen in den Nationalfarben prangte.

„Da seid ihr ja!" rief Hestia Swann und winkte mit einem blauen Sonnenschirm.

Die Musik machte eine Pause, ein Mann mit Spitzbart und Zylinder kletterte auf das Podium, hielt sich einen Blechtrichter an den Mund, begrüßte die Festgäste mit lauter Stimme und wünschte allen viel Vergnügen zur Feier des hundertjährigen Unabhängigkeitstages. Applaus und Jubel brandeten auf.

Mrs. Swann breitete die Arme aus, der blaue Sonnenschirm baumelte an ihrem Handgelenk. „Nun sieh nur einer an, Mary Dare! Sie sehen ganz entzückend aus."

„Das habe ich allein nur Ihnen und Doktor MacEwan zu verdanken."

„Papperlapapp. Wir haben die rosige Farbe nicht auf Ihre Wangen gezaubert." Sie blickte verstohlen unter ihrem überladenen Hutgebilde hervor und blinzelte Jesse zu. „Ich könnte mir denken, wer dafür verantwortlich ist."

„Sie wenden sich an die falsche Adresse", wehrte Jesse ab. „Marys Genesung hat nichts mit mir zu tun."

„Oh doch." Mrs. Swann nestelte ein Taschentuch aus ihrem Ärmel und betupfte sich die Augen. „Es ist so romantisch, dass ich ganz rührselig werde. Sie haben dieser jungen Frau das Leben gerettet, Jesse Morgan."

Mary drückte seine Hand. „Ja, das stimmt, ob Ihnen das passt oder nicht."

Sie ahnte, dass Jesse sie im Stillen verfluchte, weil er sich auf den Ausflug eingelassen hatte.

„Ach, wie reizend!" rief Mrs. Swann. „Reverend und Mrs. Hapgood und ihr niedlicher kleiner Sohn", stellte sie das Ehepaar vor, das Mary verlegen die Hand schüttelte. Der strohblonde, etwa vierjährige Junge hatte rote Apfelbäckchen und Abenteuerlust im Blick, ein richtiger kleiner Racker.

Nachdem man höflich einige Sätze gewechselt hatte, entfernten sich die Hapgoods und begrüßten andere Bekannte. Hestia betupfte sich wieder die Augen. „Sie sind so reizende Leute und ganz vernarrt in ihren Sohn."

„Er ist entzückend", sagte Mary.

„Sie vergöttern das Kind." Sie senkte die Stimme zu einem Flüstern. „Die Ärmste hat ihr erstes Baby verloren, müssen Sie wissen."

Marys Herz setzte vor Schreck einen Schlag aus. „Das tut mir Leid."

„Wir sollten weitergehen", meldete Jesse sich barsch zu Wort.

„Was ist passiert?" fragte Mary neugierig. „Wie ist das Kind gestorben?"

„Der Kleine ist nicht gestorben", antwortete Hestia mit Grabesstimme, „das ist ja das Tragische. Der Knabe wurde ..."

„Es reicht, Mrs. Swann", wies Jesse sie streng zurecht.

Sie fächelte sich nervös mit dem Taschentuch Luft zu. „Du liebe Güte. Wie unverzeihlich taktlos von mir", sagte sie zerknirscht und tief errötend. „Es ist gar nicht meine Art, zu klatschen. Können Sie mir verzeihen?"

Mary fand Hestia Swann irgendwie rührend und spürte, dass sie eine sehr einsame Frau war.

„Wie geht es Ihnen?" fragte Fiona MacEwan, die sich zu ihnen gesellte auf dem Weg zu den rot kariert gedeckten Tischen.

„Ausgezeichnet, danke der Nachfrage. Manchmal ermüde ich rasch ..."

„Sie ist wieder hergestellt", mischte Jesse sich ein. „Es geht ihr gut genug, um auszuziehen."

„Oh, sehen Sie nur!" unterbrach Mary ihn, ehe er den Gedanken vertiefen konnte. „Die schönen Austern." Sie eilte an den Tisch. „Die Austern in der Shoalwater Bay sollen die besten auf der ganzen Welt sein."

Sie bewunderte das reiche Angebot. Auf der anderen Seite des Tisches öffneten zwei Männer in langen Schürzen die blättrigen Schalen der Muscheln und legten sie neben Zitronenvierteln auf ein Bett aus gestoßenem Eis in große flache Schalen.

„Sie sagten doch vorhin, Sie mögen das glibberige Zeug nicht“, stellte Jesse fest.

„Ich sagte nur, früher mochte ich keine Austern“, korrigierte sie ihn und schenkte dem Mann hinter dem Tisch ein reizendes Lächeln. Aus den Augenwinkeln bemerkte sie, wie Mrs. Swann von der Ärztin beim Arm genommen und weitergezogen wurde. Die Frauen wollten sie offenbar mit Jesse allein lassen, und Mary dankte ihnen im Stillen dafür. „Vielleicht habe ich nur noch keine wirklich gute Auster gegessen.“

„Dann sind Sie hier richtig.“ Der Mann in der Schürze grinste breit und hielt ihr auf seinem Gummihandschuh eine große geöffnete Muschel hin. „Etwas Köstlicheres haben Sie nie zuvor probiert.“

Mary betrachtete misstrauisch das bleiche, zuckende Austernfleisch, das in der Sonne glänzte.

Jesse schob sie nach vorne. „Probieren Sie. Sie haben sich so sehr darauf gefreut.“

Das hatte sie nun von ihrer vorlauten Art. Nie konnte sie den Mund halten. Mit zwei spitzen Fingern nahm sie die dicke Schale und hob sie an die Lippen. Alle Leute in der Nähe schlürften Austern. Sie verdrängte den Gedanken, dass die Auster noch lebte und nicht ahnte, dass sie im nächsten Moment verschlungen werden sollte.

Mary schloss die Augen und verzog das Gesicht, als das schleimige Muschelfleisch durch ihre Kehle rutschte. Es schmeckte nach Meer und roch ein wenig nach Moschus, was sie an etwas erinnerte, woran sie lieber nicht denken wollte. Sie warf die leere Schale zu dem anwachsenden Haufen Austernschalen auf der Erde.

„Köstlich“, rief sie mit belegter Stimme. „Vielen Dank.“ Sie klammerte sich an Jesses Arm und eilte weiter. „Dürfte ich ein Glas Limonade haben? Jetzt gleich?“

Er lachte. Sie vergaß ihren Ekel und lachte gleichfalls. Jesse schien sich ein wenig zu entspannen und nickte Leuten im Vorbeigehen zu. Viele kannten ihn vom Sehen, er aber hatte meist keine Ahnung, wer sie waren.

Über einer breiten, mit glühenden Kohlen gefüllten Grube wurde ein ganzer Ochse am Spieß gebraten. Der Feuerstelle entströmte große Hitze, um die sie einen weiten Bogen machten. Mary kam aus dem Staunen nicht heraus. „Ich komme mir vor wie in einem Märchen“, sagte sie und hakte sich bei Jesse unter.

„Tatsächlich?“

„Es ist ein Traum – die weiß gekleideten Damen, die Musik, die Kinder im Sonntagsstaat, die Flotte draußen im Hafen. Alles ist so wunderschön. Sie können sich glücklich schätzen, hier zu leben unter all diesen netten Menschen.“

„Mag sein“, meinte er widerstrebend. Er schien milder gestimmt als sonst, weniger streitlustig.

„Irland ist auch sehr schön“, fuhr sie fort, „aber wir wohnten weit außerhalb des Ortes, und die Dorfbewohner hatten keinen Grund, Feste zu feiern. Irland hat sich bis heute nicht aus dem Joch der Engländer befreit.“ Sie zog die würzigen Essensdüfte ein, den Geruch nach Meer und nach Menschen.

Ein lautes Hackgeräusch erregte ihre Aufmerksamkeit. Sie eilte voraus, dem Geräusch entgegen. Seitlich neben dem Gerichtsgebäude war ein rechteckiger Platz mit Seilen eingegrenzt. Auf einem flachen Felsbrocken in der Mitte stellten Männer dicke Holzklötze auf und spalteten sie.

„Wollen Sie der jungen Dame zeigen, wie stark Sie sind?“ rief ein Mann in Hemdsärmeln und Strohhut. „Ein Wettbewerb im Holzhacken“, erklärte sie Jesse über die Schulter.

„Was Sie nicht sagen.“

„Ach, Jesse.“ Sie lachte.

„Ein Penny für drei Versuche“, schrie der Mann. „Der Hauptgewinn ist eine patriotische Adlerbrosche für Ihre Gattin.“

Ein Frösteln lief Mary über den Rücken. Unvermutet drang die kalte Wirklichkeit in ihre Traumwelt. *Ihre Gattin.* Sie wagte einen flüchtigen Blick in Jesses Richtung, der mit undurchdringlicher Miene über die Absperrung stieg und die Axt aus einem Holzklotz zog.

Der Marktschreier freute sich. „Drei Versuche, ein Penny.“

„Ich brauche keine drei Versuche.“ Jesse warf dem Mann eine Münze zu, zog seinen Gehrock aus, reichte ihn Mary, krempelte die Ärmel seines weißen Hemdes hoch und entblößte kraftvolle, sonnengebräunte Unterarme. Dann stellte er sich breitbeinig vor den Holzklotz, den der Mann auf den flachen Stein gestellt hatte. Neugierige traten an die Absperrung, und Mary hörte halblaute Stimmen: „Wer ist der Mann?“ „Der Leuchtturmaufseher von Cape Disappointment.“ „Der hat mehr Schiffbrüchige gerettet als jeder andere an der Küste.“ „Er soll ein komischer Kauz sein …“

Mary entfernte sich von den murmelnden Stimmen. Sollten sie ruhig reden. Jesse war kein komischer Kauz. Die Leute hatten nur zwölf Jahre geglaubt, er wolle allein sein. Und sie war die Einzige, die spürte, wie furchtbar er darunter litt. Sie war die Einzige, die glaubte, ihn heilen zu können.

Was ihr allerdings Kopfzerbrechen bereitete, war die Frage, wie sie *ihn* davon überzeugen konnte.

Er lockerte die Krawatte und konzentrierte sich auf den Holzklotz, als existiere sonst nichts auf der Welt. Eine Konzentration, die er lange trainiert hatte. Er stand inmitten von abgespalteten Holzspänen von Klötzen, an denen sich seine Vorgänger vergeblich versucht hatten, ohne den Klotz jedoch genau in der Mitte zu spalten.

Mary kam es gar nicht in den Sinn, dass Jesse daran scheitern könnte. Sie spürte eine geradezu mystische Kraft zwischen ihm und der Axt in seiner Hand. Mühelos schwang er das Beil mit gestreckten Armen hoch über den Kopf und ließ es blitzschnell niedersausen. Die Schneide senkte sich genau in die Mitte des Klotzes und spaltete ihn in zwei Hälften. Der Geruch nach frischem Holz und Harz wehte zu ihr herüber.

Die Zuschauer klatschten begeistert Beifall. Der Marktschreier grinste gutmütig. „Keiner hat mich davor gewarnt, dass Paul Bunyan heute hier auftaucht", sagte er und reichte ihm die Trophäe.

Mary wurde von der schiebenden Menge nah an Jesse herangedrängt. Sie spürte die feuchte Wärme, die ihm entströmte. Ein Schauer durchrieselte sie.

Er drückte ihr die Brosche in die Hand. „Ich habe keine Verwendung dafür", sagte er.

„Vielen Dank." Sie verkniff sich eine spitze Anspielung auf seine ungehobelten Manieren. Die Bemerkung des Marktschreiers vor ein paar Minuten, der sie als seine Ehefrau bezeichnete, hatte beide in Verlegenheit gebracht. Ein Tag, der unbeschwert und heiter begonnen hatte, war plötzlich durch ein harmloses Wort düster geworden.

Und Mary wusste nicht, wie sie die Stimmung wieder aufhellen konnte.

Sie steckte sich die Brosche ans Mieder und trug Jesses Gehrock über dem Arm, den er anscheinend vergessen hatte. Das Hemd klebte ihm feucht an Schultern und Rücken.

„Grundgütiger, täuschen meine Augen mich?“ rief eine Männerstimme.

Jesse und Mary blieben stehen. Ein Mann im weißen Anzug und Strohhut näherte sich, begleitet von einer Dame, ebenfalls von Kopf bis Fuß in strahlendes Weiß gekleidet.

Das vornehme Paar schwebte förmlich durch die Menge, ihre eleganten, weißen Schuhe schienen kaum das Gras zu berühren.

Der Mann war blond und blauäugig, sein Lächeln offen und herzlich. „Ich fasse es nicht“, rief er. „Aber bei Gott, er ist es.“ Er streckte die Hand aus. „Jesse Kane Morgan, alter Junge. Erinnerst du dich an mich? Elliot Webber aus Portland.“

„Natürlich erinnere ich mich.“ Jesse schüttelte ihm die Hand.

Elliot zog die Finger mit einem irritierten Stirnrunzeln zurück und wischte sie heimlich an einem weißen Taschentuch ab.

Jesse räusperte sich. „Verzeihung. Ich habe mich gerade als Holzhacker versucht.“

„Ich weiß“, sagte die Frau. „Ich habe Sie beobachtet.“

Mary begriff. Die vornehme Dame hatte Gefallen daran gefunden, wie Jesse die Axt schwang, wie sein Haar in der Sonne glänzte, wie die Muskelpakete seiner Schultern und Arme sich unter dem Hemd spannten, als er den Holzklotz spaltete. Sie schien den Blick nicht von ihm wenden zu können.

„Darf ich dir meine Frau Sarah vorstellen?“

Jesse machte eine tiefe, formvollendete Verneigung. „Mrs. Webber.“

Mir gegenüber legt Jesse nie so perfekte Manieren an den Tag, dachte Mary in einem Anflug von Unmut. Und dann stellte Jesse sie vor. „Das ist Mary. Mary Dare.“

Elliot Webber musterte sie anerkennend. Ihre Mutter hatte ihr stets eingeschärft, nicht eitel zu sein, doch dieser wohlgefällige Männerblick schmeichelte Marys Eitelkeit. „Guten Tag."

„Erfreut, Sie kennen zu lernen", sagte Mrs. Webber.

„Ganz meinerseits." Mary lächelte anmutig.

Mr. Webber nahm den Hut ab und fixierte sie aus leicht zusammengekniffenen Augen. „Sind wir einander schon irgendwo begegnet, Miss Dare?"

„Nicht, dass ich wüsste."

„Sie kommen mir irgendwie bekannt vor", meinte er schulterzuckend. „Jesse und ich waren Schulkameraden", erklärte er an seine Frau gewandt. „Er war Captain unserer Kricketmannschaft, und ich war sein Stellvertreter." Elliot zwinkerte. „Immer vorne dran, wie Jesse? Was du aus der Shoalwater Bay Company gemacht hast! Beachtliche Leistung. Alle Welt war schockiert, als du so plötzlich ausgestiegen bist, nachdem ... ehm, tut mir Leid, alter Junge. Wie dumm von mir, über alte Zeiten zu plaudern."

„Was führt dich in die Gegend?" fragte Jesse steif.

„Wir verbringen jeden Sommer hier", meldete sich Sarah zu Wort.

Wieso redet die hübsche Frau so affektiert nasal? dachte Mary.

„Heute will ich es den hiesigen Seglern bei der Regatta zeigen", sagte Elliott und hakte die Daumen in die Taschen seines weißen Anzugs. Er hatte die Arroganz eines Mannes, dem alles in den Schoß fiel – eine schöne Ehefrau, Geld, Erfolg und selbstredend auch der Sieg in einer Segelregatta. „Gestern hatte ich ziemliche Schwierigkeiten – einer aus der Mannschaft hat einen über den Durst getrunken und ist heute nicht zu gebrauchen." Elliot schnippte mit den Fingern. „Hey! Wieso übernimmst du seinen Platz nicht, Jesse? In unserer Schulzeit warst du ein ausgezeichneter Segler. Erinnerst du dich, als ich damals bei der Willamette-Regatta in deiner Mannschaft war? Es wird dir Spaß machen. Nach dem ersten Kanonenschuss segeln wir in die Bucht hinaus und …"

„Tut mir Leid, Elliot, nein."

Mary hörte den gepressten Unterton in Jesses Stimme und hakte sich bei ihm unter.

„Aber es wäre doch ein Heidenspaß", mischte Sarah sich ein. „Ihr seid ein perfektes Team und könnt es diesen ungewaschenen Bauernlümmeln zeigen."

Mary spürte, wie sich Jesses Armmuskeln spannten. Er, der furchtlose Held, hatte Angst, in See zu stechen.

„Sie müssen mitmachen." Sarah zog einen süßen Schmollmund. „Es wäre nicht auszudenken, wenn der Silbercup an einen gewöhnlichen Fischer ginge, vielleicht sogar an einen Ausländer. An einen dieser komischen Norweger oder einen schmutzigen Iren oder …"

„Nein." Jesses Stimme schnitt der Dame messerscharf ins Wort. „Wir sind verabredet und müssen gehen."

Doch die Absage genügte Mary nicht, in der maßlose Wut loderte, nicht nur wegen Jesse.

„Und Gott behüte", platzte sie im breitesten irischen Dialekt heraus, „dass ein schmutziger Ire die Regatta gewinnt." Mit einem theatralischen Schwung warf sie sich Jesses Gehrock über die Schulter.

Erst dann bemerkte sie ihren Fehler.

Die Blicke des weiß gekleideten, vornehmen Paares schweiften gleichzeitig zur Rundung ihres Leibes. Mary sah, wie ihre Gedanken sich überschlugen, wie sie rechneten, die Situation beurteilten und ihre Schlüsse zogen. Schließlich ergriff Sarah wieder das Wort. „Nun denn“, meinte sie spitz, raffte die Röcke und rauschte davon.

Elliot grinste Jesse schulterzuckend an und folgte dann seiner Gemahlin.

Marys Kehle brannte wie Feuer, die Brust war ihr eng geworden. Die unbeschwerte Heiterkeit des Tages war verflogen. Innerhalb weniger Minuten war sie als Ehefrau bezeichnet und anschließend als Hure gebrandmarkt worden.

Beides zerrte an ihr. Ehefrau zu sein war ihr innigster Wunsch, und zur Hure hätte sie sich nie machen lassen dürfen. Plötzlich schossen ihr die Tränen in die Augen, und sie floh blind aus der Menge.

Irgendwo in der Ferne wieherte ein Pferd, Kies knirschte unter den Rädern einer Droschke. Vor ihr lagen hohe Haufen leerer Austernschalen und rahmten den Blick auf die Bucht, wo die Flotte im gleißenden Wasser vor Anker lag.

Mary hielt den Blick geradeaus gerichtet, versuchte ihren Zorn zu bezähmen, ihre Scham abzuschütteln, die Tränen wegzublinzeln. Nichts wollte ihr gelingen.

„Mary.“ Jesse berührte ihre Schulter.

Sie schüttelte seine Hand heftig ab und wich einen Schritt, zwei Schritte zurück. „Fassen Sie mich nicht an. Nicht jetzt. Nicht, wenn Sie es nicht ehrlich meinen.“

„Verflixt noch mal …“

„Hilfe!“ schrie eine gellende Frauenstimme über den belebten Festplatz. „Zu Hilfe!“

„Bleiben Sie hier. Jemand braucht Hilfe. Ich bin gleich wieder da“, rief Jesse, der sich bereits im Laufschritt entfernte, über die Schulter.

Mary lehnte sich ermattet gegen einen Zaun, beinahe erleichtert, dass er ihr Zeit ließ zum Nachdenken. Sie durfte sich nicht von spitzen und verächtlichen Bemerkungen, wie der von Sarah Webber, aus der Fassung bringen lassen, und sie durfte ihre Gefühle für Jesse Morgan nicht zulassen.

Sie musste sich mit den Gegebenheiten abfinden. Sie war eine unverheiratete, schwangere Frau, die mit einem unverheirateten Mann unter einem Dach lebte, der sich vor der Welt verkroch.

„Hilfe!“ schrie die Frauenstimme wieder. „Mein Kind!“

Es war die Stimme von Mrs. Hapgood, der Ehefrau des Pastors. Und plötzlich schrumpften Marys Kümmernisse zur lächerlichen Bedeutungslosigkeit.

Müde ging Jesse zum Festplatz zurück, auf dem Arm trug er eine kostbare Last. Der kleine Junge der Hapgoods hatte den Arm um Jesses Nacken gelegt.

„Das war eine waghalsige Fahrt“, stellte Jesse fest. „Ich wette, du hättest nicht gedacht, dass der Gaul durchgeht.“

„Ich hatte Angst, Mister. Große Angst.“ Der Junge legte den Arm enger um den Nacken seines Retters.

Jesse überkam eine seltsame Rührung, als der Kleine sich so vertrauensvoll, so unschuldig an ihn schmiegte.

Das Kind war in den Einspänner seines Vaters geklettert und hatte eine halsbrecherische Spritztour gemacht. Und Jesse wurde wieder einmal damit konfrontiert, wie flüchtig das Leben war. Glückseligkeit konnte sich von einer Sekunde zur nächsten in namenloses Leid verwandeln.

In einem Anflug spontaner Gefühlsaufwallung hob Jesse das Kind höher und drückte ihm einen Kuss auf den Scheitel. Die Berührung seiner Lippen mit dem seidigen Kinderhaar versetzte ihm einen befremdlichen Stich in der Brust.

Es blieb ihm keine Zeit, darüber nachzudenken. Mrs. Hapgood rannte mit gerafften Röcken die Straße entlang, der Pastor mit flatternden Rockschößen hinter ihr her. „Mein Kind“, kreischte sie. „Mein Junge!“

Der Kleine begann sich in Jesses Armen zu winden und war nicht mehr zu halten. „Mama! Papa!“ jauchzte er vor Glück, und Jesse stellte den zappelnden Jungen ab. Die Mutter hob ihn hoch, drückte ihn weinend an sich und bedeckte sein kleines Gesicht mit Küssen. Der Vater umarmte Frau und Kind, eine Träne lief ihm über die bleiche Wange. Er drehte sich zu Jesse um, seine Lippen formten ein stummes „Dankeschön.“ Jesse nickte und wandte sich zum Gehen, um nach Mary Ausschau zu halten.

Er musste nicht lange suchen. Und er erinnerte sich an ihren Streit.

Elliot und Sarah Webber. Zum Teufel mit den beiden. Marys Gesicht, als Sarah von „schmutzigen Iren“ gesprochen hatte, hatte ihm ihre tiefe Kränkung gezeigt. Sie hatte solche abfälligen Bemerkungen nicht zum ersten Mal gehört, und Jesse wünschte, sie müsste solche Schmähungen nie wieder hören.

Er wollte sie beschützen. Wenn das nur so einfach wäre wie bei dem kleinen Jungen in der gefährlich schwankenden Kutsche hinter dem durchgehenden Pferd. Er hatte sich dem Gaul in den Weg gestellt und ihn aufgehalten, und schon war der Spuk vorbei gewesen.

Mary hatte sich nicht von der Stelle am Zaun gerührt und blickte starr aufs Meer hinaus, ihr gewölbter Leib im Profil das sichtbare Zeichen dessen, was zwischen ihnen stand.

Das Kind. Die stumme Bedrohung. Der Hohn.

Jesse dachte an den Jungen, den er seinen zu Tode erschrockenen Eltern gebracht hatte. Dieses kostbare kleine Leben. Für

Marys Baby könnte er niemals zärtliche Empfindungen haben, würde es gar nicht erst versuchen. Der bloße Gedanke daran ließ ihn innerlich erschauern. Er konnte sich nicht einmal in der Rolle des Vaters seines eigenen Kindes vorstellen, geschweige denn eines Bastards, den ein Fremder gezeugt hatte.

Mary aber ist keine Fremde, hielt ihm die Stimme seines Gewissens entgegen.

Innerlich aufgewühlt trat er neben sie. Nie waren ihre Augen so groß, ihr Blick so sanft, so traurig gewesen. Wo war ihr glückliches Strahlen geblieben? Wo ihre Heiterkeit? Mary konnte doch sonst jeder Situation eine humorvolle Seite abgewinnen.

„Da sind Sie ja wieder, der Held des Tages“, sagte sie leise. „Welch ein Glück für die Hapgoods, dass Sie heute hier sind, Jesse Morgan. Ja, jeder kann sich glücklich schätzen, Sie in seiner Nähe zu wissen.“

Die beißende Ironie ihrer Worte schmerzte ihn. Die Begegnung mit den Webbers hatte den Tag überschattet wie eine dunkle Gewitterwolke. Er spürte, wie sie sich tapfer bemühte, Haltung zu bewahren, als sie neben ihm durch die Menge schlenderte, aber heftig zusammenzuckte, als der Kanonenschuss den Start der Segelregatta ankündigte.

Ihre Stimmung hob sich ein wenig, als ein Austernsegler mit einer in Oysterville ansässigen finnischen Mannschaft das Rennen gewann und als erstes Boot die Boje umrundete, weit vor den schnittigen Yachten der reichen Sommerfrischler aus Portland und Astoria. Als die Sonne tief hinter der Halbinsel stand und den Sommerhimmel vergoldete, wurde Jesse unvermutet klar, dass ihm die Freude eines anderen Menschen seit einer Ewigkeit nichts mehr bedeutet hatte, vielleicht nie so viel bedeutet hatte wie in diesem Augenblick.

Er hatte Emily geliebt, aber er hatte sie mit der Sorglosigkeit und Leichtfertigkeit eines jungen, verwöhnten Mannes geliebt. Nun, da er älter war, wusste er, dass jeder kommende Tag nur ein Versprechen und keineswegs eine Garantie war.

„Woran denken Sie?“ fragte Mary.

Er räusperte sich. „An Sie. Und ich hoffe, Sie wissen, dass ich mich keinen Deut darum schere, was Elliot Webber und seine Frau sagen.“

Sie hob das Kinn. „Das weiß ich.“

„Kommen Sie, wir wollen etwas essen.“

Nach kurzem Zögern nickte sie und folgte ihm an einen der langen Tische, die auf dem Rasen aufgestellt waren.

Passanten beglückwünschten Jesse, schlugen ihm auf die Schultern, redeten von seinem Mut, und er glaubte ihnen kein Wort, die Aufmerksamkeit war ihm lediglich lästig. Der kleine Junge war in Gefahr gewesen, er hatte rasch reagiert und den Wagen angehalten. Das war alles.

Nach dem Essen begann Mary ein Gespräch mit dem jungen Paar, das neben ihnen Platz genommen hatte, und Jesse freute sich, dass Mary wieder aufblühte, plauderte und lachte. Er bemerkte, wie sie mit dem Fuß unter dem Tisch den Takt zur Musik schlug.

Jesse war nicht darauf vorbereitet, als sie sich ihm zuwandte und fragte: „Was ist mit Mrs. Hapgoods Kind passiert? Ihrem ersten Kind.“

„Ich habe keine Ahnung.“

„Doch, Sie wissen es. Entweder Sie sagen es mir, oder ich frage Mrs. Swann danach.“

Jesse holte tief Luft. Er wollte nicht darüber sprechen, wollte Marys Gesicht nicht sehen, wenn sie die Geschichte erfuhr, und dennoch drängten sich die Worte ungewollt über seine Lippen. „Sie hatte ein uneheliches Kind. Der Vater des Kindes war ihr Arbeitgeber. Gleich nach der Geburt nahm er es ihr weg. Sie hat es nie wiedergesehen."

Mary schwieg. Reglos saß sie da und schwieg. Jesse wusste nicht, ob es an der hereinbrechenden Dämmerung lag oder ob er sich das einbildete, aber sie hatte noch nie so klein und schutzlos gewirkt.

„Wollen Sie tanzen?" fragte jemand, und dann erschrak er, als er seine Stimme erkannte.

Sie sah ihn an, ihre Züge wirkten unendlich weich und wehmütig im Schein der Fackeln. „Ich tanze für mein Leben gern", gestand sie. „Aber nicht hier. Ich möchte nicht auffallen." Befangen senkte sie den Blick auf ihren Leib.

Jesse hörte das Bedauern, die Sehnsucht in ihrer Stimme. Er nahm sie bei der Hand und zog sie auf die Füße. „Kommen Sie."

Sie folgte ihm willig, wenn auch verdutzt. „Wohin gehen wir?"

„Das werden Sie gleich sehen."

Hinter dem Lichtkreis der Fackeln herrschte Dunkelheit. Nur der bläuliche Schein des aufgehenden Vollmondes zeigte ihm den Weg. An der Ostseite des Gerichtsgebäudes, abseits vom Lärm der Festbesucher, stand eine Gartenlaube, an deren weiß gestrichenen Holzgittern blühende Rosen rankten. Jesse führte Mary drei Holzstufen hinauf in die Laube und verbeugte sich vor ihr.

„Darf ich Sie um diesen Tanz bitten?"

Statt zu nicken und sich in seine Arme zu schmiegen, brach sie in Tränen aus.

„Was ist jetzt los?" fragte er.

„Verzeihung.“ Hastig wischte sie sich die Tränen von den Wangen. „Den ganzen Abend sehne ich mich danach, und jetzt geht mein Wunsch in Erfüllung. Woher wussten Sie das?“

„Was?“

„Dass ich gerne tanzen möchte?“

„Sie verstehen es nicht gerade meisterhaft, Ihre Gefühle zu verbergen. Wollen Sie nun tanzen oder nicht?“

„Ja“, antwortete sie strahlend. „Ja, ich möchte gerne mit Ihnen tanzen.“

Jesse hatte auch nach Jahren die Tanzschritte nicht vergessen. Was er allerdings vergessen hatte, war das süße Gefühl, eine Frau in den Armen zu halten.

Mary ließ sich mühelos von ihm führen, bewegte sich leichtfüßig, schien in seinen Armen zu schweben. Ihre warmen Finger lagen leicht in seiner Hand, ihr seidiges Haar streifte sein Kinn, als sie sich sanft im Walzertakt durch die Gartenlaube drehten.

Sie blickte mit glänzenden Augen zu ihm auf. „Danke, Jesse. Es ist wunderbar, mit Ihnen zu tanzen.“

Und dann küsste er sie. Er wusste nicht, wie es dazu kam, ob er den Anfang gemacht hatte oder sie. Er wusste nur, dass er sie küsste, dass seine Hände ihren Rücken nach unten glitten, er sie eng an sich presste, während er mit der Zunge ihren Mund erforschte.

Ohne sich von ihr zu lösen, trat er an eine Bank an der Holzwand der Laube, auf die sie gemeinsam sanken, einander umschlungen hielten, verlangend und sehnsüchtig. Sie schmeckte und duftete wie der Sommer, nach Gras und Erde. Er streichelte sie, fand ihre festen, prallen Brüste. Sie trug kein Korsett.

Er fieberte vor Verlangen wie seit langer Zeit nicht. Es waren so viele Jahre vergangen, seit er eine feste Frauenbrust mit der Hand umschlossen hatte.

„Ach, Mary, Mary du fühlst dich so wunderbar an“, raunte er. Sie legte den Kopf in den Nacken, und er hauchte ihr flüchtige Küsse auf den zarten Hals. „Ich will dich näher spüren, ganz nah.“ Die Wollust schaltete seinen Verstand aus. „Noch näher.“

Er zog sie auf seinen Schoß, und sie an seinen Schenkeln zu spüren steigerte sein Verlangen. Das Blut rauschte ihm in den Ohren wie die Meeresbrandung. Nie im Leben hatte er eine Frau so heftig begehrt, wie er Mary in diesem Moment begehrte. Und er spürte ihr Verlangen, denn sie machte kein Hehl aus ihrer Begierde. Ihre Finger nestelten an seinen Knöpfen, stahlen sich unter sein Hemd und liebkosten seine nackte Brust.

Er begehrte sie mit jeder Faser seines Seins und spürte gleichzeitig den Schmerz. Liebe bedeutete Leid. Das hatte ihn die bittere Erfahrung gelehrt, hatte sich in sein Herz eingebrannt durch den grauenhaften Verlust, den er erlitten hatte.

Er presste sie an sich. Wie hatte er die letzten zwölf Jahre überstanden ohne dieses süße Sehnen? Er hatte geglaubt, diese Gefühle seien längst in ihm abgestorben … bis Mary auftauchte.

Das war es also. Heute Nacht würde er die unsichtbare Grenze überschreiten und Mary nehmen. Er würde sie in den Armen halten und …

Er spürte einen sanften Stoß, als wolle sie ihn mit ihrer kleinen Faust wegschieben. Benommen löste er seine Lippen von den ihren. „Willst du, dass ich aufhöre?“ fragte er heiser.

„Nein“, flüsterte sie atemlos. „Warum sollte ich?“

„Ich dachte, du schiebst mich weg.“ Wieder spürte er den sanften Stoß.

Mary kicherte. „Das bin nicht ich. Das Baby bewegt sich."

Vor Schreck hätte er sie beinahe von sich gestoßen. Er umfing ihre Oberarme mit festem Griff und setzte sie neben sich. Ein eisiger Hauch schien durch die Laube zu wehen. „Verzeihung", sagte er kalt. „Ich hätte mich beinahe vergessen. Es wird nicht wieder vorkommen."

„Aber Jesse …"

Brüsk stand er auf, nahm sie beim Ellbogen, half ihr auf die Füße und schob sie aus der Laube, die drei Stufen hinunter. Er fühlte sich schwindelig, als sei er im Begriff gewesen, in einen tiefen Abgrund zu stürzen, und in letzter Sekunde zurückgehalten worden.

„Was ist geschehen?" fragte sie ratlos, während sie den Rasen überquerten. „Es ist völlig natürlich, dass ein Baby sich bewegt. Daran ist doch nichts Erschreckendes."

„Das habe ich auch nicht behauptet."

„Und warum haben Sie plötzlich aufgehört?"

„Hätten Sie sich mir tatsächlich in der Laube hingegeben?" fragte er schneidend. „Denn dazu wäre es gekommen. Ein paar Minuten später hätte ich Ihnen die Röcke hochgerissen. Hätten Sie das gewollt, Mary?"

„Ich …"

„Antworten Sie!" Seine Stimme klang grausam und kalt. „Es ist eine einfache Frage. Wollten Sie das?"

„Nein. Verdammt noch mal, Jesse Morgan. Das wissen Sie."

Er wandte sich brüsk ab und ging mit langen Schritten zum Hotel.

15. KAPITEL

Am nächsten Morgen stand Mary im Foyer des Pacific House Hotels und beobachtete die geschäftig hin und her eilenden Menschen. Träger schleppten das Gepäck der Gäste durch die Halle, die nach dem Fest abreisten. Neben dem breiten Eingang stand ein grau gekleideter Herr, der in einer fahrigen Geste den Deckel seiner goldenen Taschenuhr auf- und zuschnappen ließ.

In San Francisco hatte Mary ähnlich prachtvolle Hotels gesehen. Hastig verdrängte sie die Erinnerung. Dieses Kapitel ihres Lebens war endgültig abgeschlossen. Es war sicher nicht gut, daran zu denken, denn damit kam die Angst wieder und drohte sie zu ersticken.

Sie nickte Mrs. Hapgood lächelnd zu, die mit ihrem blonden Jungen an der Hand die Halle durchquerte. Die Vorstellung, dass dieser jungen Frau ein Kind aus den Armen gerissen worden war, jagte Mary einen eisigen Schauder über den Rücken.

Wie konnte so etwas geschehen? Durfte ein reicher Mann Ansprüche auf ein Kind erheben, das er gezeugt hatte?

Und im gleichen Moment, als ihr dieser Gedanke durch den Kopf schoss, sah sie ihn. In einer entfernten Ecke der Halle saß er auf einem hohen Stuhl wie auf einem Thron, den rechten Fuß auf einen Schemel gestellt, und ließ sich von einem Schuhputzer die schwarzen Stiefel auf Hochglanz polieren. Entsetzen schnürte ihr die Kehle zu, sie biss sich auf die Zunge, um nicht laut aufzuschreien. Den Blick unverwandt auf ihn gerichtet, bewegte sie sich langsam auf den Eingang zu. Er las in einer Zeitung, die sein Gesicht verdeckte, und schien sie nicht zu bemerken. Vielleicht hatte sie eine Chance.

Schritt um Schritt näherte sie sich dem Ausgang. Plötzlich ließ er die Zeitung sinken und blickte ihr direkt in die Augen.

Mary glaubte, vor Erleichterung in Ohnmacht zu sinken. Er war es nicht. Ständig verfolgten sie solche Bilder, geboren aus ihrer Angst, verfolgt zu werden. Als Mr. und Mrs. Cobb, die Besitzer des Gemischtwarenladens in Ilwaco, das Hotel verließen, brachte sie ein mattes Lächeln zustande. Sie schalt sich, hysterisch zu sein.

Jetzt musste sie einen kühlen Kopf bewahren. Schließlich war ihr die Flucht gelungen, und sie hatte einen Schiffsuntergang überlebt. Das alles hatte sie doch nicht überstanden, nur um jetzt ihre Freiheit zu verlieren.

San Francisco war ein paar tausend Meilen entfernt.

Aber er besitzt ein Haus in Portland. Am anderen Ufer des Flusses ... mit seiner Ehefrau. Mit seiner kinderlosen Ehefrau. Mary bekam weiche Knie, sie konnte kaum atmen. Wo war Jesse?

Nervös nestelte sie an den langen Wedeln einer Palme und beobachtete die Hotelgäste in der Halle. Es war ein Fehler gewesen, hierher zu kommen. Sie hatte nur daran gedacht, dass es Jesse gut tun würde, unter Leute zu gehen, damit er endlich aufhörte, sich in seinem Leuchtturm zu verstecken.

An sich und ihre Situation hatte sie dabei nicht gedacht. Jesse und der Leuchtturm hatten ihr ein Gefühl der Geborgenheit gegeben, so sehr, dass sie vergessen hatte, dass ein mächtiger Mann hinter ihr her war, ein Mann, der sich in den Kopf gesetzt hatte, ein Kind zu haben.

Ihr Kind.

Sie schluckte trocken und bemerkte, dass sie das lange Palmenblatt zwischen den Fingern zerrieben hatte. Sie wischte sich die Hände am Rock ab.

„Jetzt weiß ich endlich, woher ich Sie kenne“, sagte eine Männerstimme hinter ihr.

Mary drehte sich erschrocken um. Sie straffte die Schultern, als sie Elliot und Sarah Webber erkannte. „Sie irren sich. Wir sind uns nie begegnet“, entgegnete sie schroff.

„Er konnte die halbe Nacht nicht einschlafen, so sehr gingen Sie ihm im Kopf herum.“ Sarah musterte sie kalt mit zusammengekniffenen Augen. „Doch schließlich fiel es ihm dann doch noch ein.“

„Wir haben Ihr Bild vor ein paar Wochen in der Zeitung gesehen“, fügte Elliot triumphierend hinzu. „Sie sind die Überlebende der Schiffskatastrophe.“

„Sie müssen sich irren“, widersprach Mary mit ruhiger Stimme, obwohl sie innerlich bebte. „Von mir wurde kein Bild veröffentlicht.“

„Aber gewiss“, beharrte Sarah. „Im *Daily Journal* war Ihr Bild. Jesse hat Ihnen das Leben gerettet und Sie bei sich aufgenommen.“ Sie klang irgendwie erleichtert, hatte sich wohl nicht vorstellen können, dass Jesse sich wirklich für eine schmutzige Irin interessieren könnte.

„Sie irren“, widersprach Mary eigensinnig. „Von mir war kein Bild in der Zeitung.“ Sie nickte hochmütig und rauschte erhobenen Hauptes an dem Paar vorbei aus dem Hotel.

Als sie hörte, wie Jesse ihren Namen rief, ging sie unbeirrt weiter und bog um die Ecke zu den Stallungen. Im Hof liefen die Stallburschen hin und her, spannten die Pferde vor die Wagen der abreisenden Gäste.

Jesse ergriff ihren Arm und hielt sie fest. „Haben Sie mein Rufen nicht gehört?“

„Doch, das habe ich.“

Er musterte sie besorgt. „Sie sind weiß wie ein Gespenst. Sind Sie krank? Soll ich einen Arzt holen?“

„Sie haben meine Fotografie an die Zeitungen geschickt.“ Sie hoffte auf ein Nein, wollte nicht hören, dass er ein falsches Spiel mit ihr getrieben hatte.

„Natürlich habe ich das getan.“

Sie fuhr zusammen, als habe er sie geschlagen. „Ich hatte Sie gebeten, es nicht zu tun.“

„Damals wusste ich nichts über Sie. Ich stellte mir vor, Ihre Familie sei in Sorge um Sie.“ Seine Miene verfinsterte sich. „Ich weiß, was das bedeutet. Das endlose Warten. Das Hoffen.“

„Ist Ihnen nie in den Sinn gekommen, dass ich einen guten Grund haben könnte, mein Bild nicht in die Zeitung setzen zu lassen?“

„Dann hätten Sie mir den Grund nennen sollen.“

„Sie haben mich nie danach gefragt.“ Sie hatte die Stimme erhoben, einige Passanten im Hof drehten sich nach ihr um.

Jesse nahm Mary beim Ellbogen und führte sie die Straße entlang zur Weide neben dem Bach. „Nennen Sie mir den Grund.“

Sie zögerte. Warum hatte er sie betrogen? Sie hatte ihn ausdrücklich darum gebeten, sie nicht zu fotografieren. Warum hatte er nicht auf sie gehört?

Ich weiß, was das bedeutet. Das endlose Warten. Das bange Hoffen.

Dieser zornige, tief verletzte Mann hatte namenloses Leid ausgestanden in der vergeblichen Hoffnung auf Nachricht von seiner Frau.

Mary blinzelte die Tränen zurück. „Ich habe Ihnen gleich zu Beginn unserer Bekanntschaft gesagt, dass ich nichts mit dem

Vater meines Kindes zu tun haben will. Ich sagte Ihnen, dass ich einen Fehler gemacht habe, den schlimmsten Fehler, den man begehen kann."

Jesse lehnte sich gegen den Stamm der Trauerweide und verschränkte die Arme vor der Brust. Sie spürte förmlich, wie er eine Mauer zwischen ihnen errichtete. Genau wie letzte Nacht in der Laube. Als er gespürt hatte, wie das Baby sich in ihr bewegte, hatte er sich zurückgezogen.

„Ich habe Angst, dass er mich findet. Er ist sehr mächtig und unerbittlich."

„Warum haben Sie sich mit einem solchen Kerl eingelassen?" fragte Jesse.

„Er konnte sehr charmant sein." Mary wich seinem Blick aus. „Ich war bettelarm, als ich in San Francisco ankam. Mein Lohn als Schiffsköchin war rasch aufgebraucht. Eine mittellose Irin hat nicht viele Chancen. Eine junge Frau, die alles, was ihr lieb war im Leben, verloren hatte. Ich versuchte, eine Stellung als Hausmädchen oder Kellnerin zu finden, aber niemand wollte mich nehmen. Dann lernte ich Mr. Jones kennen. Er war sehr aufmerksam und gut zu mir." Sie krallte die Finger in die Falten ihres Kleides. „Er besorgte mir eine Wohnung, brachte mir Blumen und Süßigkeiten." Sie schloss die Augen in der Erinnerung an die langen Nächte, in denen sie sich in sinnliche Vergnügungen geflüchtet hatte, wohl wissend um die Sünde, sich einem Mann aus den falschen Gründen hinzugeben. Aber die Nähe und Geborgenheit eines Menschen war ihr so wichtig gewesen wie die Luft zum Atmen.

Das war wohl das Schlimmste an der ganzen Situation. Im Schmerz über den Verlust ihrer Familie hatte sie sich auf eine sündige Beziehung eingelassen und sich eingeredet, dieser Mann würde sie lieben. Das alles nur, um ihrer grenzenlosen Einsamkeit zu entfliehen.

Sie hätte wissen müssen, dass sie dafür bezahlen musste.

Jesse stand schweigend gegen den Baumstamm gelehnt, halb verborgen von den tief hängenden Zweigen der Trauerweide. Irgendwie fiel ihr dadurch das Sprechen leichter, ähnlich wie in einem Beichtstuhl, wo der Priester hinter einem Holzgitter nur schemenhaft zu erkennen war.

„Ich wusste nicht, dass er verheiratet war", fuhr sie fort. „Das sagte er mir erst, als es zu spät war. Als ich ihm eröffnete, dass ich ein Kind von ihm erwarte, war er selig vor Glück. Ich dachte, er würde mich heiraten und dem Kind seinen Namen geben." Versonnen blickte sie durch die Weidenzweige in das flirrende Licht des Morgens. „Er aber wollte nur das Baby." Sie holte tief und stockend Atem. „Mich wollte er nicht."

Jesse bewegte sich nicht. Mary wischte sich die Tränen der Scham von den Wangen. „Er hat mich nur dazu benutzt, um mir das Kind nach der Geburt wegzunehmen, wenn es ein Sohn wird. Deshalb habe ich mich eines Nachts heimlich fortgeschlichen."

Sie fühlte sich ausgelaugt und erschöpft nach diesem Geständnis und legte die Hände Halt suchend an die raue Baumrinde. Sie wünschte, Jesse würde irgendetwas sagen, irgendetwas tun. Sie wünschte, er würde sie berühren. Doch er stand reglos und schweigend an den Baum gelehnt, den Hut tief ins Gesicht gezogen. Nur die Blätter säuselten im Morgenwind.

„Vorhin in der Hotelhalle unter all den Leuten wurde mir klar, dass ich immer noch in Gefahr bin. Und dann erfuhr ich auch noch, dass Sie mein Bild in der Zeitung veröffentlichen ließen. Die Geschichte von Mrs. Hapgood, der man ihr erstes

Kind weggenommen hat, macht mir Angst, Jesse. Ich bin ein Niemand. Ich habe nichts. Mir könnte das Gleiche passieren. Was ist, wenn der Mann mein Bild gesehen hat?“

Es blieb gespenstisch still, nur der Wind fächelte in den Blättern. Und dann sprach Jesse endlich. „Er hat Ihnen gesagt, er heiße Jones?“

„Halten Sie den Namen für falsch?“

Er schnaufte verächtlich, stieß sich vom Baum ab und ging. Mary schaute ihm fassungslos nach. Er war ein harter Mann, das wusste sie. Mehr als ein Mal hatte sie seine kalte Bitterkeit zu spüren bekommen. Aber ein Wort des Verständnisses hätte sie wenigstens erwartet.

Er warf nicht einmal einen Blick über die Schulter zurück, um sich zu vergewissern, ob sie ihm folgte. „Ich begreife Ihr Verhalten nicht, Jesse Morgan“, schimpfte sie. „Weil Sie sich eingemischt haben, bin ich in Gefahr, und jetzt lassen Sie mich einfach stehen. Was fällt Ihnen eigentlich ein?“

Im Hof vor den Stallungen wartete Mrs. Hestia Swann auf ihre Kutsche. Mary war zu aufgebracht, um sich darum zu kümmern, was der verdutzten Witwe, die mit offenem Mund herüberstarrte, durch den Kopf ging. Sie hatte eine schlaflose Nacht hinter sich, litt furchtbare Ängste und war Jesses Gefühlskälte leid. Sie wollte ihm gehörig die Meinung sagen, und niemand würde sie daran hindern.

„Ich habe Ihnen gestanden, wovor ich Angst habe“, schimpfte sie und eilte im Laufschritt neben ihm her. „Und Sie haben nichts zu sagen. Kein Wort. Ehrlich, manchmal frage ich mich, ob Sie ein Herz aus Stein haben. Ihre Gleichgültigkeit ist erschreckend. Sie haben kein einziges Trostwort für mich übrig und weigern sich, mir zu helfen.“

Er überquerte den Rasen vor dem Gerichtsgebäude. In ihrem Zorn achtete sie nicht darauf.

„Es ist allein Ihre Schuld. Sie haben mich fotografiert. Sie haben das Bild an die Zeitung geschickt."

Mittlerweile hatte er das Portal aufgerissen. Seine Schritte hallten auf dem Steinboden der hohen, dämmrigen Eingangshalle.

„Haben Sie gar nichts zu sagen?" schrie sie wütend, und das Echo ihrer Worte brach sich an den hohen Wänden. „Sagen Sie doch endlich etwas oder …"

Sie stockte mitten im Satz. Jesse riss eine Tür auf und betrat einen großen Raum. An einem riesigen Schreibtisch, halb verborgen hinter Stapeln von Akten, saß ein kleiner Mann, der stirnrunzelnd den Kopf hob und dann höflich lächelte.

„Ich bin Jesse Morgan", grüßte Jesse kurz angebunden. „Der Leuchtturmwärter von Cape Disappointment."

„Ja, ich kenne Sie. Was kann ich für Sie tun?"

„Das ist Mary Dare." Jesse wies auf seine Begleiterin. „Richter Hiram Palmer."

Sie blinzelte verwirrt, dann machte sie verlegen einen Knicks.

„Wie hoch sind die Gebühren für eine Eheschließung?" fragte Jesse.

„Achtzig Cents für das Antragsformular, aber …"

„Gut." Jesse kramte in seiner Hosentasche, warf zwei Silberdollar auf den Tisch und legte eine goldene Zwanzig-Dollar-Münze dazu. „Das ist dafür, dass Sie es sofort tun."

„Jetzt sofort?" fragte der Richter.

„Jetzt sofort."

„*Was?*" Mary glaubte, ihr Verstand setze aus.

Der Richter erhob sich, eilte zu einer Seitentür und sprach

mit jemand im Nebenraum. Ein Beamter erschien, nickte einen Gruß, holte ein Formular aus einem Schrank und begann, es in geschwungenen Schriftzügen auszufüllen.

Mary nahm die Vorgänge verschwommen wie hinter einem Schleier wahr, das Blut rauschte ihr in den Ohren. Sie registrierte, wie Jesse ihr einen Federhalter in die Hand drückte. Ihr war, als stehe sie neben sich, als sie ihren Namenszug an die Stelle setzte, auf die er seinen Finger hielt, und danach, als Jesse unterschrieb.

Sie bemühte sich angestrengt, klar zu denken, und klammerte sich an seinem Arm fest. „Was, um Himmels willen, tun Sie da?"

„Ich heirate Sie."

„Warum?"

„Das wollen Sie doch? Sie wollen, dass Ihr Kind einen gesetzlichen Vater bekommt, damit es Ihnen nicht weggenommen werden kann."

Fassungslos blickte sie ihn an, diesen harten, kämpferischen Mann, der nur seine Ruhe haben wollte. Dankbarkeit und Entsetzen stiegen gleichermaßen in ihr hoch. „Ja, aber ..."

„Dann beeilen Sie sich, und heiraten Sie mich."

Im Morgengrauen des nächsten Tages stand Jesse auf dem Leuchtturm. Er war nun beinahe vierundzwanzig Stunden verheiratet und fühlte nichts.

Es war ein Tag wie jeder andere einförmige Tag auf der Station. Er stand auf der Plattform und blickte auf die See hinaus, studierte prüfend den Himmel, um das Wetter vorherzusagen. Er blickte in die eisengraue Dünung. Sein Leben lang würde er gegen die feindlichen Elemente kämpfen und sie niemals besiegen.

Nach seinem spontanen Entschluss, die Frau zu heiraten,

die er aus dem Meer gezogen hatte, hatte ihn ein heftiger Kopfschmerz befallen, der den ganzen Heimweg über nicht weichen wollte.

Während der langen Rückfahrt hatte sich keine Gelegenheit ergeben, darüber zu sprechen, da Abner Cobb und seine Gattin sowie Dr. Fiona MacEwan ihn gebeten hatten, sie mitzunehmen. Mrs. Cobb und Mary hatten wie zwei alte Freundinnen geplaudert, auch Fiona hatte viel zu sagen gehabt. Zu Marys Entzücken hatte sie jedes einzelne Wort der mit reichen Ornamentverzierungen umrandeten Heiratsurkunde immer wieder vorgelesen. Abner hatte vor sich hingedöst, und Jesse hatte schweigend kutschiert.

Zu Hause angekommen, hatte er sich so lange im Stall aufgehalten, um die Pferde zu versorgen, bis es Zeit für ihn wurde, die Wache im Leuchtturm anzutreten. Und in den stillen Nachtstunden hatte er an Mary gedacht.

Mary. Seine Ehefrau.

Barmherziger Himmel, er war wieder verheiratet.

Als er sich dem Haus näherte, trafen die ersten Strahlen der Morgensonne das Dach. Und wieder fielen ihm die Veränderungen auf, die Mary gezaubert hatte. Margariten und Glockenblumen säumten den Weg. In Holztrögen auf der Veranda blühten rote und weiße Geranien.

Überall gab es Rosen, die jahrelang, von Unkraut überwuchert, gedarbt hatten, ohne einzugehen. Und plötzlich, durch Marys Hand gepflegt und befreit, entfalteten sie ihre üppige Blütenpracht. Alles scheint unter ihren zarten Händen zu neuem Leben zu erwachen, dachte er grimmig.

Müde und mürrisch stieg er die Holzstufen hinauf und betrat das Haus, wo ihn der angenehme Duft nach frisch gebrühtem Kaffee empfing.

Rasch verdrängte er das aufsteigende Gefühl der Dankbarkeit, ein trautes Heim zu betreten. Sich daran zu erfreuen, was Mary ihm zu bieten hatte, gehörte nicht zu seinem Plan. Er hatte sie nur geheiratet, um ihre Ängste zu vertreiben und ihrem Kind einen Namen zu geben.

Lügner, flüsterte eine innere Stimme. *Erbärmlicher Lügner.*

„Guten Morgen", rief Mary ihm aus der Küche entgegen. Sie goss Kaffee in seine Tasse und süßte ihn mit einem gestrichenen Löffel Zucker, so wie er ihn gerne trank.

„Danke", sagte er einsilbig. Was erwartete sie eigentlich? Erwartete sie, dass er sich in einen anderen Menschen verwandelte, weil er ein paar Dollar für eine Heiratsurkunde bezahlt hatte?

Er setzte sich ihr gegenüber an den Küchentisch, aß von ihrem frisch gebackenen Sodabrot und trank Kaffee. Er vermied es, sie anzusehen, denn jedes Mal, wenn sein Blick sie streifte, stieg Hitze in ihm hoch. Sie war so verlockend wie eine verbotene reife Frucht.

Mary stützte den Ellbogen auf die Tischplatte und das Kinn in ihre flache Hand. „Du hast mich geheiratet." Ihre Stimme klang verwundert.

„Ja."

„Ich kann es immer noch nicht glauben."

„Aha."

„Ist das alles, was du zu sagen hast?"

„Sollte ich mehr dazu sagen?"

„Vielleicht nicht … im Augenblick." Sie schwieg. „Ich bin seit Stunden wach", sagte sie nach einer Weile, sah ihn immer noch mit großen Augen verwundert an. „Ich kann nicht aufhören nachzudenken. Aber wer könnte auch schlafen, nach allem, was gestern geschehen ist."

Er war die ganze Nacht wach gewesen. Auch er hatte nachgedacht. Aber er sagte nichts.

„Ich muss dir ein Geständnis machen", fuhr sie fort. „Nachdem du mich gerettet hattest, habe ich mir geschworen, hier zu bleiben, egal, was passiert. Selbst wenn es bedeutete, dir etwas vorzumachen. Selbst wenn es bedeutete, Erik zu bitten, den Baum zu fällen, um die Straße unpassierbar zu machen. Ich hätte alles getan, um bleiben zu können. Hier fühle ich mich geborgen. Hier möchte ich mein Kind zur Welt bringen."

Er trank seinen Kaffee in kleinen Schlucken. Die List mit dem Baum hatte er längst durchschaut.

„Das Interessante daran ist", sprach sie weiter, „dass ich mich geirrt habe. Nicht, weil ich bleiben wollte, sondern wegen der Gründe, bleiben zu wollen. Wenn das mein einziger Wunsch gewesen wäre, wäre er mit der Heirat gestern in Erfüllung gegangen. Aber ich habe eine Entdeckung gemacht. Hier zu bleiben ist nur ein Teil meines Wunsches."

Er hatte das untrügliche Gefühl, dass sie auf etwas hinauswollte, wovor ihm graute. Schweigend trank er seinen Kaffee und wartete ab, versuchte, nicht auf ihren vollen roten Mund zu achten und nicht darauf, wie frisch ihr Haar duftete.

„Was ich mir wirklich wünsche", sagte sie leise, „ist, von dir geliebt zu werden."

„Verdammt noch mal!" Er knallte laut den Kaffeebecher auf den Tisch, sprang auf, trat ans Fenster und blickte in den Morgen hinaus.

„Ich wusste, dass du böse wirst", fuhr sie unbeirrt fort. „Aber ich kann meine Gefühle nicht vor dir verbergen, also fand ich es vernünftiger, sie dir einfach zu gestehen."

„Du verlangst etwas völlig Unmögliches", erwiderte er barsch.

„Wie kannst du so etwas sagen? Wir haben nicht einmal versucht …“

„Und wir werden es nicht versuchen.“ Er fuhr zu ihr herum. „Ich habe dich geheiratet, damit du dir keine Sorgen machen musst, dass dieser Jones, oder wie immer der Kerl auch heißen mag, dir etwas antut. Das ist alles.“

„Du weigerst dich, deine Gefühle zuzulassen“, sagte sie leise und dennoch bestimmt. „Ich habe dich beobachtet. Ich weiß, dass du innerlich nicht völlig abgestumpft bist. Aber du verbirgst deine Gefühle hinter einem Panzer.“ Sie blickte ihm unverwandt in die Augen. „Nur Lebende kann man wecken. Nicht die Toten.“

Ihre Worte zerrissen sein Inneres, entblößten seine Seele, forderten ihn heraus. Dazu, wieder für die Liebe offen zu sein. Doch alles in ihm sträubte sich dagegen. Liebe war ein flüchtiges Gefühl, aber der Schmerz des Verlustes währte ein Leben lang.

Zorn loderte in ihm hoch. Er stand wie versteinert da. In ihm wütete ein Aufruhr, quälte ihn die Versuchung, ihr zu glauben, sie in die Arme zu schließen, ihre Einladung anzunehmen. Schließlich fand er seine Stimme wieder. „Ich brauche dich nicht dazu, um zu wissen, wie es in mir aussieht.“

„Ich hätte das nicht sagen dürfen. Ich hätte dir nicht gestehen dürfen, dass ich mir deine Liebe wünsche.“ Ihre Stimme klang leise vor Befangenheit. „Aber es drängt mich, dir alles zu sagen, was ich auf dem Herzen habe. Du kennst mich mittlerweile und weißt, dass ich meine Gefühle nicht unterdrücken kann.“ Sie begann, den Tisch abzuräumen. „Jetzt bin ich deine Frau. Du hast es so gewollt. Ich muss herausfinden, was das bedeutet.“

Jesse wusste nicht, wieso er plötzlich bei ihr war und sie in die Arme schloss. Vielleicht konnte er nicht widerstehen, weil die Sonnenstrahlen ihr rotes Haar vergoldeten. Vielleicht lag es daran, wie sie sich ohne Eile und umsichtig in seiner Küche zu schaffen machte, als habe sie nie etwas anderes getan. Vielleicht aber lag es auch an der bittersüßen Sehnsucht, die er in ihren Augen gelesen hatte.

Er gab sich keine Mühe, die Gründe zu erforschen, hielt sie in den Armen, schob seine Finger in ihr Haar, hörte, wie die Nadeln leise klirrend zu Boden fielen. Er küsste sie, hart und besitzergreifend.

Sein heißes Verlangen verdrängte jede Vernunft. In seiner Begierde hätte er sie am liebsten auf der Stelle genommen, hier in der Küche, im Stehen über den Tisch gelehnt, in unbezwingbarer Hast. Er wusste, dass damit alles verändert sein würde, doch es kümmerte ihn nicht mehr. In ihm loderte das helle Feuer der Leidenschaft.

Er nahm Mary bei der Hand und führte sie die Stiege hinauf zu seinem Bett, in dem er zwölf Jahre allein geschlafen hatte, von Albträumen verfolgt und gequält.

16. KAPITEL

Mary zog schweigend den gelben Vorhang vor. Nun war der Raum in ein diffuses goldenes Licht getaucht. Mit einem zaghaften Lächeln wandte sie sich an Jesse: „Ich werde mich daran gewöhnen müssen, dass der Tagesablauf eines Leuchtturmwärters sich von dem anderer Leute unterscheidet."

Er stand vor ihr, die Arme locker an den Seiten, mit wild hämmerndem Herzen, während sein Verlangen immer stärker wurde.

„Hör zu", sagte er heiser, um Mary eine letzte Chance für einen Rückzug zu geben. „Du musst nicht …"

„Still", unterbrach sie ihn. „Ich will es."

Den Blick unverwandt auf seine Augen gerichtet, griff sie nach hinten, öffnete die Knöpfe ihres Kleides im Rücken und ließ es zu Boden gleiten. Im dünnen weißen Unterkleid stand sie vor ihm. Mit ihren hellen Schultern und Armen, ihrem jungen Gesicht wirkte sie im diffusen Licht rein und unschuldig wie eine Heiligenstatue in einer Kirche. Sein Blick glitt über ihre Gestalt, verweilte an ihrem runden Leib. Nein, sie sah nicht wie eine Heilige, sondern wie eine heidnische Fruchtbarkeitsgöttin aus.

Bis jetzt war er sich seiner Empfindungen nicht schlüssig gewesen beim Anblick des sichtbaren Beweises, dass sie vor ihm einem anderen Mann gehört hatte. Er hatte an Eifersucht und Groll gedacht, an Bedauern vielleicht und an Neugier. Das Verlangen, das er nun empfand, hatte er nicht erwartet. Ihr Anblick brachte sein Blut in Wallung.

Mary hob die Hand und zog langsam die Schleife am Hemdausschnitt auf, bis der Stoff klaffte. Darunter trug sie nichts.

Sie war fülliger geworden seit jenem Tag, als er sie im Bad überrascht hatte.

Ein kehliger Laut entfuhr ihm, wie von einem gefangenen Tier, leise und gequält. Er schloss Mary in die Arme, vergaß alles in seinem Verlangen, sie zu berühren, und küsste sie fordernd. Dann trat sie einen Schritt zurück.

Er zog Hemd und Stiefel aus. Während sich Mary ihrer Unterwäsche entledigte, schälte er sich aus den Kentucky-Jeans und schlug die Bettdecke zurück. Dann lagen sie einander zugewandt, und er konnte nicht genug von ihr bekommen. Er grub die Finger in ihr seidiges Haar, während er mit der Zunge den Konturen ihrer Lippen folgte. Zärtlich strich er über ihre Schulter, umfasste ihre Brust und drängte seine Zunge in ihren Mund.

Er streichelte ihre Hüften, ihren festen Po. Sie flüsterte seufzend: „Oh, Jesse, Liebster, es tut so gut, wenn du mich berührst."

Ihr warmer Atem an seinem Ohr brachte ihn beinahe um den Verstand. Er erforschte die empfindlichen Innenseiten ihrer Schenkel, und sie bewegte sich rhythmisch an ihm. Als sie ihn umfasste, glaubte er, die Beherrschung zu verlieren.

„Langsam", keuchte er. „Zwölf Jahre ohne Frau machen einen Mann zum Tier. Ich kann mich nicht beherrschen."

„Lass dich gehen", hauchte sie und liebkoste mit der Zungenspitze seine nackte Brust. „Ich will dich ganz spüren, Jesse. Jetzt."

Wortlos spreizte er ihr die Schenkel und drang in sie ein. Sein Verlangen steigerte sich in ihrer feuchten Hitze zur Ekstase.

„Mary ..." Er hielt inne, um Atem zu holen. „Beweg dich nicht", stieß er rau hervor. „Mary ..."

„Lass es zu, Jesse." Sie ließ die Hüften kreisen, und in ihm brach ein Sturm los, der seinen Höhepunkt in einem wilden Urschrei fand. Er bäumte sich auf, verharrte reglos, um sich machtvoll zuckend und erschauernd in ihr zu verströmen, bis nichts mehr existierte, nur noch die Frau in seinen Armen. Es gab nur noch Mary und die Wonnen, die sie ihm schenkte, und ihr leises Stöhnen an seinem Ohr.

Er war in Schweiß gebadet, als er sich endlich behutsam von ihr löste und zur Seite rollte. Sie schmiegte sich an ihn, legte die Hände an seine Brust und blickte ihm verträumt ins Gesicht.

Er sah sein Spiegelbild in ihren Augen und erkannte die Tiefe ihrer Gefühle. Was für eine bemerkenswerte Frau. Sie hatte sein Leben verändert, obwohl er sich dagegen gewehrt hatte. Sie aber war wie die Gezeiten. Unausweichlich. Langsam, unbeirrbar hatte sie sich in sein Herz gedrängt.

„Es … ich … war zu schnell", meinte er mit belegter Stimme.

„Still. Nicht murren." Sie legte ihm einen Finger auf die Lippen und zog zärtlich die Konturen nach. „Ich will nichts davon hören."

„Aber …"

„Warum kannst du nicht einfach genießen? Warum musst du dir immer die Schuld an etwas geben?"

Er antwortete nicht. Er konnte nicht sprechen. Ihre Hand glitt über seinen flachen Bauch nach unten und noch tiefer mit einer bemerkenswerten Wirkung. Er war wieder bereit. Sie lächelte sanft und legte sich auf ihn.

In langen einsamen Nächten auf dem Leuchtturm hatte ihm seine fiebernde Fantasie solche Bilder vorgegaukelt, die er wütend verdrängt hatte. Doch dies geschah wirklich. Als sie sich mit ihm vereinte, stieg eine ehrfürchtige Verwunderung in ihm auf.

Es war etwas sündig Erotisches an der Art, wie sie auf ihm lag, ihre vollen Brüste verlockend nah, die seine Hände und seine Lippen reizten, sie zu liebkosen. Das sanfte Licht verlieh ihr eine Weichheit, die sie flüchtig und unwirklich erscheinen ließ wie ein Traumbild.

Aber er spürte ihre Wärme, roch ihren Duft, hielt sie in den Armen. Sie war etwas, woran er glauben konnte. Und sie war ein Geschöpf, das ihm durch einen Schicksalsschlag geraubt werden konnte.

Am späten Nachmittag schlug Mary die Augen auf und hatte zunächst keine Orientierung, als sie auf die schrägen Dachbalken blickte. Dann durchströmte sie eine Welle des Glücks, und sie lächelte selig.

Sie lag mit Jesse im Bett. Mit ihrem Ehemann.

Die Heirat hatte so unerwartet stattgefunden, dass sie immer noch Mühe hatte, es zu begreifen. Natürlich hatte sie Zweifel gehabt, als er gleich nach der Rückkehr auf den Leuchtturm verschwunden war. Alle möglichen beängstigenden Gedanken waren ihr durch den Kopf gegangen. Dass er seinen spontanen Schritt bereuen und sie dafür hassen könnte. Dass er niemals über seine Vergangenheit hinwegkommen und nie fähig sein könnte, sie zu lieben.

Doch dieser Morgen hatte alles verändert. Er hatte sie geliebt. Sie kuschelte sich an ihn und überließ sich den prickelnden Wonnen der Erinnerung an ihren Liebesakt. Er war heftig und unsanft mit ihr umgegangen und hatte ihre Erregung nur noch gesteigert. Dabei hatte er kaum gesprochen, doch das war nun mal seine Art.

Sie hob den Kopf und betrachtete ihn sinnend. Seine harten

Gesichtszüge mit den blauen Schatten der Bartstoppeln wirkten weicher im Licht, das durch die dünnen Vorhänge hereinfiel. Er war noch weit davon entfernt, sie zu lieben, aber er war ihr näher als vor wenigen Wochen.

Vielleicht war es falsch gewesen, ihm zu gestehen, dass sie sich nach seiner Liebe sehnte. Er war ein so widersprüchlicher Mann, der sich gegen all das sträubte, was sie sich wünschte.

Aber sie hatte das Gefühl, seine Liebe könnte all ihre geheimen Wünsche und Sehnsüchte stillen. Sie hatte das Gefühl, seine Liebe werde die Belohnung sein, die am Ende einer langen Reise auf sie wartete.

„Ach, Jesse." Sie beugte sich über ihn und presste die Lippen fest auf seine nackte Brust. „Habe keine Angst davor, wieder zu lieben."

„Hm?" Er streckte sich, legte den Arm um sie und barg das Gesicht in ihrem Haar. „Hast du etwas gesagt?"

Es war wohltuend, seinen nackten Körper an dem ihren zu spüren. „Ich habe doch immer etwas zu sagen."

Als er die Augen aufschlug, bemerkte sie Zweifel in den dunklen Tiefen seines Blicks. Sie aber wollte nicht zulassen, dass ein Schatten ihr Glück trübte. Nicht jetzt. Nicht in seinem weichen, warmen Bett in seinem Zimmer, das in das Licht der Nachmittagssonne getaucht war. Nicht jetzt, da ihr Körper sich nach seiner Berührung sehnte.

„Hallo! Juhu!" Entfernte Rufe drangen in das Liebesnest.

„Verdammt!" Jesse blickte auf die Deckenbalken. „Das ist Fiona."

Mary sprang aus dem Bett, bückte sich nach ihrem Hemd, streifte es im Gehen über und schob den Vorhang ein wenig zurück. „Ja, du hast Recht. Fiona … und ein paar Leute."

„Verdammt noch mal!“

Bis sie angezogen und gekämmt waren, hatte sich die lärmende Gesellschaft dem Haus genähert. Dr. Fiona MacEwan und Mrs. Hestia Swann führten eine Besucherschar aus der Stadt an, unter denen auch die Jonssons waren.

Mary öffnete die Tür und nahm errötend und lachend die Glückwünsche entgegen.

„Ich musste mich selbst davon überzeugen, ob es auch stimmt“, verkündete Mrs. Swann. „Zwar verstehe ich die Eile nicht, aber ich freue mich sehr über diese Eheschließung.“ Ihr breiter Strohhut, mit rotweißblauen Bändern geschmückt, wippte auf und ab, als sie Mary eingehend musterte.

Bert Palais schlug Jesse derb auf den Rücken. „Willkommen in der Welt der geknechteten Ehemänner“, sagte er und lachte dröhnend. „Jetzt ist es vorbei mit der Freiheit.“

Jesse holte eine Kanne Bier aus der Vorratskammer, reichte Krüge herum und nahm die Glückwünsche der ungebetenen Gäste verlegen entgegen. Es kommt alles so plötzlich für ihn, dachte Mary befangen, er fühlt sich überrumpelt.

„Ich habe es von Anfang an gewusst“, sagte Palina und ließ ihren Tränen freien Lauf. „Das Schicksal hat es so gewollt. Sie haben ihn gerettet, Mary. Sie und Ihr Baby haben ihn aus seiner trostlosen Einsamkeit gerettet.“

„Ich weiß nicht, ob er darüber glücklich ist.“ Mary beobachtete ihren Ehemann, bemerkte seine Anspannung, seine verschlossene Miene. Er glich einem wilden, in die Enge getriebenem Tier.

„Ja, ja. Wenn Sie ihn fragen, wird er behaupten, ihm wäre es lieber gewesen, die Dinge wären geblieben, wie sie waren“, sagte Palina. „Also fragen Sie ihn nicht. Lieben Sie ihn einfach, Mary.“

Sie lächelte still. „Ich glaube, das fällt mir nicht schwer."

Sie spürte seine Verlegenheit, im Mittelpunkt der Aufmerksamkeit zu stehen und all die Trinksprüche und Glückwünsche über sich ergehen lassen zu müssen. Eine Tragödie in seiner Vergangenheit hatte ihn gelehrt, dass Liebe nur ein Vorspiel für Schmerz und Leid war. Es würde lange dauern, ihn eines Besseren zu belehren.

Mrs. Swann ließ sich seufzend auf der Bank nieder und sah Mary lange sinnend an. „Sie sehen so hübsch und glücklich aus, meine Liebe." Und plötzlich brach Hestia Swann, die würdevolle Stütze der Gesellschaft von Ilwaco, in Tränen aus.

Mary eilte an ihre Seite. „Mrs. Swann! Was ist geschehen?"

Die Witwe kramte ein Taschentuch aus ihrem Retikül und betupfte sich die Augen. „Verzeihen Sie. Die Erinnerungen an Captain Swann und meine lieben Kinder überwältigen mich. Mein guter Sherman lebt nicht mehr, und die Kinder, Gott segne sie, sind nach Kalifornien gegangen. Ich bin so schrecklich allein."

„Oh, das tut mir aber Leid, Mrs. Swann."

„Danke für Ihr Mitgefühl, Mrs. Morgan. Manchmal habe ich das Gefühl, mein Leben ist sinnlos. Ich könnte genauso gut die Augen schließen und sterben."

Mary warf einen Hilfe suchenden Blick zu Fiona MacEwan hinüber, die gerade die Tür öffnete und eine hagere, bleiche Frau ins Haus bat. Draußen auf der Veranda standen, der Größe nach aufgereiht wie Zinnsoldaten, fünf abgemagerte, blasse Kinder.

„Beruhigen Sie sich", tröstete Mary die weinende Witwe und tätschelte ihr die Hand.

„Ich komme mir so verloren vor in dem großen Haus, das Sherman für uns bauen ließ. Die meisten Räume betrete ich nicht mehr, weil mir das Herz bricht, sie verlassen zu sehen."

Hestia Swann und Jesse Morgan trugen in gewisser Weise ein ähnliches Schicksal. Beide hatten alles verloren, was ihnen lieb gewesen war, und konnten ihren Verlust nicht überwinden.

„Wie dumm von mir“, schluchzte Mrs. Swann, „ich verderbe Ihnen Ihre Freude an diesem glücklichen Tag mit meinen Tränen.“

„Machen Sie sich darüber nur keine Sorgen“, beschwichtigte Mary sie. „Meine Mama hat immer gesagt, jede Träne, die man weint, stillt den Durst eines Engels.“ Sie spürte Jesses Blick auf sich und zuckte errötend die Schultern. Sicher ärgerte er sich über Hestias Gefühlsausbruch, doch zu Marys Erstaunen wirkte er beinahe gerührt.

Um Hestia abzulenken, nahm Mary ihre Hand und flüsterte ihr zu: „Wer ist die Frau, die gerade gekommen ist?“

Hestia Swann schniefte und blinzelte die Tränen fort. „Melissa Clune. Ihr Mann arbeitete als Zimmermann auf Shermans Schiff und ist auch bei dem Unglück ums Leben gekommen. Wir haben beide unsere Ehemänner verloren. Die Heuer eines Zimmermanns war gering, und Melissa muss nun ihre fünf kleinen Kinder allein durchbringen.“

Mrs. Clune zog den geflickten Schal enger um ihre knochigen Schultern und trat auf Jesse zu. „Ich wünsche Ihnen viel Glück, Captain“, sagte sie. „Und ich will Ihnen danken für alles, was Sie für mich getan haben.“

„Alles, was er für sie getan hat?“ flüsterte Mary.

„Er bezahlt ihre Miete und auch etwas für ihre Kinder.“

„Jesse?“

„Ja. Er will nicht, dass man darüber redet. Aber Sie wissen ja, wie die Leute sind. Ihr lieber Ehemann hat ein weiches Herz unter seiner rauen Schale“, erklärte Mrs. Swann.

Jesse blickte die junge Witwe finster an. Feine Schweißperlen traten ihm auf die Stirn. „Nicht der Rede wert, Mrs. Clune. Es ist das Mindeste, was ich für Sie tun kann, und entschädigt Sie nicht für Ihren Verlust."

„Ich komme auch, um mich zu verabschieden", sagte sie. „Ich kann keine weitere Unterstützung von Ihnen annehmen, besonders jetzt nicht mehr, da Sie eine eigene Familie zu ernähren haben."

„Aber ich tue es gern ..."

Sie hob ihre bleiche, abgearbeitete Hand. „Nein, das kann ich nicht annehmen. Ich muss sehen, wie ich allein zurechtkomme." Sie legte ihr Hochzeitsgeschenk – ein kleines gehäkeltes Bündel – auf den Tisch. „Leben Sie wohl, Captain. Ich wünsche Ihnen und Ihrer Braut alles erdenklich Gute."

„Warten Sie", rief Mary ihr zu, stand auf, zog Hestia Swann an der Hand mit sich und winkte alle auf die Veranda. „Mrs. Swann, wie viele Zimmer stehen in Ihrem Haus leer?"

Hestia machte ein verdutztes Gesicht. Und dann begannen ihre rot geweinten Augen zu leuchten. „Aber ja, mehr als genug." Sie ließ den Blick über die Kinderschar gleiten. „Mehr als genug."

Später stand Mary neben Jesse auf der Veranda und winkte den Gästen nach, die sich auf den Heimweg gemacht hatten. In dieser Nacht hatte Erik Wache auf dem Leuchtturm, und Mary durchrieselte ein prickelnder Schauer beim Gedanken an ihre erste Nacht mit ihrem Ehemann.

Sie lehnte den Kopf an Jesses breite Schulter. „Ich danke dir für diesen Tag."

„Wieso dankst du mir?"

„Weil du mich heute glücklich gemacht hast.“

„Rede keinen Unsinn.“ Er wich so brüsk zurück, dass Mary beinahe den Halt verlor, fuhr sich mit der Hand durchs Haar und ging ans Ende der Veranda. „Hör zu, bilde dir nicht etwas ein, was es nicht gibt. Nur weil wir geheiratet haben, verändert sich die Welt nicht.“

Ein Frösteln lief ihr über den Rücken. Hatte Jesse sie nur aus Mitleid geheiratet, so wie er Mrs. Clune aus Mitleid unterstützte? Nein. Hastig verdrängte sie den Gedanken.

Sie blickte ihn unverwandt an, scheute sich nicht, ihm ihre Gefühle zu zeigen. „Du hast meine Welt verändert, Jesse. Ich liebe …“

„Verdammt noch mal.“ Seine Faust fuhr gewaltig auf das Geländer nieder, und Mary spürte die Erschütterung unter ihren Händen. „Hör auf damit, Mary. Mach kein Melodram daraus mit deiner Gefühlsduselei.“

„Aber es gibt Menschen, die ihren Kummer überwinden und wieder Freude am Leben finden. Schau dir Mrs. Swann an und Mrs. Clune …“

„Na und? Du hast es geschafft, dass sie alle demnächst unter einem Dach leben“, entgegnete er ungerührt. „Aber damit ist den Kindern nicht geholfen, wenn sie nachts aufwachen und um ihren Vater weinen. Damit ist auch Hestia nicht geholfen, wenn sie sich nach ihrem Ehemann sehnt.“

„Ich kann nicht glauben, dass du so bitter bist.“

„Und ich kann nicht glauben, dass du so naiv bist“, entgegnete er patzig.

„Naiv? In welcher Beziehung?“

„Wie du über die Liebe denkst.“

„Wie?“

„Du tust so, als wüsstest du, was Liebe bedeutet. Aber du hast nie wirklich geliebt, sonst wüsstest du, dass man nicht einfach darüber hinwegkommt, wenn sie vorbei ist."

„Du redest, als sei die Liebe eine Krankheit."

„Vielleicht ist sie das auch. Eine Krankheit, gegen die es keine Heilung gibt." Er ging zur Tür. „Du bist ein nettes Mädchen, Mary", fuhr er fort. „Zu nett für mich. Es war schön, heute mit dir zusammen zu sein. Sehr schön sogar. Und das reicht mir. Wenn es dir zu wenig ist, hättest du deine Einwände im Büro des Richters anmelden müssen." Er ging ins Haus und warf laut die Tür zu.

Mary hielt den Blick auf die rosigen Wolkenschlieren des Abendhimmels im Westen gerichtet, wagte sich nicht ins Haus, noch nicht. Sie fürchtete, die Nerven zu verlieren und Jesse ordentlich die Meinung zu sagen. Und wenn ihr aufbrausendes Temperament mit ihr durchging, würde sie wütend aus dem Haus laufen und sich lächerlich machen – wie schon einmal.

Sie zwang sich zur Ruhe, verdrängte ihre Wut und ihre verletzten Gefühle. Auch wenn er sie nicht liebte, auch wenn sich ihre Hoffnungen mit ihm nicht erfüllten, blieb ihr keine andere Wahl, als bei ihm zu bleiben. Ohne Jesse wäre sie mit ihrem Kind heimatlos.

Es gab wirklich Schlimmeres, als mit einem Mann verheiratet zu sein, der ein Gespenst liebte, der nicht den Mut aufbrachte, eine Frau aus Fleisch und Blut zu lieben.

Noch nicht.

„Sind Sie ganz sicher?" fragte Granger Clapp seinen Anwalt.

Mr. Stoner schob ihm die gefaltete Zeitung über den Schreibtisch. „Lesen Sie die Anzeige im *Journal.* Außerdem habe ich das

Heiratsregister persönlich eingesehen. Sie hat den Leuchtturmwärter Jesse Morgan geheiratet.“

In Grangers Gesicht zuckte kein Muskel, doch in seinem Inneren tobte ein Aufruhr. „Welche Folgen hat das für meine Ansprüche auf mein Kind?“

Stoner räusperte sich, zog seine Taschenuhr hervor und klappte sie mehrmals auf und zu, ohne hinzusehen. „Wir haben im Grunde keine gesetzliche Handhabe, Sir. Ich fürchte …“

„Aha. Wie üblich fürchten Sie sich, eine Entscheidung zu treffen und das zu tun, was getan werden muss“, herrschte Granger ihn an.

„Ich verstehe nicht, Sir.“

„Egal. Sie sind entlassen.“ Mit zusammengekniffenen Augen blickte Granger dem Mann nach, der eilig das Büro verließ. In seinem rasenden Zorn fasste er einen folgenschweren Entschluss. Die Dinge wiederholten sich. Wieder einmal stahl Jesse Kane Morgan ihm seine Zukunft, nahm sich das, was Granger zustand, ihm ganz allein.

Dafür würde der Kerl bezahlen, genau wie damals vor zwölf Jahren.

Bald verbreiteten sich die Neuigkeiten über die Veränderungen im Haus der Witwe Swann in der Stadt. Nicht nur Mrs. Clune und ihr Nachwuchs waren dort eingezogen. Hestia hatte es sich zur Aufgabe gemacht, die Hinterbliebenen anderer Besatzungsmitglieder ausfindig zu machen, die auf Captain Swanns Schiff umgekommen waren. Sie hatte Mrs. Selkirk, die betagte Mutter des dritten Steuermanns, bei sich aufgenommen sowie Rheingold, den kranken Sohn des Schiffskochs. Der junge Mann hatte befürchtet, den Rest seines Lebens im Armenhaus verbringen zu müssen. Nun bewohnte er ein sonniges Zimmer im ersten Stock der Villa und wurde von Melissas Töchtern und häufig auch von Hestia selbst betreut.

Mary und Palina kamen ein Mal in der Woche zu Besuch, brachten selbst gebackene Kuchen, Eier und Butter und freuten sich über die fröhliche Stimmung im Haus.

„Du kannst dir die Veränderung kaum vorstellen", erzählte Mary eines Abends beim Essen. „Es ist eine reine Freude, zu sehen, wie fröhlich und heiter alle sind." Sie aß einen Löffel Gemüsesuppe. „Du solltest sie einmal besuchen."

„Mir liegt nicht viel an Besuchen."

„Du könntest mich in die Stadt begleiten, solange Palina und Magnus fort sind."

„Wenn die Jonssons in Astoria sind, habe ich noch mehr Arbeit auf der Station als sonst." Jeden Herbst verbrachten die Jonssons zwei Wochen bei Verwandten in Oregon, so auch in diesem Jahr.

Mary aß schweigend. Obwohl Jesse nie ein Wort darüber verlor, schien ihm ihr Essen zu schmecken. Die Cremesuppe war aus pürierten Karotten und Sellerie mit Sahne, in die ein saurer Apfel gerieben wurde. Eine Messerspitze Currypulver gab der Suppe eine besondere Note. Das Rezept stammte noch von ihrer Mutter.

„Alle scheinen glücklich zu sein", erzählte Mary weiter. „Melissa Clune hält das Haus blitzsauber in Ordnung. Rheingold, das ist der kranke junge Mann, wird von allen verwöhnt, aber Fiona sagt, sein Herzleiden sei unheilbar. Er und die alte Mrs. Selkirk haben sich angefreundet und stecken ständig zusammen. Hestia gibt den Kindern Unterricht. Sie ist besonders stolz auf Mrs. Clunes ältesten Sohn Edward und sagt, er wird der erste

Clune sein, der die Universität besucht." Sie neigte den Kopf zur Seite. „Wie sieht es da aus?"

„Wo?"

„An der Universität. Das hört sich so großartig an. Aber ich kann mir nichts darunter vorstellen."

„Dort studieren verwöhnte Söhne reicher Eltern, die glauben, alles besser zu wissen. Sie debattieren über hochtrabende Themen und glauben, die Welt am Biertisch verbessern zu können. An Universitäten entstehen Rivalitäten, die gelegentlich ein ganzes Leben andauern."

„Das klingt eigentlich gar nicht großartig. Denkst du, es ist richtig, wenn Edward eine Universität besucht? Und solches Zeug lernt?"

Ein mattes Lächeln umspielte seine Mundwinkel. „Etwas zu lernen ist immer gut. Aber die beste Schule ist das Leben selbst. Ich habe hier auf der Station jedenfalls mehr gelernt als auf der Universität. Meine Lehrer waren die Stürme und die Flutwellen. Solche Erfahrungen macht man nicht im Vorlesungssaal einer Universität."

„Aber du hast studiert. Manchmal male ich mir aus, wie du früher gelebt hast. Doch ich sehe nur prachtvolle Häuser und die vornehme Gesellschaft. Ich kann mir dich in dieser Umgebung gar nicht vorstellen."

„Das liegt hinter mir", sagte er. „Und ich bin froh darum."

„Ich denke, du hast dieses Leben zu früh aufgegeben", sagte sie leise.

„Was, zum Teufel, soll das nun wieder heißen?"

Er war wieder einmal nahe daran, einen Wutanfall zu bekommen, den Mary gelassen über sich ergehen lassen würde. Es gab ein paar Dinge, die einfach gesagt werden mussten. In diesen ersten Wochen ihrer Ehe waren sie leidlich gut miteinander ausgekommen, was allerdings vorwiegend daran lag, dass sie sich von seinem Herzen fern hielt.

Sie teilte das Bett mit ihm, aber der Zugang zu seinem Herzen blieb ihr verwehrt. Sie fühlte sich ihm jetzt nicht näher als am Tag ihrer Hochzeit. Sie behandelte ihn wie ein rohes Ei, um ihn nicht zu verärgern. Das musste aufhören.

„Es wäre besser gewesen, dein gewohntes Leben so lange weiterzuführen, bis du Emilys Tod überwunden gehabt hättest", sagte Mary schließlich.

Sie sah, wie vor lauter Wut seine Züge gefroren, zwang sich jedoch fortzufahren: „Dein Leben ist wie ein unvollständiger Kreis. Es wäre besser gewesen, zu bleiben, um diesen Kreis zu schließen."

Er durchschnitt die Luft mit einer unwirschen Handbewegung. „Du redest völligen Unsinn. Im Übrigen geht dich mein Leben nichts an."

„Seit du sie verloren hast, fürchtest du dich, zärtliche Gefühle zuzulassen." Mary bemühte sich, seine kränkenden Worte zu ignorieren.

„Du weißt ja gar nicht, was es bedeutet, Gefühle für andere Menschen zu haben", erwiderte er mürrisch.

Plötzlich sprang sie zornig vom Stuhl auf. „Das weiß ich nicht? Und meine Familie? Ich habe alle verloren. Pa und meine drei Brüder liegen auf dem Meeresgrund, und Mama ist in meinen Armen gestorben. Wie kannst du behaupten, ich hätte sie nicht geliebt?"

„Immerhin kannst du weiterleben, als sei nichts geschehen!" brüllte er.

Ein seltsames Ziehen im Rücken zwang sie, sich wieder zu

setzen. „Aha. So ist das also. Du meinst, ich hätte sie nicht geliebt, weil ich mich nicht vor Trauer verzehre. Du hältst dich wohl für den Einzigen, der weiß, was Liebe bedeutet. Du hast Emily so sehr geliebt, dass du dich seit zwölf Jahren in deinem Unglück suhlst, nur um das zu beweisen. Ich bin beeindruckt."

„Ich habe dich nicht darum gebeten, dich in mein Leben einzumischen. Ich habe dich gewarnt, dass ich dir wehtun werde ..."

„Versuch es nur, Jesse. Nur weiter so. Mir kannst du nicht wehtun. Weil ich weiß, dass du den Unsinn, den du redest, nicht ernst meinst." Diese Behauptung stellte sie einfach auf. „Ich habe meine Familie geliebt", fuhr sie heftig fort. „Ich habe sie wahrhaftig geliebt, aber ich will das Andenken an meine Lieben in Ehren halten und mich nicht von meiner Trauer unterkriegen lassen."

Sie stand auf, trat an Jesses Seite und legte ihre Hand auf die seine. „Wenn ich lächle, ist es ein Ausdruck meiner Liebe für meine Familie. Und mein Lachen ist eine Erinnerung an die gemeinsamen Freuden. Und jedes Mal, wenn ich dich berühre, Jesse, danke ich Gott für meine Familie, die mich gelehrt hat, dass Zärtlichkeit und Liebe die wichtigsten Dinge im Leben sind."

Sie nahm seine Hand, legte sie an ihre Wange, dann an ihre Lippen. „Wenn ich wie ein Schatten durchs Leben ginge, hätte ich nicht begriffen, was meine Familie mich gelehrt hat."

Lange saß er reglos und wie versteinert da. Dann stand er auf und nahm ihre beiden Hände. „Es war falsch, zu sagen, du hättest deine Familie nicht geliebt", gab er zu. „Aber du bist anders als ich. Ich kann das nicht."

„Du solltest es versuchen. Versuche, dich von der Vergangenheit zu lösen. Versuche, wieder zu lieben."

Er ließ ihre Hände los. „Das“, sagte er tonlos, „ist leider unmöglich.“

Mary aber war anderer Meinung. Eines Tages würde er sie lieben. Vor ihr lag noch ein hartes Stück Arbeit, eines Tages jedoch würde er sie lieben.

Oder etwa nicht?

Er öffnete die Haustür. Der Herbstwind wehte würzige, kühle Luft herein. Die Tage wurden kürzer. In jedem Windstoß tanzten welke Blätter. Heute Nacht hatte Erik Wache auf dem Turm.

Mary bückte sich, um ein Scheit in den Kamin nachzulegen. Sie zog den Atem scharf ein, als sie wieder dieses Ziehen im Kreuz verspürte, schmerzhafter diesmal.

„Fühlst du dich nicht wohl?“ fragte Jesse, ohne sich umzudrehen.

„Es ist alles in Ordnung.“ Sie richtete sich auf, drückte den Rücken durch und trat ans Bücherregal. „Liest du mir etwas vor? Die Geschichte von König Arthur ist so spannend. Ich möchte mehr darüber hören.“ Sie zog ein Buch aus dem Regal, dessen Lederrücken neu aussah. „So viele Bücher. Wie heißt das?“

Jesse durchquerte den Raum und nahm ihr den Band aus der Hand. „Dieses Buch ist ein Geschenk meiner Schwester. Es sind Erzählungen von Emerson.“ Ein gefaltetes Blatt Papier, das zwischen den Buchseiten lag, flatterte zu Boden, als er das Buch aufklappte.

Mary bückte sich und hob es auf. „Ein Brief?“

„Annabelle schrieb mir oft, gab es aber auf, weil ich ihre Briefe nie beantwortet habe.“

„Liest du mir diesen Brief vor?“

Schulterzuckend setzte er sich auf die Bank. Mary nahm neben ihm Platz und schob sich ein paar Kissen in den Rücken. Er war bereit, etwas aus seiner Vergangenheit preiszugeben – das war gewiss ein Fortschritt.

Jesse entfaltete das Blatt und reichte ihr eine vergilbte Fotografie. „Das ist ein Hochzeitsbild von Annabelle und ihrem Bräutigam."

Mary nahm die kartonierte Fotografie zur Hand und betrachtete sie. Eisige Kälte schlich sich in ihr Herz, und sie hob das Bild näher an die Augen.

Dann stürzte eine Welt für sie ein. Reglos saß sie da, hielt das Bild zwischen den Fingern und blickte ausdruckslos auf das lächelnde Brautpaar. In ihrem Innern breitete sich ein Gefühl der Leere aus. Grauen erfasste sie.

Jesse las vor – den Brief? Eine Geschichte? Mary hörte nicht zu, war unfähig zuzuhören. Sie blickte auf die Fotografie. Annabelle war ebenso schön wie ihr Name. Ihre Ähnlichkeit mit Jesse war unverkennbar. Beide hatten die gleichen ebenmäßigen Gesichtszüge und die stolze Körperhaltung, die wohl in der Familie lag.

Aber Annabelles Ehemann … Sein Bild hatte sich in Marys Herz eingebrannt. Auch mit geschlossenen Augen sah sie sein schönes, markant geschnittenes Gesicht vor sich, den sorgfältig gepflegten Oberlippenbart, das schimmernde sandfarbene Haar. Die lächelnden, lügenden Lippen. Die charmant blitzenden Augen, die in Wahrheit eine Maske seiner Bösartigkeit waren.

Übelkeit stieg in ihr hoch, sie kämpfte dagegen an, besiegte sie und atmete tief durch.

„Jesse?" Ihre Stimme klang schwach und zittrig.

Er blickte auf. „Was ist?"

„Ich muss dir etwas sagen."

„Jetzt?“

„Ja. Ich … es kann nicht warten.“

Er faltete den Brief und legte ihn beiseite. Sie reichte ihm die Fotografie. „Deine Schwester ist sehr schön.“

„Ich weiß. Sie war zwölf, als ich sie zum letzten Mal gesehen habe. Und nun ist sie erwachsen und längst verheiratet. Kaum vorstellbar. Ich war nicht einmal bei ihrer Hochzeit. Ich wollte die Station nicht verlassen.“

„Und ihr Ehemann?“

„Granger Clapp. Wir waren Schulfreunde, später Geschäftspartner.“ Seine Stimme verriet nicht, was er dachte.

„Granger Clapp.“ Sie wiederholte den Namen, der einen gallebitteren Geschmack auf ihrer Zunge hinterließ. Sie zwang sich, Jesse in die Augen zu sehen. „Ich kannte ihn.“

Er zog eine Braue hoch. „Du kanntest Granger?“

Alles in ihr drängte sie, zu lügen und es zu leugnen. Aber sie konnte nicht anders, sie musste Jesse die Wahrheit sagen. Sie überwand ihre Scham, zwang sich, die Worte auszusprechen. „Er sagte mir, sein Name sei Jones. Granger Jones. Er ist der Vater meines Kindes.“

17. KAPITEL

Als Jesse die Pferde bei schwerer See für die Rettung Schiffbrüchiger trainiert hatte, hatte ein haushoher Brecher ihn unter sich begraben. Jetzt erinnerte er sich mit aller Deutlichkeit an den Vorfall. Die Woge war mit mörderischer Gewalt herangerollt, hatte sich haushoch aufgetürmt und ihn in ihre Höhlung eingesogen. Wie eine riesige Faust hatten die Wassermassen ihn aus dem Sattel des verstörten Pferdes gerissen, in einem Strudel in die Tiefe gezogen und mit eisiger Gewalt festgehalten.

Sein Körper war wie ein Spielball in wilden Spiralen herumgewirbelt worden, er hatte nicht gewusst, wo oben und unten war. Er hatte sich im Rachen des Todes befunden.

Genau dieses Grauen überkam ihn jetzt wieder.

Nur waren es diesmal keine Naturgewalten, die seine Welt zerschmetterten. Es war seine Ehefrau Mary und das Geheimnis, das sie ihm soeben enthüllt hatte.

Er war ein sterbender Mann. Kälte hüllte ihn ein, bis er meinte, seine Haut verhärte sich in einen eisigen Panzer. Erst dann wagte er eine Bewegung. Mühsam kam er auf die Beine und ging hinaus auf die Veranda.

Die Herbstnacht hatte sich über die Landzunge gelegt. Glitzernde Sterne standen am Himmel, in regelmäßigen Abständen strich das Leuchtfeuer vorüber, tauchte die Baumwipfel für einen flüchtigen Moment in seinen silbernen Schein. Die Brandung schlug tosend gegen die Felsen. Ein würziger Duft nach welkem Laub, gemischt mit der Süße der letzten Rosen, hing in der Luft.

Er hörte, wie Mary auf die Veranda trat, und zwang sich, sie anzusehen. Es war eine grausame Folter, in ihr hübsches, zartes Gesicht, in ihre angstvoll geweiteten Augen zu schauen, auf ihre vollen Brüste über ihrem runden Leib, der ihn zu verhöhnen schien.

„Jesse", begann sie sanft, „ich wünschte, du würdest etwas sagen."

„Was, zum Teufel, willst du hören? Dass es keine Bedeutung hat? Dass ich mich nicht darüber wundere, dass du Grangers Geliebte warst? Dass ich die Vaterschaft für meine Nichte oder meinen Neffen anerkenne?"

Sie zuckte zusammen.

Ja, er wollte ihr wehtun. Sie mit Worten auspeitschen. Einerseits wusste er, dass er ihr keine Schuld geben durfte. Dennoch gab er ihr die Schuld. Ja, er gab ihr alle Schuld.

Sie hatte ihn dazu verlockt, wieder Träume zu haben, nur um sie ihm wieder zu entreißen, als er zu glauben begann, Träume könnten für ihn wahr werden. Sie hatte die Hoffnung in ihm geweckt, dass er sie lieben könnte.

Marys Geständnis war der Beweis, dass er von Anfang an Recht gehabt hatte. Liebe brachte nur Leid und Verlust. Ein Leben ohne Liebe in dumpfer Gleichgültigkeit und Einsamkeit war weitaus besser, als neben einer Frau zu leben, die ihm das Herz aus dem Leib riss.

Mary erholte sich erstaunlich schnell, blickte ihm ohne Scheu in die Augen. „Nie hätte ich gedacht, dass *Blind Chance* ein prophetischer Name für ein Schiff sei, doch nun stellt sich heraus, dass es so ist." Sie straffte die Schultern. „Wir müssen darüber reden und entscheiden, was zu tun ist."

„Und was versprichst du dir davon?" Er schlug mit der Faust gegen einen Stützpfeiler der Veranda.

„Es ist auch für mich ein großer Schock", sagte sie. „Führe dich also bitte nicht auf wie ein angeschossener Bär. Ich habe gewiss nicht geplant, das Schiff vor deinem Leuchtturm zu versenken, damit du mich findest." Sie holte tief Atem, um sich zu beruhigen. „Bert hat vermutlich eine Notiz von unserer Heirat im *Journal* veröffentlicht."

„Ja."

„Meinst du, Granger liest die Zeitung?"

„Ich nehme es an." Seit der gemeinsamen Schulzeit hatte Granger sich stets für Jesse Morgans Angelegenheiten interessiert. Anfangs war Grangers Interesse seinem Neid entsprungen. Jesse hatte nie die Absicht gehabt, ihn im Sport oder in Prüfungen zu übertrumpfen. Es war einfach so gekommen. Jesse hatte nie mit seinen liebevollen Eltern vor Granger geprahlt, Tatsache aber war, dass Jesse ständig Briefe und Pakete von zu Hause bekommen hatte, während Granger leer ausgegangen war. Jesse hatte nie die Absicht gehabt, mit Granger um die Gunst von Emily Leighton zu wetteifern. Aber beide hatten sich in sie verliebt.

Jesse vermutete, dass Granger starkes Interesse an der zweiten Eheschließung seines einstigen Rivalen zeigen würde. Noch dazu, da es sich um die Frau handelte, die er geschwängert hatte.

„Kennt er dich unter deinem wirklichen Namen?" fragte Jesse.

„Meinem Namen?"

„Kennt er dich als Mary Dare?"

Sie lächelte zu ihm auf. Er wünschte, sie würde nicht lächeln. Er ertrug den Anblick ihres schönen Gesichts nicht. „Du bist der Einzige, der mich als Mary Dare kennt."

Wieder spürte Jesse, wie er in den Schwindel erregenden Strudel unter Wasser gezogen wurde. „Du hast mich belogen."

„Es schien mir angebracht. Dare ist der Mädchenname meiner Mutter. Mein wirklicher Name ist Mary O'Donnell. Mary Dare O'Donnell. Granger weiß nichts von Dare."

„So wie du mir nichts über O'Donnell gesagt hast."

Sie stemmte die Hände in die Hüften. „Nachdem ich Schiffbruch erlitten hatte, wachte ich im Haus eines mürrischen Fremden auf. Weshalb hätte ich ihm meine ganze Geschichte erzählen sollen? Ich bin vor Granger geflohen. Du solltest dir lieber Sorgen um deine Schwester machen."

„Um Annabelle?" Ein Frösteln durchlief Jesse. „Er hat sich dir gegenüber ausgesprochen schäbig verhalten. Aber Annabelle ist seine Ehefrau, nicht seine ..." Er verstummte unvermittelt. Zu spät.

„Nicht seine Hure", beendete Mary den Satz für ihn.

„Das meinte ich nicht ..."

„Doch, und du hast ja Recht. Der Grund, warum er so niederträchtige Pläne mit mir hatte, war die Tatsache, dass seine Frau unfruchtbar ist. Anfangs wusste ich nichts von seiner Ehe. Er sagte mir die Wahrheit erst, nachdem wir ..." Sie legte den Arm schützend um ihren dicken Bauch. „Er sagte, sie wünsche sich sehnlichst ein Kind, sie wolle mein Kind als das ihre großziehen, es verwöhnen und ihm alles bieten, was es sich nur wünschen würde."

Jesse war nicht überrascht, dass diese Gründe Mary nicht hatten überzeugen können. Sie glaubte unerschütterlich an die Macht der Liebe.

Und sie war fest davon überzeugt, dass die Liebe einer Mutter für ihr Kind weitaus wichtiger war als Reichtum, Bildung und Erziehung.

Er bedauerte seine Schwester Annabelle. Sie war ein sonniges, unbeschwertes kleines Mädchen gewesen, die das prachtvolle Haus seiner Eltern mit Lachen erfüllt hatte. Ob sie sich in all den Jahren sehr verändert hatte?

Und was, um Himmels willen, würde sie denken, wenn sie erfuhr, dass ihr Bruder die Geliebte ihres Ehemannes geheiratet hatte?

Ohnmächtige Wut drohte ihn zu ersticken. „Es bringt nichts, darüber zu diskutieren, was hätte sein können“, sagte er dumpf. „Wir müssen jetzt über die Gegenwart reden. Tatsache ist, dass ich dich geheiratet habe, ohne zu wissen, wer der Vater deines Kindes ist.“

„Ich habe dich nicht absichtlich belogen.“ Mary lehnte sich gegen die Verandabrüstung und rieb sich das schmerzende Kreuz.

„Dennoch ...“

„Wieso ist das so kompliziert?“ fragte sie gereizt. „Du ...“ Sie sprach nicht weiter, neigte den Kopf zur Seite, als horche sie auf ein entferntes Geräusch, dabei rieb sie sich immer noch das Kreuz.

„Was ist los?“ fragte er. „Geht es dir nicht gut?“

„Doch, es ist alles in Ordnung. Aber du hast meine Frage nicht beantwortet. Du hast Granger seit Jahren nicht gesehen. Warum machst du dir seinetwegen Gedanken? Kannst du es nicht einfach dabei bewenden lassen?“

„Nein.“

„Warum nicht?“

„Wenn aus Granger der Mann geworden ist, wie du ihn beschreibst – ein Mann, der eine mittellose junge Frau belügt, sie entehrt und versucht, ihr das Kind wegzunehmen –, dann ist er auch eine Gefahr für meine Schwester.“

Mary schluckte schwer. „Du musst nach Portland reisen und Annabelle besuchen."

„Ja." Er hatte die Halbinsel seit zwölf Jahren nicht verlassen. Und er würde die Reise mit dem Schiff machen müssen. *Mit dem Schiff.*

„Und du musst ihr die Wahrheit über mich sagen."

„Die Wahrheit?" Er fuhr aufgebracht zu ihr herum. Die Antwort drängte sich ihm auf mit einer Bitterkeit, die seit Emilys Tod in seinem Herzen lag. Ohne zu überlegen, wie Mary auf seine Worte reagieren würde, sagte er mit vor Ironie triefender Stimme: „Wir erklären Annabelle einfach, dass wir demnächst die Eltern von Grangers Kind sein werden. Es wird ein etwas seltsames Familientreffen, meinst du nicht auch?"

Sie taumelte nach hinten, als habe er sie geschlagen, legte die Hände auf ihren Leib, wankte die Verandastufen in den Garten hinunter und verschwand in der Nacht.

„Mary ..."

„Komm mir nicht zu nahe."

Er eilte die Stufen hinunter. Was hatte er sich nur dabei gedacht, so mit ihr zu reden? „Mary ..."

Er hörte ihren Aufschrei, sah im fahlen Mondschein, wie sie stolperte und zu Boden sank. Mit zwei Sätzen war er bei ihr und hob sie in die Arme. Sie war ganz nass, aber nicht vom nächtlichen Tau, sondern von einer warmen Flüssigkeit.

„Was, zum Teufel ..."

„Die Fruchtblase ist geplatzt", keuchte sie mit schmerzverzerrtem Gesicht. „Das Baby kommt."

In fliegender Hast trug Jesse Mary in die Kammer, legte sie aufs Bett und eilte in die Küche zurück. Dort setzte er einen Kessel

Wasser auf und schürte das Feuer im Herd. Dann überlegte er, was als Nächstes zu tun sei.

Ausgerechnet jetzt waren Palina und Magnus nicht da. Jesse war allein mit einer Frau in den Wehen, und er hatte nicht die leiseste Ahnung, wie er ihr helfen konnte, das Kind zur Welt zu bringen.

Verwirrt suchte er frische Handtücher und brachte einen Stapel Decken. Mary lag reglos auf dem Bett mit weit aufgerissenen Augen und gerötetem Gesicht.

„Oh, Jesse“, stieß sie hervor, „ich wünschte, meine Mama wäre hier.“ Sie zog die Knie an, biss die Zähne aufeinander. Jesse hielt den Atem an, als sie sich vor Schmerzen krümmte.

Nach einer halben Ewigkeit, wie ihm schien, ließen die Krämpfe nach, und sie blickte flehend zu ihm auf. „Hilfst du mir, das Nachthemd anzuziehen?“

Er wusste nicht, ob er es ertrug, ihre Schmerzen mit anzusehen, unter denen sie Grangers Kind zur Welt bringen würde. Aber ihm blieb keine Wahl. Sie ließ ihm keine andere Wahl.

Er kniete neben ihr nieder und nestelte mit ungeschickten Fingern an Knöpfen und Bändern. Das Kleid ... wieso dachte er ausgerechnet jetzt an den Tag, als Emily es zum letzten Mal getragen hatte ...

„Woher soll ich wissen, was eine Dame bei einem Baseballspiel trägt, Emily?“ fragte er entnervt. „Du siehst in jedem Kleid hübsch aus.“

„Ist Baseball so ähnlich wie Tennis?“ fragte sie. „Dann könnte ich mein Tenniskleid ...“

„Es hat nicht das Geringste mit Tennis zu tun, Emily.“ Er lachte, entzückt über ihre Naivität. „Zieh doch das hübsche blaue Kleid an mit den Falten im Rücken.“

„Aha. Das gefällt dir, weil es einen tiefen Ausschnitt hat."

Der blaue Stoff zerriss, als er Mary jetzt das Kleid auszog. Er warf es von sich und verdrängte seine lästigen Erinnerungen. Irgendwie schaffte er es, Mary das Flanellnachthemd überzustreifen und ein paar Lampen zu entzünden. Dann wollte er zur Tür gehen.

„Wo … gehst du hin?" fragte sie mit schwacher, fremd klingender Stimme.

„In die Stadt. Ich hole Dr. MacEwan."

„Und lässt mich allein?"

„Ich sage Erik Bescheid. Das Leuchtfeuer bleibt heute Nacht ohne Aufsicht."

„Erik? Der Junge hat ein Herz aus Gold, aber das …", sie umfing ihren dicken Bauch mit beiden Armen, „… das erschreckt ihn zu Tode. Kann er die Ärztin nicht holen?"

„In der Nacht findet er den Weg in die Stadt nicht." Jesse nahm den Mantel vom Haken hinter der Tür. „Ich beeile mich und bin bald wieder zurück."

„Reitest du in die Stadt?"

„Ja."

„Mit dem Boot wärst du schneller."

Jesse erstarrte mitten in der Bewegung. Das alte Grauen befiel ihn. „Ich reite."

„Dann bist du mindestens zwei Stunden fort", sagte sie. „Jesse, bitte geh nicht weg."

Er konnte ihren flehenden Ton nicht ertragen. „Ich muss."

„Nein. Du kannst bei mir bleiben und mir helfen, mein Kind zur Welt zu bringen."

„Ich weiß doch nicht, was ich tun soll."

„Das weiß ich auch nicht."

„Siehst du? Du brauchst Fiona ...“

„Ich brauche *dich.*“

Er drückte sich die Mütze auf den Kopf. „Hör zu, jede Minute, die wir streiten, ist eine verlorene Minute.“ Er holte eine Laterne aus der Küche und wandte sich zum Gehen.

„Jesse“, rief Mary mit schwacher Stimme.

Er blieb stehen, wollte sich nicht umdrehen, wollte ihr Gesicht nicht sehen, nicht die Angst in ihren umschatteten Augen. Aber er zwang sich dazu. Sie war seine Frau. Er hatte ihr ein Versprechen gegeben.

In guten wie in schlechten Tagen.

Ihr Anblick zerrte an seinem Herzen. Sie lag bleich in den Kissen, die Decke bis zum Kinn hochgezogen, und sah ihn an wie ein wundes, verängstigtes Tier.

„Ja?“ fragte er heiser.

„Ich habe Angst.“

Er stellte die Lampe ab. „Gut, ich bleibe.“

18. KAPITEL

Jesse hatte Angst. In den atemlosen Ruhepausen zwischen den schmerzhaften Wehen sah Mary seine Angst. Sie suchte Trost in seinem Blick und sah nur nackte Angst.

Und dazu gab es allen Grund. Sie konnte sterben und ihn mit einem Kind zurücklassen, das nicht von ihm war, das er nicht wollte. Das Kind konnte sterben, und mit ihm würde ihre Liebe sterben. Und wenn beide überlebten, wären sie seine Familie, ob er sie haben wollte oder nicht.

Es gab nur eine Lösung, die für Jesse Morgan günstig wäre: wenn sie mit dem Kind sterben würde. Dann könnte er sich wieder in seine Welt der Trauer und Einsamkeit zurückziehen.

Aber er wollte nicht, dass sie starb. Das erkannte sie an der Art, wie er ihre Hand während der beinahe unerträglichen Schmerzen drückte und Trostworte flüsterte.

Im Verlauf der schrecklichen Nacht wurden die Ruhepausen zwischen den Wehen immer kürzer, bis Mary glaubte, die anhaltenden Schmerzen müssten sie zerreißen. Sie verlor fast das Bewusstsein, versank in betäubendes Dunkel. Und immer, wenn sie einen halbwegs klaren Gedanken fassen konnte, redete sie sich ein, das Schicksal habe sie nicht ans Ende der Welt verschlagen, um sie hier sterben zu lassen, um Jesse Morgan noch mehr Leid und Kummer zu bringen. Das Schicksal wollte, dass sie ihn zum Leben zurückführte. So wie sie ihrem Kind das Leben schenkte.

Aber das reichte nicht aus. Sie schaffte es nicht. Die Hoffnung wich reiner Verzweiflung.

„Warum … dauert … das so lange?“ keuchte sie. „Heiliger Herr Jesus Christ, warum ist meine Mutter nicht bei mir?“ Und in ihrer Not begann sie zu beten, abgehackt, ohne auf die Worte zu achten. Immer wieder versank sie in Dunkelheit, die sie in schlingernden Spiralen in einen Abgrund zu zerren schien. Sie verlor jeden Bezug zur Wirklichkeit, wusste nicht mehr, wer und wo sie war. Manchmal hörte sie Jesses Stimme, die klang, als würde er aus einem tiefen Brunnen rufen. Unverständliche Worte hallten wie ein vielfaches Echo in ihr.

Sie wusste, dass er sie zurückrief, dass er sie drängte, weiterzukämpfen, nicht aufzugeben. Aber ihr fehlte die Kraft, sie war so unendlich schwach und hoffnungslos, empfand nichts mehr, nur noch diese überwältigende Müdigkeit. Sie wollte einfach loslassen, nur loslassen …

Und dann sah sie im schwarzen Nichts etwas, zunächst einen winzigen Funken, dann ein gleißendes Licht. Und dieses Licht brachte sie an einen anderen Ort …

Holzplanken knarrten, bevor sie mit lautem Knall splitterten. Schreiende Männerstimmen. Das Kreischen von Wasserpumpen. Stiefel scharrten über ein schief geneigtes Deck. Fässer und Kisten wurden über Bord geworfen. Eisige Fluten umgaben sie, schlugen über ihr zusammen, drückten sie unter Wasser. Ihre Lungenflügel brannten.

Sie kannte diese Dunkelheit, war schon einmal in dieses Nichts gerissen worden. Und dann erinnerte sie sich an das Baby. Neue Kraft erwuchs in ihr wie ein sprudelnder Quell, brachte ihren Kampfgeist zurück. Sie stieß sich nach oben, klammerte sich an einen Gegenstand und tauchte röchelnd auf.

Und dann sah sie das Licht. Das Leuchtfeuer. Ein Silberstreif, der über ein endloses schwarzes Nichts hinwegglitt.

Wieder sah sie das Licht, spürte neue Lebenskraft. Wie schon einmal näherte sie sich dem Licht, ohne zu wissen, was es war, wusste nur, dass sie es erreichen musste.

Wusste er davon? Wusste er, dass er ihre Rettung war? Sie spürte seine Finger, die ihre Hände hielten, sie hörte seine tiefe, heisere Stimme, konnte die Worte verstehen. „Versuch es, Mary. Bitte. Du musst es versuchen. Bitte."

Dieses Bitte hallte in ihrem Kopf nach. Jesse Morgan sagte sonst niemals „bitte". Er musste völlig verzweifelt sein.

Sie blinzelte, löste sich mühsam von der befremdlichen Lichterscheinung. Bei all ihrem Schmerz war sie neugierig auf diesen neuen Jesse, diesen Mann, der sie zärtlich hielt und „bitte" sagte, als flehe er sie an. Langsam, ganz langsam wurde sein Gesicht deutlicher. Sein schönes, leidgeprüftes Gesicht. Es war ihr unendlich lieb geworden.

Sie blickte ihm unverwandt in die Augen, konnte nicht sprechen. Wieder raste eine Woge aus Schmerz durch sie hindurch, gleichzeitig spürte sie den überwältigenden Drang, das Kind zu gebären. Sie musste es schaffen, sie musste ihr Kind zur Welt bringen.

Sie hörte ein schauerliches Röcheln, erkannte ihre eigene Stimme kaum in den Lauten, die sich zwischen ihren zusammengebissenen Zähnen hervorquälten. In ihren Ohren pochte es, sie spürte die Hitze in ihrem Gesicht, den Schweiß, der ihr in Strömen ausbrach, spürte, wie sich jede Sehne in ihrem Körper anspannte.

„Mary, oh, Mary ..." Jesse trat ans Fußende des Bettes.

Sie wollte ihn rufen, wollte ihm sagen, sie brauche seine Hände an ihren Schultern, auf ihrer Stirn, aber ihr fehlte die Kraft, um zu sprechen. Nur tiefe, kehlige Schreie brachen aus ihr heraus. Sie zog die Knie an und presste mit aller Macht, ließ Jesse nicht aus den Augen, beschwor ihn mit Blicken, als könne er ihr Erleichterung verschaffen.

Der Lampenschein warf dunkle Schatten über sein fahles Gesicht. „Ich denke … ich sehe den Kopf“, sagte er verwundert. „Warte, nein, verdammt … jetzt sehe ich nichts mehr.“

Sie verstand nicht, was er sagte. Sie spürte nur diesen unerträglichen Druck und wusste, dass sie pressen musste, war erfüllt von einem unbändigen Drang, zu pressen und immer fester zu pressen. Das war wichtiger als zu atmen, zu denken, zu fühlen.

„Mary! Es ist … Grundgütiger, es ist da, es ist …“

Der mörderische Druck wich plötzlich von ihr wie Luft aus einem geplatzten Ballon, löste sich im Nichts auf. Einen Augenblick spürte sie gar nichts, fühlte sich getrennt von ihrem Körper, von jeder Empfindung. Und dann sank sie erschöpft in die Kissen zurück, streckte schluchzend die Arme aus nach dem winzigen, mit Schleim und Blut überzogenen Geschöpf, das er ihr reichte, wickelte es in Decken und wiegte das kostbare Geschenk an ihrer Brust, wimmernd und bebend vor Erschöpfung, erfüllt von unendlichem Stolz und namenloser Dankbarkeit, dass sie es geschafft hatte.

Jesse lehnte sich gegen den Schrank und schloss die Augen. Er zitterte, fühlte sich ausgelaugt und zugleich von einem herrlichen Glücksgefühl erfüllt, ähnlich wie nach einer waghalsigen Rettung aus Seenot, doch diese Empfindung war überwältigender. Er war Zeuge eines Wunders geworden.

Marys Schluchzen erfüllte die Kammer, es roch nach Blut und Schweiß. Und plötzlich hörte Jesse das entfernte Krähen des Hahns der Jonssons, der den Tagesanbruch ankündigte.

Marys Geburtswehen hatten die ganze Nacht gedauert. Ihr Baby war zur Welt gekommen, und Jesse hatte bei der Geburt geholfen. Er konnte es kaum glauben. Aber er hatte tatsächlich bei der Geburt geholfen.

„Jesse! Hilfe!“

Er ließ sich neben dem Bett auf die Knie sinken. „Was ist?“

„Die … ah …“ Sie biss die Zähne aufeinander, ihr Gesicht rötete sich wie in den letzten Minuten, bevor das Baby gekommen war. „Die Nachgeburt“, stieß sie hervor. „Du musst die Nabelschnur durchschneiden.“

„Schneiden …“ Schreckensbilder tauchten vor seinem inneren Auge auf. Messer, Scheren, Blut.

„Die Nabelschnur, Jesse. Binde sie ab, und schneide sie durch. So etwas hast du doch schon bei Tieren gesehen.“

„Ja, aber …“

„Na und?“

Er fand eine Garnspule und ein scharfes Messer. Irgendwie war er auf diesen Augenblick vorbereitet gewesen, ohne es zu wissen, denn die Gegenstände lagen in der Küche bereit. Er erinnerte sich nicht daran, sie letzte Nacht zurechtgelegt zu haben. Hilflos und gelähmt vor Entsetzen stand er vor ihr und schaute ratlos auf das Bündel in ihrem Arm. „Ich glaube, ich bin so weit.“

Sie nickte benommen. Er konnte nicht begreifen, wieso sie so schön war. Ihr zerzaustes Haar hing ihr schweißnass ins Gesicht, dunkle Ringe lagen unter ihren Augen. Und dennoch ging ein Strahlen von ihr aus, lag ein Ausdruck von Glückseligkeit in ihrem Blick.

Er wollte sie in die Arme schließen und ihr sagen, wie schön sie war, wie stolz er auf sie war. Aber er brachte es nicht über sich. Etwas war nicht in Ordnung, was weder er noch sie sehen oder wissen wollte …

Mit zitternden Händen schlug er die Bettdecke zurück. Die blutverschmierten Laken und Decken müssen gewaschen werden, schoss es ihm durch den Kopf. Dann sah er den winzigen, blutverschmierten Kopf, den winzigen Körper und die Nabelschnur, bläulich weiß und verdreht.

Er beugte sich vor und erstarrte.

Das Kind bewegte sich nicht.

„Mary, ich glaube …" Die Kehle war ihm wie ausgetrocknet. „Das Kind. Ist es in Ordnung?"

„Was sollte nicht in Ordnung sein?"

„Mary." Er glaubte, alles Leid zu kennen, doch nichts in seinem bisherigen Leben hatte ihn auf diesen unermesslichen Schmerz vorbereitet.

Jetzt lernte er etwas kennen, das schmerzhafter war als sein eigenes Leid. Es war Marys Leid. Ihre Trauer würde ihn um den Verstand bringen.

„Mary", stieß er noch einmal heiser hervor und strich ihr sanft eine nasse Haarsträhne aus der Stirn. „Es bewegt sich nicht. Es atmet nicht."

„Was redest du da?" Sie stöhnte auf. „Sag das nicht!" Ungestüm warf sie den Kopf auf dem Kissen hin und her. „Ich verfluche dich, Jesse Morgan. Ich verfluche dich!"

In ihren Augen flackerte der Irrsinn. Jesse wusste nicht, was er tun sollte. Instinktiv nahm er ihr das Bündel aus den Armen, denn sie durfte es nicht sehen.

Sie schnellte hoch. „Gib mir mein Kind!" schrie sie gellend.

„Nein, Mary, es ist besser, wenn …" Und dann spürte er es. Ein Flattern. Eine winzige Bewegung. Er erkannte sie wieder. In den letzten Wochen, wenn Mary sich im Schlaf an ihn geschmiegt hatte, hatte er sie gespürt. Die Bewegung des Kindes.

Ein leises Wimmern, wie das Miauen eines Kätzchens, kam aus der Deckenhülle.

Heiß und stechend wie Nadelspitzen schossen Jesse die Tränen in die Augen, die er hastig fortblinzelte. „Es ist alles gut, Mary, das Baby ist gesund." Vor Erleichterung wurden ihm die Knie weich. Er beugte sich über sie und legte ihr vorsichtig den Säugling in die Arme. „Jetzt wollen wir uns um die Nabelschnur kümmern."

Tränen strömten Mary übers Gesicht. „Ach, Jesse", flüsterte sie. „Ich bin so glücklich. So unsagbar glücklich." Und dann entfuhr ihr ein Schreckenslaut. „Beim gekreuzigten Heiland!"

Er ließ die Garnspule fallen. Kälte griff ihm ans Herz. „Was? Was ist jetzt passiert?"

„Ist es ein Junge oder ein Mädchen?"

Er fluchte vor sich hin. „Woher soll ich das wissen?"

„Du hast doch bei der Geburt geholfen, mein lieber Captain Morgan."

„Darauf habe ich doch nicht geachtet."

Sie lachte schwach und schälte das Neugeborene aus der Decke. „Ein Junge", sagte sie beinahe andächtig und strahlte vor Glück. „Wir haben einen Sohn."

Jesse fuhr sich nervös durchs Haar und machte sich im Zimmer zu schaffen, lief aufgeregt hin und her, wechselte die blutige Bettwäsche, brachte Mary eine Schüssel warmes Wasser, damit sie sich waschen konnte, ein frisches Nachthemd und einen Stapel Windeln, die sie in den letzten Wochen gesäumt hatte. Und dann lagen Mutter und Kind frisch gewaschen in weißer Bettwäsche. Manchmal fielen ihr erschöpft die Augen zu, dann blickte sie wieder in stummer Andacht auf das winzige Gesicht, bewunderte die winzigen Hände und Füße. Immer wieder bot sie dem Säugling die Brust und stillte ihn. Jesse wandte sich ab, konnte nicht zusehen, er konnte nicht denken, nicht fühlen.

Noch nicht. Es war zu früh.

Im Laufe des Tages bemühte er sich, seine Gefühle zu ordnen. Er freute sich für Mary, war erleichtert, dass sie und das Baby gesund waren, mehr konnte er für den Säugling nicht empfinden. Er war nicht sein Vater und wusste nicht, was er mit einem Kind anfangen sollte.

Heimlich, auf leisen Sohlen, schlich er sich gelegentlich in die Kammer und beugte sich über die schlafende Mutter. Sie lag seitlich mit dem Baby im Arm, von dem nur das kleine Gesicht zu sehen war. Ungebeten schoss ihm das Bild durch den Sinn, als er Mary aus dem Wasser gezogen hatte. Das Neugeborene erinnerte ihn an sie, die roten Haare, die ihm in der Stirn klebten, die durchscheinenden Augenlider, unendlich zart, von winzigen blauen Äderchen durchzogen.

„Ich habe dich nicht gerettet“, flüsterte er und verließ die Kammer, kam erst wieder, als Mary seinen Namen rief. Er brachte ihr einen Becher frische Milch und eine Scheibe Brot mit Butter.

Sie lächelte dankbar, aß und trank, während das Baby schlief.

„Ich habe mir einen Namen für ihn ausgedacht“, sagte sie.

Er schwieg, hielt den Blick auf die Holzdielen gerichtet, als fasziniere ihn die Maserung.

„David“, fuhr sie fort. „David Dare Morgan. Gefällt dir der Name?“

„Wieso nicht?“ Er stellte den Becher auf den leeren Teller und wollte gehen.

„Ich habe mich für David entschieden, weil es ein biblischer Name ist. Unser Pfarrer hat mir einmal die Geschichte von David vorgelesen. David war ein berühmter Mann.“

„Du sprichst von König David.“

„Ja, David, der Sohn von Isai – Jesse."

Jesse ließ beinahe das Geschirr fallen. „Er ist nicht mein Sohn."

„Ach, was redest du? Er trägt deinen Namen. In deinen Armen hat er seinen ersten Atemzug getan. Wessen Sohn soll er denn sein?"

„Er ist nicht mein Sohn, er ist Grangers Sohn."

„Granger weiß nichts von ihm. Er muss niemals etwas von ihm erfahren." Jesse wollte ihr nicht wehtun, aber er durfte sie auch nicht belügen. „Du weißt, dass ich mich um dich und dein Kind kümmere. Ich werde für euch sorgen. Aber erwarte nicht zu viel von mir."

„Warum nicht?"

„Weil ich dir nichts geben kann."

Statt in Tränen auszubrechen, lächelte sie wissend. „Jesse Morgan, du hast mir mein Leben wiedergegeben. Du hast mir Hoffnung, ein Heim und deinen Namen gegeben. Durch dich genieße ich den Respekt unserer Nachbarn und der Leute in der Stadt. Und jetzt hast du bei der Geburt meines Sohnes geholfen. Unseres Sohnes. Das nennst du ‚nichts'?"

„Es war meine Pflicht. Ich habe schließlich ein Eheversprechen abgelegt ..."

„Dummes Zeug. Das alles hast du doch nicht deswegen getan. Du hast es getan, weil du wieder lieben musst ..."

„Du suchst etwas in mir, was nicht existiert, was nie existieren wird. Jetzt ruh dich aus. Ich habe zu arbeiten."

„Was ist das?" Was hast du da in der Hand? fragte Granger beim Betreten des Salons.

Annabelle fuhr erschrocken zusammen und zerknüllte das

gelbliche Papier in ihrer Hand. „Granger, Lieber, du hast mich erschreckt", sagte sie errötend.

Er beugte sich über ihren Sessel vor dem Kamin, den Blick auf das Papier in ihrer Hand gerichtet. „Fairchild sagt, du hast ein Telegramm bekommen."

Konnte dieser Butler denn gar nichts für sich behalten? „Ach ja", meinte sie, als messe sie dem Umstand keine Bedeutung bei. „Nachricht von meinem Bruder, völlig überraschend."

„Von Jesse?" Granger trat vor sie hin und streckte die Hand aus. „Lass mich sehen."

Wie gerne hätte sie sich ihm widersetzt, das zerknüllte Papier ins Feuer geworfen und ihm verschwiegen, was darinstand. Doch sie gehorchte – wie immer – und reichte ihm das Telegramm, dessen Inhalt sie bereits auswendig kannte:

Verzeih mein langes Schweigen STOP Solltest du Hilfe brauchen, drahte umgehend STOP Jesse Kane Morgan STOP

Granger hob den Blick. „Wieso Hilfe brauchen? Was, zum Teufel, soll das bedeuten?"

Es bedeutete, dass Jesse Verdacht schöpfte. Irgendwie war ihm zu Ohren gekommen, was aus Annabelles Leben geworden war, und er wollte helfen.

Sie blickte ihrem Mann unverwandt in die Augen. „Ich habe nicht die geringste Ahnung, Lieber."

Granger warf das Telegramm in den Kamin. „Wirst du ihm antworten?"

„Es wäre unhöflich, es nicht zu tun."

Er trat wieder hinter ihren Stuhl, legte ihr die Hände auf die

Schultern und drückte mit kraftvollen Fingern zu – eine deutliche Geste der Warnung. „Belaste dich nicht damit, Liebes. Der Mann ist verrückt, das wissen wir seit Jahren. Ich kümmere mich um die Antwort."

Annabelle saß ganz still, wohl wissend, dass er seinen schmerzhaften Griff erst lockern würde, wenn sie zustimmte. „Ja, das halte ich für das Beste", sagte sie leise. „Danke, Lieber."

In der zweiten Nacht nach der Geburt wurde Jesse von einem durchdringenden Geheul geweckt. Er sprang aus dem Bett, fuhr in die Jeans und rannte barfuss die Stiege hinunter.

Das Kreischen glich dem einer Katze, der man auf den Schwanz getreten hatte. Fahrig zündete er eine Öllampe an und ging damit in die Kammer neben der Küche. Er hatte Mary zu verstehen gegeben, es sei für sie und das Kind auf jeden Fall besser, unten zu schlafen und nicht so kurz nach der Geburt die Treppe hochzusteigen.

Sie hatte ihm nicht widersprochen.

Jesse hob die Lampe. Mary lag auf der Seite neben dem Säugling, der strampelnd um sich schlug und mit weit aufgerissenem Mund und hochrotem Gesicht aus Leibeskräften schrie.

„Was ist los?" Jesse fuhr sich mit der Hand über die unrasierten Wangen, wie um die Benommenheit wegzuwischen, da er so jäh aus dem Schlaf gerissen worden war. Wie lange hatte er sich eigentlich nicht mehr rasiert?

„Der Kleine hat Hunger." Mary sprach laut, um das herzzerreißende Geschrei zu übertönen. Wie konnte ein so winziges Geschöpf nur so markerschütternd brüllen?

Jesse stellte die Lampe auf dem Wandbrett ab und zwang sich zur Ruhe. „Vermutlich solltest du ihn füttern."

„Ich … ich kann nicht." Ihre Stimme klang tränenerstickt.

Jesse begriff nicht. Er hatte sich zwar jedes Mal abgewandt, wenn sie dem Kind die Brust gab, aber sie hatte es gestillt. „Du stillst ihn doch …"

„Ich weiß nicht, was los ist", sagte sie. „Ich bin schrecklich prall, aber die Milch will nicht fließen."

„Grundgütiger." Woher sollte er wissen, was zu tun war, wenn eine Mutter ihr Neugeborenes nicht stillen konnte? Er beugte sich über das Bett und hob das strampelnde, schreiende Bündel hoch. Dabei streifte er mit dem Handrücken versehentlich ihre Brust. Er erschrak. Sie fühlte sich fiebrig und steinhart an. Die Brüste schienen zum Platzen geschwollen.

„Grundgütiger", sagte er wieder und verbarg seinen Schreck hinter Unmut. Er richtete sich mit dem Baby auf, fürchtete beinahe, das Neugeborene fallen zu lassen, das sich mit erstaunlicher Kraft aufbäumte und brüllte wie am Spieß.

„Der Kleine bekommt keine Milch", wimmerte Mary nun, der die Tränen nur so übers Gesicht liefen. „Und es tut so furchtbar weh."

Jesse wiegte das Baby im Arm, das plötzlich verstummte. „Was kann ich denn tun?"

Mary wimmerte nur leise.

Fluchend ging Jesse zum Waschtisch. Er hatte gehofft, sich nicht mit dem kleinen Eindringling befassen zu müssen. Er hatte gedacht, Mary würde allein damit zurechtkommen. Jesse wollte für sie sorgen, und sie sollte sich um ihr Kind kümmern.

Aber offenbar wurde ihm wieder ein Strich durch die Rechnung gemacht. Bereits jetzt brach das Chaos aus. Das Baby zwang ihn, sich einzumischen.

Er tauchte ein Handtuch in die Waschschüssel, wrang es aus

und brachte es Mary. „Hier. Vielleicht hilft es, wenn du dich kühlst."

Stöhnend legte sie sich das feuchte Tuch an die Brüste und schloss die Augen. Sie wirkte erschöpft und bleich, ihre Mundwinkel waren verhärmt nach unten gezogen. Eine Haarsträhne hing ihr über die Augen. Jesse strich sie ihr mit einem Finger hinters Ohr.

Das Baby holte tief Luft und sammelte Kräfte für das nächste Geschrei. Rasch richtete Jesse sich auf. „Ruh dich aus", sagte er und floh aus der Kammer.

Im dunklen Wohnraum ging er rastlos auf und ab, und der Groll in ihm wuchs von einer Minute zur nächsten. Er hatte um all diese Scherereien nicht gebeten. Nicht um Mary und schon gar nicht um ihr Kind. Er wusste nicht, wie lange er hin und her gewandert war in dem Gefühl, eine Glut schwele in ihm. Irgendwann hörte er ihre schläfrige Stimme, die nach ihm rief.

Vorsichtig öffnete er die Tür und bemerkte eine leichte Veränderung an Mary. Der schmerzhaft angestrengte Zug war aus ihrem Gesicht gewichen, sie lächelte schwach.

Ihr Nachthemd und die Bettdecke waren durchnässt. „Ich glaube, jetzt kann ich stillen."

Schweigend half er ihr vorsichtig aus dem Bett, dem ein süßlicher Milchgeruch entströmte, und zog ihr ein frisches Nachhemd an.

Er half ihr, sich auf den Stuhl zu setzen, reichte ihr den Säugling und machte sich daran, das Bett frisch zu beziehen, ohne in Marys Richtung zu schauen. Doch die schmatzenden Geräusche des gierig saugenden Kindermunds ließen ihn wissen, dass die Krise überstanden war.

Wenigstens vorübergehend.

Am nächsten Tag trafen die Besucher mit Geschenken ein. Und immer wieder flossen Mary Tränen der Freude und der Erschöpfung. Alle waren so gut zu ihr, alle bewunderten das Baby, sorgsam darauf bedacht, nichts Falsches zu sagen.

„Er ist Ihnen wie aus dem Gesicht geschnitten, Mary“, erklärte Hestia. „Er hat jetzt schon Ihr schönes rotes Haar. Jesse wird gewiss sehr stolz sein.“

Mary lächelte dankbar alle an. Keiner der Gratulanten machte eine Bemerkung darüber, dass Jesse nicht der Vater des kleinen Davy war.

Als Abgesandte des Hauses Swann überbrachte Hestia die Geschenke – handgenähte Quilts, Rasseln und Beißringe, Spielsachen, Jäckchen, Pullover, Schühchen und Mützchen. Auch Fiona überbrachte ihre Glückwünsche, rief schon von weitem, als sie mit ihren schweren Arbeiterstiefeln durch den Garten stapfte. „Wie ich höre, haben Sie unseren Leuchtturmwärter zur Hebamme erkoren“, sagte sie und lachte schallend.

„Tja, es blieb mir gar nichts anderes übrig“, antwortete Mary und lächelte ihr Baby selig an. Heute Morgen hatte sie Davy gebadet und konnte gar nicht genug von seinem Anblick und dem süßen Babyduft bekommen.

„Nun lass dich mal anschauen.“ Fiona nahm das Baby in die Arme, das ein weißes Flanellhemdchen und winzige Socken trug. „Meine Güte, gibt es etwas Süßeres auf der Welt als ein neugeborenes Kind?“

Mary wurde ganz warm ums Herz, als Hestia und Fiona ihr Söhnchen herzten und küssten. Es schien Frauen angeboren sein, sich in ein Baby zu verlieben. Mary wünschte sich so sehr, dass Jesse dem kleinen Davy auch ein wenig Zuneigung entgegenbringen würde. Doch sie hatte nur Kälte in seinen Augen gesehen und seine finstere Miene, als er gesagt hatte: „Er ist nicht mein Sohn."

In ihrer Naivität hatte sie geglaubt, ihre Freude über die glückliche Geburt würde auch auf Jesse übergehen. Leider schien das Gegenteil zuzutreffen. Er war verschlossener und einsilbiger denn je.

Wie konnte sie zu ihm durchdringen? Wie konnte sie seine Meinung ändern? Sie hatte keine Ahnung, wusste nur, dass sie es schaffen musste. Das Schicksal hatte sie ihm zugeführt, und es wäre ein Frevel, sich darüber hinwegzusetzen.

„Wie fühlen Sie sich, Mary?" unterbrach Fiona sie in ihren Gedanken.

„Gut", antwortete Mary. „Ich esse wie ein Pferd, habe Milch wie eine Kuh, und den Rest der Zeit schlafe ich zusammen mit dem kleinen Davy."

„Ausgezeichnet. Genau so soll es sein." Fiona setzte sich mit dem Säugling in den Korbstuhl, den Jesse in die Kammer gebracht hatte, und begann das Baby zu untersuchen. „Ein kerngesundes Kind. Mal abgesehen von Essen und Schlafen, ist sonst alles in Ordnung?"

„Ja, natürlich. Wieso auch nicht?" Mary spürte zu ihrem Entsetzen, wie ihr die Tränen in die Augen traten.

„Ach ja", seufzte Hestia mitfühlend. „Mir erging es bei jeder Geburt genauso. Himmelhoch jauchzend und im nächsten Moment zu Tode betrübt."

„Und Ihr Mann?" fragte Mary leise. „Hat Captain Swann sich auch nicht um Sie und das Baby gekümmert?"

Fiona musterte sie scharf. „Geben Sie ihm Zeit. Es hat sich alles viel zu schnell für ihn verändert. Er beruhigt sich wieder." Sie knöpfte dem Baby das Hemdchen zu. „Nicht wahr, kleiner

Mann? Du wirst schon sehen, dein Papa wird ganz verschossen sein in dich.“

Fionas leises Gurren brachte Mary zum Lächeln. Es war rührend, mit anzusehen, wie die sachliche Dr. MacEwan beim Anblick des kleinen Davy vor Zärtlichkeit nur so dahinschmolz. Hestia begann, die Geschenke wegzuräumen.

„Welch ein Segen, solche Freundinnen zu haben“, seufzte Mary und lächelte unter Tränen. Im Kreise dieser Frauen fühlte sie sich geborgen. Obwohl Mary ihre Mutter schmerzlich vermisste, spürte sie die Liebe dieser Frauen. Die Art, wie Hestia die gestrickte Lammwolldecke zusammenlegte, die Fältchen um Fionas lachende Augen, all das erinnerte sie an ihre Mutter.

Kannst du uns sehen, Mama? fragte Mary stumm. Dein Enkelsohn ist ein strammer Junge. Es wird alles gut werden.

Und Mary schöpfte noch mehr Mut, als Magnus und Palina, zurück aus Astoria, mit einem isländischen Wortschwall ins Haus stürmten und in Tränen ausbrachen, als sie sich über den Säugling beugten.

„Es ist spät geworden, ich muss gehen“, verkündete Fiona in Palinas schniefendes Schluchzen hinein.

„Ja, für mich wird es auch Zeit“, fügte Hestia eilig hinzu. „Es gibt viel zu tun, seit mein Haus voll ist. Ich bringe den Clune-Kindern Lesen und Schreiben bei.“

Mary freute sich über das glückliche Strahlen in den Augen der Witwe, als sie sich verabschiedete. Seit sie ihr Haus den Bedürftigen geöffnet hatte, hatte Hestia den verkniffenen Zug um den Mund und ihre affektierte Art verloren. Sie wirkte heiter und gelöst. Menschen brauchten einander. Es war so einfach. Warum nur fiel es Jesse so schwer, das zu begreifen?

Stolz wie frisch gebackene Großeltern wiegten Palina und

Magnus den kleinen Davy in den Armen und flüsterten liebevolle Worte. Mary sah ihnen schweigend zu, es war ein Augenblick, der keiner Worte bedurfte. Vielleicht lag es an der Nachmittagssonne, deren Strahlen schräg durchs Fenster fielen, vielleicht aber war es auch Zauber. Die zwei alten Leute und das Kind waren in goldenen Schein getaucht wie die Heiligenfiguren eines Kirchenbildes.

Die Liebe in den Gesichtern der Alten brachte Mary beinahe wieder zum Weinen. Ich habe eine Familie, dachte sie. Ihre eigene Familie war in Irland gestorben, und hier, auf der anderen Seite der Erdkugel, hatte sie eine neue Familie gefunden.

Irgendwann nahm Mary Palina das schlafende Kind ab.

„Dies ist das schönste und glücklichste Ereignis auf unserer Station", erklärte Palina. „Jesse ist gewiss sehr stolz."

Mary senkte den Kopf, aber nicht schnell genug.

„Es gibt Schwierigkeiten, wie?" Magnus schlug sich aufs Knie. „Ich habe zwar nur eine Faust. Aber sie ist stark genug, um Vernunft in diesen Dickschädel zu dreschen."

„Nein ..."

„Warte ..."

Mary und Palina hatten gleichzeitig gesprochen. Sie sahen sich an und lachten.

„Lass ihn in Ruhe", sagte Palina. „Bei Erics Geburt warst du auch kein vorbildlicher Vater."

Magnus' Miene verfinsterte sich, dann küsste er seine Frau auf die Stirn, bevor er die Kammer verließ.

„Erzählen Sie", sagte Palina.

Mary streichelte das seidige Haar des Babys. „Ich musste stärker und tapferer sein, als ich es für möglich gehalten habe. Und wie beim letzten Mal hat Jesse es mit mir durchgestanden."

„Wie beim letzten Mal?"

„Als ich fast ertrunken wäre. Es war sehr ähnlich."

Palina grinste breit. „Ja, ja. Jesse hat es mit Ihnen durchgestanden. So muss es sein. Das überrascht mich nicht."

„Aber er hat sich verändert, seit das Baby da ist", gestand Mary mit belegter Stimme. „Er ist beinahe so abweisend wie zu Anfang. Er will allein sein und nichts mit mir und Davy zu tun haben. Ich habe den Eindruck, ihm wäre lieber, das alles wäre nicht passiert."

„Wenn Sie ihn danach fragen, wird er das behaupten." Palina stand auf und zog den Schal enger um die Schultern. „Aber sehen Sie mich an. Ich bin eine alte Frau, die sich in alles einmischt. Ich schaue mir die Menschen an und sehe, wie sie wirklich sind. Ich sehe Dinge, die anderen verborgen bleiben."

„Daran zweifle ich nicht, Palina. Das wusste ich eigentlich schon immer."

„Wenn ich Sie und Jesse zusammen sehe, sehe ich die Liebe zwischen euch."

Eine seltsame Wärme durchströmte Mary. Sie spürte die Wahrheit in Palinas Worten. „Was meinen Sie damit?"

„Sie sehen die Wahrheit nicht, weil Sie zu sehr mit Ihren Gefühlen beschäftigt sind, und Jesse ist zu sehr damit beschäftigt, seine Gefühle zu verleugnen. Aber ich sehe, wie er Sie anschaut, wenn er sich unbeobachtet glaubt. Ich sehe, mit welcher Fürsorge Sie mit ihm umgehen. Und wenn Sie glauben, er will, dass Sie fortgehen, so irren Sie sich. Er hat Angst, Sie zu verlieren."

Wenn Jesse sich wirklich bemühte, schaffte er es, minutenlang nicht an Mary und das Kind zu denken. Wenn sie mit dem Säugling in der Kammer neben der Küche schlief, wenn er seine Arbeit im Leuchtturm verrichtete, konnte er sich einreden, es habe sich nichts geändert.

Er machte einen Spaziergang zur geschützten Bucht unterhalb von Scarborough Hill, wo der Wald sich lichtete und der Boden mit hohen Farnen bedeckt war, die sich fast bis zur Küste zogen. Seit der Geburt des Kindes waren neun Tage vergangen, und er hatte nicht ein einziges Mal nach dem Boot geschaut. Annabelles Telegramm hatte ihn beruhigt, in dem sie ihm mitteilte, sie sei wohlauf und guter Dinge und freue sich auf die Rückkehr der Eltern von ihrem ausgedehnten Aufenthalt in Europa. Offenbar hatte Granger nur Mary schändlich behandelt.

Jesse empfand eine beschämende Erleichterung, seine Schwester nicht besuchen zu müssen. Allein bei dem Gedanken, Segel zu setzen, hatte ihn kaltes Grauen gepackt.

Wie immer spürte er eine andächtige Stille in der Bucht unter dem Berg. Abel Sky hatte ihm einmal erzählt, der Berg sei ein heiliger Ort für die Chinook-Indianer. In einer Zeit, bevor der weiße Mann aufgetaucht war, hatten die Eingeborenen ihre Verstorbenen hierher gebracht, sie in Kanus gebettet und aufs Meer hinausgeschickt.

Ein leichter Wind kräuselte die Wellen der stillen Bucht und strich durch die Blätter zweier Weißdornbäume, als raunten die toten Seelen der Indianer ihm etwas zu. Jesse schüttelte den bizarren Gedanken ab, überprüfte das Boot, das wie immer im tadellosen Zustand war. Er kümmerte sich mit der gleichen Hingabe darum wie um die Pferde. Aber im Gegensatz zu den Pferden, mit denen er gelegentlich in die Brandung ritt, ließ er den Kutter niemals zu Wasser. Der Rumpf und die Messingbeschläge glänzten, als warte alles auf den großen Augenblick, der nie eintreffen würde, jedenfalls nicht, solange Jesse Dienst auf der Station tat.

Er säuberte die Bilge von welkem Laub, das der Wind hereingeweht hatte. Aber irgendwann war das Boot so sauber wie geleckt, und es wurde Zeit, sich auf den Heimweg zu machen. Er setzte sich seufzend auf die Ruderbank. Wie lächerlich: Er war hin- und hergerissen zwischen einem Boot, das zu segeln er Angst hatte, und einem Haus, das zu betreten er fürchtete.

Fluchend machte er sich auf den Heimweg, ging durch den Garten, polterte die Holzstufen der Veranda hinauf und schlug die Haustür mit einem lauten Knall hinter sich zu.

Mary saß vor dem Kamin, in einem Schaukelstuhl, den Magnus ihr geschenkt hatte. Sie trug ein von Palina genähtes blaues Kleid. Der Schein des Feuers tauchte sie in einen warmen Schein. Das Kleid war vorne aufgeknöpft, denn sie stillte gerade ihr Kind.

Bei Jesses Eintreten hob sie den Blick. Ihre Lippen umspielte ein liebevolles Lächeln. Zum ersten Mal sah er wirklich, wie sie das Kind stillte, und die Zärtlichkeit, die sich dabei in ihm regte, traf ihn völlig unerwartet.

„Ehm … ich hole Holz fürs Feuer“, sagte er und wollte wieder zur Tür.

„Es ist genügend Holz da.“

„Dann schau ich nach den Pferden.“

„Erik hat sie vor einer halben Stunde gefüttert.“

„Manchmal vergisst er …“

„Er vergisst nichts.“ Sie sah ihn unverwandt an.

Er konnte den Blick nicht von ihrer Brust wenden. Ihre Haut schimmerte wie Elfenbein, der Mund des Babys saugte an ihrer Brustknospe. Das Bild brannte sich in Jesse ein, drohte ihn zu versengen.

Er machte noch einen Schritt zur Tür.

„Jesse, bleib hier", sagte sie. „Ich habe Hühnersuppe gekocht, und Palina hat einen frischen Laib Roggenbrot gebracht."

„Ruf mich, wenn das Essen fertig ist."

Sie wandte den Blick nicht von ihm. „Es ist fertig."

„Dann ruf mich, wenn du fertig bist."

Wie zum Trotz und ohne Hast streifte sie mit einem Finger den Mund des Babys von ihrer Brust. Jesse sah alles sehr deutlich. Den feuchten, hungrigen Kindermund, die geschwollene, rosige Brustspitze, an der ein Tropfen Milch hing. Dann knöpfte Mary das Kleid zu.

Bevor er wusste, wie ihm geschah, hatte sie ihm das Baby hingehalten. „Hier. Er schläft. Lege ihn bitte ins Bett, während ich den Tisch decke."

Jesse stand da mit dem Baby in seinen großen, ungeschickten Händen. Es fühlte sich so leicht an und so zerbrechlich. Wie ein Elfenkind oder ein Engel, nicht wie ein Wesen aus Fleisch und Blut. Er war so winzig, so zart.

Er roch nach Milch und Wärme und nach Mary. Allein der Geruch machte ihn ganz schwach in den Knien. Aber er war Grangers Sohn. Grangers Bastard.

Und Mary war seine Ehefrau.

Mary hatte dem Kind den Namen David gegeben. David, der Sohn des Isai.

Er trug das Kind in die Kammer neben der Küche und legte es unbeholfen auf die Matratze.

„Leg ihn auf den Bauch", rief Mary aus der Küche herüber, „und baue ihm ein Nest aus Kissen und Decken, damit er nicht vom Bett fallen kann."

In wenigen Tagen hatte die Kammer sich völlig verändert. Es roch nach Milch und Babypuder. Überall lagen Babysachen und

Windeln herum, eine geschnitzte Holzrassel und eine mit Federn geschmückte Schneckenmuschel, ein Geschenk von Abel Sky.

Jesse warf einen letzten Blick auf das schlafende Kind und wünschte, er hätte es nicht getan. Es sah so winzig aus auf dem großen Bett. Verloren, wie ein Stück Treibholz im Meer.

19. KAPITEL

„Die Leute haben mich vor dem kalten Winter hier oben gewarnt." Mary blickte auf in den kristallklaren Novemberhimmel. „Sie sagen, die Sonne lässt sich bis März nicht mehr blicken."

Jesse ließ die Zügel über den Pferdrücken schnalzen, als er in die Hauptstraße von Ilwaco einbog, und brummelte wie üblich Unverständliches vor sich hin.

„Ich mag dieses Wetter." Sie atmete die kalte Luft tief ein, liebte die würzige Luft in einer Hafenstadt. Der salzige Geruch der Fischernetze, die auf hohen Pfosten am Dock zum Trocknen aufgehängt waren, mischte sich mit dem Teergeruch, der von der Schiffswerft herüberwehte.

Davy quietschte vor Vergnügen, als Jesse den Einspänner anhielt. Mary lächelte. Ihr kleiner Sohn war nun sechs Wochen alt, nahm regen Anteil an allem, was um ihn herum geschah, und heute hatte er seine stolze Mutter mit seinem ersten wirklichen Lächeln beglückt.

„Schau mal. Vielleicht lächelt er wieder", sagte sie aufgeregt und hielt Jesse am Arm fest.

Jesse blickte Davy ein paar Sekunden an. „Ich sehe nicht, dass er lächelt."

„Aber heute früh hat er gelächelt. Ich habe es deutlich gesehen. Nicht wahr, mein kleiner Schatz", sagte sie. „Du hast mich angelächelt, wie?"

Davy blinzelte aus strahlend blauen Augen.

Granger Clapp hatte blaue Augen.

Mary schob den Gedanken weit von sich und wartete, bis Jesse sie aus dem Wagen hob. Eine prickelnde Erwartung erfüllte sie. Dies war ihr erster Besuch in der Stadt seit der Geburt des Babys, und sie freute sich darauf, ihr Söhnchen allen Bekannten zu zeigen.

Die Leute von Ilwaco enttäuschten sie nicht. Im Gemischtwarenladen, wo Jesse neue Abdeckungen für das Winterheu kaufte, machten Abner und Mrs. Cobb einen wahren Wirbel um das Kind. Die kleinen Cobbs bettelten, es einmal im Arm halten zu dürfen, und versprachen, sich mit dem Baby artig auf den hohen Lehnstuhl zu setzen.

In der Arztpraxis untersuchte Fiona den kleinen Davy und bezeichnete ihn als kugelrund und kerngesund.

In der Zeitungsredaktion schob Bert Palais die Schirmmütze in den Nacken und verkündete, er werde eine hübsche Geburtsanzeige veröffentlichen.

„Mir wäre es wirklich lieber, Sie würden das lassen", lehnte Jesse schroff ab.

Berte blinzelte. Mary errötete. „Mein Mann steht nicht gern im Licht der Öffentlichkeit", sagte sie.

„Das kann ich gut verstehen." Judson Espy, der Hafenmeister stürmte ins Büro. „Ja, wen haben wir denn da?" Er beugte sich lächelnd über das Baby. „Jesse hat einen kleinen Racker bekommen."

„Kleinen Racker", wiederholte Jesse mürrisch.

„Du bist doch ein kleiner Racker, wie?" flötete Judson einfältig und grinste von einem Ohr zum anderen.

Davy gurgelte vergnügt. Und dann lächelte er.

Und alle konnten es sehen.

„Seit dem letzten Erscheinen des Halleyschen Kometen wurde kein solches Theater veranstaltet", meinte Jesse brummig.

Mary redete sich ein, es sei unwichtig, dass er ihre Begeisterung über die Sensation von Davys erstem Lächeln nicht teilte. Sie redete sich ein, Palina habe Recht, als sie gesagt hatte, Jesse liebe sie und das Baby auf seine eigene unbeholfene Weise. Aber als sie ihm zusah, wie er seine Besorgungen machte, kühl und unbeteiligt, krochen kalte Schatten des Zweifels in ihr hoch.

Gegen Mittag fuhren sie an Hestia Swanns Haus vor. Mary zog sich in einen Durchgangsraum im ersten Stock zurück, um Davys Windeln zu wechseln, setzte sich anschließend in einen Polstersessel neben eine Topfpalme und stillte ihr Baby. Und als Davys Mund gierig an ihrer Brust saugte, legte sich eine unerklärliche Traurigkeit über sie.

Gegen ihren Willen dachte sie an Granger Jones. Nein, Granger Clapp war sein echter Name, Jones nannten ihn nur Türsteher und einfältige irische Mädchen. Sie erinnerte sich an den Tag, als er ihr seine Pläne für das Baby eröffnet hatte. Er hatte nie daran gezweifelt, dass sie einen Knaben zur Welt bringen würde – und er hatte Recht behalten. Er hatte Mary vorgeschwärmt, dass es seinem Sohn an nichts fehlen werde. Er werde ein Kinderzimmer voll mit Spielzeug bekommen, die Kindermädchen würden ihn verhätscheln, er würde die besten Schulen besuchen und eine glänzende Karriere in seinem Schiffsunternehmen machen. Zunächst hatte Mary gedacht, sie nehme an diesen rosigen Zukunftsplänen teil. Wie naiv und dumm sie doch gewesen war.

Granger hatte das Baby gewollt. Nur das Baby. Nicht sie. Doch jetzt, wenn sie daran dachte, wie Jesse den armen Kleinen vernachlässigte, fragte sie sich, ob das Kind nicht mit einem Vater besser dran wäre, der sich sehnlichst einen Sohn wünschte.

Ihr Herz zog sich schmerzhaft zusammen, und sie schob den abwegigen Gedanken von sich. Sie studierte die Ornamente des Teppichs und das Lilienmuster der Bleiglasfenster. Die geschliffenen Glasscheiben warfen das Licht in bunten Regenbogenfarben an die Wand, eine Illusion, die erlosch, wenn eine Wolke sich vor die Sonne schob. Dann war die Welt wieder grau und öde.

Palina behauptete – was von Fiona freilich bestritten wurde –, die schwermütige Stimmung der Mutter wirke sich nachteilig auf den Gehalt der Milch aus. Mary wiegte den kleinen Davy zärtlich und schalt sich, so trüben Gedanken nachzuhängen, statt froh und dankbar zu sein, dass die Dinge sich zum Guten gewandt hatten.

Allerdings schlief sie immer noch in der Kammer neben der Küche.

Leichte Schritte auf der Treppe ließen Mary aufhorchen. Eine Frau mit einer Wollmütze tief in der Stirn und einem abgetragenen Mantel erschien auf dem Treppenabsatz.

„Guten Tag“, grüßte Mary.

Die Frau erschrak und drückte sich ans weiße Treppengeländer. Ihre Mütze verrutschte.

„Ich wollte Sie nicht erschrecken.“ Mary zog schamhaft das Schultertuch über sich und das Baby. „Ich bin Mary Morgan.“

Seitlich ans Geländer gelehnt, kam die Frau ein paar Schritte die Treppe herunter und zog sich fahrig wieder die Mütze tief in die Stirn. Mary bemerkte trotzdem einen blau schimmernden Bluterguss unter dem linken Auge.

„Freut mich, Sie kennen zu lernen“, flüsterte die Frau und eilte weiter. Nachdem Davy satt war, kehrte Mary in den Salon zurück, wo Jesse wartete. Er saß steif auf Hestias zierlichem Samtsofa und balancierte eine Teetasse aus feinem Porzellan auf dem Knie.

„... eine Frau muss auch in ihrer häuslichen Umgebung vor Gewalt geschützt werden, das ist meine Meinung, wenn Sie mich fragen“, erklärte Hestia mit Nachdruck. „Ich werde mich in dieser Sache an den Gouverneur wenden, selbst wenn ich die beschwerliche Reise nach Olympia machen muss.“ Bei Marys Eintreten sagte Hestia: „Da ist ja mein süßer kleiner Schatz.“

„Sie sind ja ganz aus dem Häuschen.“ Mary legte das Baby in Hestias füllige Arme. „Weshalb regen Sie sich so auf?“

„Ach, es gibt ein paar Unannehmlichkeiten, die ich Ihrem Mann mitgeteilt habe. Ich habe einen gewalttätigen Ehemann beim Sheriff angezeigt, der aber nichts gegen ihn unternimmt und behauptet, es gebe keine rechtliche Handhabe gegen den Kerl. Das Ganze sei eine Familienangelegenheit. Ich wollte, er hätte den Rüpel aus der Stadt gejagt …“

„Wen denn?“

„Einen Holzfäller. Er ist ein Trunkenbold und verprügelt unschuldige Bürger, aber der Sheriff will ihn nicht einsperren.“

„Und wieso nicht?“ fragte Mary ungehalten.

„Weil das Opfer seine Ehefrau ist. Können Sie sich so etwas vorstellen?“

Mary dachte an die Frau mit dem Bluterguss unter dem Auge. „Sie haben die Frau bei sich aufgenommen, wie?“

„Ja, Livvie Haglund wohnt hier. Ich lasse nicht zu, dass sie zu dem brutalen Kerl zurückkehrt.“

„Hat Ollie Haglund versucht, sie zu sehen?“ fragte Jesse.

„Ja. Er hat uns einen tüchtigen Schrecken eingejagt. Gottlob war Fiona zufällig zu Besuch und hat ihn mit Captain Swanns Walharpune verjagt. Aber ich mache mir große Sorgen. Was ist, wenn das Scheusal wiederkommt? Er hat Kräfte wie ein Stier und ist schrecklich jähzornig.“

Jesse stellte die Tasse ab und stand auf. „Ollie kommt nicht wieder.“ Damit verließ er den Salon.

Mary sah ihm nach. „Er knöpft sich diesen Haglund vor."

„Das fürchte ich auch." Hestia lächelte grimmig.

„Was wird Jesse mit ihm machen?"

„Liebste Mary, ich glaube, das wollen wir gar nicht wissen."

Die Handschuhe wären an Jesses blutig geschlagenen Knöcheln kleben geblieben, also hatte er es vorgezogen, auf der Rückfahrt die Zügel mit bloßen Händen zu halten, ungeachtet der kalten Novemberluft. Nachdem er das Pferd versorgt hatte und das Haus betrat, spürte er Marys Blick auf seinen Händen.

„Ich wasche mich", sagte er.

„Das Abendessen ist fertig. Abel Sky hat uns einen frischen Lachs gebracht."

Er ging nach oben und tauchte die Hände in kaltes Wasser. Eigenartig, dachte er, eine schöne Frau im Haus zu haben, die das Essen zubereitet. Eine Frau, mit der man sich unterhalten konnte, die einem zuhörte. Eine Frau, mit der man Freud und Leid teilen konnte.

Mit zusammengekniffenen Augen klatschte er sich Wasser ins Gesicht und rieb sich mit dem Handtuch trocken. Mit finsterer Miene stieg er die Treppe hinunter und setzte sich an den Tisch.

„Davy ist sofort eingeschlafen", sagte Mary. „Der Ausflug war wohl sehr aufregend für ihn."

Jesse sagte nichts. Er wusste nie, was er sagen sollte, wenn sie über das Baby sprach.

Sie musterte seine wunden Knöchel. „Was immer du getan hast", fuhr sie fort, „Hestia und Mrs. Haglund werden dir dafür dankbar sein."

„Es ist nicht einfach für Hestia, Frauen wie Livvie Haglund bei sich aufzunehmen."

„Aber wieso?" fragte Mary aufbrausend. „Was würdest du ihr raten? Soll die arme Frau etwa bei ihrem gewalttätigen Mann bleiben, bis er sie zu Tode prügelt."

„Natürlich nicht. Aber wenn Hestia weiterhin Frauen bei sich aufnimmt, die ihren Ehemännern davonlaufen, werden sich die Kerle das nicht lange bieten lassen. Ich kann nicht alle Raufbolde aus der Stadt jagen."

„Das verlangt niemand von dir." Sie schob sich einen Bissen gebratenen Lachs in den Mund. „Aber es muss einen Ort geben, an dem eine misshandelte Frau vor ihrem brutalen Mann sicher ist." Sie blickte ihm in die Augen. „Findest du nicht?"

Er schwieg.

„Geborgenheit ist manchmal der innigste Wunsch einer Frau."

„Hm."

„Es wird sich herumsprechen, dass das Swann-Haus ein Zufluchtsort für Frauen wie Livvie Haglund ist."

„Hm." Jesse blickte aus dem Fenster auf die sich wiegenden Baumwipfel. Er fragte sich, ob Mary das alles mit Absicht machte. Sie zwang ihn, am Leben der Gemeinde teilzunehmen. Jahrelang hatte er unbehelligt in seinem Häuschen gewohnt, niemand hatte ihn gestört, niemand hatte ihn um etwas gebeten.

In wenigen Monaten hatte sie ihn überredet, an der Jahrhundertfeier teilzunehmen, hatte ihn gezwungen, sie zu heiraten, und hatte ihn dazu gebracht, einen gewalttätigen Ehemann zu verprügeln und aus der Stadt zu jagen. Das alles war geschehen, ohne dass er gefragt worden wäre. Ohne seine Zustimmung. Es war einfach passiert.

Nach dem Essen begann Mary mit dem Abwasch. „Lass mich das machen", sagte er und schob sie beiseite. „Setz dich ins Wohnzimmer, und ruh dich aus."

Beim Abwasch bemühte er sich, leise zu sein und nicht mit dem Geschirr zu klappern. Das Baby hatte sein Leben bereits verändert. Plötzlich fing das Kind in der Kammer an leise zu greinen.

„Bringst du mir das Baby?“ fragte Mary.

So machte sie es ständig. Immer fand sie Ausreden, mit denen sie ihn zwang, den kleinen Wurm hochzuheben.

„Meine Hände sind nass“, sagte er mürrisch.

Sie stand auf und huschte in die Kammer. Er hörte, wie sie leise mit Davy redete, während sie ihn stillte und die Windeln wechselte. Und er sah das Bild vor sich, an das er sich nie gewöhnen würde, an dem er sich nicht sattsehen konnte – Mary, die ihrem Kind die Brust gab.

Er trat auf die Veranda und atmete die kalte Herbstluft tief ein. Es war eine stürmische, aber klare Nacht. Magnus hatte Dienst auf dem Leuchtturm. Der Lichtschein streifte in regelmäßigen Abständen über die See.

Jesse erinnerte sich nicht mehr daran, wie er sich in Emily verliebt hatte. Er war zu jung und unerfahren für wirklich tiefe Empfindungen gewesen, um zu spüren, wie Schmerz und Verlangen sich zu einer Sehnsucht vereinten, die ihm messerscharf ins Herz fuhr.

Vielleicht hatte er diese Empfindungen bei Emily nie gehabt. Mit ihr war alles leichter gewesen. Sie hatten den gleichen gesellschaftlichen Hintergrund gehabt. Er war ein vielversprechender junger Mann gewesen, Emily eine wohlerzogene Tochter aus bester Familie. Es hatte keine Herausforderungen, kein Hindernis gegeben. Nur die Liebe, in der sie ein paar Jahre lang schwelgten, sorglos wie zwei Turteltauben, bis Emily ihm plötzlich entrissen worden war.

Und jetzt begegnete ihm die Liebe ein zweites Mal, und alles war anders. Er war ein anderer Mensch geworden. Er hatte die Bedeutung von Liebe und Verlust schmerzhaft kennen gelernt. Nichts an seinen Gefühlen für Mary war einfach. Nichts war einfach an der Situation. Sie sehnte sich danach, dass er für das Kind seines Rivalen die Rolle des Vaters übernahm. Sie hielt ihn für stärker und edelmütiger, als er es je sein würde. Sie glaubte an ihn. Er versuchte ihr zu beweisen, dass er ein verbitterter, selbstsüchtiger Mann war, der ihre Zuversicht und ihr Vertrauen nicht verdiente. Aber sie ließ nicht locker.

Erst als ihm die Kälte bis in die Knochen drang, ging er ins Haus. Mary saß wieder auf der Bank vor dem Feuer und hielt ihr Baby im Arm. Jesse legte Holz nach, setzte die Brille auf und nahm das Buch zur Hand, das er gerade las – einen französischen Roman, der vor kurzem erschienen war. An den Abenden, wenn er keine Wache hatte, wie heute Nacht, wusste er nicht recht, was er mit sich anfangen sollte. Meist las er eine Weile, bis Mary ihm Gute Nacht wünschte und sich mit dem Kind in ihre Kammer zurückzog.

„Jesse?"

„Ja?"

„Tust du mir einen Gefallen?" Sie räusperte sich und wartete, bis er sich ihr zuwandte. „Würdest du mir Lesen und Schreiben beibringen?"

Sie versetzte ihn immer wieder in Erstaunen.

„Lesen und Schreiben."

„Ja, ich möchte es lernen. Ist es schwer?"

„Ich bin kein Lehrer. Warum willst es gerade jetzt lernen?"

„Ich will damit anfangen." Sie stellte die Füße auf einen Schemel, legte das Baby auf ihre Schenkel und schaukelte es ein wenig.

„Jetzt gleich?“ fragte Jesse.

„Warum eigentlich nicht?“ Sie blickte verträumt in die großen blauen Augen des Kindes. „Ich will Davy eines Tages Geschichten vorlesen.“

Sie erwartete also nicht, dass er ihrem Sohn Geschichten vorlesen würde. Recht hatte sie.

„Ich kann ihm natürlich Geschichten erzählen“, fuhr Mary fort. „Ich erinnere mich an alle Geschichten, die Mama uns erzählt hat. Aber ich möchte ihm auch etwas vorlesen. Wirst du mir helfen?“

Widerwillig trat er an das Bücherregal, nahm einen alten, zerlesenen Band zur Hand und setzte sich neben Mary.

„Das war mein Lieblingsbuch, als ich klein war.“ Er schlug die erste Seite auf. „‚Frohe Weihnachten wünschen dir deine Großeltern‘“, las er die Widmung. „Ich war vier, als ich es geschenkt bekam.“

„So lange ist das her? Und wovon handelt es?“

„Es sind Kurzgeschichten. Meine Lieblingsgeschichte heißt ‚Abenteuer in einer Höhle‘.“

„Liest du sie mir vor?“

„Jetzt?“

„Ja, jetzt.“

Jesse schob die Brille höher und begann zu lesen. Er hatte das seltsame Gefühl, die Situation schon einmal erlebt zu haben. Und irgendwie stimmte das auch. Er erinnerte sich lebhaft daran, wie sein Vater sich zu ihm ans Bett gesetzt und aus diesem Buch vorgelesen hatte. Vielleicht liebte er das Buch deshalb so sehr. Nicht weil die Geschichten besonders gut waren, sondern weil ihn damit glückliche Erinnerungen an seine Kindheit verbanden.

Und nun teilte er die Erinnerungen mit Mary und ihrem

Kind. Er wusste nicht, wie lange er gelesen hatte, als er bemerkte, dass der Kleine eingeschlafen war.

Er las weiter, bis er spürte, wie Marys Kopf an seine Schulter sank. Er saß ganz still, atmete den Duft ein, der ihrem Haar entströmte, und den süßlichen Geruch nach Milch und Seife des Babys.

Ein befremdliches Glücksgefühl stieg in ihm auf, das ihn erschreckte. Er legte das Buch beiseite und nahm Mary das Baby ab. „Kommt ihr zwei", flüsterte er, „ins Bett mit euch."

Sie murmelte etwas, als er sie bei der Hand nahm und in die Kammer führte. Bevor ihm klar wurde, was er tat, küsste er erst sie und dann das Baby auf die Stirn.

Er floh aus der Kammer, hastete die Stiege hinauf in sein Schlafzimmer und schloss die Tür. In der Eile hatte er keine Kerze mitgenommen. Nun stand er im Finstern gegen die Tür gelehnt und atmete in tiefen Zügen, um seine Fassung wiederzugewinnen, um zurückzukehren zu dem gefühlskalten Fremden, zu dem das Leben ihn gemacht hatte.

Als er hörte, wie die Türklinke heruntergedrückt wurde, machte er einen erschrockenen Satz. Und dann stand Mary auf der Schwelle, das Baby im Arm. In der anderen Hand hielt sie eine flackernde Kerze. Sie trug ein Nachthemd, das Haar fiel ihr lose über die Schultern.

„Ist etwas nicht in Ordnung?" fragte Jesse.

„Ja."

„Was ist? Bis du krank oder …"

„Nein, nichts dergleichen." Sie sah ihn flehend an. „Wir wollen nicht mehr unten schlafen. Wir wollen in deinem Bett schlafen, Jesse."

„Das Bett ist zu schmal", wehrte er ab.

Sie sah ihn traurig an. „Nein, es ist nicht zu schmal."

„Wenn ich mich im Schlaf umdrehe, könnte ich das Kind erdrücken."

„Red keinen Unsinn." Eine Weile blickte sie ihn eindringlich an, dann ließ sie die Schultern hängen. „Du meinst es also ernst, nicht wahr? Du willst uns nicht bei dir haben."

Er sagte nichts. Wenn er versuchte, ihr seine Gefühle zu erklären, würde er sie nur noch mehr verletzen.

Unvermittelt drehte sie sich um und ging die Stiege wieder hinunter. Er horchte auf ihre Schritte, bis sie die Tür ihrer Kammer schloss.

Erst dann ließ er die Luft, die er angehalten hatte, in einem langen Atemzug aus seinen Lungen. Er wusste plötzlich nicht, ob die Liebe ihm qualvollere Schmerzen bereitete oder der Verzicht.

Der größte Schmerz aber war, Mary wehtun zu müssen.

Sie sollte einfach gehen. Sie sollte nicht bleiben und sich von ihm quälen lassen. Törichte Frau. Sie forderte Dinge von ihm, die er ihr nicht geben konnte. Sie hielt ihn für so viel besser, als er in Wirklichkeit war. Und das führte zwangsläufig zu Enttäuschungen und Leid.

Am nächsten Morgen erwachte er mit einem Plan und schüttelte seine Zweifel ab.

20. KAPITEL

Mary schuftete im Haus wie eine Besessene, schrubbte die Böden, wischte Staub, putzte und zerkleinerte Gemüse, buk Brot und ließ ihre Wut an dem unschuldigen Teig aus, den sie mit Fäusten bearbeitete. Doch das alles reichte ihr noch nicht. Sie wickelte Davy in eine Decke, trug ihn in den Garten und bettete ihn auf Kissen in eine Schubkarre, nahm die Hacke zur Hand, lockerte die Erde auf und riss wütend Unkraut aus. Dabei beschwerte sie sich lautstark bei Davy.

„Der Mann hat Nerven! Eine Frechheit, uns in die Kammer zu verbannen", empörte sie sich. „Und verschwindet einfach grußlos in aller Herrgottsfrühe. Ehrlich, mein Junge. Dein Pa muss noch eine Menge lernen."

Aber sie hütete sich, ihre Gefühle für Jesse laut auszusprechen. Sie sehnte sich nach seinen Umarmungen, seinen Küssen und wusste nicht, ob sie ihm je wieder so nah sein würde.

„Dieser Mistkerl", wetterte sie. „Der kann was erleben, wenn er nach Hause kommt, das verspreche ich dir."

Sie arbeitete wütend, schnitt die welken Pflanzen zurück, säuberte die Beete und bereitete sie für den Winter vor. Sie schnitt die Rosen herunter und bedeckte die Wurzelstöcke mit Erde und Holzspänen. Eine Schar Wildgänse zog schnatternd über das Haus gen Süden in wärmere Klimazonen.

Der Kreislauf der Natur vollzog sich in einem sich stetig wiederholenden, verlässlichen Rhythmus wie ein langsames Uhrwerk. Sie könnte so glücklich hier sein, wenn Jesse nur die Mauer einreißen würde, mit der er sich umgab.

Er nannte sich selbstsüchtig, hatte aber eine Fremde in seinem Haus aufgenommen. Er nannte sich einen Feigling und ritt furchtlos in die tosende Brandung, um Schiffbrüchige vor dem Ertrinken zu retten. Er nannte sich einen Einsiedler, der die Menschen scheute, aber er hatte Ollie Haglund aus der Stadt verjagt, weil er seine Frau verprügelte. Jesse Morgan war ein Mann voller Widersprüche, ein Held, der leugnete, einer zu sein, ein Mann, der behauptete, er könne nie wieder lieben, der seine zweite Frau liebte, ohne es sich und ihr einzugestehen. Nicht nur das, er begann, sich in das Kind eines anderen zu verlieben.

Mary spürte es genau, und Jesse wusste es gleichfalls. Deshalb war er in letzter Zeit so gereizt und mürrisch. Aber sie war mit ihrer Geduld am Ende.

Zu gerne hätte sie gewusst, woran er den ganzen Tag in der Scheune sägte und hämmerte, ohne zum Mittagessen heraufzukommen. Doch ihr Stolz verbot ihr, hinunterzugehen und nachzusehen.

Am späten Nachmittag, kurz vor Sonnenuntergang, badete sie Davy, der im Wasser planschte und vergnügt quietschte, als sie seinen pummeligen, kleinen Körper im Spülbecken wusch. Als Jesse das Haus betrat, wandte sie sich nicht nach ihm um. Er hatte etwas gutzumachen.

„Dein Essen steht auf dem Herd“, sagte sie schroff. „Wenn ich hier fertig bin, gehe ich mit Davy gleich zu Bett.“

Jesse antwortete nicht.

Sie hörte ein dumpfes Geräusch, drehte sich aber immer noch nicht um, hob Davy aus dem Becken, hüllte ihn in ein warmes Handtuch, legte ihn auf die Anrichte, puderte und wickelte ihn und zog ihm ein frisches Hemd an. Der Kleine belohnte die mütterliche Aufmerksamkeit, lächelte und krähte vergnügt strampelnd. Schließlich lag das Baby rosig und warm in ihrem

Arm. Erst dann drehte sie sich um. Jesse stand mit ernster Miene neben dem Küchentisch, auf dem ein seltsames Ding stand.

„Es ist eine Wiege“, erklärte er verlegen.

„Oh ja, natürlich.“ Verwundert trat sie näher. Die Wiege hatte die Form eines kleinen Bootes. Die Kufen waren glatt gehobelt und mit Sandpapier geschliffen. In das Kopfteil waren geschwungene Buchstaben geschnitzt.

„Für den Kleinen“, fügte Jesse unnötigerweise hinzu.

Mary schmunzelte. „Ja.“ Sie war beinahe außer sich vor Glück. Es war sein erstes Geschenk für Davy. Bedächtig zeichnete sie mit dem Finger die Schnitzerei nach. „Ist das sein Name?“

„Ja. David Dare Morgan.“

Sein Name. Jesse hatte seinen vollständigen Namen in die Wiege geschnitzt. „Und in der Wiege soll er schlafen.“

„Das hoffe ich. Ich habe mir viel Mühe damit gegeben.“

„Wir machen dir große Umstände, nicht wahr?“

Er zog einen Mundwinkel hoch. „Hm.“

„Ich habe dir nie versprochen, dass du es mit uns leicht haben wirst.“

Er zog den anderen Mundwinkel hoch. „Ich denke, das stört mich nicht sonderlich.“

„Bist du sicher, dass wir nichts falsch machen?“ flüsterte Jesse, nachdem das Baby in der Wiege eingeschlafen war. Er hatte Mühe, den Aufruhr zu bezähmen, der in ihm tobte. Dabei hatte er sie noch nicht einmal angefasst. Sie standen in seinem Schlafzimmer – in ihrem gemeinsamen Schlafzimmer –, sahen einander an und fühlten sich verlegener und linkischer als beim ersten Mal.

Verdammt noch mal! Sein Verlangen nach ihr brachte ihn

noch um den Verstand. „Ich meine“, begann er, „kann es dir wehtun, wenn …“

„Was wehtut, ist das Warten.“ Sie nahm seine Hand und führte sie an ihren flachen Bauch.

Hitze durchflutete ihn. Dies war die erste zärtliche Berührung seit ihrer Entbindung. Sie war so schmal geworden. Er legte beide Hände um ihre Mitte, ließ sie nach oben gleiten und wölbte sie um ihre Brüste.

Einen nach dem anderen öffnete er die winzigen Perlmuttknöpfe ihres Kleides, das dünne Unterhemd teilte sich wie ein Schleier und gab die hellen Rundungen ihrer Brüste frei. Jesse zog bei dem sinnlichen Anblick die Luft scharf durch die Zähne und kniff die Augen zusammen, um sich zu bezähmen und sie nicht auf der Stelle zu nehmen.

Als er die Augen wieder öffnete, sah er zu seiner Verblüffung, dass Mary weinte. Dicke Tränen rollten ihr über die Wangen. Ein weinender Engel.

„Was ist los?“ fragte er mit belegter Stimme. „Habe ich dir weh…“

„Nein.“ Sie hielt sich mit zittrigen Fingern das Hemd wieder zusammen, während ihr die Tränen unaufhaltsam übers Gesicht liefen. „Aber ich fühle mich so unförmig und schmutzig. Ich wäre so gerne unbefleckt für dich, wie eine Braut es sein sollte. Aber dieses erste Mal war uns nicht vergönnt. Du denkst dir …“

Sanft legte er ihr einen Finger an die tränennassen Lippen. „Sag mir nicht, was ich denke.“ Er lehnte sie gegen die Wand, nahm ihre Hände weg, und wieder klaffte das Unterhemd auf. „Sag mir bitte nicht, was ich denke.“

„Aber ich sehe es in deinen Augen. Warum habe ich dich nicht früher kennen gelernt?“

„Hättest du Granger nicht getroffen, wärst du niemals hierher gekommen."

„Ich weiß, aber hör mir zu …"

„Nein, *du* hörst mir zu. Ich weiß nicht, wer die Vorstellung in die Welt gesetzt hat, dass ein Mann sich eine unberührte Frau zur Braut wünscht. Warum ein Mann ein schamhaftes, unerfahrenes Mädchen einer erfahrenen Frau vorziehen sollte, die das Fieber der Leidenschaft kennt, ist mir unbegreiflich. Ich finde keine Worte, um dir zu beschreiben, was ich empfinde, wenn ich dich anschaue, wie erotisch deine vollen Brüste sind …" Er stockte, musste Atem holen. Er war nicht daran gewöhnt, lange Reden zu halten, schon gar nicht, wenn es um die Beschreibung weiblicher Brüste ging. Und erst recht nicht, wenn er sich nur danach sehnte, die Frau endlich in seinem Bett zu haben.

„Heißt das, du findest meinen Anblick nicht abstoßend?" fragte sie.

„Abstoßend?" wiederholte er fassungslos. „Denkst du das etwa?"

„Als du vorhin die Augen zugekniffen hast, vermutete ich, du wünschst dir, ich wäre unberührt, und du wärst der einzige Mann in meinem Leben."

„Offen gestanden, wünschte ich mir in gewisser Weise, ich wäre der erste Mann, der dich berührt und geküsst hat. Ich wünschte, ich hätte ein Kind mit dir gezeugt. Wahrscheinlich ergeht es dir ähnlich, wenn du an mich denkst."

„Stattdessen waren wir beide so … versehrt, als wir uns kennen lernten."

„Ja, versehrt. Aber wir erholen uns langsam von unseren Blessuren. Ich habe die Augen nicht zugekniffen, weil ich mich abgestoßen fühlte. Ganz im Gegenteil: Nie im Leben habe ich etwas

Schöneres erblickt als dich, so wie du jetzt aussiehst, so reif und üppig."

„Ach, Jesse ..."

„In meinem ganzen Leben habe ich keine Frau so begehrt, wie ich dich begehre." Während er diese Worte äußerte, streifte er ihr Kleid und Hemd von den Schultern. Sie ließ ihn gewähren, als er ihr Unterwäsche und Strümpfe auszog, sie zum Bett trug und behutsam hinlegte. Dann entledigte er sich leise seiner Kleidung.

Mary streckte ihm die Arme entgegen. „Komm zu mir, Jesse. Wir haben zu lange gewartet."

„Wenn das so ist, können wir auch noch ein wenig länger warten", entgegnete er mit einem sündigen Funkeln in den Augen.

„Nein, bitte ..."

„Nur ein paar Minuten." Er legte sich zu ihr, beugte sich über sie und zeichnete mit der Zunge eine feuchte, heiße Spur ihren Hals entlang, verharrte an der Stelle, wo er ihren erregten Pulsschlag spürte, dann bewegte er sich weiter nach unten. Ihre sinnliche Schönheit berauschte ihn. Ihm war, als erwache er aus einem süßen Traum, nur um festzustellen, dass die Wirklichkeit noch süßer war als alles, was er sich erträumt hatte. Er liebkoste ihre Brüste, atmete ihren Duft ein, gab sich den Wonnen hin, die er wochenlang vergeblich zu verdrängen versucht hatte.

Kehlige Laute entrangen sich ihr, als er sie mit Mund und Händen liebkoste, sie krallte die Finger in seine Schultern und seinen Rücken, und es tat ihm gut, zu wissen, dass sie sich ebenso sehr nach ihm verzehrte wie er sich nach ihr.

„Jetzt, Jesse, jetzt", hauchte sie. „Wir haben lange genug gewartet."

Da er wusste, dass er sie noch einmal nehmen würde, bevor

diese Nacht zu Ende war – und vielleicht ein drittes Mal –, erhörte er sie, berührte sie sanft, als ihm das Baby plötzlich einfiel. Eine Erinnerung an jene Nacht voller Schrecken, Angst und namenloser Erleichterung, der die düstere Einsamkeit der langen Trennung gefolgt war.

Ihr sinnliches Stöhnen verdrängte seine düsteren Gedanken und machte der Zuversicht Platz, dass etwas Schönes und Mächtiges zwischen ihnen geschah. Ihr seidiger, feuchter Schoß steigerte sein Verlangen ins Unermessliche. Bebend drängte er sich zwischen ihre Schenkel und drang behutsam in sie ein, verharrte abwartend, bis sie sich an ihn gewöhnt hatte und sich ihm entgegendrängte, um ihn ganz in sich aufzunehmen.

Während sie ihn umfing, verschmolz er völlig mit ihr, und das Dunkel in seiner Seele wich. Er spürte es, als vertreibe die Sonne die tiefen Schatten. Licht und Wärme drangen in sein Inneres, wo lange Zeit nur Nacht und Kälte geherrscht hatten.

Mit einem Schrei der Verzückung verströmte er sich in ihr, schwelgte in der Vereinigung, beinahe besinnungslos, eingesponnen im Kokon ihrer Wollust. Diesmal gab ihm der Liebesakt eine Erfüllung, die er bisher nicht gekannt hatte.

„Jesse, Jesse“, wisperte sie an seinem Ohr, mehr nicht. Nur seinen Namen. „Jesse.“ Und dennoch sagte sie ihm damit alles, was er hören wollte.

Die Nacht verstrich träge. Er liebte Mary ein zweites Mal, danach hielt er die Schlafende in den Armen. Er aber fand keinen Schlaf. Zu überwältigt war er von dem, was zwischen ihnen geschehen war, von den Veränderungen, die mit jedem Herzschlag in ihm vorgingen. Immer noch versuchte er, ihrer magischen Anziehung zu widerstehen, hatte die Höllenqualen der Liebe nicht vergessen, doch in einem verborgenen Winkel seines Selbst akzeptierte er ihren Sieg. Sie hatte den Wunsch in ihm geweckt, sie zu lieben.

Im ersten Morgengrauen vernahm er eine leise Stimme von unten, so leise, dass er glaubte, die schlafende Mary würde es nicht hören. Doch im nächsten Moment war sie wach.

„Unser Sohn meldet sich“, meinte er mit einem schläfrigen Lächeln.

Das leise Grummeln schwoll zu einem zornigen Geschrei.

„Genau wie sein Vater. Aufbrausend und jähzornig, aber leicht zu besänftigen.“ Sie drückte einen zarten Kuss auf Jesses Mund, wickelte ein Laken um sich und eilte leichtfüßig die Stiege hinunter, um das Baby zu stillen.

Genau wie sein Vater.

Jesse schlug die Faust ins Kissen.

Während der Wache auf dem Leuchtturm in der darauf folgenden Nacht, konnte Jesse nicht aufhören, an Mary zu denken, die nun wieder im Ehebett schlief. Er sehnte sich danach, bei ihr zu sein, mit einem Verlangen, das ihn quälte wie ein körperlicher Schmerz.

Was war bloß aus ihm geworden? Wo war sein schützender Panzer?

Sie machte ihn süchtig nach ihr wie nach einer Droge. Er wusste nicht, ob er das ertragen würde. Aber ein Teil von ihm scherte sich nicht mehr darum. Er sehnte sich danach, sein Herz dieser zarten Frau mit dem eisernen Willen zu öffnen.

Rastlos stieg er in den Lampenraum und blickte hinaus auf die See und den Himmel. Ein eisiger Wind fuhr ihm durch die Wolljacke bis in die Knochen.

Die Nacht war sternenklar, kein Dunstschleier trübte die

Mondsichel. In ferner, eisiger Schönheit funkelten die Sterne. Die Brandung schlug tosend gegen die Felsklippen.

Dieses Gefühl der Sinnlosigkeit, der Ausweglosigkeit war immer noch in ihm. Er fühlte sich gewaltigen Mächten hilflos ausgeliefert. Die See hatte ihm alles genommen, was ihm lieb gewesen war, und sie hatte ihm etwas Kostbares zurückgegeben. Mary und David.

Aber für wie lange?

Nach einer Weile ging er in den Turm zurück, drehte den Docht der Lampe höher und nahm das Logbuch zur Hand. Er schlug die erste Seite auf, die Mary ihm diktiert hatte, als sie darauf bestanden hatte, ihre Rettung mit ihren eigenen Worten zu schildern. In jener Nacht hatte er mit ihr gelacht. Keiner anderen Frau wäre es gelungen, ihn zum Lachen zu bringen.

Danach hatte sie ihm weitere Eintragungen diktiert, die er nun las wie ein alter Mann seine Jugenderinnerungen, wehmütig und dennoch unbeteiligt. Mary hatte es sich nicht nehmen lassen, das Innere einer Venusmuschel zu beschreiben – „ein glibberiger Schlauch aus zuckendem, rohem Fleisch!“ Und dann hatte sie auch ihre Version über die Rettung der russischen Seeleute zum Besten gegeben – „Gott der Allmächtige war Zeuge dieser heldenhaften Rettungsaktion ... der furchtlose Leuchtturmwärter stürzte sich todesmutig in die tosenden Brandungswogen und kämpfte unter Einsatz seines Lebens, um die erschöpften Seeleute ans rettende Ufer zu ziehen ...“

Alken bezeichnete sie als „unbeholfen watschelnde Vogelkobolde“, und Seehunde waren für sie „Selkies, Robbenmenschen, die man an ihren seelenvollen Augen erkennt“. Jesse schmunzelte beim Lesen ihrer Aufzeichnungen. Er kannte niemanden, der die Welt mit Marys Augen sah. Ihre schrullige, exzentrische

Sicht der Dinge war einzigartig und bezaubernd. Sie sah Farben und Bilder mit den Augen eines naiven Kindes. Sie glaubte an Magie und an die Macht der Liebe.

Und sie besaß die Macht, auch ihn Jesse, zum Glauben zu führen.

Er blätterte weiter zum Eintrag, den er nach der Geburt von Marys Kind gemacht hatte: „Dreißigster September achtzehnhundertsechsundsiebzig, fünf Uhr früh. Mrs. Mary Dare Morgan wurde von einem gesunden Knaben entbunden."

Welch ein Aufruhr an Gefühlen versteckte sich hinter diesen kargen Worten!

„Juhu!" ertönte Marys Stimme von unten herauf, gefolgt vom vertrauten Poltern übergroßer Gummistiefel auf den Eisenstufen.

Jesse sprang auf. Angst zog ihm das Herz zusammen. Sie war seit Wochen nicht hier gewesen. War etwas passiert? Etwas mit dem Baby? Er lief ihr entgegen. Ein Blick in ihr Gesicht beruhigte ihn. Sie lächelte strahlend und sah entzückend aus in dem langen Gummimantel und einem breiten Hut.

„Was ist passiert?"

„Nichts Ernstes." Sie öffnete den Mantel und hielt ihm ein Bündel entgegen. „Ich muss zu den Jonssons hinüber. Palina fühlt sich nicht wohl." Bevor er einen Einwand erheben konnte, hatte sie ihm das Bündel in die Hand gedrückt, aus dem Davys seidiges Köpfchen mit großen blauen Augen lugte.

„Kümmere dich bitte um den Kleinen, solange ich weg bin. Erik meint, es sei nur eine harmlose Erkältung, aber wir wollen doch nicht, dass Davy sich bei ihr ansteckt, nicht wahr?"

„Kannst du Palina nicht morgen früh besuchen?"

„Sie ist krank und braucht mich." Ohne auf seine Zustimmung zu warten, drehte Mary sich um und ging die Eisenstufen hinunter.

„Verdammt noch mal, ich kann mich nicht gleichzeitig um das Kind kümmern und um die Wache."

„Davy wird bestimmt ganz brav sein", rief sie, und ihre Stimme hallte durch den Leuchtturm. „Ich habe ihn gestillt und frisch gewickelt."

„Aber …"

„Er wird schlafen wie ein Engel."

„Ich weiß doch nicht, was …"

„Auf Wiedersehen!" Die untere Eisentür fiel laut hinter ihr ins Schloss.

Jesse stand auf der Eisenstiege und blickte hilflos auf das Baby in seinen Armen, das mit großen Augen zu ihm aufsah.

„Verdammt noch mal", murmelte er. „Was soll ich bloß mit dir anfangen?"

Das Baby blinzelte schläfrig. Es sah wirklich aus wie ein kleiner Engel, mit seinem zarten Gesicht und den großen Unschuldsaugen.

Jesse verzog den Mund und lächelte. Auch das Baby verzog den Mund, aber nicht, um zu lächeln. Es sperrte den Mund auf und stimmte ein herzzerreißendes Geschrei an.

Das Weinen des Kleinen war zwar nicht neu für Jesse, aber zum ersten Mal war Mary nicht in der Nähe, um Davy zu trösten und zum Schweigen zu bringen. Jesse war allein, das Kind schrie, und er wusste sich nicht zu helfen.

Am liebsten wäre er Mary nachgelaufen und hätte ihr das schreiende Bündel in die Arme gedrückt. Doch das Leuchtfeuer mahnte ihn an seine Pflicht. Er musste bleiben.

Verärgert betrat er den Geräteraum, um die Zahnräder aufzuziehen. Es war schwierig, mit dem schreienden Kind auf dem Arm die Kurbel zu bedienen, aber irgendwie schaffte er es.

Danach stieg er in den Zwischenstock hinauf. Davys Geschrei hallte in dem zylindrischen Hohlraum wider und verstärkte sich zu einem ohrenbetäubenden Lärm. Es gab kein Entrinnen, Jesse musste sich in Geduld fassen und abwarten, bis der Sturm sich legte.

„Nur hör mal, kleiner Seemann“, sagte er mürrisch. „Jetzt reicht es aber.“ Mary redete ständig auf das Baby ein, der Klang ihrer Stimme beruhigte es meist. „Hör endlich auf mit dem Gebrüll, Kleiner.“

Das Kind hörte auf zu weinen und schaute Jesse an. Eine einzige Träne rollte noch über die Wange. Jesse begann zu hoffen, der Sturm sei vorüber.

Aber Davy holte tief Luft und ließ erneut ein Gebrüll los, lauter und durchdringender als zuvor.

„Habe ich dich erschreckt?“ Schuldbewusst begann Jesse, im Kreis durch den kleinen Raum zu wandern. „Du bist wohl nicht an meine tiefe Stimme gewöhnt, wie?“ Mit jeder Sekunde wuchs Jesses Ratlosigkeit. „Beruhige dich, sei ein braves Kind. Nun sei doch still.“

Das Baby brüllte noch lauter, drückte das Kreuz durch, stemmte sich gegen ihn, strampelte mit Händen und Füßen und schrie sein Unglück in die Welt hinaus. Jesse fühlte sich völlig überfordert.

Dann versuchte er, der Ursache des Geschreis auf den Grund zu gehen. Er legte das Baby auf den Tisch, wölbte eine Hand um seinen kleinen Hinterkopf und begann, Davy aus der Decke zu wickeln, um zu prüfen, ob ihn irgendetwas zwickte. Aber nein, die Windel war trocken, die Sicherheitsnadeln waren fachgerecht geschlossen, damit nichts die zarte Haut verletzen konnte. Jesse wunderte sich, welche Kräfte das winzige Menschenkind entwickelte, während es wild um sich schlug und brüllte, als sei der Teufel hinter ihm her.

Jesse wickelte Davy wieder in die Decke, was bei Mary immer so einfach aussah. Ihm aber wollte es nicht gelingen. Vielleicht glichen kleine Kinder in dieser Hinsicht den Pferden, die augenblicklich spürten und störrisch reagierten, wenn ein Mensch mit ihnen umging, der nichts von Pferden verstand.

Was tun? Mary sagte, sie habe ihn gestillt, also konnte er nicht hungrig sein. Der Eisenofen verbreitete eine wohlige Wärme, frieren konnte der Kleine auch nicht.

Die Zeit verstrich im Schneckentempo. Jesse kam sich unendlich hilflos vor, allein mit einem schreienden Baby, das durch nichts zu beruhigen war. Er war der Situation hilflos ausgeliefert und wusste sich keinen Rat.

Zum Teufel mit Mary. Wie konnte sie ihn mit dem Kind allein lassen? Was war, wenn jemand aus Seenot gerettet werden musste? Sie schien sich gar nicht überlegt zu haben, welchem Risiko sie ihr Kind aussetzte.

Sie wusste doch, dass er keinerlei Erfahrung mit kleinen Kindern hatte. Was steckte dahinter? Wollte sie ihm damit so etwas wie eine Prüfung auferlegen? Wenn sie glaubte, ihn mit dem Baby allein zu lassen würde seine Zuneigung zu Davy wecken, so irrte sie sich gewaltig. Wenn überhaupt, so wusste er jetzt mit absoluter Bestimmtheit, dass er nicht zum Vater taugte, schon gar nicht zum Vater eines Kindes, das er nicht gezeugt hatte.

Finster blickte er auf das strampelnde Baby, das er in beiden Händen mit gestreckten Armen von sich hielt. Davys verzerrtes, rot angelaufenes Gesicht war ein beängstigender Anblick.

„Was habe ich dir nur getan, kleiner Mann? Warum bist du so unglücklich?“ Jesse brach der Schweiß aus.

Das Baby holte keuchend Luft und brüllte so laut, dass sein kleiner Körper geschüttelt wurde. Jesse zog die Schultern hoch. Es gab wohl nichts Herzzerreißenderes als ein schreiendes Baby. „Hör endlich auf“, bettelte er und wusste, dass er keinen Erfolg haben würde. „Bitte, hör endlich auf. Sei still. Verdammt, ich weiß doch nicht, was ich mit dir anfangen soll.“

Ein paar Jahre zuvor hatte Dr. MacEwan ein kleines Kind mit schweren Blutergüssen am Kopf behandelt. Fiona hatte angedeutet, der eigene Vater habe es vermutlich misshandelt, weil ihm durch das Geschrei des Kindes die Nerven durchgegangen seien.

Jesse war zwar am Ende seiner Nervenkraft, würde sich aber niemals hinreißen lassen, ein wehrloses Kind zu schlagen.

Singen. Mary sang dem Baby manchmal etwas vor, um es zu beruhigen. Aber Jesse fiel kein Kinderlied ein.

Er ging auf und ab, hielt den schreienden, wütend strampelnden Davy mit gestreckten Armen von sich und überlegte fieberhaft. Irgendein Lied …

„Ah, jetzt fällt mir was ein, ein Lied aus meiner Studentenzeit. Manche Leute behaupten zwar, meine Sangeskunst sei eine Beleidigung für jedes Ohr, aber vielleicht habe ich Glück. Also hör zu!“ Jesse begann zu singen, ziemlich falsch und laut, um das Geplärr des Kindes zu übertönen.

„Es war ein König in Thule,
gar treu bis an das Grab,
dem sterbend seine Buhle
einen goldnen Becher gab.

Es ging ihm nichts darüber,
er leert ihn jeden Schmaus.
Die Augen gingen ihm über,
so oft er trank daraus …“

Das Baby verstummte, wackelte mit dem Kopf, seine Augen wurden groß, und sein Mund formte ein rundes O. Jesse wusste nicht, ob er Entsetzen oder Erstaunen im Gesicht des Säuglings las, und hörte auf zu singen.

Das Geschrei setzte augenblicklich wieder ein.

Jesse sang weiter.

Er saß beim Königsmahle,
die Ritter um ihn her,
auf hohem Vätersaale,
dort auf dem Schloss am Meer …“

Er begleitete seinen Gesang mit ein paar hopsenden Tanzschritten. Das Baby schwieg und sah ihn groß an. Wieder wackelte das Köpfchen hin und her. Davy ist wohl noch zu schwach, um den Kopf gerade zu halten, überlegte Jesse besorgt und bettete das Kind in seine Armbeuge. Offenbar behagte es dem Kleinen aber nicht, auf dem Rücken zu liegen, denn er fing wieder an zu krähen. Jesse legte ihn sich an die Brust und stützte das Köpfchen mit der gewölbten Hand.

Wie zart so ein Kind sich anfühlte. Jesse erinnerte sich, wie er einmal als kleiner Junge eine junge Katze beinahe ehrfürchtig im Arm gehalten hatte. Das Baby fühlte sich genauso winzig und zart an.

Und, oh Wunder, oh Wunder, es blieb still.

Jesse begann das Trinklied noch einmal zu singen, leiser diesmal, und ließ die Melodie summend verklingen. Das Baby schien zufrieden, blieb ruhig liegen, die Wange an Jesses Brust geschmiegt, die kleinen Fäuste in sein Hemd gekrallt.

„Aber ich frage mich", begann er wieder im kindlichen Singsang, „was deine Mutter sich eigentlich dabei denkt. Wie soll ich arbeiten, wenn ich dich im Arm halte?"

Er breitete die Decke auf dem Fußboden aus und legte das Kind darauf. Ein leises Wimmern warnte ihn, ja nicht den verhängnisvollen Fehler zu begehen und Davy allein zu lassen.

„Schon gut, schon gut", beschwichtigte Jesse ihn zähneknirschend. „Einverstanden. Du willst also nicht auf dem Boden liegen." Wenn Mary in der Küche hantierte, trug sie das Baby auf dem linken Arm. Frauen schienen darin ein besonderes Geschick zu haben. Es war Zeit, nach dem Ölbehälter zu sehen, also nahm er das Baby wohl oder übel mit nach unten.

Immer noch in dem kindlichen Singsang, der dem Kleinen offenbar gefiel, erklärte Jesse jeden Handgriff. „Sieh mal, jetzt prüfe ich den Ölstand im Tank. Gut, es reicht noch. Und nun wollen wir mal nach den Messgeräten sehen", erklärte er singend. „Das hier ist ein Windmessgerät. Obwohl ich auch mit bloßem Auge feststellen kann, woher der Wind weht." Vorsichtig stieg er die schmale Wendeltreppe zum Leuchtfeuer hinauf.

Gebannt blickte das Baby in die riesige, rotierende Linse. „Sieht aus wie ein großer, geschliffener Diamant, findest du nicht auch? In einem bestimmten Winkel kannst du Regenbogen im geschliffenen Glas sehen."

Plötzlich schoss Jesse der Gedanke durch den Sinn, dass der Junge in ein paar Jahren die Regenbogenfarben in den geschliffenen Linsen bestaunen würde.

„Das passiert auch bei Sonnenuntergang. Wenn die Sonne knapp über dem Horizont steht, brechen die Prismen das Licht, und es entsteht ein Regenbogen.“ Im hellen Schein des Leuchtfeuers blickte er aufmerksam in das kleine Gesicht. Davy war ein hübsches Baby.

Wie würde er sich wohl entwickeln? War ihm das unbeschwerte, fröhliche Wesen seiner Mutter in die Wiege gelegt? Welches Schicksal stand ihm bevor? Würde er das Leben tatkräftig anpacken und Schwierigkeiten mit leichter Hand meistern? Oder erwartete das kleine Kerlchen ein hartes Leben mit Schicksalsschlägen, die ihm die Lebensfreude rauben würden?

Unvermutet wünschte Jesse sich, Davy vor einem widrigen Schicksal zu bewahren. Horatio Morgan hatte vermutlich für Jesse den gleichen Wunsch gehabt. Vor vielen Jahren hatte er seinen kleinen Sohn wohl im Arm gehalten und sich gewünscht, ihm die Sterne vom Himmel zu holen. Liebevolle Gedanken an seinen Vater stiegen in Jesse hoch. Vielleicht hatte Mary Recht gehabt, als sie sagte, es sei falsch gewesen, seine Familie nach Emilys Tod zu verlassen. Vielleicht hätte er seine Trauer doch mit den Menschen teilen müssen, die ihn liebten. Er aber hatte sich abgekehrt und alle durch seine Gefühlskälte brüskiert und verletzt.

„Nun komm“, sagte er zu Davy. „Du kannst mir helfen, die Eintragungen ins Logbuch zu machen.“ Er stieg die schmale Eisenleiter in die Zwischenkammer hinunter, setzte sich ans Pult und drehte das Baby um, damit es die Lampe sehen konnte. „Und komm mir bloß nicht mit langatmigen, dramatischen Schilderungen, wie deine Mutter sie gerne hat“, warnte Jesse. „*Ein* Dramatiker in der Familie genügt.“

Das Baby wimmerte unzufrieden. Jesse riss eine leere Seite

aus dem Buch, malte ein Mondgesicht mit großen Augen und einem grinsenden Mund und zeigte es ihm. Davy verstummte. Dann zeichnete Jesse einen Fisch und ein Pferd, unbeholfen und nicht sonderlich begabt, doch dem Baby schienen die Kunstwerke zu gefallen.

Später machte Jesse seine Eintragungen ins Logbuch, notierte Außentemperatur, Wetterlage und Windrichtung. Dann lehnte er sich zurück und blickte auf die Schriftzüge. Das rhythmische Ticken der Zahnräder und das Tosen der Brandung gegen die Felsklippen vereinten sich zu einer monotonen Melodie.

Er spürte eine Veränderung im Baby. Der kleine Kopf wackelte wieder, dann sank er weich an seine Brust. Jesse erschrak, doch die winzigen Fäuste krallten sich immer noch in sein Hemd, und die Atemzüge gingen regelmäßig. Davy war endlich eingeschlafen.

Jesses Anspannung wich reinster Verwunderung und Freude.

Ein Triumphgefühl durchströmte ihn, das kreischende Baby in den Schlaf gewiegt zu haben. Ganz schön anstrengend, so ein kleines Wesen zu umsorgen, dachte er gähnend.

Jesse blickte auf die Eintragungen, bis die Buchstaben schließlich vor seinen Augen verschwammen. Er spürte, wie die Brust des Babys sich sanft hob und senkte, spürte die Wärme des kleinen Körpers.

Und dann wusste er, warum er die Buchstaben verschwommen sah. Seine Augen brannten, die Kehle war ihm wie zugeschnürt, Tränen liefen über sein Gesicht. Seine Schultern wurden von lautlosem Schluchzen geschüttelt.

Alle Wünsche und Sehnsüchte, die er sich zwölf Jahre lang versagt hatte, schienen plötzlich zum Greifen nahe zu sein und waren dennoch unerreichbar. Er war einfach nicht fähig, Mary so zu lieben, wie sie es verdiente. Er brachte es nicht über sich, ihr Kind ins Herz zu schließen wie sein eigenes.

Jesse wusste nicht, wie lange er mit dem schlafenden Kind weinend auf dem Stuhl saß.

„Warum kannst du nicht mir gehören?“ murmelte er gepresst. „Warum, verdammt noch mal, bist du nicht mein Sohn?“

21. KAPITEL

Mary stand am Fuß der eisernen Wendeltreppe im Leuchtturm, hielt den Kopf zur Seite geneigt und horchte auf den Wind, der um die Klippen heulte und im Eisengestänge pfiff, sie horchte auf das Tosen der Brandung. Aber sie hörte keine menschlichen Laute.

War es möglich, dass Jesse die Nachtwache vorzeitig beendet hatte und ins Haus zurückgegangen war? Nein, das war nicht seine Art. Selbst wenn er sich um das Kind kümmern musste, würde er seine Pflichten im Leuchtturm nicht vernachlässigen, es sei denn …

Eine unheilvolle Ahnung stieg in ihr hoch. Vielleicht war etwas mit Davy. *Lieber Gott, nein, bitte, nein.* Sie stürmte die Eisenstufen hinauf. Keinem anderen würde sie je ihr Kind anvertrauen, nur Jesse. Nur ihm, der hilflose Frauen und wehrlose Kinder beschützte. Auch wenn er es nicht wahrhaben mochte, er war der zuverlässigste Mensch, den sie sich vorstellen konnte.

Er würde lieber sterben, als einen anderen im Stich lassen.

An der obersten Stufe der Wendeltreppe angekommen, war sie auf eine Katastrophe gefasst. Sie war auf alles gefasst, nur nicht auf das Bild, das sich ihr bot. Schwer atmend stand sie auf der Schwelle, klammerte sich am Eisenrahmen der Tür fest.

Strahlenbündel der aufgehenden Sonne fielen schräg in den kleinen Raum. Die Linse rotierte rhythmisch, immer noch von der Lampe beleuchtet. Auf dem Tisch lagen Blätter verstreut. Kinderzeichnungen: ein Pferd, ein Vogel, ein Segelschiff, ein grinsendes Mondgesicht mit abstehenden Ohren. Der Docht der Öllampe war heruntergebrannt, spuckte ein paar Mal und verlosch. Auf dem Logbuch ruhten große Füße in Wollsocken, an den Knöcheln verschränkt. Marys Blick glitt an Jesses Beine nach oben. Der Stuhl war gegen die Wand gelehnt, damit er die Beine ausstrecken konnte.

Auf Jesses Brust lag Davy, friedlich schlafend wie ein Engel im sanften Licht des frühen Morgens. Wie winzig er wirkte in Jesses großen Händen, die ihn umfingen. Und Jesse …

Sie wagte sich einen Schritt näher. Sein kantiges Gesicht wirkte im Schlaf gelöst und friedvoll. Ihr dunkler Engel. Von Anfang an hatte sie ihn als dunklen Engel gesehen.

Und dann bemerkte sie eine glänzende Spur auf seiner Wange. Winzige Salzkristalle einer getrockneten Träne.

Mary wagte nicht zu atmen. Aus irgendeinem Grund hatte Jesse Morgan in dieser Nacht geweint. Der Gedanke krampfte ihr das Herz zusammen. Sie hatte sich so sehr gewünscht, dass er lernte zu weinen, dass er lernte loszulassen, den Kummer herauszulassen, der seine Seele vergiftete. Nun war es geschehen. Würde er sie dafür hassen?

„Oh, Davy", flüsterte sie und sah ihr Kind an. „Was, um Himmels willen, hast du mit deinem Papa angestellt? Er hat anscheinend geweint."

Jesse schlug die Augen auf. Im Erwachen drückte er das Baby enger an sich.

„Schon gut", sagte Mary eilig. „Ich nehme ihn dir ab." Sie streckte die Arme aus.

Jesse schaute auf das Baby. „Lass ihn schlafen."

„Bist du sicher?"

„Hm." Er blinzelte gähnend ins Licht. „Wie geht es Palina?"

„Ganz gut. Sie hat nur eine leichte Erkältung. Soll ich dir Davy nicht doch abnehmen?"

„Nein, lass nur." Er fuhr sich mit der Hand über die bärtigen

Wangen. „Nun mach kein Aufhebens. Lass ihn schlafen, und wenn er aufwacht, bringe ich ihn rüber."

Sie trat einen Schritt zurück, dann noch einen und noch einen. Ihr war, als begegne sie einem Fremden. Aber dieser Mann war Jesse. Jesse, der sie sonst immer anfuhr, der sich zurückzog und nichts von dem Baby wissen wollte.

„Gut, dann mache ich jetzt unser Frühstück", sagte sie schließlich.

„Tu das."

„Ja." Sie drehte sich um und ging langsam die Eisenstiege hinunter. Am liebsten hätte sie vor Glück gejauchzt und wäre an der Eisenstange nach unten gerutscht wie ein übermütiges Kind. Und als sie den Weg zum Haus entlanghüpfte, dachte sie: Es gibt doch nichts Beseligenderes als die Hoffnung.

„Wenn du dir einen Herzenswunsch erfüllen könntest", fragte Granger Clapp seine Frau, „was würdest du dir wünschen?"

Verdutzt legte Annabelle ihre Petit-Point-Stickerei beiseite. „Diese Frage trifft mich unvorbereitet, fürchte ich. Ich weiß keine Antwort darauf." Sie blickte ihn forschend an. Wenn ein Sturm drohte, sah sie die ersten Anzeichen in seinen Augen. Er lehnte sich lächelnd im Armstuhl zurück und setzte das Glas Portwein an die Lippen. „Sag mir einfach, was dir in den Sinn kommt."

Annabelle schluckte. Er war in letzter Zeit ruhiger geworden, beinahe liebenswürdig. Beinahe wieder der charmante Mann, in den sie sich verliebt hatte. Sie wollte nichts Falsches sagen. „Was könnte ich mir wohl wünschen? Ich habe alles, was das Herz begehrt – einen guten Ehemann, ein schönes Haus, treue Freundinnen ..."

„Ach ja, deine Freundinnen. In letzter Zeit siehst du sie nicht mehr so oft wie früher.“

„Nun ja, sie sind mit ihren Kindern beschäftigt und …“

„Und du hast kein Kind“, sagte er leichthin, scherzend. Doch seine Worte durchbohrten ihr Herz wie ein Dolch. Sie nahm die Stickerei wieder auf und stach die Nadel ein.

„Ich kann dir deinen Wunsch erfüllen“, sagte er. „Ich kann dir ein Kind geben.“

Tränen verschleierten ihr den Blick. „Aber wir haben uns so viele Jahre darum bemüht.“

„Ein Baby“, fuhr er fort. „Es gibt ein Baby, das ein Heim braucht. Ich dachte …“

„Granger!“ Annabelle sprang auf, die Handarbeit fiel achtlos zu Boden. „Heißt das, wir adoptieren endlich ein Kind?“ Jahrelang hatte sie ihn darum gebeten, aber er hatte sich ihrem Wunsch widersetzt und behauptet, ein Kind von Fremden großzuziehen sei widernatürlich.

„Ja, allerdings sind die Umstände ziemlich … ungewöhnlich.“ Er fixierte sie mit seinem herrischen Blick, mit dem er sie bereits in der Hochzeitsnacht eingeschüchtert hatte. „Ich brauche deine volle Unterstützung.“

„Selbstverständlich, Granger.“ *Ein Baby. Ein Baby.* „Was muss ich tun?“

„Wenn ich nur wüsste, was das zu bedeuten hat“, sagte Jesse, als er die Kutsche vor dem Kontor der Hafenmeisterei in Ilwaco anhielt.

„Judson sagte lediglich“, wiederholte Mary wohl zum vierten Mal, „dass du umgehend in sein Büro kommen sollst. Er wollte nicht warten, bis du mit Magnus von der Jagd zurückkommst.“

Judson ist doch sonst nicht so geheimniskrämerisch, dachte Jesse finster und band das Pferd fest. Doch als er Mary mit dem Baby aus dem Wagen half, hellte sich seine Miene wieder auf. Seit jener nervenaufreibenden Nacht mit Davy im Leuchtturm war ein Monat vergangen. In diesen vier Wochen hatte Jesse mehr gelernt, als er je für möglich gehalten hatte.

Er küsste Mary auf den Mund.

„Wofür ist das denn?“

„Brauche ich einen Grund?“

Sie lachte. „Ich freue mich über den Ausflug. Wir waren eine Ewigkeit nicht mehr hier.“

„Ich fahre nicht gerne in die Stadt.“

„Du wirst lernen, Freude daran zu haben.“

Kopfschüttelnd legte er den Arm um sie. „Vielleicht wird es ja etwas … mit uns dreien“, meinte er verlegen.

„Habe ich dir das nicht immer gesagt?“

„Solange die Welt mich in Ruhe lässt“, setzte er ihrer Freude einen Dämpfer auf.

„Du kannst die Welt nicht von dir fern halten.“

„Das tue ich seit fast dreizehn Jahren.“

„Aber jetzt nicht mehr. Du bist nicht mehr allein, du hast eine Frau und einen Sohn.“

Sie ließ den Blick über den Hafen schweifen mit seiner emsigen Betriebsamkeit, über die bunt bemalten Häuser an den stillen Straßen. „Wir leben in dieser Welt.“

„Wir leben in einem einsamen Haus unter dem Leuchtturm. Dort gehören wir hin.“ Jesse nahm sie beim Ellbogen und führte sie auf den Gehsteig. Er konnte ihr nicht sagen, dass sein Leben von einem Schatten verfolgt wurde, sosehr er sich auch bemühen mochte, ihn nicht zu beachten. Davy war der Sohn des

Ehemanns seiner Schwester, und es glich einem Wunder, dass er Zuneigung zu Grangers Kind gefasst hatte.

Auf dem Gehsteig vor der Hafenmeisterei blieb Jesse stehen. Er wusste nicht, wieso er sich Mary zuwandte und sie und das Baby lange ansah.

„Jesse?" Fragend schaute sie zu ihm auf.

Es war dieser Blick, der ihm ans Herz ging. Wie immer. Schon beim ersten Mal, als sie ihn angesehen hatte, hatte er sein Schicksal in ihren Augen gelesen. Er legte die Hand an ihre Wange, strich mit dem Daumen über ihr Jochbein, über ihre vollen Lippen. Dann beugte er sich vor, küsste sie auf die Stirn und dann Davys flaumigen Kopf.

Höchst seltsame Dinge waren mit ihm geschehen, seit sie in seinem Leben aufgetaucht war. Und im letzten Monat, als er seinen Frieden mit Davy geschlossen hatte, war ihm so vieles klar geworden.

Er hatte aufgehört, sein Leben als Strafe zu nehmen, die er verbüßen musste. Durch Mary und Davy lernte er die Fülle des Lebens wieder zu schätzen, eines Lebens, das aus Freude und Leid bestand. Liebe war mit Leid verbunden, das wusste er seit langer Zeit, aber er hatte endlich die Angst davor verloren.

„Was ist los?" fragte sie befangen. „Du siehst mich so seltsam an."

„Ich möchte dir so vieles sagen", meinte er sinnend, in den Anblick ihrer Augen versunken, die in der kalten Dezembersonne glitzerten. „Aber ich bin kein Mann vieler Worte."

Sie legte ihre Hand über die seine und führte seine Finger an ihre Lippen. „Lass uns hineingehen und hören, was Judson an diesem schönen Tag von dir will."

Sie betraten einen lang gestreckten Raum mit Navigationskarten an den Wänden, in dem es nach Staub und Tinte roch. In seinen kühnsten Fantasien hätte Jesse sich nicht denken können, wer im Büro der Hafenmeisterei auf ihn wartete.

Er blieb wie angewurzelt stehen, spürte, wie auch Mary neben ihm verharrte. Die Brust wurde ihm eng, Hitze stieg ihm ins Gesicht. Er fixierte die Frauengestalt am Fenster.

Sie wirkte verloren und hilflos, als sie aus dem Fenster auf die hohen Schiffsmasten in der Bucht blickte. Die bleiche Wintersonne erhellte ihr vornehm geschnittenes Profil und ließ die blonden Löckchen seidig schimmern, die unter dem modischen Hut zum Vorschein kamen.

Jesse fand endlich seine Stimme. „Annabelle?"

Sie wandte sich vom Fenster ab, der Hutrand beschattete ihre Augen. „Guten Tag, Jesse."

„Was führt dich hierher? Wo ist Granger?"

„Ich komme alleine. Ich musste dich sehen."

„In deinem Telegramm hast du geschrieben, es sei alles in Ordnung."

„Ja, das ist richtig." Sie machte kleine Pausen zwischen den Worten und musterte Mary forschend.

Mary sprach sie in ihrer offenen, herzlichen Art an. „Sie sind also Annabelle. Jesse hat mir von Ihnen erzählt und mir Ihr Bild gezeigt."

Annabelle lächelte. Und Jesse sah wieder seine kleine Schwester vor sich, die scheue Annabelle mit ihrem geheimnisvollen Lächeln, in deren Augen sich alle sehnsuchtsvollen Jungmädchenträume widerspiegelten.

Doch nun las er Wehmut in ihren Augen.

„Sie bringen mich in Verlegenheit", sagte sie höflich.

„Ich bin Mary, Jesses Ehefrau. Und dies ist unser Sohn Davy."

Annabelle weiß nichts vom Bastard ihres Ehemanns, überlegte Jesse. Sie trat einen Schritt auf Mary zu. „Ich habe immer gehofft, du würdest wieder heiraten, Jesse", sagte sie. „Und das Baby." Ihr Gesicht leuchtete bei Davys Anblick, der in Marys Armen schlief. „Wie schön es ist. Das hübscheste Baby, das ich je gesehen habe."

Jesse wurde verlegen, als Annabelle plötzlich Tränen über die Wangen liefen. Mary versuchte, die beklommene Situation zu retten. „Ihr habt euch sicher viel zu erzählen. Ich lasse euch lieber allein und besuche Hestia", sagte sie munter. „Du weißt, Jesse, wie gerne sie den kleinen Davy verwöhnt. Ich werde dort auf euch warten."

Jesse nickte. „Gut. Wir kommen später nach", sagte er, ohne den Blick von seiner Schwester zu wenden.

Er hörte, wie die Tür geöffnet und wieder geschlossen wurde. „Was ist passiert?" fragte er Annabelle, von einer unheilvollen Ahnung beschlichen. „Bringst du schlechte Nachrichten von Mutter und Vater?"

„Nein, ganz im Gegenteil. Sie genießen ihre Europareise und erfreuen sich bester Gesundheit." Sie nestelte an ihrem Retikül und zog ein Spitzentaschentuch hervor. „Es ist wegen Granger." Sie holte tief Atem. „Aber du bist mir so fremd geworden, Jesse. Ich hätte nicht kommen dürfen ..."

„Ich bin immerhin dein Bruder. Was ist geschehen? Wie kann ich dir helfen?"

Ein wehmütiges Lächeln huschte über ihr Gesicht. „Ich konnte dir immer vertrauen. Wenn ich Kummer hatte, warst du stets da, um mir zu helfen. Du hast mich nie verraten, wenn ich etwas ausgefressen hatte, und oft genug die Schuld für meine Streiche auf dich genommen. Kein Wunder, dass ich mich in meiner Not an dich wende. Du hast mich niemals enttäuscht, dir kann ich vertrauen."

Meine Frau hat ein Kind von deinem Mann.

Er musterte seine Schwester forschend. Sie hatte sich so sehr verändert, war so erwachsen geworden. Wenn er an sie dachte, hatte er sie stets als zwölfjährige Göre mit aufgeschürften Knien und Kletten im zerzausten Haar gesehen.

Nun war sie eine Dame geworden, schlank und elegant in Samt und Seide gehüllt. Sie senkte den Blick auf ihre feinen Glacéhandschuhe und rang die zitternden Hände. „Ich weiß, dass dich die Geschicke des Unternehmens nicht mehr interessieren, aber ich weiß nicht, an wen ich mich sonst wenden soll."

„Weswegen?"

„In einer unangenehmen Sache, die ich vor kurzem entdeckte." Sie schluckte schwer. „Ich wollte mir in Grangers Arbeitszimmer etwas holen und sah zufällig ein aufgeschlagenes Kontenbuch auf seinem Schreibtisch liegen. Ich dachte mir nichts dabei – er sagte ja immer, ich hätte keinen Geschäftssinn. Aber irgendetwas machte mich stutzig, und ich warf einen Blick darauf."

„Du und keinen Geschäftssinn?" Jesse lachte. „Ausgerechnet du? Schon als Sechsjährige hast du von mir Zinsen verlangt, wenn ich mir Taschengeld von dir geborgt habe. Und ein paar Jahre später hast du Pläne geschmiedet, eine Expedition zu den Sandwich Islands auszurüsten, wenn du mit der Schule fertig bist."

„Ach ja, von alldem weiß Granger nichts."

Jesse wunderte sich, warum einem Mann das wahre Wesen seiner Frau in all den Ehejahren verborgen geblieben war. „Was hast du in diesem Kontenbuch entdeckt?"

„Ich musste nur einen kurzen Blick auf die Zahlen werfen,

um zu erkennen, was sie bedeuteten.“ Ihre Stimme klang belegt. „Granger veruntreut Gelder des Unternehmens – seit einigen Jahren.“

Seltsamerweise ließ Jesse diese ungeheuerliche Anschuldigung völlig kalt, obwohl er früher einmal alles darangesetzt hatte, die Firma in ein Schifffahrtsunternehmen von Weltruf zu erweitern. Doch das war in einem anderen Leben gewesen, es interessierte ihn nicht mehr.

„Stelle ihn zur Rede“, sagte er ungerührt. „Wenn du willst, tu ich es für dich. Er muss die Sache in Ordnung bringen, Schadenersatz leisten und die Direktoren davon in Kenntnis setzen.“

Sie biss sich auf die Lippe. „Ich fürchte, dazu sehe ich mich nicht in der Lage.“

„Was hat er mit dem Geld gemacht?“

„Er hat es von der Bank abgehoben. Ich fand einen Koffer voller Geldscheine im Speicher. Er … hortet das Geld, Jesse. Ich habe keine Ahnung, warum.“

Um einer anderen Frau das Kind wegzunehmen? Um ein neues Leben zu beginnen?

„Wir müssen ihn zur Rede stellen“, wiederholte Jesse grimmig.

Annabelle ließ den Kopf hängen und wandte sich ab. „Er ist fort. Verschwunden. Und das Geld ist ebenfalls verschwunden.“ Wieder nestelte sie nervös an den Bändern ihres Retiküls. „Anfangs versuchte ich, die Sache zu vertuschen, und sagte unseren Freunden und Bekannten, er befinde sich auf einer längeren Geschäftsreise. Doch dann flatterten Mahnungen ins Haus, und schließlich klopften Geldeintreiber an unsere Tür.“

Sie lehnte sich Halt suchend an eine Stuhllehne, wirkte plötzlich verhärmt wie eine alte Frau. „Er ist völlig verschuldet, und ich weiß nicht, wovon ich diese Schulden begleichen soll. Ich habe meinen Schmuck verkauft und die Dienerschaft entlassen. Aber immer noch kommen Mahnungen, nichts als Mahnungen." Sie seufzte.

„Hast du eine Ahnung, wo er sich aufhält?"

Sie schüttelte ratlos den Kopf. „Möglicherweise ist er in San Francisco. Ich habe keine Ahnung. Ich weiß nur eines: Er hat ein Doppelleben geführt."

„Ein Doppelleben?" Jesse machte sich auf eine Enthüllung gefasst.

„Er hat Frauen ausgehalten, von denen ich nichts wusste und … oh nein!" Sie presste die Faust gegen den Mund und wurde von einem trockenen Schluchzen geschüttelt.

Die Vergangenheit hatte ihn eingeholt. Er durfte jetzt nicht länger in der Abgeschiedenheit leben, als existiere der Rest der Welt nicht.

Annabelle blickte mit tränenfeuchten Augen zu ihm auf. „Früher habe ich dich bedauert, weil du hier oben in der Wildnis völlig allein lebtest. Aber nun hast du Mary und einen kleinen Sohn, und damit besitzt du mehr als ich."

„Annabelle", sagte er leise. „Ist es so schlimm?"

Sie lachte bitter. „Ja, denk nur. Ich hatte alles, was man sich wünschen kann. Einen großen Bekanntenkreis, reizende Freundinnen, ein schönes Haus und elegante Kleider. Und wo sind alle meine Freunde? Sie haben mir den Rücken gekehrt, als sich meine Notlage nicht länger verbergen ließ." Ein Beben durchlief sie. „Ich fürchtete, dich einsam und verbittert vorzufinden. Aber du hast eine schöne Frau und einen gesunden, entzückenden Sohn. Du kannst dich glücklich schätzen, Jesse. Sehr, sehr glücklich, weißt du das?"

Mary blickte beunruhigt aus dem Erkerfenster, als Annabelle und Jesse sich Hestias Haus näherten. Sie bemerkte die Familienähnlichkeit, beide waren hoch gewachsen und gut aussehend mit aristokratisch geschnittenen Gesichtszügen, schön geschwungenen Lippen und eisblauen Augen.

Mary sah aber auch die Unterschiede. Annabelles blondes Haar stand im Kontrast zu Jesses dunkler Mähne. Auch ihre Haltung unterschied sich von der ihres Bruders. Jesse bewegte sich mit dem Selbstvertrauen eines Mannes, der an den Stürmen des Lebens gereift war. Von Annabelle ging eine seltsame Unsicherheit aus. Bei all ihrer Schönheit wirkte sie nervös, beinahe gehetzt. Ein flüchtiger Eindruck, nicht wirklich erkennbar, wie der kaum wahrnehmbare Duft nach Gardenien, der sie umgab. Vielleicht täuschte Mary sich, aber irgendetwas an Annabelles müdem Augenaufschlag und ihrem starren Lächeln schien ihr gekünstelt, mit dem sie Jesse jetzt bedachte, als er sich vorbeugte, um ihr die Gartentür zu öffnen.

Hatte er seine Schwester eingeweiht? Hatte er ihr gesagt, wer Davys Vater war?

Mary schlug das Herz bis zum Hals, als sie die Haustür öffnete. Jesse sah sie an und schüttelte dabei kaum merklich den Kopf. Sie atmete erleichtert auf.

Noch nicht.

Aber sie spürte Jesses Anspannung, seine Verschlossenheit, seine Kälte, die sie beunruhigten.

„Welche Freude, Sie kennen zu lernen“, rief Hestia, die hinter Mary heranrauschte, freudestrahlend. Sie fühlte sich unendlich geschmeichelt, die berühmte Mrs. Clapp aus Portland in ihrem Haus empfangen zu dürfen. „Ich habe so viel über Sie in den Gesellschaftsspalten der Zeitung gelesen, über Ihre Wohltätigkeitsveranstaltungen und all die guten Werke, die Sie für die Bedürftigen tun. Es ist mir wirklich eine große Ehre, eine solche Berühmtheit in meinem bescheidenen Heim willkommen zu heißen."

„Vielen Dank", sagte Annabelle höflich.

„Es wird Ihnen alles schrecklich provinziell vorkommen bei uns ... ah!" Hestias Gesicht hellte sich auf. „Da kommt Livvie schon und bringt uns Tee."

Livvie Haglund begrüßte Annabelle schüchtern errötend und zog sich wieder zurück, nachdem sie das Teetablett abgestellt hatte.

„Ihr Hausmädchen ..."

„Sie ist kein Hausmädchen", korrigierte Hestia sie. „Sie wohnt bei uns. Wir sind ein ziemlich gemischtes Völkchen hier im Swann-Haus."

„Was hat die arme Frau am Auge?"

Hestia wandte verlegen den Blick. „Eine alte Verletzung. Sie hatte Streit mit ..., ach was, reden wir nicht davon." Sie machte eine wegwerfende Handbewegung.

„Sie sieht auf dem verletzten Auge nichts mehr", erklärte Mary. „Aber sie kommt gut damit zurecht."

Annabelle reagierte höchst sonderbar. Sie wurde kreidebleich, war plötzlich wie versteinert, glich einer Marmorstatue, kalt und ohne Gefühlsregung. Und dann fragte sie ungläubig: „Hat ihr Ehemann sie geschlagen? Hat er sie so sehr verletzt?"

„Eigentlich sprechen wir nicht darüber", sagte Hestia. „Aber Sie sind eine Ausnahme, unser Ehrengast, Mrs. Clapp. Zu uns ins Swann-Haus flüchten sich gelegentlich Frauen, die ihren gewalttätigen Ehemännern weglaufen."

„Sind sie denn hier ... in Sicherheit?" fragte Annabelle.

„Selbstverständlich. Wir sind sehr stolz, den Frauen helfen zu können. Darf ich Ihnen das Haus zeigen?“

Annabelle nickte, und die beiden Damen verließen den Salon. Als die Tür ins Schloss fiel, atmete Mary erleichtert auf und wandte sich an Jesse. „Was hat sie von Granger erzählt?“

„Ihr Mann hat große Geldbeträge unterschlagen und ist verschwunden.“

Es dauerte eine Weile, bis Mary die Nachricht verdaut hatte. Ein Sturm der Gefühle tobte ihn ihr. Angst. Böse Vorahnungen. Argwohn. Erleichterung. Und zu ihrem Erstaunen auch eine Spur von Mitgefühl. Sie hatte Granger einst geliebt und all ihre Hoffnungen in ihn gesetzt.

„Heißt das, er ist für immer verschwunden?“ fragte sie vorsichtig und fuhr hastig fort: „Das muss wohl so sein, nur ein Dummkopf würde sich in der Nähe des Ortes seines Verbrechens aufhalten. Wahrscheinlich ist er bereits Tausende Meilen entfernt.“

„Man kann nie weit genug fliehen“, sagte Jesse.

Erneut fuhr ihr ein Stich durchs Herz. „Was meinst du damit? Was …“

„Meine Schwester bleibt eine Weile bei uns“, sagte Jesse, ohne auf Marys Frage einzugehen.

„Dann müssen wir es ihr wohl sagen, wie?“ fragte Mary bang. „Wir müssen ihr die Wahrheit über das Baby sagen.“

Hestia wollte nichts davon hören, dass Annabelle in das kleine Haus unter dem Leuchtturm zog. Es sei viel zu klein, sagte sie, ihr Haus sei geräumig, und es gebe noch ein behagliches Gästezimmer für Mrs. Clapp.

Jesse gab seine Zustimmung, und Annabelle wirkte erleichtert, in der Stadt bleiben zu können. Man verabschiedete sich am Gartentor. Es war kalt geworden, im Westen brauten sich dunkle Wolken zusammen.

Jesse beobachtete seine Frau und seine Schwester, die das Baby im Arm hielt. Marys rotes Haar und ihre rosigen Wangen wirkten so frisch und natürlich gegen Annabelles vornehme Blässe. In einem anderen Leben, in einer anderen Welt wären die gegensätzlichen Frauen vielleicht Freundinnen geworden.

Annabelle hob Davy mit gestreckten Armen hoch und lachte, als das Baby fröhlich gurgelte. Doch ihr Lachen klang verkrampft, und in ihren Augen glitzerten Tränen. „Er ist wirklich entzückend“, seufzte sie. „Mir sind leider eigene Kinder versagt geblieben.“

Mary versuchte nicht, sie zu trösten oder zu beschwichtigen. Sie schloss Annabelle in die Arme und nahm ihr dann das Kind ab. Erst auf der Heimfahrt sprach sie aus, was sie dachte.

„Ich habe das Baby bekommen, das deine Schwester sich so sehr wünschte.“

In dieser Nacht besuchte sie ihn wieder im Leuchtturm. „Ich habe Davy zu Palina gebracht“, erklärte sie leise. „Er schläft jetzt schon die Nacht durch und wird erst wieder morgen früh aufwachen.“

Jesse, der am Pult saß, nickte. Wusste Mary, dass er sich häufig über die Wiege beugte und den schlafenden Davy zärtlich beobachtete?

An diesem Nachmittag hatte sein Herz sich wieder verdunkelt. Er hatte beinahe vergessen, dass er für Emilys Tod verantwortlich war. Er hatte vergessen, dass er eine lebenslange Strafe verbüßen musste im Gefängnis seiner Einsamkeit. Er hätte nie hoffen dürfen, das zu bekommen, wonach seine Seele sich sehnte: eine Familie, die er lieben und umsorgen konnte.

Mary stand an der Eisentür und sah ihn mit großen Augen an. Sie trug einen Morgenmantel über ihrem Nachthemd. Das Haar hing ihr in rubinroten Kaskaden über die Schultern.

„Wir werden es ihr sagen müssen." Ihre Stimme klang beklommen.

„Ja. Das müssen wir."

Und was dann?

Sie trat auf ihn zu, umfasste sein Gesicht und beugte sich über ihn. „Du entziehst dich mir, ich spüre es."

„Ich kann nicht der sein, den du dir wünschst", antwortete er und wollte, er würde die Wärme ihrer Hände nicht spüren, nicht ihren Duft riechen – nach Blumen und Frühling. Reife. Fülle. Sinnlichkeit. *Leben.*

„Ach, Jesse, du bist so viel mehr, wenn du es nur begreifen wolltest. Schau mich an, und du siehst dich im Spiegel meiner Augen. Du hast mehr Anstand und Ehre und Mitgefühl als tausend andere und weißt es nicht einmal."

Bevor er etwas erwidern konnte, hatte sie sich mit gespreizten Beinen auf seinen Schoß gesetzt. Der alte Drehstuhl ächzte unter dem zusätzlichen Gewicht – oder war es Jesse, der ächzte?

Sie war ihm so nah, er spürte ihre Schenkel auf seinen Knien, die Rundungen ihrer Hüften unter seinen Händen. Ihr seidiges Haar streifte sein Gesicht, als ihre Lippen seinen Mund berührten, zaghaft und dann drängend. Keine Frau hatte ihn je so berührt. Keine Frau, nur Mary wusste um die quälenden Zweifel seiner Seele und gab ihm ihre stumme Antwort.

Er entflammte unter ihr. Heiß loderte das Verlangen in ihm

auf. Mit einem kehligen Stöhnen schob er die Finger in ihr Haar, sein Mund nahm ihre Lippen in einem leidenschaftlichen Kuss in Besitz. Sie war sein Licht in der Dunkelheit, aber die Schatten, die seine Seele verdunkelten, würden auch sie verschlingen. Spürte sie das nicht? Hatte sie keine Angst?

Sie bewegte ihre Hüften unmerklich. Seine forschenden Hände teilten den Morgenrock, öffneten das Nachthemd, umfingen ihre Brüste. Er konnte sich nicht bezähmen, verlangte nach ihr. Als er den Mund um ihre Brustknospe schloss, legte Mary den Kopf in den Nacken und gab sich seufzend den sinnlichen Wonnen hin.

Seine Hand glitt über ihren Bauch, der wieder flach und fest war, als habe sie nie ein Kind ausgetragen. Seine Finger liebkosten sie zart, bis ihr Seufzen sich zu kleinen Lustschreien steigerte. In ihm schwoll ein Sehnen, das stärker war als das Verlangen nach sinnlicher Befriedigung. Der stetige Rhythmus des rotierenden Leuchtfeuers und das Tosen der Brandung hallten im Rauschen seines Pulsschlages wider. Er hob sie hoch, legte sie mit dem Rücken nach hinten über den Tisch, schob die Stofffülle nach oben, bis sie nackt und entblößt vor ihm lag.

„Jesse?“ flüsterte sie bebend.

„Still. Lass mich …“ Er beugte sich über sie, küsste sie lange und zärtlich, während er sie liebkoste, ihr seidiges Schamhaar und ihren feuchten Schoß. Mit der Zunge zog er eine heiße Spur. Der Moschusduft ihrer Weiblichkeit berauschte seine Sinne. Ihr kehliges Luststöhnen, ihre kreisenden Hüften steigerten sein Verlangen ins Unermessliche. Er konnte nicht genug von ihr bekommen, wollte nicht aufhören mit seiner süßen Folter, obwohl sie ihn wimmernd anflehte, der süßen Qual ein Ende zu machen. In fliegender Hast entledigte er sich der Hosen, sie riss ihm das Hemd auf. Dann küsste er sie, drängte seine Zunge in ihren Mund, während er kraftvoll in sie eindrang. Mary schrie auf, schlang ihre Beine um seine Hüften und flüsterte flehend seinen Namen.

Er wollte sich Zeit lassen, doch sie fieberte nach ihm, hob ihm die kreisenden Hüften entgegen, um ihn tiefer in sich aufzunehmen. Er spürte, wie er in einen Strudel gerissen wurde, in dem es nichts mehr gab, nur Wollust. Kein Gedanke, kein Zweifel, nichts existierte mehr, was die Herrlichkeit des Moments getrübt hätte. Ein Beben durchlief ihn, ließ ihn erschauern und keuchend nach Atem ringen. Allmählich verebbte der Sinnesrausch, und er kehrte benommen in die Wirklichkeit zurück.

Nach einer Weile, die ihm wie eine Ewigkeit erschien, begann Mary, sich unter ihm zu bewegen. „Jesse?“

„Hm.“

„Ich liebe dich …“

„Nicht jetzt. Sag es nicht jetzt.“

„Aber ich muss es dir sagen. Oh, Jesse, wenn ich es jetzt nicht sagen darf, wann dann?“

„Erst wenn ich dir diese Worte auch sagen kann.“

Sie drehte den Kopf zur Seite, und er löste sich von ihr. Langsam, behutsam, widerstrebend.

Er schlüpfte in die Hose, während Mary sich auf dem Tisch aufsetzte und ihr Nachthemd und den Morgenmantel ordnete. Jesse bemerkte die Tränen an ihren Wangen, ließ sich auf dem Stuhl nieder und fuhr sich mit beiden Händen durchs Haar.

Es war sinnlos, diese Frau lieben zu wollen, ihr Herz mit all der Zärtlichkeit erfüllen zu wollen, die sie brauchte. Er hob den Blick, zwang sich, ihre Tränen anzusehen. „Alles, was ich für dich tun kann“, raunte er heiser, „ist, dir wehzutun.“

„Das stimmt nicht. Du hast mich glücklicher gemacht, als ich es mir je hätte erträumen können. Dir aber fehlt jedes Vertrauen in die Zukunft, du siehst hinter jeder Ecke das Unglück lauern."

Er dachte an Annabelle. Wusste Granger, dass sie sich in Ilwaco aufhielt? „Mag sein, dass mich das Leben bitter und argwöhnisch gemacht hat", sagte er. „Ich bemühe mich zwar, für dich und Davy zu sorgen und euch zu beschützen, aber Gott allein weiß, ob das ausreicht."

„Spotte nicht. Du wirst uns beschützen."

„Ich bin nur ein Mann, kein Held."

Sie biss sich auf die Lippe, wischte sich eine Träne von der Wange. „Davy gehört mir. Ich gebe ihn niemals weg. Annabelle hat keinen Anspruch auf mein Kind."

„Nein, den hat sie nicht." Jesse holte tief Atem. „Aber sie hat Anspruch auf meinen Schutz. Sie ist meine Schwester. Die Existenz des Babys ist für sie ein Schlag ins Gesicht, weil sie keine Kinder haben kann."

„Willst du damit sagen, du stehst vor der Wahl zwischen deiner Treue zu Annabelle und deiner Treue zu Davy und mir?"

„Stellst du mich vor diese Entscheidung?"

Mary schüttelte den Kopf. „Sie ist eine sehr kluge Frau, Jesse. Sie wird Verständnis zeigen, wenn wir ihr die ganze Geschichte erzählen."

„Du kennst meine Schwester nicht."

„Du kennst sie im Grunde auch nicht. Du hast sie mehr als zehn Jahre nicht gesehen."

Er schwieg, und Mary sah ein, dass er im Moment keinen vernünftigen Argumenten zugänglich war.

Unterwegs zum Haus der Jonssons, um ihr Baby abzuholen,

wurde ihr wieder einmal klar, dass mit Jesse nichts je einfach sein würde. Oder schmerzlos. Wieso begriff er nicht, wie dringend sie einander brauchten? Sie, Davy und Jesse waren aufeinander angewiesen.

Aber in einem Punkt hatte er gewiss Recht – es gab keine einfache Lösung.

22. KAPITEL

Sobald Mary mit dem kleinen Davy im Arm das Haus betrat, stutzte sie, runzelte die Stirn und neigte den Kopf zur Seite. Der wundervolle Duft von Blumen stieg ihr in die Nase. Gardenien.

„Annabelle?“ Sie eilte zur Bank vor dem Kamin, wo Jesses Schwester saß. „Welch reizende Überraschung“, begrüßte Mary den unerwarteten Gast und errötete schamhaft. Sie trug immer noch Morgenmantel und Nachthemd, ihr Haar war zerzaust vom Wind und vom Liebesspiel mit Jesse. „Wie nett, uns zu besuchen.“

Unter der breiten Hutkrempe, die ihre Augen beschattete, lächelte Annabelle. Ein dünnes, verkniffenes Lächeln. „Entzückend, dieses kleine Haus“, sagte sie. „Wo ist mein Bruder?“

„Er hatte Nachtwache im Leuchtturm.“ Ungebetene Erinnerungen an die vergangene Nacht drängten sich Mary auf. Beim Gedanken an Jesses zärtliche Liebkosungen mit Händen und Mund, mit denen er sie zu höchsten Wonnen der Lust getragen hatte, wurden ihr die Knie weich. „Wahrscheinlich hat er noch zu tun und versorgt die Pferde, bevor er zum Frühstück kommt.“

Annabelle musterte Mary von Kopf bis Fuß, schließlich ruhte ihr Blick auf dem Baby. „Ich verstehe.“

„Wollen Sie nicht ablegen?“ fragte Mary beklommen. Annabelle zog den breiten Pelzkragen ihres Mantels höher. „Nein, danke. Ich bleibe nicht lange.“

Mary legte Davy in die Wiege. Sie hatte ihn bei Palina gestillt, nun war er satt und schläfrig. „Ich setze Teewasser auf und ziehe mich rasch an.“

Nachdem sie die sterbende Glut im Herd aufgestochert und Holz nachgelegt hatte, wollte sie zur Stiege.

„Wie geht es Davy?“ Annabelle beugte sich über die Wiege.

Mary konnte sich nicht erklären, wieso die Gegenwart von Jesses Schwester sie so befangen machte. „Gut. Er ist gesund und munter.“ Sie eilte ins Schlafzimmer. Je länger sie die Wahrheit vor Annabelle verbarg, desto unerträglicher wurde die Spannung. Hoffentlich kam Jesse bald zurück.

Sie glättete die Röcke ihres Winterkleides – ein dunkelblaues Wollkleid aus Emilys Garderobe, das Jesse ihr kürzlich gegeben hatte, ohne in Schwermut zu verfallen wie sonst, wenn er an Emily erinnert wurde. Mary kämmte sich, flocht das Haar zu einem Zopf und eilte nach unten.

Annabelle saß am Tisch, ohne sich um das kochende Wasser in dem Kessel auf dem Herd zu kümmern, von dem der Dampf aufstieg. Ihr Mantel aus Seehundfell glänzte in den Morgensonne. Mary schluckte ihren Unmut hinunter, während sie Tee aufbrühte. Eine vornehme Dame wie Annabelle hatte vermutlich noch nie einen Handgriff in einer Küche getan.

„Eine Tasse Tee wird uns gut tun“, sagte Mary munter und stellte die Kanne auf den Tisch.

Als Annabelle die Tasse zum Mund führen wollte, zitterte ihre Hand so heftig, dass sie den heißen Tee über den Pelz verschüttete.

„Fühlen Sie sich nicht wohl?“ Mary holte rasch ein Tuch und wischte den nassen Fleck an ihrer Brust weg.

Annabelle zuckte mit einem winzigen Aufschrei zurück, als habe sie Schmerzen.

Mary fuhr erschrocken zurück. „Tut mir Leid. Haben Sie sich verbrannt?“

„Nein.“ Annabelles sonst so helle, mädchenhafte Stimme klang schneidend. „Es ist nur eine leichte Prellung. Eine alte Verletzung.“ Wie ein kleines Mädchen, das sich plötzlich an seine guten Manieren erinnerte, lächelte sie schuldbewusst und nippte geziert an der Tasse. Doch in den eisigen Tiefen ihrer Augen lag nichts Kindliches, als sie hinzufügte: „Eine verdiente Strafe, weil ich ständig alles falsch mache.“

„Aber Annabelle, ich verstehe nicht. Strafe? Von wem? Und weswegen? Sie machen doch nichts falsch“, versicherte Mary ihr. *Beeil dich, Jesse, und komm nach Hause.* „Nichts, was geschehen ist, ist Ihre Schuld.“

„Du lieber Himmel“, entgegnete Annabelle spöttisch. „Sie haben ja keine Ahnung. Ich mache alles falsch.“ Mit mechanischen Bewegungen, allem Anschein nach, ohne zu wissen, was sie tat, löffelte sie Zucker in ihren Tee. Einen, zwei, drei Löffel. „Und dafür muss ich büßen. Es war töricht, aus Portland fortzulaufen.“ Drei weitere Löffel Zucker. Der Tee würde ungenießbar sein. „Mein Platz ist zu Hause. Mein Platz ist bei Granger.“

„Aber Sie sagten doch, er habe die Firma betrogen und sei mit unterschlagenem Geld untergetaucht. Es ist doch völlig normal, dass Sie sich in Ihrer Not an Jesse wenden.“ Mary zog die Zuckerdose weg.

Annabelle blickte auf die Tasse, dann auf die Dose. Dann sah sie Mary an. „Granger sagte mir, was Sie getan haben. Er sagte mir, Sie hätten sein Kind zur Welt gebracht. Er wollte es mir schenken. Er wollte, dass es mir gehört.“

Mary gefror das Blut in den Adern. In ihren Augen schimmerten Tränen. „Oh, Annabelle“, flüsterte sie. „Es tut mir so schrecklich Leid. Jesse und ich, wir wollten es Ihnen sagen …“

„Das Baby steht mir zu, es gehört mir“, sagte Annabelle tonlos, und dennoch hörte Mary ihre Sehnsucht und ihre Qualen heraus.

„Ich verstehe, dass Sie sich verzweifelt ein Kind wünschen", sagte sie. „Aber Davy gehört mir und Jesse. Er ist unser Sohn."

„Sie haben Grangers Baby ausgetragen. Es steht mir zu", wiederholte Annabelle störrisch.

„Bitte verstehen Sie doch, was zwischen mir und Gra… und Ihrem Mann geschehen ist, war falsch. Es war ein furchtbarer Fehler. Damals wusste ich nicht, dass er verheiratet war, aber das ist keine Entschuldigung. Ich hätte mich nicht dazu hinreißen lassen dürfen, auch wenn ich einsam und verzweifelt war. Aber das Baby gehört seiner Mutter, die es ausgetragen und zur Welt gebracht hat", erklärte sie und bemühte sich, ruhig zu bleiben. „Davy ist mein Sohn. Und Jesses Sohn."

„In diesem Punkt irrst du dich", ließ eine tiefe Männerstimme sich vernehmen.

Mary sprang jäh auf, der Stuhl stürzte polternd zu Boden. Sie sah ihn, sah Granger, seine markant geschnittenen Gesichtszüge, seine kraftvolle Gestalt. Sie sah die Entschlossenheit in seinem Blick. Sie sah die ergebene Bewunderung in Annabelles Gesichtszügen, als Granger den Raum durchquerte, sich hinter seine Frau stellte und ihr die Hände auf die Schultern legte.

Eine beschützende, liebevolle Geste – dem Anschein nach, doch Mary sah, wie seine Finger sich in ihre Schultern gruben, bis die Knöchel weiß hervortraten. Und plötzlich begriff sie alles. Alles, was ihr an Annabelle so befremdlich erschienen war, was sie gestört hatte – der unstete Blick, die hochgezogenen Schultern, die fahrigen Bewegungen, die aufgesetzte Fröhlichkeit, die Verzweiflung.

Granger misshandelte seine Frau. Mary durchschaute die Situation mit eisiger Klarheit. Möglicherweise misshandelte er sie nicht so offenkundig wie Ollie Haglund, der seine Frau halb tot geprügelt hatte, wenn er betrunken war, aber dafür nicht weniger grausam.

Annabelle hob die Hand und legte ihre zitternden Finger auf Grangers Hand. Sie war sein unterwürfiges Geschöpf.

Gütiger Himmel, wo bleibt Jesse nur? Mary zwang sich mit eisernem Willen zur Ruhe. Vielleicht, dachte sie gehetzt, ist es besser so. Wenn Jesse von Annabelles Leiden erfuhr, wäre die Lektion, die er Ollie Haglund erteilt hatte, milde zu nennen, im Vergleich zu dem, was er mit Granger Clapp anstellen würde.

„Wo ist er?“ wollte Granger wissen. „Wo ist mein Sohn?“

Mary war mit einem Satz an der Wiege und riss das Baby mitsamt dem Bettzeug in die Arme. „Er ist nicht dein Sohn“, entgegnete sie trotzig und wich einen Schritt zurück. Sie musste die Tür erreichen, musste die Nebelglocke läuten, um Hilfe zu holen.

„Du hast kein Recht auf ihn.“ Sie sprach erstaunlich ruhig. „Ich habe dir nie gehört. Mein Sohn wird dir nie gehören.“

„Spar dir deine Worte“, erwiderte er. „Ich setze meinen Willen immer durch.“

Erinnerungsfetzen schossen ihr durch den Sinn, wie sehr sie sich auf seine Besuche gefreut, sich nach seinen Küssen gesehnt hatte, wie sie an seinen Lippen gehangen hatte. Nun wurde ihr beim Anblick dieses Mannes übel. Wie hatte sie nur so blind sein können?

„Unterwegs besprechen wir dann die Einzelheiten“, fuhr Granger fort.

„Unterwegs?“ flüsterte Mary verängstigt. „Wohin …“

„Ich habe es ihr nicht gesagt.“ Annabelles schrille Stimme überschlug sich.

Granger durchquerte den Raum mit langen, energischen Schritten. „Kommt, meine Damen. Es ist Zeit, zu gehen."

Mary geriet in Panik, suchte nach irgendeinem Gegenstand, um sich zur Wehr zu setzen. Die blaue Glaskugel auf dem Kaminsims. Wie ein Blitz schoss ihr das Bild durch den Sinn, als Jesse sie ihr geschenkt hatte. Er war schroff, unbeholfen und dennoch merkwürdig rührend gewesen in seinem Wunsch, ihr etwas zu schenken, was die elementare Gewalt des Meeres nicht zerstört hatte.

Verzeih, Jesse.

Mit einer gezielten Bewegung schleuderte sie die Glaskugel nach Granger. Das Geschoss traf ihn mit einem dumpfen Schlag am Kopf. Zerberstendes Glas flog wie ein glitzernder Funkenregen durch die Luft.

Granger sackte zu Boden, aus seiner Schläfe quoll Blut und bildete ein dünnes Rinnsal.

Annabelle schluchzte trocken auf. „Oh nein! Sie haben Ihn getötet!"

Mary stürmte zur Tür. Die Glocke. Sie musste schnell die Glocke erreichen.

Auf der Veranda überholte sie ein Schatten und versperrte ihr den Weg. Der blutüberströmte Granger hob wütend die Faust. „Jetzt ist es aber höchste Zeit, dass wir uns auf den Weg machen, meine Damen."

Jesse saß im Lotsenboot und hielt das Schreiben der Bezirkskommission in der Hand. Die jährliche Inspektion war demnächst fällig, und er hatte den ganzen Tag damit verbracht, das Boot auf Vordermann zu bringen. Er hatte den Rumpf abgedichtet und die Takelage überprüft, die Messingbeschläge geputzt und das

Boot ins seichte Wasser geschoben, die Ruderpinne eingesetzt und das Öl in den Bootslampen aufgefüllt.

Er wusste, wieso er gerade heute von einem solchen Arbeitseifer beseelt war. Den ganzen Vormittag hatte er sein Gewissen erforscht und sich schließlich zu einem Entschluss durchgerungen. Die Dinge mussten getan werden. Mussten gesagt werden.

Ich liebe dich, Mary.

Vier Worte. Wie dumm von ihm, sich so lange dagegen gewehrt zu haben, sie auszusprechen.

Wenn er Mary richtig einschätzte, so wusste sie längst, dass sein Herz ihr gehörte. Damals, als sie zum ersten Mal in der Kammer aufgewacht war und den Krug nach ihm geworfen hatte, hatte sie sein Herz bereits erobert. Nein, vorher schon. Bevor sie die Augen aufgeschlagen hatte. Es war genau so gekommen, wie Palina es vor Monaten prophezeit hatte. Mary war sein Schicksal. Weshalb hatte er versucht, sich einer Macht zu widersetzen, stärker und gewaltiger als die See?

Er liebte auch Davy mit einer Heftigkeit, auf die er nicht vorbereitet war. Mary hatte ihn gelehrt, dass Vatersein keine Frage des Blutes war, sondern der Liebe.

Jesse hob den Blick und fluchte vor sich hin, als er bemerkte, dass die Sonne bereits tief am Himmel stand. Die Tage im Winter waren kurz, gegen vier Uhr fing es bereits an zu dämmern. Er hatte den ganzen Tag vertrödelt. Nun eilte er den Hügel hinauf zum Leuchtturm, entzündete die Lampen für die Nacht, kurbelte das Triebwerk an und stieg rasch die Eisenstufen wieder hinunter.

Es blieb ihm gerade noch Zeit, um ins Haus zu gehen und Mary endlich das zu sagen, was sein Dickschädel bisher nicht zugelassen hatte. Vielleicht würde sie ihn in der kommenden

Nacht wieder im Leuchtturm besuchen. Der Gedanke an ihre Liebesbegegnung brachte sein Blut in Wallung.

Er stürmte schnell die Anhöhe zum Haus hinauf, wie so oft in letzter Zeit, konnte es kaum erwarten, Mary und das Kind zu sehen.

Beim Anblick des Hauses spürte er eine Veränderung. Etwas, was ihn seltsamerweise an die Ruhe vor einem Sturm erinnerte, hing in der Luft. Aus dem Kamin stieg kein Rauch. Kein Essensgeruch wehte ihm entgegen. Die Fenster waren dunkel.

Verdutzt fragte er sich, ob Mary den Tag vielleicht bei den Jonssons verbracht hatte. Er hatte sie wohl tiefer gekränkt, als er befürchtet hatte.

Alles, was ich für dich tun kann, ist, dir wehzutun. Hatte er das tatsächlich gesagt? War das erst heute früh gewesen?

Er würde alles wieder gutmachen. Er wollte ihr sagen, wie sehr er sie liebte. Er wollte ihr sagen, dass er sie immer geliebt hatte und immer lieben würde. Gemeinsam würden sie Annabelle aufsuchen und ihr von dem Baby erzählen. Und dann würde alles ins Lot kommen.

Er betrat das Haus. Ein schwacher Duft nach Gardenien hing in der Luft. War Annabelle hier gewesen? Etwas knirschte unter seinen Stiefeln. Stirnrunzelnd untersuchte er den Boden. Glassplitter. Hellblau. Die Glaskugel.

Vielleicht hatte er es zu weit getrieben. Vielleicht hatte Mary ihn endgültig verlassen. Hasste sie ihn so sehr, um das einzige Geschenk, das er ihr je gemacht hatte, zu vernichten?

Er rannte zum Stall hinüber, stieg auf D'Artagnan, ohne ihn vorher zu satteln, und jagte im gestreckten Galopp zu den Jonssons hinüber. Das Licht der schwankenden Laterne in seiner Hand warf gespenstisch flackernde Schatten auf die Bäume am

Wegrand. Der aufkommende Wind heulte in den Baumwipfeln. Ein Sturm braute sich zusammen.

Jesse saß nicht ab, als Palina auf die Veranda trat. „Jesse?“ rief sie mit lauter Stimme, um den Sturm zu übertönen. „Ist etwas passiert? Wo ist Mary?“

„Ich dachte, sie sei bei euch.“

„Nein. Sie holte das Baby frühmorgens, und seither haben wir sie nicht gesehen.“

Jesse dachte an das zerbrochene Glas. Annabelles Parfum. Etwas war geschehen. Etwas Schreckliches war passiert.

Dumpfe Hufschläge wurden laut. Jesse wendete das Pferd, sah einen tanzenden Lichtpunkt in der Ferne. Er bohrte dem Gaul die Absätze in die Flanken und ritt dem Licht entgegen.

Es war Judson Espy, der Hafenmeister. Als Jesse ihn erreichte, begann es zu regnen.

Die Regentropfen schossen vom Sturm gepeitscht schräg vom Himmel, scharf wie Nadelstiche. Judson schrie etwas. Jesse hörte den Anfang nicht.

„... habe ihn gewarnt, aber hat wohl den Skipper des Schleppers bestochen, ihn hinauszufahren. Er müsste bald die Sandbank erreichen.“

„Wer?“

„Irgendein Idiot aus der Stadt.“

Die Vergangenheit holte Jesse ein. Wieder hatte er versagt. Er hätte ahnen müssen, dass Granger hier auftauchte. Er hätte Mary beschützen müssen.

Das Grauen drohte ihn beinahe zu überwältigen, als Judson ihm einen Zettel mit Grangers Handschrift in die Hand drückte. Er und Annabelle waren mit Mary und Davy auf die offene See hinausgefahren.

Granger aber nannte ihn in seinen hastig hingeworfenen Zeilen nicht Davy. Er nannte das Kind „meinen Sohn".

Ein Abgrund tat sich vor Jesse auf, ein Abgrund, der alles verschlang. Nur seinen Zorn nicht. Sein Hass war ihm wohl ins Gesicht geschrieben, denn Judson machte ein besorgtes Gesicht. „Wir müssen überlegen, was zu tun ist, um ihn aufzuhalten ..."

Jesse wartete nicht länger. Er jagte bereits im wilden Galopp durch den Regen auf den Leuchtturm zu.

Der Wallach war aufgeregt wie alle Pferde im Sturm. Aber seine Pferde waren nicht ängstlich. Jesse hatte ihnen beigebracht, keine Angst zu haben. Im Gegenteil, D'Artagnan fieberte der Gefahr entgegen. So war es Jesse auch ergangen. Doch das war vor Mary gewesen. Bevor er gelernt hatte, Verantwortung zu übernehmen.

Er stürmte die gewundene Eisentreppe des Leuchtturms hinauf, drei Stufen auf einmal nehmend, griff sich das Fernglas, stieß die Tür auf und stand auf der eisernen Plattform. Der Wind pfiff durch das Gestänge. Die Brandung schlug so hoch gegen die Felsenklippen, dass Jesse die salzige Gischt auf den Lippen schmeckte.

Er setzte das Fernglas an die Augen und entdeckte Grangers Schiff, den Schoner *Trident,* dessen Eigner die Shoalwater Bay Company war. Das Schiff war nur etwa eine halbe Meile entfernt, hätte aber genauso gut in einer anderen Welt sein können. Jesse konnte die *Trident* sehen, und dennoch war sie unerreichbar.

Es sei denn ...

Es sei denn, er nahm ihre Verfolgung auf. Alles in ihm sträubte sich gegen diesen Gedanken. Aber bei Gott, es ging um Mary! Er musste sie retten. Das Lotsenboot lag in der kleinen Bucht. Wenn er hart am Winde segelte, konnte er sie einholen.

Lähmende Angst breitete sich in ihm aus. Er schaffte es nicht, er konnte nicht in die brodelnde See hinaussegeln. Er würde kentern, der Sturm und das Meer würden ihn verschlingen. Gleichzeitig aber wusste er, dass der Zeitpunkt gekommen war, sich seiner Angst zu stellen. Er musste kämpfen und sich aus den Fängen seiner Angst befreien.

Dann meldete sich wieder die Vernunft. Der Schoner hatte einen zu großen Vorsprung. Bis er Segel gesetzt hätte, wäre die *Trident* bereits zu weit draußen.

Es sei denn ...

Der wahnsinnige Gedanke durchzuckte ihn wie ein greller Blitz. Er stand auf dem Eisensteg im sturmgepeitschten Regen, hörte das Stampfen der rotierenden Linse, das Heulen des Sturms und wusste, was zu tun war.

Er war der Leuchtturmwärter von Cape Disappointment. Er kontrollierte das Licht, worauf das Schiff angewiesen war. Seine Lichtsignale lotsten es sicher durch die gefährliche Meerenge hinaus auf die offene See.

Es sei denn, der Schoner verlor die Orientierung wie damals Emilys Schiff ...

„Es tut uns unendlich Leid, Mr. Morgan“, hatte der alte Leuchtturmwärter gesagt. „In dieser Nacht hatte mein Gehilfe Dienst. Er hat sich pflichtvergessen mit einem vornehmen Herrn aus Portland betrunken und die Lampen verlöschen lassen. Er hat sie einfach ausgehen lassen.“

Jesse spürte einen Übelkeit erregenden Nachhall seines Zorns in jener Nacht vor so vielen Jahren. Und plötzlich begriff er, wer dieser vornehme Herr aus Portland gewesen war – Granger Clapp.

In seinem Zorn hatte Jesse damals dafür gesorgt, dass der

Leuchtturmwärter seinen Posten verlor. Er hatte nie erfahren, wer der Mann aus Portland gewesen war – bis zu dieser Sekunde. Jesse hatte sich geschworen, das Licht niemals verlöschen zu lassen. Kein Schiff in Reichweite seines Leuchtfeuers sollte je das Schicksal von Emilys Schiff ereilen, das damals auf Grund gelaufen und zerborsten war, weil der Leuchtturmwärter seine Pflicht vergessen hatte.

Jesse traf seine Entscheidung nicht leichtfertig, nicht im Zorn, sondern in eiskalter Überlegung.

Er wusste genau, was er riskierte. Und er wusste auch, wozu er fähig war. Die vergangenen Jahre hatten ihn viel gelehrt, Jahre, in denen er ungezählte Schiffe durch die Bucht fahren sah, Jahre, in denen er den Weg genau studiert hatte, den ein Schiff nehmen musste. Er wusste, wo die Untiefen lagen und welchen Verlauf die Fahrrinne nahm.

Er musste es tun.

Er blieb noch einen Moment am Geländer stehen in Regen und Sturm, die ihm ins Gesicht peitschten, überwältigt von der Tragweite seiner Entscheidung.

Dann trat er in den Lampenraum, betrachtete die rotierende Linse, die vielen Schichten geschliffener Gläser, die ihn so lange gefangen gehalten hatten, so wie sie das Licht im Inneren ihres Facettenkäfigs gefangen hielten. Dann streckte er die Hand aus, griff ruhig in die Lampe und löschte das Licht.

23. KAPITEL

In einer Kabine des Schoners *Trident* hielten Mary und Annabelle einander umklammert, während die aufgewühlte See das Schiff gnadenlos hin und her schleuderte. Nur Davy nahm das Abenteuer gelassen und schlief selig in seine Decken gewickelt auf einer Koje.

„Es tut mir Leid", wiederholte Annabelle immer wieder. „Es tut mir so Leid."

„Schweigen Sie", befahl Mary. „Ich weiß, wozu Granger eine Frau bringen kann. Ich mache Ihnen keinen Vorwurf, und Jesse wird Ihnen verzeihen."

Der Schoner wurde immer heftiger durch die Wellenberge und Täler geworfen, und Mary fragte sich bang, ob sie Jesse jemals wiedersehen würde. Die vier Männer der Besatzung bemühten sich nach besten Kräften, die schlingernde und ächzende *Trident* zu manövrieren, doch allmählich wurden ihre Rufe heiser vor Verzweiflung.

„Ich muss verrückt gewesen sein, auf ihn zu hören." Annabelle verzog schmerzlich das Gesicht, als das Schiff in gefährliche Schräglage ging. Die Messingbeschläge in der Kabine klirrten. „Er klang so überzeugend. Er sagte, wir hätten Anspruch auf das Kind, weil er der Vater sei. Er sagte: ‚Wir nehmen sie mit, bis das Baby entwöhnt ist, und dann schicken wir sie einfach wieder weg.'"

Damit hat er gemeint, er schafft mich beiseite, dachte Mary, ohne den Gedanken laut auszusprechen.

„Ich sehnte mich so verzweifelt nach einem Baby, dass ich gar nicht auf den Gedanken kam, was eine Mutter durchmacht, der man ihr Kind entreißt."

„Und sein Vater", fügte Mary hinzu. „Jesse – und kein anderer – ist Davys Vater."

Durch die Wucht einer Woge, die seitlich gegen den Schiffsrumpf schlug, fielen ein kleiner Tisch und eine Holzkiste um. Mary sah nach dem Baby, das immer noch schlief. Mit einem Schrei klammerte Annabelle sich an ihr fest, als der Inhalt der Kiste sich auf die Schiffsplanken ergoss. Gebündelte Banknoten lagen auf dem Boden verstreut. Ein metallisch glänzender Gegenstand schlitterte über die Planken.

Annabelle hob ihn hoch. „Eine Pistole."

Mary erkannte die Smith&Wesson am Perlmuttgriff. Eine lähmende Starre hatte sie ergriffen, als der kalte Lauf der Waffe sich in ihre Schläfe gebohrt hatte, in jener Nacht, als Granger ihr gedroht hatte, was ihr bevorstehe, wenn sie versuchen würde zu fliehen.

An Deck wurde die Schiffsglocke geläutet. Mary, die fürchtete, ein Feuer sei ausgebrochen, hastete zur Tür. Oben vom Mitschiffsdeck schrie der Skipper.

„Sir, das Leuchtfeuer am Cape Disappointment ist ausgegangen!"

Mary schlug die Hand vor den Mund, um ihren Schrei zu ersticken. Jesse würde niemals das Leuchtfeuer ausgehen lassen.

„Dann segeln wir im Dunkeln weiter", brüllte Granger.

„Aber Sir, das ist unmöglich. Wir haben keinen Anhaltspunkt, um die Sandbank zu orten, und werden sicher auf Grund laufen."

Mary schlug die Tür zu. Annabelle sollte besser nichts von der Gefahr erfahren, sie war ohnehin am Rande eines Zusammenbruchs. Sie schloss die Augen zum Gebet, konnte aber nur an Jesse denken. Hätte sie nur auf ihn gehört. Er hatte immer versucht, ihr begreiflich zu machen, dass das Leben ein Kampf ist, den zu meistern ein schlagfertiges Mundwerk und ein sonniges Gemüt nun mal nicht ausreichten. Wenn sie weniger verträumt, weniger leichtfertig gewesen wäre, hätte sie rechtzeitig erkannt, wie gefährlich Granger wirklich war.

„Du hattest Recht, Liebster“, flüsterte sie. „Ich habe es nur zu spät begriffen.“

Sekunden später stürmte Granger in die Kabine. „Dein idiotischer Ehemann treibt ein böses Spiel mit mir“, schrie er völlig aufgebracht.

Sie blickte ihm unverwandt in die Augen, wie in jener Nacht, bevor sie aus San Francisco geflohen war. „Du bist ein toter Mann“, sagte sie eisig.

Seine Hand schnellte vor und schob sich in ihr Haar. „Wenn das so ist, wirst du mit mir zur Hölle fahren.“

Die Sturmlampe im Bug des Lotsenbootes flackerte. Jesse stemmte sich gegen die Ruderpinne und steuerte das kleine Boot auf die See hinaus. Er hatte diese Fahrt an die hundert Mal gemacht – allerdings nur in Gedanken.

Die Wirklichkeit war wesentlich beängstigender, da er sich in seinen kühnsten Fantasien nicht vorgestellt hatte, um welchen Einsatz er sein Leben riskierte. Die Furcht in ihm war ein größeres Monster als die Wogen, die sich auftürmten wie Berge aus Glas.

Das Entsetzen drohte ihn in die Tiefe zu reißen. Aber er durfte nicht aufgeben. Mary war da draußen, den Gefahren der Sandbänke hilflos ausgeliefert.

Es war die grässlichste Fahrt seines Leben. Doch für Mary und das Kind riskierte er alles. Den Südwester tief ins Gesicht gezogen, den Kragen des Ölzeugs hochgeschlagen, kämpfte er sich durch die kochende See den tückischen Untiefen der nördlichen Sandbank entgegen. Und immer wenn sein kleines Boot auf dem Grat eines Brechers schwebte, konnte er einen kurzen Augenblick die Lichter der *Trident* erkennen.

Der Schoner steckte mit dem Kiel in der Sandbank fest. Über dem Heulen des Sturms hörte Jesse das Ächzen der Schiffsplanken. Bald würde der Rumpf bersten. Brecher schlugen über der *Trident* zusammen.

Mit jeder Welle wurde das Schiff hochgeworfen, die beiden Masten reckten sich wie die Arme eines Ertrinkenden in den Nachthimmel.

Es dauerte eine halbe Ewigkeit, bis Jesse das Schiff erreichte. Und dann, als er nahe genug war, ging alles viel zu schnell. Ihm blieben nur wenige Sekunden, um den Enterhaken an einer langen Leine über die schäumenden Wogen zu werfen. Ein halbes Dutzend Würfe verfehlten ihr Ziel. Einmal verlor er beinahe das Gleichgewicht, als eine Welle das Boot hochwarf.

Schließlich bohrte der Haken sich in Holz und hielt fest. Zähneknirschend zog Jesse sich an der Leine an den Schoner heran.

„Mr. Clapp“, schrie jemand in die Kabine herunter. „Wir bekommen Hilfe!“

Granger warf Mary einen hasserfüllten Blick zu und verließ die Kabine. Annabelle war auf die schmale Koje gesunken und schluchzte haltlos.

Mary nahm ihr Baby an sich, knüpfte die Enden der Decke zu einer Schlinge und band sich Davy vor die Brust. Ihre Hände zitterten, ihr Atem ging keuchend. Unsicher taumelte sie an Deck, zog es vor, sich dem Sturm auszusetzen, um Grangers Willkür zu entgehen.

Salzige Gischt stach ihr ins Gesicht. Sie zurrte die Decke fester um Davy. Das Schiff leckte und war vollgeschlagen, Wellen schwappten über das Schanzkleid und überfluteten das Deck, die Männer wateten knietief im Wasser. Das einzige Rettungsboot lag kieloben auf dem Deck, aus dem zersplitterten Rumpf ragte eine Eisenstange.

„Gütiger Herr im Himmel steh uns bei", stieß Mary keuchend hervor und klammerte sich an ein dickes Tau. Instinktiv suchte sie den Horizont nach dem Leuchtfeuer ab und konnte nichts finden. Wo, in Gottes Namen, war Jesse?

Die vier Seeleute und Granger standen an der Steuerbordreling. Es dauerte eine Weile, ehe Mary den Grund begriff. Ein Lotsenboot hatte sie gefunden und beigelegt.

Ein Hoffnungsschimmer keimte in ihr auf, als der Lotse, ein hoch gewachsener Mann in Ölzeug und breitrandigem Südwester, an Bord kam.

„Rettet euch ins Boot!" schrie der Lotse.

Die vier Männer ließen sich das nicht zwei Mal sagen, befestigten ein Taljereep und ließen sich, einer nach dem anderen, in das Lotsenboot hinunter.

Mary stürmte in die Kabine zurück. „Annabelle!" schrie sie. „Ein Boot kommt zu unserer Rettung! Schnell, beeilen Sie sich!"

Annabelle taumelte durch die schlingernde Kabine. Mary hielt einen Arm schützend um ihr Baby und half Annabelle aus der Kabine. Als die Frauen das Deck erreichten, hatte die Besatzung das Schiff bereits verlassen. Nur Granger und der Fremde waren geblieben.

Statt sich aber um das Rettungsboot zu kümmern, waren die beiden in einem tödlichen Zweikampf verkeilt. Dem Lotsen war der Hut vom Kopf gerissen worden. Der Wind wehte ihm langes dunkles Haar ins Gesicht.

„Jesse!“ schrie Mary gellend, entsetzt und fassungslos. Jesse, der geschworen hatte, nie wieder Segel zu setzen, war gekommen, um sie zu retten.

Der Hass der beiden kämpfenden Männer war gewaltiger als der Sturm und die See. Ohne auf die Wellen zu achten, die auf sie herniederstürzten, schlugen sie mit Fäusten und Stiefeln aufeinander ein.

„Gütiger Himmel!“ Mary hielt Annabelles Hand. „Die beiden bringen sich um, und wir sind alle verloren.“ Weit vorgebeugt, mit hochgezogenen Schultern, kämpfte Mary sich gegen den Sturm auf die ringenden Männer zu. Von dem Tosen des Sturms erwachte das Baby und begann zu weinen. „Jesse!“ schrie Mary wieder.

Er wandte ihr den Blick zu, flüchtig nur, doch Granger nutzte seine Chance und stieß Jesse gegen die Reling. Er zog etwas aus dem Stiefelschaft und riss den Arm hoch.

Die Schneide eines Messer blitzte auf.

Mary kämpfte sich zu Jesse vor und wusste, dass sie ihn nicht rechtzeitig erreichen würde. Die Zeit schien stillzustehen in diesem schrecklichen Moment des Grauens. Sie sah den Bogen, den die Klinge beschrieb, die Messerspitze, die nach Jesses entblößtem Hals zielte.

Eine Explosion zerriss die Nacht wie ein Donnerschlag oder ein Kanonenschuss. Im gleichen Augenblick sah Mary, wie Granger sich aufbäumte, hochgehoben wurde wie von einer unsichtbaren Riesenhand. Ein dunkler Fleck bildete sich auf seiner Brust, der sich rasch vergrößerte. Sie sah ihn sterben, ehe er taumelte und rückwärts über die Reling ging.

Bebend drehte sie sich langsam um. Annabelle stand gekrümmt

gegen den Mast gelehnt und hielt die Smith&Wesson mit beiden Händen umklammert.

Der fahle Schein einer regnerischen Morgendämmerung riss den Horizont auf und tauchte die Küste in düstere Grautöne. Magnus und Judson hatten alle Männer mit Pferden aus der Umgebung zusammengetrommelt. Die Retter stürzten sich in die Brandung und kämpften sich dem Lotsenboot entgegen, in dem die erschöpften Überlebenden kauerten.

Und ein Toter geborgen war.

Granger Clapps Leichnam lag unter einem völlig durchnässten Segeltuch im Heck.

Fiona und Hestia in wetterfesten Regenhäuten und Gummistiefeln stürzten sich auf Annabelle, hüllten sie in Decken und eilten mit ihr fort. Jesse wusste, dass sie seine Schwester ins Swann-Haus brachten, und hoffte, dass sie sich dort rasch erholen würde.

Im Gehen warf Annabelle einen Blick über die Schulter, das grau verschleierte Morgenlicht erhellte ihr verhärmtes Gesicht, der nachlassende Wind zauste an ihren nassen Haarsträhnen. Sie suchte Jesses Blick, legte ihre bebende Hand ans Herz und dann an die Lippen. Er erkannte den Blick einer Frau, die gegen tödliche Dämonen gekämpft und überlebt hatte. Ihm war in dieser Nacht das Gleiche geschehen.

„Sie wird es überstehen“, sagte Mary, die ihr Baby in den Armen hielt und sich an Jesse schmiegte, als brauche sie die Gewissheit, dass er lebte und bei ihr war.

„Ja.“ Jesse legte die Hand an ihre Wange. „Sie wird es sicher überstehen.“

„Und wir?“ flüsterte Mary. „Werden wir es überstehen?“

„Ich hoffe es", sagte er und presste die Lippen an ihr salzverkrustetes Haar. „Wenn du mir verzeihen kannst", fügte er hinzu.

Sie hob den Kopf und blickte ihm in die Augen. Behutsam tastete sie über die Schwellung an seinem Wangenknochen, wo Grangers Faust ihn getroffen hatte, dann über seine aufgeplatzten, blutigen Lippen. „Ein Mann braucht keine Vergebung von einer Frau, deren Leben er gerettet hat – zwei Mal", sagte sie. „Du hast alles riskiert. Ich fasse es kaum, dass du dich auf die See hinausgewagt hast – in dieser stürmischen Nacht –, um uns zu retten."

„Dich in meinem Leben zu wissen war jedes Risiko wert." Er war völlig ausgelaugt und erschöpft, dennoch spürte er, wie ihn neue Lebenskraft durchströmte. Er hatte das lähmende Grauen besiegt, das Grauen, die Menschen, die ihm das Liebste auf der Welt waren, an die See zu verlieren. Er hatte sich dem Kampf gestellt und gesiegt.

„Mary." Und dann sprach er die Worte aus, die sein Herz vor langer Zeit formuliert hatte, die sich nicht hatten verdrängen lassen. Er war am Ziel einer langen Reise angelangt – einer Seelenreise, die zwölf Jahre gedauert hatte und endlich vorüber war. „Je mehr ich aus der Quelle schöpfe, die unsere Liebe erschaffen hat, desto mehr Kraft finde ich, von der ich nicht gewusst habe, dass es sie gibt."

Ein Schwarm Seemöwen flog über ihre Köpfe hinweg und verkündete mit klagenden Schreien das Ende des Sturms. Aus Marys Augenwinkel stahl sich eine Träne. „Ach, Jesse, so habe ich dich nie reden hören. Du bist ein wahrer Poet, Liebster. Ich …"

„Diesmal bin ich dran", unterbrach er sie und legte ihr einen

Finger an die Lippen. „Ich bin an der Reihe, es zu sagen. Ich liebe dich, Mary.“

Sie nickte und lachte unter Tränen. „Ich weiß. Habe ich es dir nicht von Anfang an gesagt?“

„Ja, von Anfang an“, gestand er, legte den Arm um ihre Mitte und führte Mary den gewunden Felspfad hinauf. „Komm Liebste, wir bringen unseren Sohn nach Hause.“

EPILOG

Washington State
1889

Am Sonntag wurde etwas an Land gespült.

Der Morgen war heraufgedämmert wie alle anderen – ein kalter Dunstschleier lag vor der fahlen Sonne, weit draußen schwoll die eisengraue Dünung, näherte sich mächtig und warf sich tosend gegen die schroffen Felsklippen von Cape Disappointment.

Davy Morgan stand im herannahenden Morgen hoch oben auf dem Eisensteg des Leuchtturms, nachdem er die Walöllampe gelöscht hatte, um danach die Dochte zu kürzen und die verrußten Linsen zu säubern.

Wieder einmal bestaunte er die Regenbogenfarben, die sich in den Facetten bildeten, als die Sonne den Nebel durchbrach. Sein Vater hatte ihn gelehrt, den Regenbogen zu sehen, als er noch ein kleiner Junge gewesen war.

Doch dann fesselte ihn etwas unten am Strand.

Er wusste nicht, warum er innehielt und zum Strand hinunterspähte. Oft beobachtete er die weiß schäumenden Wellen, die den feinen hellbraunen Sand beleckten und gegen die Felsen donnerten. Es war wunderbar, hier zu leben, wo Erde und Meer sich trafen.

Amma Palina erzählte ihm Geschichten von fremdartigen Wesen und gefährlichen Abenteuern. Und Tante Annabelle las ihm gern Geschichten vor. Sie hatte eine Leihbücherei in der Stadt eröffnet und brachte den Kindern im Swann-Haus Lesen und Schreiben bei.

Davy glaubte alle Legenden und Geschichten mit tiefer Überzeugung. Und jetzt verspürte er ein Prickeln wie sonst, wenn *Amma* eine Geschichte erzählte. Er spürte eine seltsame Unruhe in der Luft, als würde ihm ein unsichtbares Wesen in den Nacken hauchen. Er stellte die Kanne Leinöl ab, legte den Polierlappen daneben und trat auf den Eisensteg in den kalten Wind.

Er wusste nicht, was ihn bewog, sich mit einer Hand an der Eisenreling festzuhalten und sich weit vorzubeugen, um über die Felsklippen auf den sturmgepeitschten Küstenstreifen hinunterzuspähen.

Ein Klumpen Seetang. Stränge gelbbrauner Algen verhüllten eine längliche Form. Vermutlich nur ein Haufen verschlungener Tang, vielleicht verbarg sich darunter ein verendeter Seehund, ein altes Tier, dessen Bartborsten weiß und Zähne braun geworden waren.

Während Davy auf den angespülten Haufen Tang blickte, spürte er … etwas Merkwürdiges. Als drehe sich ein stumpfes Messer in seiner Brust.

Unausweichliches Schicksal, würde seine Mutter es nennen.

Obwohl kein Mensch zu dieser frühen Morgenstunde in der Nähe war, um ihn zu sehen, rückte Davy sich die Mütze gerade, die zu seiner Uniform als Mitglied des Klipsan-Beach-Rettungsdienstes gehörte, den sein Vater im Jahr seiner Geburt gegründet hatte.

Davy läutete die Nebelglocke, um alle zu wecken, dann polterte er die Eisenstufen hinunter und rannte den gewundenen Felsenpfad zum Strand. Seine Lungen füllten sich mit der salzigen Luft, und er sah, wie die Sonne durch den Morgennebel brach.

Als er sich dem Klumpen Seetang näherte, verlangsamte er

seine Schritte. Der Haufen war an einem Ende abgerundet – als würde sich ein menschlicher Schädel darunter verbergen. Ein Schauder durchlief ihn. Das Meer konnte grausam sein. In den zwölf Jahren, die er hier aufgewachsen war, hatte er manch grausigen Anblick ertragen müssen.

Er näherte sich dem übelriechenden Klumpen und berührte ihn mit der Stiefelspitze. Im gleichen Moment hörte er Stimmen. Den dröhnenden Bass seines Vater und die helle singende Stimme seiner Mutter, dazwischen die lachenden Kinderstimmen von Shannon und Malcolm. Monte Christo, der Hund, rannte bellend um seine Familie.

Davy ging in die Knie und begann sich durch das glitschige Knäuel zu graben. Wenn sich etwas Grausiges darunter verbarg, wollte er den Fund vor seinen kleinen Geschwistern verbergen.

Die vollgesogenen Algen fühlten sich schwammig und kalt an. Sie klebten an …

An was?

Er stieß auf dicke Schnüre, die ineinander verknotet waren. Ein Netz, das etwas umhüllte.

Was?

Er arbeitete nun fieberhaft, stieß auf einen runden Gegenstand, der sich unter dem Netz hart und kalt anfühlte. Er zog daran, das morsche Hanfnetz zerriss und gab etwas Ungewöhnliches frei.

Eine runde, unbeschädigte Glaskugel. Aufgeregt trug er sie zum Wasser und kniete sich hin, ohne die Nässe zu spüren, die ihm durch die Hosenbeine drang. Mit Sand und Wasser rieb er den grünlichen Schleim von der Kugel, bis sie glänzte. Aquamarinblau.

Sein Vater hatte ihm einmal erzählt, dass japanische Fischer blaue Glaskugeln als Schwimmer für ihre Netze benutzten, aber er hatte noch nie eine gesehen. Es erfüllte ihn mit Stolz, eine so seltene Kostbarkeit gefunden zu haben. Übers ganze Gesicht strahlend stand er auf, um seine Familie zu begrüßen, und plötzlich wurde Davy die Kehle eng vor Zärtlichkeit.

Sie gaben ein hübsches Bild ab in der aufgehenden Sonne. Mama war hübsch wie ein junges Mädchen, mit ihren blitzenden Augen und dem lächelnden Mund. Die kleine Shannon watschelte auf dicken Beinchen mit ausgestreckten Armen auf Davy zu, ihre Haare waren rot wie die ihres ältesten Bruders. Malcolm, hoch aufgeschossen für sein Alter und ernsthaft, war das Abbild von Papa mit langen dunklen Haaren.

Und Papa … er war eben Papa, der gerne lachte und Abenteuergeschichten erzählte und den Kopf mit Mam zusammensteckte, um ihr Dinge ins Ohr zu flüstern, die nur für sie bestimmt waren. Gelegentlich stahl sich ein verträumter Blick in seine Augen, und Davy spürte eine Wehmut in ihm. Doch rasch kehrte er aus seinen Grübeleien zurück, streckte lachend die kraftvollen Arme aus und zog Davy zärtlich an sich.

Auch jetzt streckte Papa die Arme aus, diese väterlichen Arme, die Davy tröstlich gehalten hatten, wenn ihn Albträume plagten oder damals, als er Scharlach gehabt hatte, und später, als er vom Pferd abgeworfen worden war. „Was hast du gefunden, mein Sohn?“

Davy strahlte übers ganze Gesicht und hielt ihm seinen kostbaren Fund entgegen. Die Strahlen der Morgensonne ließen die blaue Glaskugel aufleuchten.

Mama gab einen spitzen Laut von sich. „Jesse, sieh nur, was Davy gefunden hat!“

Papa legte den Arm um sie. Einen kurzen Moment hatte er

wieder diesen abwesenden Blick. Dann küsste er ihren Scheitel und zog sie an sich.

„Hier, du darfst sie halten", sagte Davy, reichte seinem Vater die Kugel und wandte sich Monte Christo zu, der bellend an ihm hochsprang, weil er unbedingt ein Stöckchen geworfen haben wollte. Davy bückte sich nach einem Stück Treibholz, schleuderte es ins seichte Wasser, und Monte Christo rannte aufgeregt hinterher, um es zu apportieren. Der Junge konnte sich nicht erklären, wieso seine Mutter beim Anblick einer Glaskugel aus dem Meer in Tränen ausbrach, aber sie barg weinend das Gesicht an Papas Brust.

Doch dann sah Davy, wie sie lächelte, und hörte ihr Lachen. So war es immer mit den beiden. Er warf Monte Christo das Stöckchen wieder. Immer fanden seine Eltern einen Grund zur Freude. Immer.

– ENDE –

Sara Bennett

Die schöne Herrin von Somerford

England, 1072: Die schöne Lady Rose hat Gunnar Olafson und seine Männer gerufen, damit er ihre Ländereien vor feindlichen Übergriffen schützt. Mutig schlägt der breitschultrige Wikinger alle Feinde in die Flucht und weckt zugleich in Rose ein Begehren, das süß und gefährlich ist …

Band-Nr. 25173
5,95 € (D)
ISBN: 3-89941-231-1

Sara Bennett

Im Bann der Rebellin

Seit Lord Radulf die schöne Lady Lily zum ersten Mal auf seinem Lager in den Armen gehalten hat, steht er in ihrem Bann. Radulf ahnt nicht, dass sie die Todfeindin seines Königs ist …

Band-Nr. 25163
5,95 € (D)
ISBN: 3-89941-202-8

Jo Goodman
Schätze der
Leidenschaft
Band-Nr. 25111
5,95 € (D)
ISBN: 3-89941-147-1

Jo Goodman
Küsse der
Leidenschaft
Band-Nr. 25156
5,95 € (D)
ISBN: 3-89941-195-1

Lynsay Sands
Zärtliches Spiel mit
dem Feuer
Band-Nr. 25157
5,95 € (D)
ISBN: 3-89941-196-X

Gaelen Foley
Die Lady mit
der Maske
Band-Nr. 25164
5,95 € (D)
ISBN: 3-89941-203-6